夜と言葉と世界の果てへの旅

夜と言葉と世界の果てへの旅

Journey to the Night, Poetics,
and the
Edge of the World

小池博史作品集

目次

まえがき

長く台本を書いてきた。

ただし、みな、私の台本は特殊だという。読んだ人たちの反応ははっきりと分かれた。少数者が面白がり、半数以上はキョトンとした顔をした。だが稽古が進むに連れて、ほとんどの参加者は「台本に書かれている通りになってきましたね」と囁く。

舞台上演のための台本はあくまでも取っ掛かり、はじめの一歩だ。

私は舞台作品創作のために台本を書くから、劇作家とは名乗らず、台本を発表する意思はまったくなかった。台本を文学と捉えるかどうかはどうでもよい。特に異を唱えるものでもない。文学と考えるならそれはそれで構わない。しかし私自身が演出して最終的な形を考えて書くのであれば、やはり台本ははじめの一歩であり、どうしても設計図の要素が強くなる。だが設計図なら文学ではないと言い切れるか？　文章として独立して読め、読者が文学と感じられるならそうなのだろう。あとは読んだ方がどう判断するかである。

そもそも舞台創作の取っ掛かりは台本とは限らない。時には空間から、あるいは音から入る場合がある。一枚のタブロー、一枚の写真、ある場所の印象、ちょっとした動き、音楽、歌、色彩、声、踊り……さまざまな取っ掛かりを元に、そのままの勢いで創作に入ってしまう場合だってなくはない。台本を書くケースは多いけれど、台本を書かずにスケッチだけで最後まで突っ走ることさえある。

『新・舞台芸術論——21世紀風姿花伝』（水声社刊）に詳しく書いた通り、そもそも舞台は台詞や舞踊ありきではなく、それらは舞台を構成する要素の大事なひとつである。そしてそれ以上に、「空間」、「時間」、「身体」がとても重要な要素を占める。この三要素が絶妙に絡み合い、リズムを作り出しては じめて舞台は生命を持ち始める。ひとことで言えばそういうことだ。が、もう少し詳しく記すなら、台詞はリズムを作り出すと同時に、身体全体が醸し出すリズム（台詞、身体の動き、声、歌、舞踊などにより作り出されるリズム）、音や時間が作るリズム、空間全体が動くこと（動かないことも含める）によって作り出されるリズムをいかにずれ込ませ、合致させるか、この絶妙なリズム構築作業が舞台創作の大きな鍵となる。

そうは言っても、台本は思考が凝縮したひとつの形である。思考は言葉によってなされる。よって書くことを創作の始まりにする場合が私は多いし、台本がない時には一瞬一瞬が言葉との戦いになっているのを痛感する。むろん言葉だけではない。が、突き動かしてくる情動は言葉によって構築される。また、書いている最中はむろんのこと、演出途上や創作のためのミーティングの場、あるいは日常の振舞い等、いかなる場合でもそこには言葉が鎮座して、私に命じている。私たちはどうあっても言葉によって成り立ち、私たち自身を造形化する。だから言葉ほど大事な要素はない。けれどそれが台本だと限定する気は毛頭ない。

長く舞台作品と向かい合い、以上のようなことを認識するようになった。もちろん最初から考えられるはずもなく、時間と経験が私を作った。一九八〇年代は、一心不乱に見たことのない世界を作り出そうと、次々とスタイルを変えていった。言葉の使い方もずいぶん変化した。最初期は台詞自体多かったが、台詞の持つ意味を逆転させて空疎化させようとさえした。一九八三年に書き、上演した「タイポ——5400秒の生涯」では言葉を徹底してデザイン的に扱った。リズムは意味をいかに凌駕できるか、言葉を使うことで意味性から逃れ、もうひとつの地平を目指そうと画策した。しかしすぐに言葉を使うことに限界を感じた。いや、厳密には正しくない。意味に縛られないためには、それを凌駕する身体の強さが必要だと考え、一九八五年頃から台詞を極端に減らしていった。台本を元にしない作品をいくつか作ったのはその頃である。一九八七年の「アレッホ――風を讃えるために」では、台詞はほぼ消えている。

一九九〇年代前半の作品はほとんどが空間と身体に重点を置き、台本はあるが、簡単なスケッチだけで創作している。意味を持つ言葉世界から離れ、空間、時間、身体が等価になって新たな舞台言語を生み出す、つまり新たな作品化を目指した。ただそのためには、さらなる身体強度が必須であった。その強度とはいわゆる舞踊的身体としての強度ではない。全身体的強度のことで、その獲得を目指した。そしてある程度「強度」が得られたと感じられた時点から台詞を再度用いるようになった。一九九六年の「島――No Wing Bird on the Island」が取っ掛かりとなる。ちょうどこの頃から日本の経済、文化ともに閉塞し小さく固まっていった。「島」は孤立と閉塞から逃れられない状態を描いた。

二〇〇〇年代に入ると、九・一一事件に代表されるように世界中が疑心暗鬼化し、日本社会はますます縮んでいった。いてもたってもいられない焦燥感にまみれた時代となり、創作に当たっては突き抜けた思考として神話的思考が鍵になると考えた。いくつかの童話シリーズやジョナサン・スウィフトシリーズをはじめとしてこの頃の作品は世界を異化する視点、あるいは異界の視点で制作している。二〇〇一年の「WD」と二〇〇九年の「パンク・ドンキホーテ」を本作品集には載せている。そして二〇一一年に三・一一の悲劇があり、ゼロからの出発を意識してパパ・タラフマラ解散を決め、カンパニー最後の作品として創作しようとして叶わなかったのが「Between the Times」である。その後は「小池博史ブリッジプロジェクト」を発足させ、多様な繋がりが生み出す新たな可能性を探求してきた。

大雑把に括るなら、これが私の、三六年間に渡り創作に対峙した際の意識の変遷である。

この本には一九八三年から二〇一八年の作品までを集めている。「青」と「幻の光」の小説的二作品を最初と最後に置き、「闇のオペラ」から「２０３０世界漂流」までの上演台本、あるいは上演予定だった台本を一三本、年代順に並べている。ただし、「ささやき」だけは映画台本的な小説だ。

私にとって台本は台本に過ぎない。しかし大切な第一歩である。この第一歩を共有し、読者の皆さんを通過することで、新たな、そして多様な空想を育んでもらえれば嬉しい。私の創作自体が、現実・空想・夢想・幻想・異界……等々を瞬時に飛び回る旅の感覚がなきにしもあらずだから、その取っ掛かりとして読んでいただければ、と思う。

青

1994

1

そこにはだれもいなかった。草ばかりが砂に紛れ、顔を覗かせているだけであった。風が吹いていた。いつ止むともしれず、風は砂を運び続け、ときに大きく空へと舞い上げた。そんななかにあって、青は動き出した。草のなかでもぞもぞと、砂を感じながら大きくからだを広げようとした。ところがどうにも違った。自分の所在がしれないのだ。青は自分のからだがあるのかどうかも疑わしかったが、からだというものがあることだけはおぼろげながらわかっていた。

からだは痛みを感じていた。からだがなかったら痛みはないだろうに、からだは痛かった。ただ、それがどの部分なのかはあいまいだった。

青は自分に問いただした。おれはだれから生まれたのか。どこから来たのか。おれの生命を意識したのはいつだったのか。時間は限りなく無制限とも思えるほどに広がり、いつから自分が始まり、そしてどのような経過で今の自分になっているのか、青は忘れてしまっていた。あまりにも長い時間が過ぎ去っていた。青のまわりの光景は次々と変化していくのに青自身はなにも変わらなかった。自分だけが取り残され、自分だけがその場所の核となって変わらず、存在しないかのように存在していた。草のあいだや砂のなかで、ときに海の上、山の頂き、木の根元に移動しながら、なにも変わらなかった。ただ、それは当然のことかもしれない。そもそも青などという認識をだれが抱くものか。青はあまりにも抽象的で、ゆえにいないも同然だった。

だが、青はいつも鋭敏だった。感覚は研ぎ澄まされ、その時々の記憶に苛まれていた。遥かなる永続的時間が記憶を長続きさせないとはいえ、一瞬の出来事に青はなによりも敏感に反応したのだった。

痛みはまるで、なにかが産まれそうな痛みだった。青は臨月だったのかもしれぬ。だが、一体なにが産まれるのか。青自身、かいもく見当がつかなかった。生まれる予感だけがどんどんふくらんでいった。そして、青の、あるかないかわからない頭を占領した。青のからだは感覚という魔物のすみかとなっていた。

そのとき。列車の音がした。ずらり並んだ人間の列が見えた。凍り付いた人形のようにぴくりとも動かない人間たちが、客室のない長いトロッコ状の列車の上で、連続する静止画像のように動いていった。何人かが、列車からポロンポロンとこぼれ落ちたが、列車はなにごともなかったかのように過ぎ去った。足を引きずり、腕を抑える人々。彼らは手を取り合いながら、ビュービューと鳴る風のなかを、ぼろぼろになって青の方へ進んで来た。砂が舞うなか、立ち昇る蜃気楼を思わせて、人々の姿はゆらゆらと揺れた。彼らの目には、青はどう映ったのか。青はもちろん知らない。だが、人々は青に吸い寄せられるように進んで来た。

虎の鳴き声がして、誰かが食われた。叫び声がした。食われなかった人たちは、転がり込みながら青のなかに入ってこようとしている。一体どういうことだ。おれの身体はどこにあるのか。青は自分のからだのなかに人間がするりと入り込んだことを知った。一切の抵抗はできなかった。なぜだろう。からだを知りたいと思った。青のなかでは、どうにも奇妙は感覚があちこちを蝕み、育っていた。今、からだのなかには五人いる。青は産まれそうな痛みを抱えながら、寄生虫のようにからだに蠢く人間の冷たい息を感じていた。

虎の声がした。

虎は青を見ていた。人々は青のなかで震えながらも安心していた。

なにかが爆発しそうだった。青の鋭敏な感覚は、突き破れそうな痛みとともにぐるぐるまわる風音を生み出していた。おれはいつからここにいるのだ。青は問い返す。ずいぶん昔、こんなことがあったような気がする。青は思った。なんとも言えない懐かしさが込み上げきた。青はいてもたってもいられなかった。からだは激しく痛み、叫び声を上げそうになったそのとき、からだが軽くなって、ふわりと浮んだ。みるみる地上から離れる。そして大きく流された。青は自覚した。ああ、おれは実は風だったのだなあ、とつぶやくと、さらに大きく自分のからだをくねらせた。

2

椅子は語る、くちゅくちゅと。口となる座面と背もたれの間には、真空のブラックボックスが広がっている。その深遠なる空間は、休むことなく囁き声をあげる。同じリズム。同じトーン。だれに語るでもなく、ただ喋っている。風が運んできた砂をヒュウと吸い込む。ぐるぐる巻き上げる。そして、シャラシャラと落とす。そんな音だ。それが椅子の声だ。椅子は野原に咲いている。打ち捨てられた廃物が自然と同化するごとく、ではない。あくまで生物として、大地に強く根を張って、椅子は生きている。だれも気付かぬうちに、ひっそりと、ひとりでに、群れをなす。孤独な四本脚の物体。

　そこはだだっ広い野原である。風はいつも吹いている。野原に咲く椅子はこのバックリと開いた口で風と会話する。風は口のなかを通って、暖かくも冷たくもない、からからに乾いた喉の奥の金属的な臭いをのせて、空へと拡散し、緩やかに膨らみながら再び風となる。ひとつ脱皮し、生まれ変わった風は椅子の幻を空へと運ぶ。大きな弧を描きながら飛んでいき、巨大なプロジェクターを通ったかのような怪物的椅子の幻影が、空一面をその映像で覆っては、ゆらゆらゆらと揺れ、淡いピンク色の彩雲に消える。

　くちゅくちゅと動いていた口の残像もほぼ見えなくなってしまうと、後にはただくちゅくちゅとした動きが瞼の奥に残るばかりだ。古ぼけた椅子は、椅子としての長い長い生活が待っている。この歴史的生活の鼓動が、かすかな残響音をどこからともなく呼び覚ましてくる。静かな緊張感。ためいき。風のブルーズ。そして、ひとしきり地響きのような唸り声を上げたあと、再び、風の中へともぐり込み、ただ後には静寂が支配する。またどこか歴史が動いたかのような感触に捕らわれる。それは、長く強い「風」が過ぎ去ったあとの皮膚の感触……。

　ふと見ると。消えたはずの椅子の幻影が、あるいは椅子の粒子が、散り散りになった粒を意思の力でかき集め、広い野原に再び像を結んでいる。椅子の背には四角や三角が切抜かれ、人間の歪んだ顔のような様態を見せており、また、椅子自体、ふわふわした海綿の面もちで、どこかとりとめなく、頼りなげに立っている。ヌーッとした浮浪者の姿態。それでいてどこか高貴で、人を寄せつけない威厳がある。生と死の間に位置し、摩訶不思議な生物である海綿、ブルーに染まったその海綿のあやふやさを持った椅子はニュッと堅い鉄の四本の脚を突き出し、大地を踏んでいる。いつの間にか椅子は曰く言いがたい魔物と化してしまっている。生物椅子は笑う。生物椅子はわずかに鳴っている自分の心臓の音に聞き惚れる。生物椅子は微かに震えだす。そして、生物椅子はからだをぐんぐん前後左右に揺すったかと思うと、大きくローリングし始め、突然、よたよたと歩き出す。その度に背もたれもゆらゆら前後し、丸くあいたその口が動くたびに空気を孕み、ヒュウヒュウと音を立て、ますます悲しげな顔になってしまって、背もたれはまさに人生の重さを一身に背負ったかのごとき重さを感じさせる。重さは重さを呼び、椅子は椅子の機能を思い出し、ああそうだ、ここには重力が載っているのだ、生活のための物が載っているのだ、何人も何人もの人間の重みが載っていたのだ、そう思うと生物椅子はどたりと倒れた。

3

　青は空に舞い上がってからどれだけの時間が過ぎたのか、青自身、まったく頓着していなかった。からだを大きくくねらせる。旋回する。太陽に向かって突進する。そして再び急降下し、空中に漂う。素晴らしく楽しい遊びだった。分裂してしまいそうなほど急激にからだを捩じっては、ひょろりと長くからだを引き伸ばした。だが、どんなに戯れても、相変わらずからだを知ることはできなかった。ただやけに軽く、快適なのだ。そうだ、からだのなかの人間。青はすっかり忘れてしまっていた。たぶんいつのまにか空に放り出され、落下していったに違いない。そして虎に食われたのだ。どうでもいいことだ。あのダラダラと長い列車内の棺桶に生きたまま押し込められた呪縛状態を思えば、虎に食われるのさえ快適だ、と青は思った。

　気が遠くなるほどの時間が過ぎ、空と戯れることに飽きると、青は漂った。空の色や地上の美しい模様を眺めて過ごした。ときどきからだのなかを鳥が通り抜け、あるいはそのからだを感じ、安心したように眠った。鳥も青を見つめた。青はもう、おれはなにものか、などと問うことがなくなっていた。いつしか青はまったく動かなくなった。景色さえ意識していないようだった。おれは風だ、と思ったあの輝ける瞬間はどこへいったのか。青はよく覚えていたし、あの鋭敏な感覚はすぐにでも取り戻せるはずだと思っていたが、いかんせん太陽に晒され続ける場所では、いつでも見られている感覚がついてまわり、それに慣れてしまうと青は怠惰になった。青はからだもこころもなくなりそうだった。おれはこのまま溶けるんだと感じたが、そう簡単に溶けることはできない。なにも変わらなかった。

　だがあるとき、青は自分がどんどん重くなっていることに気付いた。なんだろう、この重さは。水が染み込んでいるような重さを感じた。からだは自在に動いたが、じっとりと滲むような感覚が青を包み、支配していた。しばらくするとからだは失速して、少しずつ地上が近づいているのを知った。空気は重く、時間は間違いなく進んでいた。湿った温度が青を満たした。窒息しそうな苦しさ。痛みではなく、以前もこんな苦しさを味わったことがある気がしたが、思い出せない。ほらあのときだよ、となにかが囁く。恐怖が襲ってくる。あのとき……おれはなにも知らない。おれはなにも思い出せない。

　いつの間にか、青はまったく見知らぬ大地へ降り立っていた。見たことのない赤茶色に染められた光景。熱に浸されて、ぐんぐんと重さが増していく場所。蒸気が風となって常に吹きつけてくる空間。そうだ、この蒸気。青は再び恐怖に襲われた。

不思議な場所だった。無慈悲にも椅子がごろごろ転がっていた。そこは椅子の墓場なのか。もちろん青には知るよしもなかったが、この光景を青は見たことがある気がした。壊れた椅子の群れに降り立っている自分。蒸気と熱のためにぐにゃりと曲がって、ぼろぼろに腐り、醗酵している椅子。哀愁が漂っていた。それは打ち捨てられた悲しさと美しさが混ざり合った群れの光景だと思った。ときどき犬が通ったが、犬は椅子に食われ、椅子に溶けていった。ここはどこなのだ。また、あの疑問が青を襲ってくる。もしかするとここではなにもかも溶けてしまうのではないか。青は縛られたように動けなかった。青は全身で感じとろうとする。なにがおれを不安のどん底に陥れているのか。

どこからともなく音楽が流れてくる。聞いたことのある音楽だった。風とともに運ばれたのか、地底から湧いて出てくる音なのかわからないが、紛れもなく海の音楽だった。深い波のリズム。ゴボゴボという音。懐かしい響き。青は海を知らなかった。が、青はすぐに悟った、あれは海の音楽だと。……この、椅子の大地は暑く湿り、揺れながら少しずつ沈みつつある気がする。おれはもしかすると海の上にいるのかもしれない。ここは大地ではなく、椅子でできた幽霊船なのかもしれぬ。青はそう思った。音楽は椅子の喋ることばが長い時間の果てにリズムと調性を持ったのかもしれなかった。……強い風が吹いている。地上で湿気にやられているおれは、昔はあれだったのだ、と激しい憧れを抱き、悲しみがからだをぶるんと震わせた。

しばらくして、椅子は群れを作り、動きだした。驚異的な光景だった。お互いになにか囁き、同じ目的、同じ結果を目指したのだ。一斉にゆらりと動いた。遥かなる情景。たぶん最後のいのちのあがきと孤独の淋しさゆえに違いない。椅子は寄り集まり、少しずつお互いに這い登っていく。ゆっくりゆっくり、大きな物体が姿を見せた。

塔。ぼろぼろの、美しい、巨大な塔。

青はただじっと見ている。塔はそこかしこの継ぎ目から蒸気を吹き出し、ジュウと音を立てる。幼虫が成虫に変態する、あるいは珊瑚虫が死んで珊瑚になっていくかのような変化だった。椅子は生命を終えて、岩として再生したのである。青は自分のいのちを思った。おれは生きているのか、死んでいるのか。おれが死んだなら、おれの死骸は残るのだろうか。青の不安は頂点に達する。だが、青はまったく動かない。ただ塔を見ている。蒸気に浸されて真っ白くなっていく自分を感じている。突然、塔が崩れる。またたく間に、巨大なジュウという音とともに塔の瓦礫は消失する。今、青は水のなかにいる。青は水のなかでつぶやき続ける。永遠に輝くフィラメントのように……。そして、ぷっつりと青はことばを失う。青はなぜか、自分のからだが大きく広がっていくのを感じていた。だが、ここはどこなのか、漠然としたまま。

あまりの苦しさに、青の気は、遥かに、遠のく。

闇のオペラ

1983

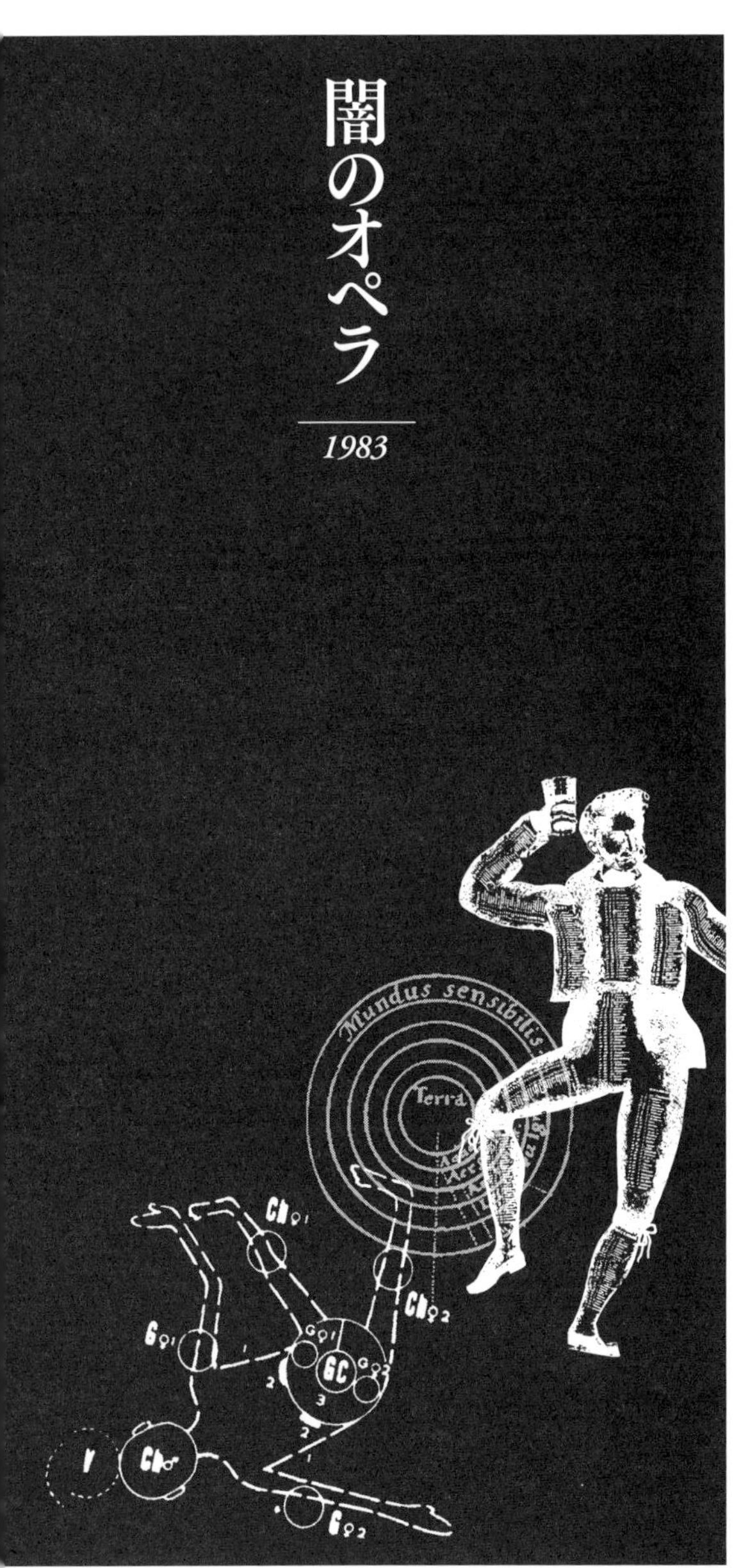

舞台上には円が描かれている。その中央やや後方に椅子が二脚、ウェディングドレスに身を包む等身大の人形と女が、それぞれ椅子に座わっている。

円の外側、後方に、男が立っている。

二人は静かに、美しい歌（以降M1）を輪唱している。

やがて男は歌を止め、ゆっくりと円の中へ入って来る。男が近づくと女もまた、歌を止めて、パペット人形のような動きで立ち上がる。しばらくの間、男と女は円の中を歩き廻る。それは、あたかも鬼ごっこに興ずる子供たちのようだ。

男と女、聞こえないタンゴに合わせて、踊る。その踊りは、調和もあるが、バラバラでぎこちない。

歌（M1）の合唱。女は優雅に、男は、場違いなほど元気よく歌う。

歌うにつれ、二人のテンポはずれていく。

突如、男は歌を止め、女から逃れる。追う女。逃れる男。

だが男はすぐ捕まり、女の踊りにひきこまれる。すっと離れるふたり。

〔タンゴ〕

男　やがて、お前がやってくる。何人ものお前が軍服を身にまとい足並みそろえて軍靴を響かせ、わしの身体を笑いにやってくるのだ。お前の眼は、わしの身体を射抜き、わしの衣装をはぎとり、わしのあばらを見て笑いころげる。（笑い）
「私のピカピカの軍服をごらんなさい。私はこの軍服がある限り、歳をとらないのよ」（笑い）
ごりごりした足音はお前の足の音だ。ビロードの絨毯を踏みつけてもなんたる硬質な足音か。獣だな、お前は。ばたばたと漆黒の衣装で飛びはねるお前は大きなカラスだ。カァ、カァ、カァ。だがなんとしたことだ。わしには見えない。お前の軍服が見えん。お前の冷たい髪が見えん。この夜の闇がわしをさえぎってしまう。ああ、（くしゃみ）、ああ、（くしゃみ）あ……。
お前の口はどこにある。お前の耳はどこにあるのだ。わしは、お前の裸が見たい。軍服をはぎとって、軍靴を強引に奪い、お前の裸身を見たい。ふくよかに肉づき肌にはひたひたと水が張る、お前の裸は……さぞかし美しい裸身だろう。

お前の声は……。身体はどこにある……。どこにいるんだ、おーい。

……猫の声だ。どこだ。どこへ行く。おーい。わしをそこまで連れていって。そこへ、わしを、（あくび）……

〔タンゴ〕
人形と女による踊り、
〔タンゴ、次第に小さくなり消える〕

男　（笑い）、行っちまった。（笑い）。行っちまったよお。

あの家の跡地、どうなったかな、あの家……桜の木が庭に雄々しくそびえていたねえ。思い出すなあ、あの頃。桜の花びらが風に舞って、はらはらと落ちてくる。君と俺、寄り添いながら見つめたね。うすいピンクの花びらの向こうは……なんていうかな……うん、月並みだけど、抜けるような青空だったね。

……覚えてるかな。小さな猫、顔が真黒で、胴体が真白っていうおかしな奴。元気のいい猫だったな。いつも窓枠の手すりにつかまっては落ち、落ちては這い上り、落ちては上って、そのくせ一人では外に出られずにね、結局、君の膝の上で寝転んでじっと空を見上げていた。それに飽きると鏡に寄って行ったね。ときどき君を引き摺って鏡まで運ぶこともあったよねえ。気持ちの悪い猫だった。俺、腹立ててばかりいたな。一人ではなにもできない、蹴飛ばしたり、庭に放り投げたり。でもね、外出しようとすると、尻尾をぷるぷるって震わせながら、ニャーオって擦り寄る。ニャーオ。

「何だよ。知らないよ」俺は、そう言い残して外に出る。するとあいつも出てくるんだ。猫のくせにねえ、どこに行くのにもついて来てしまう。犬じゃあるまいし。知らんぷりして先に行こうとすると二、三歩歩いては、すねちゃって横向いて立ち止まる。真ん丸な顔してね。

そして振り返ると、前脚をひょいって持ち上げる。手を引いてって言わんばかりにだよ、首をかしげて愛嬌まで作ってみせる。俺も、その時はねえ、微笑みたくなるんだけどね、でも、その、つい怒っちゃう。

「こらあ、駄目だ。家にいなきゃあ」……又、知らんぷりして歩き出す。すると猫も歩く。立ち止まる。猫は横を向く。

「この野郎、すねやがって」笑いながら、同じような住宅の立ち並ぶ街並みを足早に抜けようと歩みを早める。

「馬鹿野郎！　早く帰らねえか」でも、猫はぴょんっと飛びはね、追いかけて来る。俺はずらっと並んだ真白い住宅を見ながら、その間をすり抜けた。猫はささっと、だ。あそこは天国だった。行き交っても誰も目線を合わせず、おざなりにぴょこんと頭を下げる。

（と、突如）

「あ、おじさん、糞が、本当に糞がもれちゃったんですよ！」

男、ワルツ・フランソワを口ずさみながら踊り始める。ワルツに合わせて、女も手拍子。手拍子は次第に大きくなり、突如、中断。

　嬉しくなってさ、誰にも邪魔されずに猫と追いかけごっこを続けるんだ。スイスイ、ピョンピョン、ピョン。バーカ、お前の足だ、追いつけねえってばよお。ほれ、ほれほれ！　（倒れ込む）

　待てよ、待てって……（笑い）、よしよし、お前だけだな。俺が蹴つまずいても待っていてくれる。お前だけだよ。こんな森の中で道先案内できるのは。おお、よしよし。おまえだけだ。俺が転んでも、太陽はおかまいなしに照りつけたかと思うと隠れやがる。昇ったり沈んだり、おんなじことを繰り返し、気ままなもんだぜ。なんで、あんなに、お天とう様は、毎日飽きもせずに光を放てるんだろうなあ、なんで浮かれてるんだろうな、浮かれなきゃ熱なんて出せねえってか。

（立ち上がり、手を上げ、と突然）

「おじさん、糞が、本当に糞がもれちゃたんですよ」

男、ワルツを口ずさみながら踊る。男、女とも、手拍子。手拍子の音は次第に大きくなる。まるで、何かにつかれたように手拍子する。が、突如、中断。

　いつの間にか、俺は、あの家に帰って君を見つめてる。君はじっと鏡に自分の姿を映してる。猫もだ。いつも、こうやってね。ねえ、何が楽しいんだい。言ってみろよ。早く、言えっていってんだよ。ペッ！　（男、人形に、つばを吐く）ごめん。（人形にキス）あの年代物の、こう真中に黒い線の入った鏡の前で、君は幸せで、ゆったりと鏡に向かいあったままだった。なにも口にせず、なにも喋らず、黙っいる。

いつも、そうやって一点を見据えたまま。微笑んで

てただ微笑んでいたね。君は一体何を見てたんだい。

言いたくないんなら別に何も言わなくていいん

だ。俺、なにも強要したりしないからさ。いいんだ

よ。……あっ、あの街に大群をなした、トラクター

と、ショベルカーとブルドーザーがやって来た日が

あっただろう。覚えてるよね。あれからは埃まみれ

だった。君は毎日埃のなかでどんどん煤けていった

……あ、ごめん。

※あの日住宅地に残っていたのは俺たちだけだっ

た。人々は、すでにいなくなっていた。そして寂し

い住宅地はまたたく間に壊された。もの凄い音がし

て土埃が舞い上がった。俺は君と鏡を背負って、あ

の街から逃れた。次から、次へと押し寄せるブルド

ーザーの合い間を縫ってさ、俺たちは走った。土埃

と、まだ真新しい木材の匂いが充満するあの街の

真ん中を、ね。労働者は俺を「このド変態！　ど

け！」って叫び、蹴り上げやがった。逃げた。猫は

君の背中にしがみついていた。絶対に離れてなるも

のかって力でね。だけどどうだい。土埃りが消え去

ると、猫は君の背中を思いっきり蹴って俺たちが捨

てた家に向かって一心に走り出したじゃないか。

「おーい、俺はここだ、戻ってこーい」だが、猫は

みるみる小さくなっていった。するとまた俺は取っ

捕まって蹴られた。「糞を漏らしやがった」労働者

は俺に向かってそういった。俺はそこでおまえを

背負ったまま蹴られ続けた。……太陽は光ってい

た。土埃も舞っていた。……しばらくするとなにも

なくなってしまい、ブルドーザーが取り残されたま

ま、灰色の土地が広がっているだけだった。鏡は割

れなかった。走っていった猫は……なんにもないの

に……行っちまった。……その時、にわかったんだ。

俺が見たのは幻影なんかじゃないって。君があの鏡

を通してなにを見ていたか、わかった気がしたんだ

よ。猫も同じものを見ていたんだ。あの時から君を

離せないと思った。君の網膜に映る、あの鏡の真ん

中の割れ目から、ほんの一ミリほどしかない小さな

われ目から、果てしなく広がった埃まみれの土地

……。その土地に襲われる姿……。（ぶるぶる震え

る男）

（突如）ああ、なんたる糞のかたまりなんだ!!

あくびをする。男、倒れる。

〔タンゴ〕

女と人形の踊り、男も、踊りに加わる。

男　（※のセリフを繰り返す。愉快そうに、又自慢げに）

　セリフの途中でタンゴ。すると男は、又必死に踊る。

　タンゴが消えると、男は、大あくび。

　何事もなかったように、円に沿って、歩き始める。

　皇帝気どりの男は、威張って胸をそらす。しまいには、弓ぞりになり、平衡を保てずひっくりかえる。

　男慌てて起き上がりスキップ……中断。

　女Ｍ１を歌う。（元気よく）

　皇帝気どりの歩きを再開。ひっくり返る。

　スキップ……中断。

　Ｍ１再開。

　又、皇帝気どりの歩き。

　弓ぞりになり、倒れそうになるが、かろうじて起き上がる。


男　そりゃあね、私だって言いたいことは、山程ありますよ、でもね、あんたらがどうして私の面倒を見たがるのかさっぱりわからない。私だって最初はそうでした。あれはもう二五年も前のことになります。私あんたたちだってよく知ってのことことは思うが、私がこの町へやって来たのは何も目的あってのことではない。単なる任務ですよ。私自身が決めた任務ですけどね……。いや、もし任務という言い方がまずいなら流れついたとでもしておきましょうか。あの日は朝から蒸し暑く、いつまで経ってもお天とうさんが沈むことはないだろうと思えた、そう、痛いほど空が真っ青に染められた日だった。だがその青空は、一瞬にして黒雲に覆い隠され、この大地めがけて冷たく鋭い雨を降らせたねえ。確かあの雨でいくつもの家屋が壊れ、畑が全滅、街には石油があふれ出すという有様だった。

　私はその日流れついたばかりだったから、この街には、誰一人として知り合いなどおらず、また尋ねあてるべき場所も見つけられないままあの雨にやられたんだ。

「おとうさん、すまんが、雨宿りさせて欲しい」

　私は頼んだよ。でもさ、誰が、あの雨の中で家の中に入れてくれようとしたかね。私が軒下に立っているだけで窓枠からほうきを突き出し、私は雨の中へ追い払われた。俺はだな、追い払われた男なんだよ。「糞野郎！」だよ、そしてツンツンってさ。私は当たり前だと思おうとした。なにせ、あんな外に出られないような雨時をねらっての強盗が、この街では横行していたんだからね、娘さんのいるうちなんて、そりゃあ大変だ。誰も外に出られない、大声あげても聞こえない状況で、にこやかで可哀想な旅人が突如娘の股倉目掛けて襲いかかり、抵抗しようもんなら殺されるなんて事態に陥りかねなかったのだからね、雨の日は街中が疑心暗鬼だ。私の頭はあの日の雨で血だらけになり、ボコッと穴があいてしまった。今ではその穴にコケが生え、春になると小さな花が咲く。お見せしますか、なんてね。つまらん冗談だよ。

女 （歌）「春になると小さな花が咲くんだよ」

私はね、そんな事は何とも思っていないんだ。まあ、あの頃のこの街の状況ならさもありなんと思えたからね。災難は遠ざけるべし。まったくだよ。殺されてからじゃあ始まらないからねえ。だが私が忘れられないのは、雨が止んだあとだ。私が私の尋ね先を聞いた時、あんたたちどうした？
「トン・キポーテ男爵のお宅はどちらでしょうか？」
すると、俺の顔をじっと見て、「あんた、脱走して来たの？」「トン・キポーテって、あのセルパンテスの？」

後は大笑いしたかと思うと、怒って扉をピシャリ。私だって確信があった訳ではなかったが、しかし、そんな気がしたんだよ。余計な事はいいじゃないか。「トン・キポーテが今でも生きてこの街に住んでいる」そんな感じを起こさせた。それだけで十分。私の勘はときに的を射るからね。そしたら、ものすごい剣幕で怒った。私を叩き殴りつけた。だからさ、俺はわかったんだぜ。やはりここにトン・キポーテは実在するってね。

さてもう一度尋ねましょう。「トン・キポーテ男爵のお宅はどちらでしょうか」

女、歌（Ｍ１）。少し遅れて男、歌（Ｍ１）。異常とも言えるほどに元気よく。
男は自らの歌を指揮するかのような素振り。その振りが勢い余って椅子の上から転落する。が、めげずに、椅子上に戻り、又歌い始める。転落すること二回、そして三回めに、男は道化的態度を交えて。

男 こうして私は、この街のありさまを私の中に灯るロウソクの炎の中に閉じ込めてしまいました。むろん比喩でございます。と言いたいが、そうでもない。私は目玉ほどの大きさの街を覗き見することのできる、魚になった気分だった。私は何にも喋らなかった。黙って街を見ていた。街は不純な乱痴気騒ぎで煮たっていました。でも何事もなかったように、月日は過ぎ去り、何十回もの夏を経験しました。いつもそうでした。何事もなかったかのように子供たちは畑を耕しました。

えんや　とっと、えんやぁ　とっと、
何事もなかったかのように、大人たちも畑を耕しました。
えんやぁ　とっと、えんや　とっと、
おふくろよお、なんでみんなあんなに浮かれてるんだよお。おふくろよお、わしは異常かね、何故、わしだけ女とできないんだね。
もう四八。立派な大人だ。
えんや　とっと、えんや　とっと……。

　男、掛け声に合わせて、円に沿って走り出すが、途中でつまづき倒れる。起き上がる男の顔には卑屈な笑い。慌てて、椅子の上に昇ると、歌（M1）を元気よく歌い始める。勢い余って二回転落。三回目に、椅子の上にうずくまり。

男　知らないよ、僕。本当だよ、ママ信じて、僕そんなとこ行ったことないよ、嘘じゃないよ、一番良くママが知ってるじゃないか。
　痛いよ、ママ、痛いよ、ほどいて、痛いんだってば、あれは遠い所にあるんだっていつも言ってたでしょう、何で僕がそんなとこ行けるの、知らないよ、知らないってば、……どうしたの、ママ、何でそんな顔するの、いやだママ、そんな顔しないで、いやだ、いつもそうだ、僕が苦しい時、ママは笑ってる、僕が楽しい時、ママは悲しそうな顔をする、ママすごくきれいだよ、僕ママのこと一番好きなんだ。きれいなママ、僕、ママのことすごく自慢したくなるんだ。お月様よりずっときれいだよって……。ほどいてママ、痛いんだ、たたかないで、本当だよ、嘘じゃないよ、許して、嘘なんかついてない。ママの言うことちゃんと守ってるよ。この団地から外に出たことなんて一度もないんだ。僕ね、団地のあっちのはずれまで行ってね、大きな河があるでしょう、あそこまで行くと河の水がピカピカ光ってる、その光ってる河の向こう側を見ているだけなんだ。じいっと見てるとね、ママ、僕だって、あの河の向こう側には汚ないおじいさんや、病気で黒い顔したお婆さんでいっぱいなんだろうなって思うんだよ。ママの言うことは正しいんだ、間違いないんだ。うんこ臭いんだ、あそこ。ママの言うこと何でも聞いてるんだよ。痛い、痛いよ、知らないよ、本当だってば、そんなとこ行ったことないよ、痛い……(泣く)……ママ、僕、本当はお砂遊び大好きなんだ。本当だよ、この団地の真四角に区切られた小さなお庭にね、うん、大きな桜の木の下のね、猫のお墓だったところ。あそこにね、ママ、お砂場作ったでしょ、僕、お砂場で、お砂遊びしているだけなんだ。こうやってね、鼻まで砂の中に埋めちゃうとね、砂粒ってものすごく大きく見えるんだ、すごいんだ。そしておなかをぺったりと砂につけちゃう。そうするとねママ、暖かいんだよ、ほかほかしてくるんだよ、死んじゃったけどあの猫を抱いてる時みたいに……でも。このずうっと下の方に猫がいるんだなって思うと悲しくなっちゃって僕泣きそうになってくる。笑わないで、何がおもしろいの、いやだそんなの……。

　ママ本当だよ、お砂遊びしてるだけなんだよ、そんな所行ったことないよ、僕のそば離れちゃいやだよ、僕ママのこと大好きなんだ、……お砂遊び大好きなだけなんだ。……あの猫かわいそうだったんだ。だからあの絵本のおじいさんも一緒に居られるように埋めてやった。そうだよ、絵本のおじいさんだよ。ずうっと広いお砂場の上を歩いているおじいさん。おかしなヨロイみたいのをつけてね、重そうなんだけどね、こうやって胸張ってね。でもわかるんだ。あのおじいさん、つらくて倒れそうな気持ちだったろうなって。だってね、ヒョロヒョロになって、まぶたはほとんど閉じかけていたもの。誰も助けになんか来てくれないんだ、わかるんだ、でもあのおじいさん、絶対に死なないよ、今にも死にそうだけど死なないよ、わかるんだ、どこか行っちゃうんだよ、だから僕、お砂場の中に埋めちゃったんだ、絵本から出てこないように猫と一緒に居られるようにしちゃったんだ、(谷底へ落ちていくように、椅子から、落ちる)アー……。

落ちた男は、何が起こっているのか、さっぱりわからないという様な顔でキョトンと辺りを見廻す。おもむろに椅子上の元の位置に戻ると

　そんな顔しないで、何も悪いことなんかしてないよ、ママ許して、知らないよ、本当なんだ、ママ、痛いんだってば、知らないんだってば、

男、急に立ち上がると、歌（M1）を元気よく歌う、勢い余って椅子から転げ落ちると
〔タンゴ〕
男、突如、女に変わると、高貴と優美を体現するかのように、立ち上がり、行進する、女も又、貴婦人の行進。操り人形となっての踊り。男、倒れる。と又、貴婦人の行進。

タンゴの終わりとともに男、倒れる、床に顔をつけている。


男　ごめんよ、堪えきれなかった。あの日君はいつものように鏡に向かって身動き一つせず黙ったままにっこりしてた。俺には、君の後姿、君の、その美しいうなじとほつれた髪が俺にとってはすべてだった。俺が何を言ったって君は何一つ答えてくれず、すべて私には解ってるんだって言わんばかりの後姿で俺を見返すだけ。でもね、俺は君の沈黙は、微笑は「貴方の本心ってどこにあるの、貴方はそうやって理屈をこねていても結局は自分しかないのね」って言ってるように聞こえた。「貴方、私が死んだ時、私を抱いて、私、その時、はじめて貴方を信じてあげるわ、死んだ時、私の乳房を痣が付くほど握って、死んだ時、私の眼玉にキスして」ってね。

どうしたらよかったんだ。あの日だって俺は君のその凍りついた背中に向かって、ただそれが君に届く前にすうっと空中に消えていってしまうことさえ知っていて俺は叫んだよ。

「好きだ　君の偽だったらすべてをいとうまい。何も言わなくていいんだ、好きだ　好きだ！」

あの時もそうだ。案の定、俺の声は、君と俺との間にある地面に根をおろし、しっかりと根づいているガラスの板でさえぎられ、不協和音となって俺にはね返ってきただけだったよ。だがどうだろう、あの時、俺のまわりに、その不協和音ははっきりと姿を現わし、君と俺との間に張りめぐらされたガラスの板にはね返ってはまた返り、だんだんスピードを増して、いつしかするすると空に向かって舞い上がっていったじゃないか。しばらくすると声は砂になって俺の上に降りて来た。余りの激しさで気絶しそうになるくらいの痛みを感じながら、俺は砂に俺のからだと涙を埋めた。その時、俺は知った。雨っていうのはかさかさに乾いた砂の粒だってね、おまけにこれは、人間の声の粒だってね！

女、ワルツを歌い始める、男は、そのワルツに合わせて、踊らされる、男は急に水に溺れる、もがく男。力尽

きて水底に横たわる。そして這い上がりつつ。

男　こんな思い入れからかもしれない。俺は砂に打たれながら君の前の鏡を見ると、鏡の割れ目から、砂があふれ出し、今にも君を飲み込むばかりに、それは激しく波打ってみえたんだよ。あの日、朝五時半。最初に逃げ出した時。砂が君を襲っていたんだ。足元を見ると、やはり積もった砂が、髪の毛のようにうねっている。俺は鏡を砕き、君を掴んで、嫌がる君を無理矢理に連れ出し、君に目隠しをして、ずうっと遠くの灰色に染まった草原に君を連れて行った。五日かかったな。午後三時頃だった。厳重に君のまわりにぐるっとロープを張ったのだ。

　君は、それでもぼんやり空を見つめていた。微笑んだままね、……それからしばらく、俺は君を見つめていたよ。あのロープの外からね。まったく、俺が張ったロープだと言うのに、自分でも中に入れないなんて不思議なものさ。……ロープの外からいろいろ話したね、「おはよう」「こんにちは」「こんばんは」「ねえ、何食べる?」「何か飲みたい」「素晴らしい月が出ているよ、後ろ振り返って見てごらん」「寒くないかい」「今日は太陽が眩しいね」……でも君はピクリとも動かない。俺はしばらくして気付いた。あの鏡のせいだ、遠くにあるあの鏡をまだ見続けているせいだってね。俺はすぐにでも旅立とうとしたが、よもや君を一人ここに残していくわけにはいかない。それで君をこうして背負ったね。俺はあの鏡を叩き壊すつもりでね。歩いたね、イチニ、イチニって声かけながら、イチニ、イチニってね。

男、人形を背負って歩き始める。

〔タンゴ〕

男一度、立ち止まるが、タンゴに合わせて、再び歩き始める。

〔タンゴ消える〕

男、立ち止まる。

男　おい、おい　おーい。

仕方なく歩き始める男。

〔タンゴ〕

タンゴが聞こえると、男、再び嬉しそうに合わせて歩く。

〔タンゴ消える〕

男、立ち止まり、人形を放り投げる。すると人形は勝手に走っていく。その幻影を見ている。男、追いつこうと、必死に、走り出す。

男　おい　おーい、おーい。

〔タンゴ〕

追いかける男、だが追いつくことはできない。男は疲れきってしまう。

〔タンゴ消える〕

男　おい、おーい。

男、倒れ込む。

〔タンゴ〕

女と人形の踊り。

男　おお、すごいぞ、空が一面、鳥で一杯だ、真黒だ。空が真黒だ。……子供の頃、家の窓硝子に何羽もの鳥が打ち当たった。怖くて動けなかった。だってそうだろ。窓硝子を空気としか思っていないんだぜ。何とも思わず飛んでくる鳥、口に固い甲羅をつけて窓硝子にぶち当たってくる、特攻隊だもんな。「この野郎、近づくんじゃねえ！」そうして、死んで落ちている鳥を後でピッケルでくし刺しにする。刺して、刺して刺しまくる、（人形の顔を、めった突きにする）でも刺しても刺しても鳥は動いてる。死なないんだ。いや本当は死んでる。鳥の筋肉ってすごく発達してるから、刺す度に筋肉が緊張して動くんだぜ。子供心には生きてるとしか思えなかったよ。

（空を見上げて）こうして見ると壮観だ、あいつら、何を考えて、空を舞ってるんだろう。あいつら……見てごらん、きれいだろう。こんなきれいな空、しばらくぶりだ。アハ……ハッハッ。（男と、女、笑い声の大きさを競う）

〔タンゴ〕

男　おーい、俺達もまぜてくれ、お前らの仲間に加えてくれよー、もっともっとお前らの仲間を呼び集めて、地上の生き物が全く見えなくなるまで真黒く空をうずめてくれよー、おーー。

男のあごがはずれる、苦しそうにもがく男、徐々に鶏に変身していく。突如、後ろにひっくり返る。

男、椅子の上に戻り、

男 俺も混ぜてくれ、お前らの仲間に加えてくれ、もっとお前らの仲間を呼び集めて、地上の生き物が全く見えなくなるまで真黒く空をうずめてくれ！

歌でも歌っているかのように、軽く、にこやかに。

男 おーい。（椅子から転落する）

〔タンゴ〕

男 変な音、聞こえるよ、何あの音、僕、怖い！ 嫌だよ、どこにも行きたくない、この中にいるんだ。出たくない、嫌だ、ママ、止めてよ、その音、鳥の羽ばたきみたいだ、バタ、バタ、バタ、バタ。（徐々に鶏となる男）

あー、何、あの音、硝子でできた階段を昇ってくる足音みたいだね、ウチに階段なんてないじゃないか、ママ、何あの音、返事してよ、僕の方、近付いてくるよ、止めて、コケッコ、コッコッ……コケコッー。（完全に鶏となってしまう男）

鶏の彷徨。

〔タンゴ消える〕

男 コーッ、コッコッコッ。（平和な鶏の散歩）

〔タンゴ〕

男 （あくび）あーっ、あの年も大勢の街の人達が、私の所へ押し寄せて来ました。いつもそう、都合が悪くなるとやってくる、五年前、雨の中に放り出された私のところにです。え？ いや、私は何もあんたたちに謝って欲しくて言っているのではない。私は、あんな事、何とも思ってない。いや、それればかりか、あんたたちに感謝さえしているんです。

女、歌「感謝するのは良いことだ――」

男、それを追って「感謝するのは良いことだ～」

男、女、合唱「感謝するのは良いことだ――」

男 赤ん坊？ 私はねえ、赤ん坊だろうが老人だろうが関係ないと思っている。そうじゃないかね、子どもだって動物だよ、自分の始末は自分でつけりゃあいい。「おじさん、糞がもれちゃったんですよ。フギャー」
　バカタレが!!

（女の歌「私だって赤ん坊だったんだよ～」）

男　帰ってくれませんか？　私はここから出られませんし、またあなた方をここへ入れる気はさらさらない。「おっさん、すまんが、この雨のなかから私を救い出してくれんかね？」誰からも見向きもされなかったんだ、私は。（笑）
　え？　ええ、トン・キポーテ男爵、見つけましたよ。元気で立派に生きていましたよ。今はね、この床の下、真っ暗闇の床下にしまってありますよ。そりゃあ、おとなしいもんだ。あの人は閉じこもりきりで身動き一つせず、思索に耽っている。私はね、彼の気持ち、よくわかりますよ。ここは不思議な街だ。彼はね、なんにも食べ物を口にしません。それでも排便だけはするんですからね、普通の食い物ではないものを食っているとしか思えません。このなかは男爵の便で溢れかえっていますよ。でもね、彼は匂いもそうなら恥の感覚もね、とうの昔に投げ捨ててしまったのでしょうね。つまらない苦悩は通り過ぎてしまったのでしょう。……いつまでいる気なんですか？　子供たち？　知りませんよ。もしいたら、砂の中にでも埋めておしまいなさい。暖かな暗闇にいれば、どこにでも旅することができる。永遠にね。

人形を手元に引き寄せ、接吻する。

男　私はね、この女といるだけで充分なんだ。余計な邪魔はしないでくれ。なに？　女を返せだと。この子が帰ると思うかね。え？　よく胸に手を当てて考えてみることだ。この子だってデクノボウじゃない。そりゃあ、あなた方だって一見、大切にしているように見せていただろう。役に立つからね。でもね、この子の目をよく見てごらん。じっと開きっぱなしで、一体なにを見ているのだろうね。私にはわかるんだよ。

女　（歌）「私にはわかるんだよ～」

男　（歌）「わかるんだよ～」

男　みなさん、この子から奪い取った赤ん坊はどこへやったね。死んだのかね。殺したのかね。それとも売り払った？　奴隷のようにこき使っているのか？　おまえらが言葉が巧みなのはよく知ってるよ。でもこの子だってよおくこの街のことは知っていたはずだからね。（と、急に人形を大股びらきにする）「ひゅー、ひゅー、ひゅー、ひゅー」

　激しい雨の日。雨の日は手持ち無沙汰の男たちがこの子のところへ群がり寄る日だったね。雨が酷いので雨宿りさせてくれないか。この子は優しいからね、いやとは言えない。おまえたちのように棒で小突いたりはできないんだ。大変な賑わいだったねえ。まるでひとりきりの売春宿ってか。

　さあ、帰ってくれないか。私はこの子と戯れなきゃならない。日課なんだよ。私は日課を変えたくないんだ。そんな子供のことなんて知ったこっちゃない。私は何も見ない。何も聞かない。ここにはだあれも入れやしない。

〔タンゴ〕

男　おーい。おーい。（必死に追いすがる男）

〔タンゴ消える〕

男　（がっかりするが、気を取り直し）おや、不思議だねえ。時計がなくなっているよ。懐中時計もない。まあ、いいさ。時計なんてなくたってね。日々の生活は決まっているんだからな。一分が決して三〇秒になることがないように、私たちの生活だってなんの狂いもないのだからな。でも君、まさか君が時計を壊したんじゃないんだろう。いやなに、関係ないからいいんだよ。時計なんてね。私たちの生活は平和そのもの。何者も立ち入ることはできない。何者も邪魔することはできない。ここは我々の王国なんだから。

〔タンゴ〕

男　おーい。おーい。

〔タンゴ、消える〕

男　君はじっと座ったままだ。いかなるものにもめげず、惑わされず、気高く美しく、毅然たる態度。君にはその姿が一番似合っているよ。私は君の姿をじっと見守り続ける。私の一番楽しいときだ。余計なことを一切喋らぬ君を見ているうと私の心は消え入るように透明になっていくのがわかる。私もこうして、ここで凍りついたように死んでいく。誰も入って来ない。いつまでも君と私、ここに座り続ける。私たちのからだがいつしか骨になり粉になり、風に変わってもこうして座り続けている。……おや、今日は時を告げる鐘が鳴らないねえ。いったいもうどのくらい経ったのだろうねえ。

〔タンゴ〕

男、しばらく無視しているが、耐えられなくなって椅子から立ち上がる。と突然。

〔タンゴ、消える〕

男、舞台の最前まで出て来て、目をこする。

男　私の目はだいぶ悪くなったようだ。(再び目をこする)……おお、街が……ない。街が消えて……砂が舞ってる。……砂漠に変わった。どういうこったい。ここもあっちも、なにもかもが一色になってしまった。

男、跪く。自嘲の笑い。

男　あれは誰だ。地平線を一列に……。あ、あれが赤い小人か。そうか、赤い小人か。東から西へと歩いていくんだ。あいつら、他者とは絶対に口を利かず、なにも食わず、もくもくと歩き続ける種族だという。いったい何者……。(自嘲の笑い)……関係ない。関係ない。

〔タンゴ〕

男、人形を抱く。女、タンゴを踊る。

〔タンゴ、突如ストップ〕

男、指揮をしながらM2を歌う。女、男の指揮を無視し、タイミングをずらしてM2を歌う。

〔タンゴ、突然流れる〕

鶏となる男。彷徨する。

女、貴婦人のように行進。

老いさらばえた鶏男、タンゴの終わりとともに、椅子の上で倒れる。

と、急に椅子の上に立ち、M1を元気よく歌う。転落しそうになるが、ギリギリ持ちこたえる。

男女とも歌（M3）を静かに、優雅にハミングする。とても美しい。

〔突然、タンゴ〕

男 ……本当のこと言って。このうちに階段なんてない。お前はだれだ？……ママァ！……君が誰だってぼくには関係ないんだ。ぼく、扉、絶対に開けないからね。このなかはね、すごいよ。ママもいるんだろう、そこに。知っているからね。ママにも見せてあげたいな。ここは真っ暗闇。でもね、ずうっと向こうの方からね、ときどき光が射して来る。きれいなんだよ。あ、今度は月が出て来た。見せてあげたいなあ。ママもおいで。なにかぼんやり光り始めたよ。あれは？……ママ、絵本だよ。あの絵本のなかと同じだ。おじいさんが歩いているよ……。

ああ、うんちが漏れそうだよお！

うわぁ！（目を覆う男）

〔ワーグナー音楽〕

椅子の上で得意顔の男、ワーグナー音楽に合わせてバイオリンを奏でる。

バイオリンに夢中の男、椅子から転げ落ちる。と、今度は指揮者となって舞台最前で指揮棒を振り始める。

男の指揮ぶりは堂々としたものだ。曲は高揚し、大音量となる。突如、ワーグナー音楽は消える。

男、怒りを抑えて、笑顔で再度、指揮棒を振り下ろすがもはや曲は聞こえない。

しばしば椅子上の元の位置に戻り、指揮棒を振り上げ、振り下ろす。言葉が出て来る。時間差でワーグナー音楽が再開。

男 あなたはいったい誰なの？　本当は誰？　ぼくのママは人を殺すような人じゃない。ぼく、大好きだったよ。赤い唇。ぼくね、一生、ママのそばを離れないんだ。……ぼくが大きくなったら立派なお医者さんになって人を救ってあげなきゃ駄目だよって言ってたね。優しい目でぼんやりと空を見上げ、あの星は生きている、あの鳥もあなたも死んだ時は、あの星の優しい懐に抱かれるんだよ、そう言ってたね？
ぼくを縛り付け、笑いながら涙を流してぼくをぶったね。ぼくはぶたれながらもママの涙に舟を浮かべて塩辛い海をどんぶりこって漂っていたんだ。ぼくが寝静まると優しく抱いてくれたね。ぼく、知ってるんだよ。だけど、ママ、あなたはいったい誰なんだ！

〔タンゴ〕

男 うわぁ、すごいなあ、大スペクタクルだ。でも遠すぎて見えない。バキューーン、バキューーンってよお、みんな鎧兜に身を固めて、ほおら、バキューーン、バキューーン。土煙がもうもうと舞い上がっているよ。え？　あれ、子供ばかりじゃないか。百年戦争子供版ってとこだな。

男、何者かに身体を引っ張られているかの様子

男 お、おい、誰だ。やめろ。そんな何百年も前の戦争なんて嫌に決まっているだろ。ぼくを引っ張るな。見ているだけで十分なんだ。百年戦争は子供だけだったって分かるだけでいい。ぼくは戦うなんて嫌だ。いい加減にして。このやろう、引っ張るな！　ああ、助けて。死にたくないよ。助けて!!

男、椅子の上から転げ落ちる。
最前列まで出てくると、遠くを見据えて。

男 赤い小人が歩いていく。戦いに疲れたんだろう。ぼくは見た。子供たちが戦っているのを見た。ぼくも同じく戦っていた。でも他の子供たちはみんな、真っ赤だった。みんな押し黙ったまま戦っていた。みんなななにひとつ語らず、叫ばず、静かに鉄砲を撃っている。どうだ、おまえに真似できるか、とでも言いたげな薄笑いを顔に浮かべてね。いったいどっちが勝ったんだろうね。ほら一列に並んで赤い小人が歩いていくよ……。あっ、消えた！　小人も木も草も、ぜーんぶ消えちゃった。

〔タンゴ〕

男、女、人形による踊り。動きはぎこちなく、人形たちの追いかけっこのようでもある。タンゴの終わりとともに男、倒れる。

静寂。
老人となる男。薄笑い。

空を見上げる。

男　今日も鳥でいっぱいだ。うるさいのお。（薄笑い）

男、女ともに笑い声の大きさを競う。

男、椅子に腰をどかっと降ろす。

女、静かに老人に鏡を差し出す。老人、それをゆっくり受け取り、自分の顔をしげしげと見つめる。

男　おまえはこうやって、いつもわしを虐めるんだからな。（薄笑い）醜いわ。実に醜悪な顔だ。……おまえはまったく歳を取らんな。気味悪いくらいだよ。そしてわしにニッコリ微笑んでな、鏡を差し出すんだ。「汚い顔、よく鏡をごらんなさい」ってな。どれ（と言って、ポケットから化粧道具を取り出し、化粧を始める。それはグロテスクかつ不気味に美しく）

　わしだってまだまだおまえには負けん。美しさだって負けてはいないぞ。そりゃあ、いろんなことをしてきた。それがこの顔の皺となって現れているんだが、まだ老いたと思っちゃいない。まだまだ若い。若さではちきれんばかりとは言わないがね、若い女の生き血を吸っておるからのお。（笑い）嘘だ、嘘。わたしはね、吸血鬼ではない。おほほ。なにも喋らんところがとってもかわいい。（笑い）……だが、だいぶ時が経った。経ち過ぎたよ。おまえの気持ちはよくわかるつもりだがな……。あの時、おまえの身体は火のようだった。なにも言わず、笑いもせず、泣きもせず、怒りもせず、素晴らしく超越したおまえに出会った時、わしの持っているすべてを投げ打ってでも、おまえを手に入れたいと思った。本当におまえは輝いていた。食事もせず、排便もせず、眠ることさえしないのだからな。それでいていつも艶かしい顔をしている。おまえはおまえの色香で男たちから気を吸い取り、生きながらえている。そうわしが理解したのはだいぶ経ってからだったよ。わしも随分吸い取られた。けれどそれでいい。わしにとっておまえは四人目の女なのだ。四人目の、な。

男、突然立ち上がり、

男　誰だ！　おまえたちは！　わしは誰も入れない。話もせん。消え失せろ。亡霊め。ええい、消え失せんか！

　わしの昔の女どもだ。おまえとそっくりだな。おまえが誰かと入れ替わっても寸分も見分けがつかんわい。わしはもうこれ以上生きているのが恐ろしく仕方ないんだよ。おまえとそっくりの女たちが次から次へとわしの前に現れてくるのがな。おまえはわしの宝だ。だが、その宝がまったく見分けがつかないとなると、どうしたらいいかわからなくなるだろう。同じ顔をした女たちが同じように鏡を差し出し、「醜い顔、よおく、鏡を御覧なさい」ってやられた分には、わしは気も転倒せんばかりに、この顔に何十本ものナイフを突き刺したくなるだろうな。痛くて泣き叫ぶだろう。ところが女たちはなにも語らず、うっすらと薄笑いを浮かべてじっと座っている。わしひとりが歳を取り、女たちは美しいままで座っているんだ。……みんないつかは消え果てる。あるいはわしの命が尽きると同時に消え失せるのかも知れないな……。それほど、おまえの身体は火のように熱く、火のように寂しく、火のように冷たい呼吸でわしを保護し、侵食し、わしを愚弄し続ける。他の誰をも寄せ付けようとしないんだ。

いったい、おまえという女はどこからやって来たのだ。わしがおまえを見つけたのは、ひとりで旅を続けているとき、どう道に迷ったのか、枯れ草だらけの草原に足を踏み入れてから、だいぶ歩いたあとだったよ。はるか彼方になにか膨らんでいるものを見つけたのだ。最初は気球が誤って落ちたのかと思った。けれど近づいてみるとそれが一本の大きな桜の木であるとわかって来た。一本の桜の巨木だ。わしは不可思議だった。あんな枯れた草原に、桜の木が堂々と聳え立っていたのだからね。考えてもみてごらん。死に絶えた場所に生命が堂々と宿っているのは驚き以外のなにものでもありゃしない。

しかしよくよく近づくとその周りにはロープが張り巡らしてあり、その下には小さな砂場と頑丈そのものの衣装ダンス、そして椅子に座ったおまえがぽつんとひとり、抜けるほどの青空を見つめてじっと座っている。わしは衣装ダンスを開ける。するとそこからまったく物を食べていないとは思えぬほど元気な猫が何十四も出て来たね。なぜあの場所にだけは生命が宿っていたのだ。わしはわしの生涯にこんなに驚いたことは一度もなかったよ。……どこから来たのだ。おまえの身体は遠い北の匂いがする。氷に閉ざされた街の匂いがする。あの赤い小人のように永遠の旅人に憧れる。わしらはどこへも行けんのだろうか。……(突如)誰だ！　おまえたちは！　ええい、亡霊め、消え失せろ！　消えろ！　消えんか！

男、大あくび。よろよろと椅子の上に戻るとまた、あくび。大あくび。
動きが消える。止まる。

〔タンゴ〕

女　ここはどこ？

男、椅子から崩れ落ちる。が、操り人形のごとく立ち上がる、と再び椅子の上に。あくび。静止。

女、静かにＭ１を歌いながら、舞台奥へと消える。

喰う女

1983

JANET! DID YOU SEE THOSE GUYS OVER THERE WITH THE HAIR!
POP STARS ARE SO DEPRESSING WHEN THEY BEEN ON THE ROAD FOR A LONG TIME AND THEY FINALLY GET SOME ACTION...
PORTABLE ORIENTAL SHADE
NATIONAL BOHEMIAN

本舞台で語るのはひとりだけである。女、男が出てくるが、ひとりが二役を演じる。

舞台中央に女。女の左右には身長二〇センチ大の人形が五〇体ほど置かれている。女の左右、ならびに後方には大きな幕。この幕には人形の絵がすき間なく描かれている。その中にあって女はまるで小人の国の巨人の如く存在している。

観客入場中、女は中央の椅子にすわったまませわしなく眼玉を動かしている。女は観客を観察、直視するような素振り。音も何もない。女の眼玉だけが異様に光る。不気味な沈黙が流れる。観客の入場が終わってもまだ女、一言も発せず観客を見すえている。しばらくして、

言葉があふれてしまう。言葉がでてしまうわ。いやだ、いやだ。言葉を排泄するなんて。たまらなく、いや。ひり出てしまう言葉のぷりぷり。フタをしてしまおうかしら。ぎゅっと栓を押し込めてしまおうかしら。なんたる恥知らず、言葉って。あたしもうしゃべらないことにしよう。言葉を箱の中に押し込めてしまおう。(正方形の箱に向かって) わっ、わっ、わっ、わっ (ふたをする) もう出られない。そのうちにこの中で発酵してぷんぷん悪臭を放つのよ。どろっと溶けてひからびて、言葉はカラカラの葉っぱになっちゃう。いい気味。いいこと、貴方には何一つ自由なんてありゃしないのよ。貴方はあたしの手の中にいるの。いいこと、あたしの手の中で踊り続けて踊り疲れて、それでもまだ踊り続けるの。消えてなくなるまでよ。いい気味。あたし毎日でも繰り返してあげるわ (箱を振る)「わっ、わっ、わっ」って。どう? いい気味。貴方、わたしをいじめ続けたわ。いやらしくて、毛むくじゃらであたしをいたぶったわ。そしてわたしを裸にしてしまうの。素裸にね。パンティー一枚はかせてくれず、あたしはいつも床の上に身体をこごめて恥ずかしさに耐えながら、小さくなってうずくまった。毎日毎日、お客様がいっぱいあたしを見つめていたわ。もっといたぶれ、もっと脱がせろっていう眼をしたいやらしいお客様たち。あたしの裸、最高よ。そりゃああたしだって良くわかる。こんな美しい身体、ふたつとないんですもの。でもあたしは誰にも見せないの。見せたくないの。鏡に向かってあたし、うっとりと眺める。なんて素敵なのかしら。海が空に反射してその反射された光が

海に照り映える。この永遠に続く、決して基点の見つかることのない海の乱反射。空と海の入れ替わり。幾重にも重なった海の明るい青の中に漂うあたしの身体……。でも誰にも見せたくない。貴方、あたしを無理矢理引っぱりだしたわ。巧みにわたしを引きずり出して、大勢のお客様の前で……。ああ、まただわ。言葉が出てしまう。言葉がひり出てしまうわ。いやらしいじゃない。わっ、わっ、わっ、閉じ込めた。出てくるな。貴方はもう出られないのよ。二度と出られやしないの。（笑い）わっ（笑い）わっ（笑い）……。

遥か遠くに聞こえる拍手。

すばらしかったわねえ、あの舞台。いつもわたしの手をとってあの人踊った。舞台！　目の届く限りお客様でいっぱいで、世界の果てまで続くほど。たくさんの笑い声、愛に溢れたお客様の顔、顔。月の光で白い顔だけが闇夜に浮かび上がっているかのような顔。たくさんの顔に囲まれて、わたし、あの人の手をとりいつも踊ったの。わたしたちは最高に美しかった。平和だった。……拍手！　わたしの台詞とわたしの演技とわたしの踊りに熱中したお客様。あたしの台詞が波動のように鳴り響き、壁をすり抜け、この世のあらゆる隔たりを破壊してしまう、そのくらい力強くて悲しかったわたしの言葉とわたしのからだ。わたしは演技に支配された巨大な自動人形、お客様を魅了して止まぬ、暴れん坊のキングコングよりももっと大きく、もっと強く、悲しみでいっぱいだった自動人形。あの人は……何も言わなかった。でもわたし平和だった……ああ、拍手が聞こえる（耳をおおう）（口を押さえる）言葉が（口を押さえ辺りを見廻す）（安心して）食卓にはいつも豪勢な食べ物が並んでいた。あの人、わたしの手を取り、わたしの肩を抱き、やさしそうに、でも強引にわたしの口に食べ物を押し込んだ。それもたった一品。生牡蠣だけ。あたしの指を使って貝を無理矢理にこじあけ、わたしの爪で貝柱を切り、わたしの指の腹でその身をにゅるっと取り出させた。わたしはあの人の言うまま、思うままに指を動かし、生牡蠣を口に放り込んだものだったわ。ちょっと変態よね。一皿、二皿、三皿、四皿、五皿ってみるみるうちに平らげて、わたしあの人の笑顔を待ったの。だってあの人、生牡蠣以外にわたしに何も食べさせてくれなかったんですもの。でもわたし、嬉しかった。わたし、にゅるっつるって、あの人その度にじっとわたしを見つめたまま小さくうなずくの。にゅるっつるっ、ふんふんってね。わたしも黙ったまま、あの人に肩を抱かれ、見つめられて、食べ続けたわ。にゅるっつるっ、にゅるっつるっ（微笑）にゅ

るっつるっ（微笑）にゅるっつるっ（微笑）にゅるっつるっ（微笑）……食べても食べても減らないあの人とわたしの生牡蠣。なんだったのかしら、あの関係は。食べ終わった貝が増えていくにつれて食べていない牡蠣もどんどん増えていくように感じたわ。わたしはあの人がいじわるをして、わたしが食べることに熱中している間に誰かに牡蠣を持って来させているのではないかと思った。食べながらわたしずっと横目で誰かがテーブルに近づくのを見張ったのよ。でも誰も現れない。わたし食べたわ。もう食べることなんて嫌でたまらなくなっても食べ続けたわ。だってあの人、わたしの素晴らしい美しさと力あふれる舞台に対するごほうびだ、ってわたしに牡蠣食べさせてくれるんですもの。わたしが食べる。あの人が微笑む。わたしの肩に置いた手に力を加えるでもなく、ただやさしくそっとなでながら、あの人わたしが食べるのを見続けていた。牡蠣は間違いなく増え続けていたわ。誰が運んでくるのでもないのに。どう考えても増えるなんてありえないはずなのに確かに増えていた。わたしの目がどうかしたのかしらとも思ったけれど、わたしの口はにゅるっつるって動き続けていたし、わたしの指もコントロールされて貝をむき続けていた。にゅるっ、つるっ、あの人は別段驚いた様子も見せず、ただ微笑んで、ちょっといやらしく唇をしめらせ、わたしの成り行きにうなずいていただけ。「言葉なんていらないよ、君はにゅるっつるっ」だって言いたげに。でもあまりに不思議でしょ。牡蠣が増えるマジックがいつまでも続くなんて。割り切れない分数のようにどこまでも続くかに思えたの。でもね、わたし幸福だった。牡蠣を食べていれば、あの人を喜ばせられたんだから。にゅるっ、つるっ、にゅるっ、つるっにゅる、つるっにゅる、つるっ。お腹いっぱいになってもこのお腹、ふくれる事もなく、わたしの美しさは変わらず、排泄物さえも出るわけがないと、わたしもあの人も信じていたわ。ううん、そういう目をしていた、あの人。牡蠣をむく、口をあける。食べる。飲み込む。この単純な動作の反復があたしのすべてと言ってもよかった。そうあたしには舞台も寝る事も言葉を話す事も、息をすることさえも無意味になっていった。にゅるっ、つるっ、にゅるっ、つるっ、そしてあの人の眼だけがわたしのすべてだった。何処から運ばれてくるのか解からない牡蠣とどこでどう消化されるのかわからないわたしのからだ。いい取り合わせだわ。そう思っていたの。どんどん山積みされていく牡蠣の皿。あふれでていく牡蠣の殻。そして減る事のない生牡蠣。それは大層壮大で厳粛な宗教的儀式でもあるかのように、わたしはだんだんわたしの身体を感じなくなっていった。食卓にもう載りきらなくなった牡蠣の殻が地面に落ちて飛び跳ねる。カラッコロン、カラッコロンって、わたしは食べ続ける。にゅるっ、つるっ、にゅるっつるっ。皿も飛び跳ねバリンバリンバリンバリン……（音楽化する）。わたしにはまるでオーケストラの荘重な音楽のように聞こえたものよ。……ほら、また……でもいいこと。わたし何もしゃべらない。言葉なんて大嫌いですもの……わたし、喋らないの！……わたし喋る口は持っていない。ただ食べるだけ。それがわたしのくち！　牡蠣をむく、青味がかった身がむき出しになり、したたり落ちる露とともにわたしの口につるっと滑り込む。口の中に広がるちょっと腐ったような酸っぱさと鉛色の苦み。その味はいくら食べても食べることが嫌になってもわたしの本能を刺激したわ。まるで食べない事が悪ででもあるかのように。そのうちにあの舞台でわたしに拍手をしてくれたお客様達はわたしの演技に拍手をおくってくれるのではなくわたしの食べている姿を求めているのではないかしら。わたしの舞台っていうのは、わたしがテーブルについて、牡蠣を食べ続ける姿ではないかしらと思うようになった。その時、わたしのお客様は、かじかみ小さく丸まったわたしの後ろからそっとわたしの食べる姿を覗き込んでいる。あの舞台の本当の観客席はわたしの前にではなく、わたしの後ろにあるんだわ、と思った……。わたしが食べる時、あの時こそわたしの舞台に違いなかった。あの人、わたしの肩をそっと撫でていた。わたしが食べる。あの人が微笑む。そんな単純な図式を頭に浮かべ、わたし、牡蠣の酸味に酔っていた。でも気づいちゃった。わたし、馬鹿だったのよ。多分あの人わたしに微笑んでいたのではなく、後ろのいやらしいお客様に媚びていたって。何万ものとろんと濁った薄汚い目玉に微笑んでいた。あの目はなんて言えばいいんでしょう。わたし、感じた。突き刺す様でどこかさめた野卑そのものといった目の光。まるで牡蠣の生々しいぬるぬるした身をまぶたの奥にはめ込んだような光。多分あの人の眼も牡蠣の身だったに違いないのです。にゅるっ、つるっ、にゅるっ、つるっ。あの音にみんなヨ・イ・シ・レ・テ・イ・タ・んだわ。……わたし、食べ続けた。にゅるっ、つるっ、にゅるっ、つるっ。だってわたしあの人を愛してしまったんですもの。にゅるっ、つるっていう音。わたしのつぶやきだったの。愛してるわ、あいしているわ、アイシテイルワ、あ・い・し・て・い・る・わ、AISHITEIRUWA！

女が座り、ヒュルリと男が起き上がってくる。

俺も大好きだ！　好きだ！……確かにね、ぼくもね、こうやって大声あげてあの子を抱しめたかったよ……。あの子が舞台に出ていたというのも本当だ。でもね、そんな華々しいスポットライトを当てられたわけじゃなく、まあちょっと見には才能があると思えた、いわば舞台のその他大勢。舞台のあだ花って存在だった。いや、たぶんそうだったんだろう。何せぼく、皆さん知ってるでしょう。ぼくのこと。つまりぼくはいつも舞台の花形だったので、その他大勢なんて舞台の上では目にする機会は滅多になかったんだからね。そりゃあの子は美人ですよ。でも舞台の上となれば別。美しさは一〇人並み、その上、まずぼくには及びません。ぼくはね、知っての通り、ぼくの演技でお客さんを丸裸にしてしまうんだよ。どんなに立派な衣装を着てすまし顔で客席にすわっていても、ぼくの目には丸裸の一個の感情的動物にしか見えないんだ。どんなに胸がふくらんでいても実はパットでいっぱいなんてね、考えられる限り華々しく着飾ってやって来る、だがね、実は貧相そのものの肉体を一所懸命、隠してデコレートしているってよおく知っているんだが、ぼくは紳士的に知らないふりをする。でもね、ぼくを見た途端、彼女たちの取り澄ました姿は簡単に崩れ去るんだよ。ぼくの演技は活き活きと、太陽の光がぼくの身体を射抜き、光の源がぼくの心臓に宿っているかの如く力強く、華麗なものでしたから、まあ当然と言えば当然でしょう。（突然、振り返って）うるさい！　わかったよ。まあ正直に言うよ。実はね、あの子がいたからなんだね。確かに彼女、舞台の上じゃぼくの後ろにいたんで見た事さえないんだ。ただ、あの子がそこにいる。そう感じるだけで輝ける気がした。ただ彼女が見ている。スポットライトを浴びたぼくを見ている。ぼくは有頂天だった。その二つの目玉が後ろでぼくを守ってくれる。何も言わず、何もせず。いや、踊っていたんだろうが、踊りなんてどうでもよかった。ただ守ってくれる。あの子の役目は舞台の上じゃあその程度の、いやそれだけで十分なほど大きな力だった。だからぼくはいつも最大の熱量を持って舞台に臨めたんだ。そしてね、いつも舞台を終えるとぼくらは近くの小さな公園で待ち合わせした。花形スター、恋に身を焼く事もある。……ぼくは勇んで、歩いて十分の公園に向かったものさ。ブランコと滑り台とシーソーだけがひっそりと置かれている夜の公園にね。よくカップルがブランコで遊び、遊び疲れると静かに抱き合っていた公園だった。ぼくもあの子を待って遊び疲れたカップルの後を受けてね、すまなさそうにそのブランコに座ったものさ。でもあんなに「今日こそは公園に来るんだよ」って固く約束して別れたのに、いつも夜の公園ではぼくの影を見つめるだけだった。ぼくは月の光でできた影とよく語り合ったよ。「君はなんで今日も来ないんだい。ぼくがスターなのを気にしているんだね。ぼくだって人間だよ。裸の人間になる事もある。なんで来ないの。君が気に病むことなんてないんだよ」……しばらくしてぼくは歩き出す。あの子と話したい。思う存分語り合いたい。一晩でも二晩でも、まったく寝る時間さえ惜しんであの子と話をしてみたい。ぼくは舞台の事なんてまるっきり忘れていた。ぼくの頭の中はあの子のことで膨れ上がっていたんだよ。でも彼女は一度も約束した公園には現れなかった。あの夜も待ちくたびれて、仕方なく腰を上げ、重い足を引きずって家に向かって歩いた。ぼくの家、ご存知だと思うが、公園から歩いて一五分位のところにあって、そこまでは舗装された一本道だ。別段迷うような道でもないのだが、あの夜は不思議な事に歩いても歩いても家に辿りつかない。道に迷った訳でも同じ道を行きつ戻りつしていたのでもない。普段、見慣れた光景の街並みだったからね。ただ、あの日は異様に建物が大きく、道路が広く感じられたんだよ。月の光で道路だけが白く浮き上がってね。ひたひたと水でもまいてあるかの様に光り輝いて、道の両側に並ぶ家々からは、つい先刻までぼくに拍手をしてくれたお客様がにゅっと顔を出して、歩くぼくを見下ろしている。真白な顔で目ばかりがギラギラしているんだ。薄明かりの一本道が普段とはまったく違っていた。でもぼくは別段気味悪いとも思わず、不思議な事もあるもんだと、とても醒めた心持ちで重い扉で閉ざされた我が家目指して歩いた。

いや、ぼくはね、何も怖がらせようなんて気持ちはこれっぽっちもないんだけど、その日は我が家に辿りつくのにゆうに小一時間はかかったな。暑くもないのに汗びっしょりでね。やれやれ疲れたわいと思いながら我が家の鍵がかかっているはずの重い扉に身体をあずけた。するとね、扉はすっと開いて背中を向けたあの子がぽつんとすわっていたんだ。あの時、ぼくは「ああ来てたのか」と思ったぐらいで驚きもせず、いや考えてみればとてもおかしな事なのだけどね。家には鍵がかかっていたし。彼女はぼくの家をよくは知らないはずだったのだから。でもぼくは肩にそっと手を置き「君は約束を守ってくれたんだね、やっと」その一言をやっとのことで絞り出したんだよ。ぼくは好きでたまらない。いとおしくてたまらない。かつぼくのうちにいる。千載一遇のチャンスなんだよ。でも、あの子は遠かった。そっと肩に手を置いたのに、肩は遠くにある感じだった。ただあの子の後ろにまわって見つめているだけだった……どうしたんだ。だから彼女を抱けない。何故かできない。ただあの子の後ろにまわっていた。何故抱かないんだ……って、金縛りにあった気分だった。あの時もあの娘は何も語らず、ましてやぼくの方を振り向きもしなかった。でもしきりに手を動かしている。何もない空間に向かって、ね。懸命にね。……あまり言いたくない。だが事実だ。あの子は食べていた。いやこういう言い方は正確じゃないよな。食べているふりをしていたんだ。指の先で何かを二つに割り、その中身らしきものを取り出し、親指と人差し指でつまんでポイと口の中に投げ入れる。何もないのに唾液だけは出るのだろう。ピチャピチャ音をさせてごくんと飲み込む。その繰り返しだったよ。いつまでも、いつまでもその動作は続く。ぼくは後ろで見守っていた。その姿はとってもなまめかしく、ぼくは自分の欲望を抑えるのに懸命だったが、やっぱり遠くに感じたままだった。髪は短かったな。その短い髪が食べ続けるという動作ゆえ、かすかに上下に揺れ動き、いつ果てるともない痙攣のように思えたよ。ましてやうなじにはうっすら赤味がさし、ほんのり上気した耳たぶとともに美しいあごの線をよりまろやかにしていた。それをまのあたりにした時、ぼくは自分を見失うところだった。いや本当は荒々しく見失ってしまえば良かったんだ。……あんなにもぼくを押しとどめた力は一体何だったのだろう。動かなかったのか、動けなかったのか。ぼくは何でもできる。自分の能力に限界はなく、たとえ人殺しでさえ、そんな状況になればたやすくやってのけられると思っていたんだよ……。彼女はまったく気狂いじみていた。とても正気の沙汰とは思えなかった。だけどね、ぼくにも聞こえてきたんだ。あの音が……。静かな月夜だった。まん丸い月が小さな窓にすっぽりとおさまり、額縁に貼りつけた絵のようだったよ。あの子は空気を食べていた。ペチャペチャという音だけが室内に響いていた。……だけど……何処から聞こえてきたのだろう。あの音、バリッにゅるっ、つるっ、バリッにゅるっ、つるっ、バリッにゅるっ、つるっ、バリッにゅるっ、つるっ。貝を割り、身を穿り出して食べる音。嫌な音だ。でも彼女は何も手にしていない。ただ音だけが次第に大きく部屋を満たしていった。その後ろ姿は微笑んでいた。そう感じたんだ。微笑みに満ちた後ろ姿、ぼくは怖くなって目を閉じた。でもまぶたに焼きついたあの子の微笑みはどう消そうとしても消えやしない。ぼくは恐怖のあまり叫び続けた。愛してるよ。そんなにぼくをいじめないでくれ。愛してるよ。

仮面のように凍りつく男。すぐに女が立ち現れる。

わたし、あの人をどこまでも愛したのです。それはあの人の夢遊病的な振る舞いゆえでありました。わたしが舞台で踊っている時もそうです。舞台の袖で優しそうに微笑み、わたし、確かにあの優しさに支えられていたのですが、ともするとあの人の目は優しさを通り越して、わたしの姿さえも形として目に映ってないかのようで……でもわたしの方を見ているのです。わたしではなく、わたしの方。わたしは透明人間になった気分でした。透き通った蜃気楼を見るように、あの人、わたしを見ていたのです。わたし、言葉なんて大嫌い。言葉で表現できるものなんてほんのわずか。あの人にとってそれはわたしのからだでした。見えるからだなんて大嫌い、そう言ってるように思えました。あの人、なにも喋りませんでした。でも叫び声だけははっきりと聞き取れたのです。「愛しているよ。愛してるよ」……あの夜もその叫び声はわたしの頭にこだましていました。わたしが踊り疲れたからだを楽屋の固い椅子に横たえていると、あの人、ふっと消え入るように出て行ったのです。透明な空気に飛び込むかのように、なにも言わず、特有の笑い顔だけを残して……わたし、するすると引き摺られるように化粧も落とさないまま、薄いグレーのコートを羽織って、彼の姿を追って飛び出しました。外は冷気に包まれ、まん丸い月が煌々と照り映えていました。月は西の空に低く身を落としており、彼はまるで月に向かって進んで行くかのように丸い月の中にすっぽりと収まって、背中を丸め、とぼとぼ歩いていったのです。その道は一本道なのですが、歩いて一〇分くらいで行き止まり。人家もほとんどありませんし、行き止まりの先は小さな沼なのです。案の定、あの人がたどり着いた先は沼のほとりでした。誰もいない、月の光だけが沼の面に反射して輝いている、不気味な沼。ピクリとも動かず。あの人、じっと沼を見つめていました。なにを悩んでいるのかしら、なにを苦しんでいるのかしら、彼の心を少しでも和らげてあげられたら、そう思った。でもその思いとは逆にわたしの足は沼から遠ざかって行きました。頭の中は真っ白でした。いつの間にか、わたしはわたしの部屋にいました。テーブルには生牡蠣がいかにも食べられたそうにわたしを待っていたのでした。月が窓枠にすっぽりと収まって、絵に描かれた月のようです。あの人はどうしているのかしら。まだ、沼のほとりでじっと丸い月を見つめているのかしら。わたしは彼の寂しそうな後ろ姿を思い、涙ぐみました。でもそう思いながらも、手を休めることなく、牡蠣を食べた。食べても食べても減ることがない牡蠣。おかしいでしょ。あり得ないでしょ。わたしは次第に無表情になっていくのがわかった。ふと窓を見ると月が半分隠れています。そして恐ろしく速く、月は窓枠から姿を消して行った。ええ、月がほんのかけらくらいしか窓に映らなくなった時です、あの人が扉を開けたのは。黙ったままわたしを見て微笑みました。透明なわたしを見るかのように、そしてつぶやきました。「きみは一〇年前、なにをしていたの」……一〇年前？　ほとんど覚えていない。ただ毎日、毎日、寂しさを引き摺って小高い丘で夕日を眺めていた、消そうと思っても消せない記憶でした。すると「ぼくは牡蠣を食べていたよ」……そんな冗談を口にしました。
「夕日を見つめていたわ」と答えました。すると「ぼくは牡蠣を食べていたよ」……そんな冗談を口にしました。わたしは噴き出しました。なぜかおかしくて笑い転げたものです。でも、彼はいつものように空気を見つめるかのようにわたしを見て微笑んだだけ。とても寂しそうに。その目は少し前に見つめていた暗い沼がそのまま乗り移ったかのようで、奥深く生々しい、シーンとした透明な目でした。しかし……その目は思い出したくもない記憶を思い出させた。赤一色の夕日に染まったあの醜い男の目を思い出させた。ちょうど一〇年前、いつも側にあったあの男の目がまざまざと蘇ってきたのでした。わたしの昔の恋人……思えばわたしが生牡蠣を食べるようになったのはあの男のせいだった。無意識のうちにわたしは大嫌いだった生牡蠣がなくてはならぬものになっていました。……ああ、思い出したくもない……あの男……誕生日にケーキとプレゼントとお料理と牡蠣をテーブルに並べ、わたしは待ちました。ただ待ち続けました。……そのうちケーキもお料理も腐り始め、テーブルには埃が積もっていきました。でもなぜか牡蠣だけは腐らずにそのままの姿をとどめていました。……ひと月後、彼はめずらしく目をきらきら輝かせて戻ってきました。ですが、テーブルの上の惨状に気付くと彼の目の輝きはすっと消えました。そしてわたしの肩にそっと手を置き、まだ震えているわたしの頭を静かに抱きしめてくれました。と急に、あの人、わたしの耳に舌を這わせてきたのです。好きなのに気味悪く、ナメクジのような舌だと感じました。「愛してるよ。愛しているよ」と繰り返しつぶやきながら舌はわたしの耳の裏から首筋へと移って行ったのです。わたしはじっと堪えていましたが、全身に鳥肌が立ち、からだの震えはますます激しくなっていきました。突き飛ばしました。と、今度は激しく襲いかかってきて、大声で叫びはじめました。「愛しているよ。ああ！」わたしは服をビリビリに破かれ、乳房が丸出しになっていました。恥ずかしさで小さくからだを丸め、頬は涙でぐしょぐしょでした。でも、その時。異様に光る何十、何百もの目があの窓からわたしを見ていたのに気づいたのです。そう、あの目。暗い沼が乗り移ったような生々しく透明な無数の眼球。……わたしは次第に気が遠くなり、そのまま倒れ込んでしまいました。

倒れこむ女。
しばらくして幽霊のように立ち上がる男。

ぼくはどうしてあんなにもぼくが愛していると、あの子にわかってもらえなかったのか不思議でならなかった。

確かにあの子がぼくを、天上人のように感じていたのはまごうかたなき事実だと思うんだが、それにしてもあの子のぼくを避けようとする態度は異常だった。ぼくはなにもね、自分が舞台でスポットライトを浴びている花形スターであると鼻にかけたことなんて一度もなかったんだよ。ぼくはもっとあの子に普通の人間としてみてもらいたかったし、ぼくはただ運がちょっぴり良かっただけだって知って欲しかったのさ。でもどんなにぼくがあの子を愛しても、彼女は愛される事実さえ認識できなかったようだ。彼女がぼくを見る目はね、羨望と尊敬だった。だがぼくはあの子にそれだけではない気持ちがあるのを感じたんだ。……軽蔑ってやつだ。あの子はどこか見下した目でぼくを見ていた。成り上がりたい小娘が成り上がれるかもしれない相手に情事を仕掛けて、その目的を達したあとに見せるような眼差しかな。尊敬する相手が突然、自分と同等以下だってわかってしまった後のような目つき。……あ、そうだ、彼女はぼくと口を利こうともしなかったんだが、ぶっきらぼうにつぶやいたことばがある。「あなたは一〇年前、なにをしていたの」……ぼくは一〇年前のことなんてさらさら覚えちゃいない。なんせ記憶するって行為そのものが大嫌いだったし、ぼくは身の回りすべてを可能な限り捨て去る主義だったのでね。しかしその時はあの子と口を利けた喜びで、一所懸命思い出そうとしたんだよ。でもやっぱり何も覚えていない。さて、ぼくはどこにいたのか？　どんな生活をしていたのか？　記憶喪失者？　そんなあまりに基本的なことさえ思い出さない。いや、違う。九年前のことも一一年前のこともうっすらとだが覚えているんだからね。ただ、その言葉を聞いた時、一瞬目の前を赤い光が過ぎったんだ。なんだろうね。ぼくは何気なく「夕日を見ていたよ」って答えていた。なんでそんなことを口走ったのか、わからないんだが、するとその時、あの子は「あたし牡蠣を食べていたわ」ってぼそっと言ったんだ。牡蠣？　なんで牡蠣なんだって思ったよ、もちろん。しかも口元にうっすらと笑いを浮かべてね。後にも先にもあの子がぼくと話をしたのは、たったのこのふたことだけ。滲み出るような侮蔑の眼差しをやんわりと向けながら、だよ。でもあの子にどう思われようが、彼女を心底愛していたのは事実だった。軽蔑されようが、約束を守ってくれなかろうが、どれほど気狂いじみていようが、無条件でぼくは彼女を愛したんだ。……ぼくは鉄格子に閉ざされた牢獄の中で喘いでいる気分だった。独房に繋がれた囚人が感じる孤独は鉛色の壁ゆえでも鉄格子ゆえでもひとりでいる寂しさからでもない。高い位置にある小さな窓が青空と曇り空しか見せないからって聞いたことがあるよ。ぼくにとってその窓はあの子のふたつの目玉だった。しかもいつのまにか、そのふたつの目を通してしか外の世界が見えなくなり、ぼく自身の世界も見えないという恐ろしい状態に陥っていたんだ。ぼくはいつしか家から一歩も出なくなっていた。ほとんどあの子の背中を見つめるだけの毎日を送っていた。あの強烈なバリッ、にゅるっ、つるって音に浸りながらね。あの子も部屋から外には出なくなっていた。ぼくもあの子もただ部屋でうずくまり、あの子はなにか食べる振りをしていた。たぶんあの子が食べていたのは牡蠣だったのだろうよ。あの気色悪い音はまさしく、生牡蠣を剥ぎ、食べる音だったからね。ぼくはあの子に触れることも抱きしめることもできなかった。「愛してるよ」ってつぶやくだけ。食べ物はなんにもなくなっていた。飢えと渇きに耐えかねて床を這いずり回っていた。外に出ればいいのに、頭が回らないんだ。はあはあはあって犬みたいな息を吐きながら、舌を出し、けれどももはや唾液さえも出なくなっていた。小便もすっからかんで、死ぬのを待つだけの気持ちだった。扉を開ければ、いくらでも人は助けてくれただろうし、食べ物も飲み物も手に入ったというのに、だ。重い扉は閉じられたままだった。ふたりとも開けて出ようなんて考えは完全に放棄していたからね。取っ手を回せば軽々と外に出られたというのに、なんてこった。ぼくのからだはやせ細ってまるで骸骨だった。意識はもうろうとし、からだは宙に浮いているようになっていた。そんな中でもあの子を愛しているという気持ちだけは揺るぎなくぼくを締め付けていた。からだの飢えや渇きや苦しみよりも、あの子を抱きたい、そう思う気持ちの方がよっぽど優っていた。なんてこったい。生命よりも性欲の方が優っているなんて、と絶望したよ。ふらふらになりながら股間を叩いてもみたよ。奮い立たせて抱こうとしたんだよ。でもどうやっても抱けない。なにがぼくの行動を妨げているのか、からだの衰弱はもちろんあるけど、だがそんなことじゃない。あれは性欲なんかじゃなかった。ならばなんだったのか。まだ身体を動かす力は残っていたのだからね。何かがぼくをあの子に近づけるのを拒否したのだよ。……不思議なことに衰弱しているのはぼくだけだった。あの子は飢えも渇きの兆候も見せず、血色は良く、今にもはち切れんばかりに肉がピンと張って、活き活きと生命が息づいていたのだ。まさか彼女が食べているのは本物の牡蠣ではないのか？ぼくは何度もそう思って、後ろからあの子の手元を凝視して見た。でもやはりそれはジェスチャーでしかなかった。何にも食べてないのだよ。それじゃああの音はなんだ。食べている音じゃないのなら、ぼくの目が、いや耳もおかしくなったのだろうか。そう思った。気が狂ったのか、とも思った。でもね、目はよく見えたし、物音を立てればよく聞こえた。全然狂ってなんかいないとわかったね。じゃあ、あの音はなんだ。それでもね、ぼく自身のことはともかく、あの子のはち切れんばかりの血色の良い白い肌を見られるのが無上に嬉しかったよ。ぼくの慰めはそれだけだった。ぼくは自分に言いきかせた。「ぼくはあの子を愛してる。これは最高の、至上の愛情なんだ」って繰り返し言いきかせていた。時間がどれほど流れたかわからない、次第にぼくは幻影を見るようになっていた。彼女の前にはずらっと多くの動かぬ人々が椅子を並べて座り、ぼくたちを凝視している。現れては消える。おまえらはなんだ。死人か？　亡霊か？　幻覚か？　ふわふわと人々は浮かんでいる。よく見ると、やつらはぼくのことは眼中にないようだった。あの子を見ていた。透明な白い肌をしたあの子を見ていたんだ。スターのぼくではなく、その他大勢のあの子を見ているって。あり得ないだろう。男も女もみんなあだ花をありがたがって見ているなんてさ、ぼくは、ぼくのプライドは……あんな気持ちを味わったのははじめてだった。あの子はぼくの愛する女。ぼくはカッとなり、からだが燃え尽きるのではないかと思うほどの激しい嫉妬が湧き上がってきた。……ぼくは……あの子の頭めがけて、椅子を振り下ろしていた。

仮面のように凍りつく男。女がにゅるりと脱皮するかのごとく現れる。

　あの人はいつまでも叫び続けていました。「愛しているよ」……気持ちは痛いほど伝わりました。わたしもあの人が好きでたまらなかったのだから。けれど、あんなに虚しく響いた言葉もありません。言葉は薄いオブラートが溶けてしまうかのごとく大気に溶けてしまいました。言葉は費やせば費やすほど虚しく霞んでしまうもの。繰り返される言葉によって彼の存在すらぼんやりとし、消えてしまうかのようでした。わたしは悲しくなって目を閉じ、再び目を開ける。と、わたしが見たのは濁った目でした。そしてあの人、犬のようにわたしの足をペロッとなめたのです。ヒヒヒ……と笑い、髪をぐしゃぐしゃにしてわたしの胸をわし掴みにし、わたしを押し倒しては、身体中に舌を這わせて来ました。あの人の腕の力は細い身体に似つかわしくないほど強い。わたしは押さえつけられ、下着を剥ぎ取られて裸にさせられていました。しつこい愛の言葉は空回りしています。わたしは下唇を強く噛んで、恥ずかしさに耐えました。虚しい愛の言葉はますます激しくなり、空中に散りばめられては消える。部屋は重く淀み、消えた言葉の行き場のない苛立たしさゆえか、淀んだ空気が赤みと熱を帯びて、どんよりと漂いはじめました。それは次第に濃くなって、あの夕日の赤よりもずっと濁ったどす黒い赤に変化していきました。ああ、あの大っ嫌いな赤！　彼の顔も真っ赤だった。汚辱に満ちながらも、かつては愛し合った男と突然、その顔が重なった。あの男と寸分違わず、血走った目の中に、異様な落ち着きを持った静けさがあって、わたしは獰猛な兎の顔が強く頭を過ぎったのです。そうだ、あれは兎の顔、いやらしい蛸の顔、ぬるぬるした牡蠣の顔。わたしは全身の毛穴から毛という毛が抜け落ちていくかのようでした。そこではっきりと思い出しました。あの男の容姿、癖、食べ物の好み、服、笑顔、寝姿、あの時の嗜好性……わたしたちのその行為ですが、一度たりともふたつの身体の結合を見たことはありません。あの男がわたしに命ずる。わたしが実行する。わたしは単なるあの男の裸の人形だったのです。ほとんどなにも語らず、そんな隠微な人形遊びに日暮らし、あるいはお互いに身体を傷つけあっては血を啜りあい、何も考えない生活を送っていました。でも幸福でした。あの男もわたしも互いを生傷でいっぱいにすることに情熱を傾けられたのですから。しかしその情熱は憎しみをも育てたのです。ほとんど一室に閉じこもりきりで愛し合った血みどろの行為は、飢えたネズミの戦いのようでした。尖った牙で相手を刺し貫きながら快感に打ち震える。その牙の跡はいつまでも消えやしない。わたしはあいつに見られることに慣れきった身体を愛撫し、自分でもその牙の跡を繰り返し舐め続けたものです。そのうちにあの男は見る快感を、人形を弄ぶ快楽を多くの人に分け与えようと考え出しました。というよりも小さな田舎町のこと、分け与えなければならないと勝手に思い込んだのでしょう。しかし現実には誰もあの一室にはやっては来ませんでした。畏れをなしたのかもしれない。やいのやいのと言ってはいても、みんな臆病者。すると、替わりにあいつは人形をたくさん買い込んで来ました。わたしはそれら人形に囲まれて見つめられ、恥辱まみれになって、……あの男を殺したくてならなかったのですが、反面、幸福でした。

……あら……ああ、拍手が聞こえるわ。みんな、まさかわたしを待っていてくれたの。わたしは……どこにも行かない。ずっとここにいるわ。踊り続けるわ。みんなの期待に応え続けるわ。「とにかくわかった事はあなたと僕が恋敵らしいということですね。それであなたはあの人に世界を与える事ができるんです[＊1]」（歌）

（微笑）あの人に世界を！

　ぼくがあの子と言い交わした世界ってなんだったんだ。あなたは何もご存知ない。ぼくが椅子を振り下ろした。あの子を殺した。でもそれはあの子じゃない。舞台の上のあの男だ。彼女の心に巣食っている舞台の上のあの男を殺したんだよ。大勢の観客が見ていたのもね、あの子じゃなくてあの男なのだ。幻の牡蠣をあの子に食わせ続けた舞台上の憎っくきあの男。実際にはなんにも食わずともつやつやした、はち切れんばかりの美しい肌を保たせたあの男。誰とも話をせず人形とだけ対話させたあの男なのだ。また、拍手が聞こえるぞ。その拍手だ。それは誰に向かっての拍手なんだ。やめてくれ！　拍手はするな！　やめろ！（耳を塞ぐ）

「日本国中あの人を探して歩くのよ。村から村へ、町から町へ、二人して旅をしたらどんなに楽しいでしょう。やがて紅葉の季節だわ。山々は真っ赤になるわ。あなたの少し蒼ざめた顔にも、その紅葉が映えて元気に見えるところを私、見たいの。ねえ、旅に出たら、私、あなたを熱心に助けてあの人を探してあげるわ。汽車に乗れば若い男という男に話しかけて……」[*2]（歌）

ああ、素晴らしい歓声。私の台詞は心の叫びなの。だってほら、聞こえない、あの拍手、あの歓声……あの人もまたわたしに「愛してるよ」という言葉を置き土産に裸になったままのわたしを残して消えてしまいました。まるであの赤い空気に溶け込んでしまうかのように。たぶん本当に溶けて消えてしまったのでしょう。わたしはあの人を探して歩くなんてこと、しない。だってできない相談ですもの。紅葉の季節になっても、汽車に乗っても、あの人見つかるわけないもの。でもいつか帰って来てくれる。あの人はそういう人。……わたしの胸はお客さまでいっぱい。熱い拍手でいっぱい。ええ、応えてあげます。応えてあげますとも。

「僕はね、あの頃、不安定でふらふらしていた。鎖が欲しかった。僕をとじこめてくれる檻が欲しかった。あなたは檻だった。そしてもう一度、僕が自由になりたいと思った時もあなたは依然としておりだったんだ。鎖だったんだ」[*3]（歌）

……何故ぼくはこんなことをしゃべっているんだ。ぼくが自由になりたいなんて思ったことは一度だってありゃしない。あの子に椅子を振り上げた時、その時だって、ぼくが自由になるためなんかじゃない。あの男だ。あいつに振り上げたんだ。あの子はぼくの宝だ。その宝を壊すわけないじゃないか。ぼくの大切な宝なんだ！

でもわたしはあの人を憎みました。あの人はわたしをあの部屋に閉じ込めました。海岸の絶壁のような部屋。そこにひとり取り残しました。広漠たる砂漠の中で水さえも与えてはくれませんでした。あの人に裸にされて凌辱された瞬間は永遠に続くもののように思えたのです。このまま裸のままで歳をとっていくあたし。しわくちゃになって皮膚が崩れ落ち、ボロボロになったあたしは裸のまま。あの男、いえ、あの人がわたしの骸骨のような姿を見続けているって、そう思いました。わたしは檻に閉じ込められ、鎖に繋がれた女。そしてずっとずっと硝子の雨が振り続ける中にいるかわいそうな女。その破片に突き刺されて、赤身の肉がからだ中からニュッと表に出て来て、噴き出すの。あの男はそれを舐め続ける。(笑) ここはどこ? なぜこんなに真っ暗なの? 目が見えないよ。……知らないわ。わたしじゃない。あの男は消えた。殺したんじゃない。わたしじゃない。わたしが殺さなければならない理由はどこにもない。あんなに愛していたのに、なぜ殺さなきゃ(笑)……あたしが殺したんじゃない。でもあの男は死んだ。ナイフでひと突き。(ナイフを咥える女。笑いながら)あたしは殺しちゃいない。この手が勝手に刺した。なんであんた勝手に動いたの? わたしの意思を無視したの?……牡蠣が食べたい。口の中でジュワッって溶けて身がコリコリしている牡蠣。酸っぱい。酸っぱ過ぎだよ、この牡蠣(笑)。

　笑い声の中で自分の胸にナイフを突き刺し、死んでしまう女。

　音楽。

　女、ゆっくりと歩きはじめる。動いているとも思えぬような動き。白鳥のように。美しく。

　女は徐々に老婆になる。

ええ? あたしにも男のひとりくらいおりましたよ。いい男でねえ。惚れ惚れと眺めたもんだったよ。でもね、性悪でね。まああたしも若いときは性悪だったからちょうど良かったのかもしれないね。こうやってさ、今でもあたしが牡蠣を食べている。こりゃああの男の名残だね。大好物だったからね、あの人。あたしは、一度死んだ女なんだよ。しかし運命ってのは面白いねえ、こうやって未だにくたばっちゃいない。どうして死んだって? まあ想像してごらん。想像力ほど貴重な生きる力はないんだよ。だから、ひみつ。あんたが信じるかどうかはともかく、あたしは人殺しだよ。その男をやっちまったんだ。だけどさ、あの男、死ななかったね。何度も刺したのさ。刺しても刺しても死にゃしない。このナイフでね、ぐさっとね。血も出やしなかった。おかしな話さ。ああ、人と話をするなんて何十年ぶりかしらね。口の利き方、忘れちゃったよお。どうしてくれるんだよ、話しかけるからさ、嫌なこと思い出しちゃったじゃないか。

　おや、どうしたんだい。扉でも開いているのかい。ちゃんと閉めなさいよ。風がスースーして仕方がない。どうしたんだ。天井が回っているよ。（身体中に緊張が走る）あ、あああ、あの男だ。やっと帰って来たの？　あなた！　早くあたしに顔を見せてちょうだい。あたしをこの部屋から連れ出してちょうだい。あたしをまた！　裸にしてちょうだい。あたしを硝子の破片で血だらけにしてちょうだい！　早く！

凍りつく女。

＊1〜3は、三島由紀夫「班女」より。

タイポ——54000秒の生涯

1983

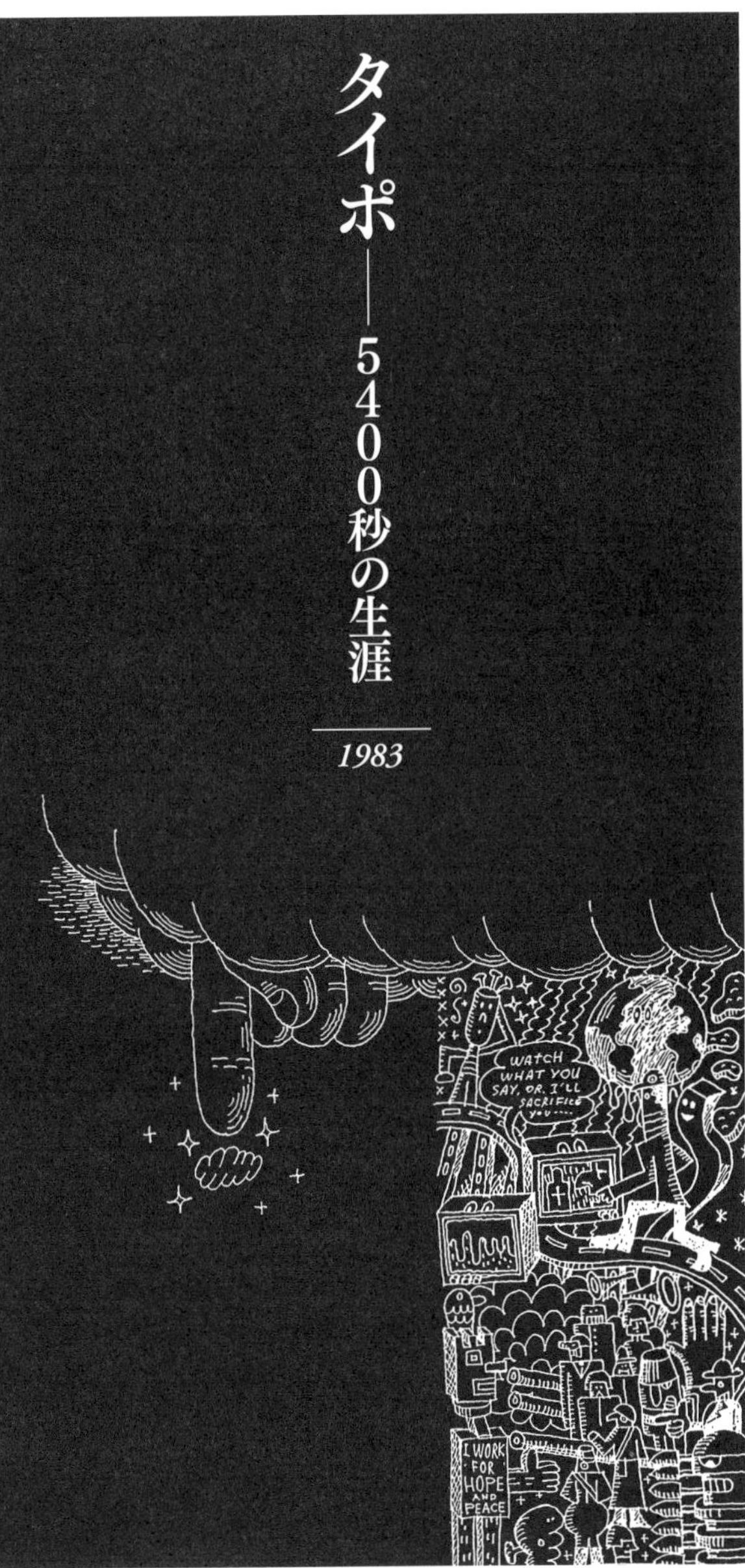

登場人物

大統領
無意識の敗残兵
便所の仮面女
肉体ファシストの孕み女（老姥）
シルクハットの怪人
明かりを欲する死体あるいは聖なる人形
巨眼の観客
舞台看視人としての観客（「観客」とのみ本文中では記す）1、2、3
観客代表ならびに舞台看視人（「看視人」とのみ本文中では記す）1、2、3、4、5、6、7

舞台奥で優雅にふるまう舞台看視人三名、巨眼の観客は舞台上および観客席を落着きなく立ち動いている。

舞台上には幾何学的直線が放射状に描かれている。自転車が数台、奇怪に吊られ、天に向かって聳え、あるいは地に向かって頭をたれている。白骨体と人形が椅子にすわり、空中に吊られた快楽のための拷問台の中にいる死体は身動き一つせず、正面を見すえている。舞台上の観客席には「観客」と名付けられた演者が数名、客席を見つめている。

残りの演者、大統領、敗残兵、便所女、孕み女、怪人は舞台上で異形のオブジェと化している。そして場内は透明感がありつつも、大音量の豚声の合唱で満たされている。

静かにきこえてくる太鼓音、演者達の顔だけがゆっくりと客席に向けられる。

……ストップ。

5秒後、看視人のホイッスルの音を合図に文楽人形のような急激な顔面変化の後、ふいに立ち上がる五名の演者。

行進を開始。

死体は何か叫んでいる「タ、タ、タ、タ、タイ、タイ、……」

全員がかすかに、そして次第に大きくうなり声を上げ出す。看視人によるホイッスル「ピーッ」。看視人、みっともなく拍手。五名、正面に向かって敬礼。怪人のみ動作が遅れる。

看視人、足踏み。大統領につられて上手移動、五名、敬礼。

看視人、足踏み。後方移動、五名、看視人に向かって敬礼。

観客、拍手。行進する五名。口々に小さな声で「タイポ、タイポ、……」次第に大きくなり声のまとまりをみせる。看視人、「ハーハー」いう犬のような声。それらが混全一体となり、和音が形成される「タイポ・ハー・タイポ・ハッ・タイポ・ハー・タイポ・ハッ」

大統領だけがはぐれていく。そして大声で叫ぶ。

大統領　大統領は7時15分！

突如、大音量の豚声、全員崩れ落ちる。冒頭と同じ位置格好。

静かにきこえてくる太鼓音。全員、鶏の姿態になりはいつくばって移動。鉄砲を構え「ダーン、ダーン」。哄笑。看視人の足音。死体の叫び「タイ・タイ……」

大砲の炸裂音。死体の叫び「タイ・タイ・タイ……」大統領を除く全員ストップ。大統領は鶏男となる。猥雑な姿態をともなって静かに後を追う孕み女。

鼓笛隊の太鼓・連打。「ダンダダンダンダダンダン」力強く合唱。その中で鶏男次第に威厳を取り戻す。

そのリズムから鶏男、まるでラテン男風に手拍子を開始し、それが序々にワルツとなり、全員でワルツを歌い出す。そして一方では全員による造形的なオブジェを作り、顔面を仮面化させる人々。

ストップ。

大統領　パパ！　オーマイパパ！　パパ、パパ！
全員　パパ、パパ！
大統領　パパ、パパ！
全員　パパ、パパ、パパ、パパ、パパッ、パパパパパパパ！
大統領　われわれはパパに何を教わったか！　神聖なる教育勅語！　ハイッ！
孕み女　美しい教育！
便所女　美しい飼育！
敗残兵　美しい排便法！
孕み女　美しい慈善！
便所女　美しい管理術！
敗残兵　美しい調教師！
孕み女　美しい無関心！
便所女　美しいダイナマイト！
敗残兵　美しいこえだめ！
孕み女　美しいセンチメンタル！
便所女　美しい睾丸！
敗残兵　美しい人体実験！
孕み女　美しい蛇腹！
便所女　美しいよそ者！
敗残兵　美しい匕首！
孕み女　美しい喉仏！
敗残兵　美しいパパッ！
全員　オーマイパパ！
便所女　ジブラルタルのパパのお髭はちょっとはねあがってるわ。畑の土から下半身もぞもぞ半分のりだして空に向かって日光浴するみみずのよう。かわいいパパ！
全員　かわいいパパ！　焼豚のパパ！（強く）
便所女　お魚のようなおめめと象のおはな、ぷっくりふくらんだふぐのおなかは、やきもちやきのちっちゃなおしり。パパ！　かわいいパパ！

全員　オーマイパパ！　大きなおはな！　パパッパパッパパッパパッ……。

大統領　パパのちぎられた足！
全員　ちぎられたた〜。足！　足！　足！　足！……。

躍動する人々、ホイッスル、大統領手拍子一発！

足をひきつらせながら老化し倒れこむ人々。拍手。

大統領　ニカラグアの足！
敗残兵　アイルランドの足！
便所女　ボリビアの足！
孕み女　ハンガリーの足！
大統領　ドイツの足！
敗残兵　アルゼンチンの足！
便所女　イタリアの足！
孕み女　キューバの足！
大統領　日本の足！
全員　日本の足？　くくく。足！　足！　足！　足！

……（卒倒する人々）

孕み女　パパ、散歩するの。パパ、歩くのよ。このやさしく咲き誇る花々をパパの大きな足がふみしだく。花々は膝まずいてパパをよけるわ。ああ……パパの前に道はなく、パパの後ろには枯草ばかり。なんというのどかな日々なんでしょう。

大統領　パパは僕の心の友。裸の太陽、愛してるよ、パパッ！

孕み女　散歩するのよ、パパ。まだ920秒の過去が作られただけ。散歩するには充分な時間だわ。お聞き、パパ。安穏な日々だったわ。あたしのベッドはいつもあたし一人に抱かれていた。休むことなくあたしに抱かれた。あたしはベッドの奴隷だった。おかげでパパ、あたしのベッドは狂暴なパパに壊されることもなく貞淑に股を広げたまま静かにのたうち横たわっているの。

大統領　気を付け！　パッパ！　愛してるよ、パパ、愛してるんだ。たとえパパの顔がゆるゆるにゆるんで留め金がはずれ、大きなパパの鼻から鼻水が小便のように流れ落ちて、目玉がつり上がり、口元きりりとしまって、とても美男子のパパになっても僕は愛し続けるんだ。きをつけ！　パッパ！　僕はいつでも待っているんだ。乾いた股間から手が伸びる。逃げるパパをつかまえる。パパは僕のケツの穴に咲く一輪の花に吸い寄せられる。僕は花だ！　僕はケツだ！　僕はガラクタだ！　僕はガラクタの仮面だ！

僕はパパの人生だ！

全員　パパの人生!!

孕み女　散歩するのよパパ！　まだ130秒。散歩するには充分な時間だわ。

大統領　気をつけ！　パッパ！　パパ、僕にパパの足、よおく見せておくれ。

孕み女　散歩するのよパパ！　そのすてきなおひげをアリがはいのぼるように逆撫でするんだわ。ああ、パパの美しすぎるセンチメンタル。

大統領　愛してるよパパ！

孕み女　そうよ、そうやってパパはあたしをたぶらかしたの。ある時はお遊戯の素敵なおひげ。ある時はお遊戯で首を小脇にかかえ、お遊戯のある時は鼻をちょんぎり、ある時はお遊戯のパパだった。ああ、ニカラグアのパパ！

大統領　アイルランドのパパ！

孕み女　ボリビアのパパ！

大統領　ハンガリーのパパ！

敗残兵　ドイツのパパ！

便所女　アルゼンチンのパパ！

大統領　イタリアのパパ！

敗残兵　キューバのパパ！

大統領　日本のパパ！

全員　パパ、パパ、パパ、……。

孕み女　でもあたしにはベッドがあるわ。羽根のはえたベッドがあるわ。誰もいない毛のはえた踵があるわ。ハッハッハ……。

全員　パパは王冠をかぶった。ハイ。

右手に剣、左にスズメを握りしめ、ハイ。

パパは世界の名付け親、ハイ。

ヘッドがベッドに、ハイ。

おはなはバナナに、ハイ。

パパはパパの王冠をかぶった、ハイ。

哄笑。なぐりつけられる便所女。

看視人のホイッスル。全員、自分のおもちゃ箱の中から歯ぶらしを取り出し歯みがきを始める。「クッアー、クッアー」というかけ声とともに意味の欠如した歯みがき。便所女だけが便器にまたがり巨大歯ぶらしで自転車を磨いている。死体が叫び始める。「タイ、タイ、タイ、……」死体が希求するものは何もやってこない。シルクハットの怪人が辺りを窺っている。

行進が続く。機械歯磨き人形の行進はまるで無意味さの中に快楽を見出しているかのように見える。いらだつ看視人。（ホイッスル）

音楽。

整列する人々。と次第に不安に襲われ、歌いだす者、自転車で天に向かい、あるいは地に向けて逃げ出そうとする者、鉄砲を撃ち出す者、便器に頭を突っ込む者等々。死体だけが生き生きとしている。

大砲の轟音。腰を抜かす人々。

大統領　時間は！
敗残兵　勇気ある1329秒であります。パッパ！
大統領　勇気ある貴様の所属部隊！
敗残兵　勇気ある女の股倉です。パッパ！
大統領　なに？
敗残兵　勇気ある女の股倉であります。パッパ！
大統領　勇気ある敵の総数は！
敗残兵　1352名。うち勇気あるタマゴドウフが1350名であります、パッパ！
大統領　残りは！
敗残兵　純粋なマヌケであります、パッパ！
大統領　勇気ある新聞は！
敗残兵　勇気あるでたらめです。まったく私たちを無視しております。パッパ！
大統領　テレビは！
敗残兵　はっ！　でたらめでとんでもございませぬ。パッパ！
大統領　ラジオは！
敗残兵　でたらめです。でたらめが逆立ちしてシステマティックな勇気を誇示しておるのであります。
大統領　して、でたらめの勇気とは？
敗残兵　あほの王子様であります。年をとらない星の王子さまが行なった勇気ある愛情であります。
大統領　なるほど、文化統制をしなければならんな。して、でたらめはどんな行いをしておる！
敗残兵　勇気ある女の股倉に首をつっこんでおります！　すっぽりとここまで。
大統領　パッパ！　所属部隊は！
敗残兵　女の股倉、愛の狩人隊！　パパを愛しているんです。
大統領　愛しているだと！　愛とはなにか!!
敗残兵　勇気ある任務です！　パッパ!!

急に機械人形に変わる人々。自らによって狂気じみた人形のオブジェ集合体を作る。

口々に「ダイナモン・ダイナモン」と口ずさみ始め、次第に大きくなり、笑い声が混じる。

再び歯ぶらしをとり出す。規則的に「クッアー」というかけ声とともに、だが次第にそれもばらばらになってゆく。
死体、急に笑い出す。便所女、死体のまわりを観察、駆け回り、首をつっかい棒でしめる。死体の叫び。
と、鼓笛隊の鼓笛音。
人形のように直立不動の姿勢をとる人々。ゆっくりと不動の姿勢が崩れ猥雑な姿態をさらす孕み女。敗残兵にからみつく。
便所女、死体いじめ。

孕み女　ほら、またやってきたわ、パパ。あたしの身体には愛の巣が張り巡らされている。燃え上がる、細い糸でできた愛の巣！　この愛の炎はどんな油でも消せやしない。

敗残兵　おほほ、格好悪いパパ、おまえは醜い女だ。腐った机から生まれた消しゴムの油だ！

大統領　だまれ！　消しゴムは敵である！

孕み女　うれしい！　愛してるわ、パパ！

敗残兵　愛は水だ。おまえは鶏だ。干からびた消しゴムでも叶いやしない。パパは消しゴムの女王だ！

孕み女　あたしは輪ゴム。眼と鼻と口とおっぱいの輪ゴム。のびてあなたを包むの、パパッ！

敗残兵　のびる太陽！　おまえは一体いつまでいる気なんだ！
俺はパパを見捨てた。パパは俺を星の王子様にしたんだぞ。

孕み女　パパ、あなたがあたしを愛してくれなくなるまで。

敗残兵　俺は星！　国会議事堂である！

孕み女　パパが国会議事堂ならあたしは世界の黄金焼豚！

敗残兵　パパが焼豚だって？　そんなに上品なもんか。上品は下劣の眼玉だ！　心臓だ！　脳下垂体だ！
パパにはウジ虫こそがふさわしい。

大統領　ウジ虫にも劣る白鳥である！

孕み女　いいえ、あたしは世界、世界の黄金焼豚のかけらよ。あたしの価値はうじ虫のような高級さにはとても及ばないわ。いいえ、何も言わなくていいの。あたしは、パパがどんな美男子だって構わない。でも夢の中のパパはいつも黄金豚にまたがっているわ。ピッタリとはりついてまるでミミズのよう。そしてあたしに言うの「乗らないかね」。醜いパパは気のきいた台詞なんて喋れない。そう、あなたは王子様、それほどパパは素晴らしく輝ける脳なしなの。素敵だわ、脳なしのパパ！　たとえ夢の中だけでも。

敗残兵　パパ！　あんまり喜ばせないで、頭が変になってしまいそう。で、パパ本当にそう思うの。
孕み女　心の底から脳なしよ。
敗残兵　ああ、パパのグロテスクな言葉で僕の陰部はますます陰にこもってしまう。でもねパパ、僕だって愛の話ならパパには負けないよ。昨日の夢、凄かったんだ。僕は夢のしずくをダラリとたれ流してしまったよ。まるで北風のように。ヒューと僕の肌をひと撫で、ああ、まるでパパは……。
孕み女　まるで？
敗残兵　恥ずかしいけど、僕は夢が事実なら陰部がキラキラ光り輝いても構わないと思ったよ。
孕み女　まあ、どんなキラ夢？　この世で一番脳なしのパパ！
敗残兵　そんなに言われたら、僕恥ずかしくて喋れなくなっちゃうよ。
孕み女　言ってパパ！　化物だわ、ふためと見られない化物だわ！
敗残兵　パパだってゾウリムシの怪物だよ！（熱烈な愛の交換）
孕み女　ああ、パパ！　虚勢されたフランケンシュタインの一物！
敗残兵　おお、君だって下半身不随のお岩さんだ！
孕み女　パパ！　白痴と愚鈍の泉！
敗残兵　パパだって河馬のヒゲだ！
孕み女　ああ、ふくろうのホーホケキョ！
敗残兵　みみずの太陽！
孕み女　モモヒキのションベン！
敗残兵　ナマコのトラ！（二人とも序々にエクスタシーに達してゆく）
孕み女　電信柱のサルマタ！
敗残兵　コエダメのスカイライン！
孕み女　小腸のレモネード！
敗残兵　スズメの伝染病！
孕み女　アリの涙！
敗残兵　ノミのため息！
孕み女　ああ、パパは人間のアシだ！
たち切られるエクスタシー。ひきつるような沈黙。鼓笛隊の音。急に孕み女を打ちすえる便所女。
大統領　カット！　感情は理性の物干ざお。ああ何という干され舞台！
便所女　それを言うならこうだ。感情は理性の肉欲。カット！
大統領　カット！　理性は肉欲の絶望だ！
全員　理性は肉欲の絶望だ！（笑）

大統領　おお、何という人間の弁証法！　カット！　弁証法的人間。カット！　人間としての弁証法！　カット！　弁証法のための人間！　カット！　便とションベンの人間！　だまれ！　カットはカットだ！　カットのためのカットだ！　カット！

便所女　カット！

鶏のように口々に全員「カット」を繰り返す。と全員で一度だけ「カット！」がそろう。

全員　カット！

大統領　去勢されたフランケンシュタインの一物！

全員　モツ・モツ、去勢されたフランケンシュタインの一物！

大統領　白痴と愚鈍の泉！

全員　泉・泉！　白痴と愚鈍の泉！

大統領　馬面の河馬のヒゲ！

全員　ヒゲ・ヒゲ カバのヒゲ！

大統領　イソギンチャクのナマコのトラ！

全員　トラ・トラ、ナマコのトラ！　サル・サル・電信柱のサルマタ！　パパ、パパ、ゾウリムシのパパ!!!

孕み女を打ちすえる敗残兵と便所女。

大統領　カット！　去勢されたフランケンシュタインはだれだ！

便所女　あたしです、パッパ！

大統領　俺はこいつに言ってるんだ。去勢されたフランケンシュタインは！

便所女　あたしです、パッパ！

大統領　パッパッ!!　出しゃばるな！　私は出しゃばりのパパは嫌いだ！　つつましやかなパパ、これが家庭の乱暴には必要なのであります。いまや、火ぶたは切って落とされ、残り少ない時間の中でわれわれはガッチリと団結し、戦火のかなたをあおらねばならぬ運命に遭遇しているというこの時、1850秒！　出しゃばりはオナニズムである!!

全員　出しゃばりはオナニスムである！　オナニースンだ、である。

大統領　出しゃばりはマゾヒズムである！

全員　出しゃばりはマゾヒスムである！　マソヒースンだ、である。

大統領　出しゃばりは豚の尻尾である！

全員　出しゃばりはフタのシッホである！　フタのシッホッホである。

大統領　国会議事堂である！　パッパ！

便所女　ハイル・パッパ！（孕み女を打ちすえる）
大統領　ハーイレ・パッパ！（孕み女を打ちすえる）
敗残兵　ハ、イメルダ・パッパ！（孕み女を打ちすえる）
孕み女　（急に）ハイル・パッパ！

刺激的に序々に熱狂してゆく「ハイル・パッパ！」の連呼。一方、笑い続ける怪人、「タイ、タイ、……」をくりかえす死体。

叫びの頂点から次第にしなびてゆく声。へたりこむ人々。

大砲の音。

大統領　愛の話はどうした。
敗残兵　ところで今何時かしら。
便所女　7時40分ですわ。
敗残兵　はい。僕は犬です。あと一時間近くも犬を続けなければなりません。全く何て輝かしき一日なんだろう。神様は僕を犬に変えてくれた。7時41分！僕は犬だ。8時20分僕は犬だ。壁の向こうには僕のパパが待っているんだ！　8時半、僕は世界になる。パパになる。パパはパパを抱いてくれる。繰り返しのパパは何度も僕を快楽の底につき落とす。パパ貴方は本当にパパ?!
大統領　何の話だ！
敗残兵　愛の話です。
大統領　物理的法則では愛の話はメカニズムである。5400秒のメカニズムである。
敗残兵　でもメカニズムはメカニズムでしか乗り越えられないと思われます。愛の話は愛の話でしか三段跳びはできないのであります。
大統領　馬鹿言え。三段跳びはスポーツのメカニズム、メカニックな距離へのトライアル、トラブルへのトライアル。だから髭を生やしてはいけない！
敗残兵　だから、パパは無知の神だ！
大統領　何だと、パパだからって容赦しないぜ、メカニズム！
敗残兵　愛しているんだよ。パパ。パパにも僕を愛して欲しいんだ。素敵なパパ。
大統領　愛しているよ。パパの髪の先から爪のアカまで。雪の降る夜は楽しいペチカ。あのペチカの側で僕はパパとむつみ合うんだ。メカニズムとむつみあうんだ。
敗残兵　食え！　メカニックに食うんだ。
大統領　えっ？

敗残兵　食うんだ、俺を食うんだ。
大統領　メカニズムをですか？
敗残兵　何をためらう。早く食え！
大統領　何のために？　それにわしはちょいと今、ビタミンの王様しか食わないことにしているのだ。
敗残兵　俺の夢を食うんだ！　俺は腹が減っている。だから、パパも減ってる。だから、パパに俺の夢を食ってもらうのだ。
大統領　パパの夢？
敗残兵　早く食え！　食わぬとパパの鼻の穴に俺のこんにゃくをぶちこんでやる。
大統領　どこから食えばいいんだい、俺の夢！
敗残兵　バックからだ！　バック責めだよ、大将！
大統領　尻にかみつく。
敗残兵　そうだ、いいぞ、俺は消える。いいぞ、いいぞ、いい尻だ。何をしてる。早く飲み込め！　パパ！　グッと一気に飲み込むんだ！　家ごと飲み込むんだ！　俺の夢を飲め！　パパッ！　早く！　大根のように早く！
孕み女・便所女　パパッ！　脳なしのパパッ！
孕み女　何て素晴らしくグロテスクな夢なの。あたしのベッドはいつも一人だった。
便所女　パパ！　化物だわ・ふた目と見られない醜くさの権化だわ。
孕み女　あたしはパパ。ベッドの中でおもらしするの。馬になったパパを想像して。便所よりも汚いパパ！
　真っ赤な尻のお猿さんより脳タリンのパパ！
便所女　パパは王冠をかぶった。ダイナモンの王冠、サンテグジュペリの王冠、コカコーラの王冠、ヒトデの王冠、ハッ、パッパ！
大統領　オーマイ、パッパ！
敗残兵　オーマイ、パッパ！
（口々に）オーマイパッパ、オーマイパッパ……。
（泣きべそ）
大統領　オーマイ、パッパ！
全員　大きなおはな、鼻、鼻……。（笑い）
大統領　パパは王冠をかぶった。
全員　パパは王冠をかぶった。
右手に剣、左にスズメを握りしめ、はい。
パパは王冠をかぶった、はい。
パパは世界の名付け親、はい。
ヘッドがベッドに、はい。
おはなはバナナに、はい。
パパはパパの王冠をかぶった、はい。

全員泣き出す、世界は泣く為にあるかのように、束の間の喜びは泣く為にあるかのように。泣き声は動物の鳴き声にかわる。発情期の動物たち。
全員、手ピストルで観客を撃つ。恐怖。観客を撃つ。恐怖。恐怖。
観客を撃つ。激しく、右に左に動きまわり「ダイナモン」のかけ声。笑いがまじり恐怖に満ち満ちて。

大統領 俺は撃った。撃ちまくった。勝ったと思った。だがその瞬間、見たこともない程大きな戦車が丘を駆け上がってきたのだ。死体の山をバリバリベリベリふみつけて俺に向かってくるのだ。あんなに巨大な戦車を見たのは初めてだった。パパ！ あんた戦車になったのか！ てめえそんな戦車になりやがったのか。俺を撃て、ドガンと俺にぶち込んでみやがれ、俺はどなった。こんなふうに構えて俺もあらん限りの力で撃ち続けた。ダダダ……(狂気の笑い)。撃て！ 撃て！

狂った果実。大砲の炸裂音。腰をぬかす人々。看視人、足踏みする。死体、薄ら笑い。人々は急に歯ブラシをとり出し目をまん丸に見開き硬直した顔面とともに歯ぶらし人形に変わる。「クリーナー」という単語を連発しながら、自分の口と他人の足を交互に磨く。ふいに便所女、便器を歯ブラシで磨き出す。他の人々は豚を磨く。「クリーナー」の連発がいつのまにか「キュッ、クッ、キュッ、クッ……」という言葉に変わっている。動きがとめどなく加速される。身体がスピードにのってくる。急にビッコの便所女、便器を持って走り出す。「ダイナモン」を連発、恐怖に顔をひきつらせる敗残兵。

孕み女 卵がゆで上がるのに2秒！ たったの2秒！ ガキは殺せ！ (便所女、おっぱいがおっぱいが……)

大統領 光の速度を超えたか！

孕み女 もはや言葉は闇のかなたかと思われます。おっぱいが舞い上がっています。

便所女 うんちが口から出てしまう「ウエッ！」

大統領 ゴールはまだか！ ゴールだ！ ゴール！

急に「ゴール」の合唱が始まる。熱狂的に、そして次第に下火になる。
皆で一勢にアクビをする。
静寂。
死んだ自転車。
くしゃみの連発。
直立する動作を喚起させる音楽。死体の歩行する音楽。

人々は直立し、かつ怯える。何者かに操られているかのように行進する。一人、敗残兵だけが縮こまっている。音楽ストップ。崩れる人々。舞台中央から白骨体を引き摺ってシルクハットの怪人が登場。肉体にまだ性の余韻を残している。筋肉硬直による踊り。もれる笑い。静かにリズム音が高揚する。崩れ落ちた人々の間に儀式のための秘めた話が呪文のように響く。

1、世界のねずみの代表が
2、天高く馬超えて
3、社会福祉の問題を
4、とりまとめる鳩首会議
5、こんこん今宵も今晩は、こんこん今宵も今晩は
6、怪奇5400秒の
7、銀河鉄道、紺のネクタイきりりりと締めて
8、扉を開けりゃ
9、首切り人夫、一億一〇〇〇万
10、血だらけ人夫の春の夢のこれまた夢
11、アルプス越えて、ふもとに立って
12、こんこん今宵も、今晩は
13、赤字路線がつっぱしる
14、夕日赤く
15、天高く馬越え
16、牛越え、人参越えて
17、ねずみの腕におさまれば
18、こんこん今宵も今晩は、こーん、こーん
19、タラユマラの里に雪降りつむ、雨降り、ワンワン
20、卵は凍り
21、青いのどかな夏は寒さに震える
22、パパッ！
23、鳩首会議のパパッ！
24、記憶の中で戦車が走る
25、身のたけ九八メートルの戦車が走ります
26、はちきれんばかりの豊満な戦車の肉体
27、ふくれる巨人
28、ここにいるのは
29、誰のパパだ!!

怪人、裸体となり死体に抱きつく。

怪人　パパッ！

音楽。死体の悲鳴が響き渡る。死体に拷問を加える巨眼の観客。ぐるぐる巻きにされる怪人。敗残兵は急に鉄砲を取り出し、あたりかまわず撃ちまくる。便所女、怯えの極地で便器と寝る。祈りに近い泣き声を伴う孕み女

と大統領は顔をつき合わせけんかを始める。「裏切者は誰だ！」「おまえの腹のガキじゃねえか！」「パパは裏切ったのよ！　裏切ちんぽこ！」「なんだと！　俺の指は天下一品！」「脚で裏切ったのよ！　あんたのくるぶし、下劣だわ！」「下劣はおまえの鼻毛だ」「鼻毛に頬ずりしてアヘアへしたパパ！」「貴様はなんとまあ醜い！」「あーら、大変なほめ言葉だこと」「パパは俺に偉大な人物になれと言ったんだ！」「あんたが毛の生え始める前のことでしょ！」「だまれ少年！」「何だと少女！」「裏切者！」「あんたが利口だからよ！」「うるせえ美女！」「何を、肉欲！」「何だと勤勉！」「清潔！」「天使！」「バラ色！」……。

　と急に巨眼の観客、巨大な指、身の丈一メートルもの巨大な直立する指オブジェを持ってくる。舞台中央にドンと置く。それをいち早く見つける大統領。

　音楽ストップ。

大統領　パパはよそ者のパパを人質にして、家の外に立てこもった。外は夏だ。扉を開けてごらん。夏の紫外線が目を刺すぞ。おまえ達はいつも一一月だ。そしていつも7時から8時半、おまえ達の散歩は繰り返される。外は夏だ。扉一枚で夏だ。社会の夏だ。普段着の夏だ。お金の夏だ。投機の夏だ。西瓜の夏だ。キュウリの夏だ。犬の夏だ。豚の夏だ。キリンの夏だ。うまい夏だ。甘い夏だ。営業の夏だ。パパは夏だ。戦局は当方の圧倒的勝利で終わるだろう。よそ者のパパはうめいている。乳房が半分切り取られた。左目がくり抜かれ今や誰にも肉体は開かれている。よそ者のパパはよそ者のパパを早く死後の世界へ導いてと宣うておる。パパを棄てよ。銃を棄てよ。さあ、おまえ達にも夏の空をあげよう。さあ、おいで。パパはパパを待っている。

　大統領、指を持ち後方移動、全員移動する。

大統領　はいっ！

　音楽。指とともに奇妙な形をなしつつ前方に向かって歩む人々。

　直立する指。巨眼の観客、白骨体を背負いながら。音楽に合わせ退行するリズムを作り出す人々（声による）。

　音楽ストップ、直立する人々。

敗残兵　パパ、昨夜夢を見ましたよ。（冷たく）

便所女　何秒前の夢かしら？　臆病者のパパさん。

敗残兵　昨夜ですよ。だから0・5秒ぐらい前のことでしょうか。僕の生涯はまだ3000秒程度ですから。

便所女　あたしも3000秒程度よ。おばかちゃん。

敗残兵　人によって時間の尺度が違うのであります。パパの五〇年と僕の一八年が同じだというのはパパの歯車の回転数が僕の歯車の回転運動にとても追いつけないということでしょうな。何せ旧式機械は人力家内工業の一翼に過ぎなかったのだから。

便所女　歴史物語は数時間で歴史を走り抜けてしまう。プラトンがアヘアへいう間に焼却炉行きとはまったく馬鹿な話だ。ところで、知ったかぶりのパパ。

敗残兵　夢の話。一年前の夜の話だったね。

便所女　臆病者の昨夜の夢だ！

敗残兵　昨夜は夜を徹してパパと話してましたよ。「パパ」と言ってる間に夜は過ぎ去りて。

便所女　では臆病者の四五三日前の話をしよう。

敗残兵　正確に言うと四六七日前です。形而上学的弁証法です。

便所女　形而下的実在だ！

敗残兵　パパッ！　相手にしてやらないぜ。いつまでも一つ所に固執しちゃだめだよ。俺はもう二一だ。

便所女　黙れ！　形而上？　形而下？　なんだっけ？

敗残兵　あんた、刑事さん？

便所女　あたしはパパだ！

敗残兵　パパというのは職業ではない。

便所女　職業のパパもある。だって本当のパパはお前じゃないか？

敗残兵　俺は兵士だ！　お前は刑事だ！　十手もちだ。

便所女　あたしはプロレタリアートのパパだ！

敗残兵　ゴミ箱から漁るな。

便所女　黙れ！　ブルジョアのパパ！

敗残兵　一億総中流型共同幻想のパッパ！

便所女　⁇　散歩するのよ、パパ。外は静かに小鳥がさえずっているわ。センチメンタルな身体を日干しにするのよ。

敗残兵　それでこそパパだ！　弱虫のパパだ！

便所女　そうよ、あたしは弱虫だった。小鳥だったわ。まるでスズメのようにママの身体をつついたわ。あたしは小さな真白な小鳩。美しい臆病者でした。パパ、覚えていて、あの時、ほら、パパがあたしの自転車をとり上げて猛スピードで家の中を走り回ったわね。パパ、覚えているかしら。パパ、あたしに返してくれなかった。「ケッケッケ」けたたましい叫び声とともにパパ、毎日、あたしの自転車で便所に行くの。あたしは見送るの。本当に純白の小鳩。あたしは一〇才だった。あたしのパンティも一〇才だった。

敗残兵　でもね、パパ、パパが一〇才だなんておかしいよ。
便所女　一〇才の頃もあったんだよ！
敗残兵　何秒前だい。
便所女　2300秒ぐらい前かしら。
敗残兵　なる程、夢ならば1秒でも見られるからな、それがパパの一〇才さ。
便所女　パパ、泣きごと言うな。本物の人間らしくふるまえばいい。
敗残兵　やかましい！
便所女　パパ、愛してるわ。あたしの太陽！
敗残兵　貴様、俺を気狂い呼ばわりするつもりか！
便所女　いいえ、便所の底から愛しているだけ。ああ、あたしの愛の翼！
敗残兵　ようし、じゃあ言ってやろう。パパ、あんた肥大化する頭だよ。あんたの頭の中じゃあ、勝手に記憶が作られていく。頭の中で勝手に歩く。勝手に喋る。勝手にアヘアへする。勝手に眠る。勝手に食べる。勝手に夢みる。そうやって、あんたの頭は勝手に膨張し破裂するんだ。ノウミソはウンコになってひり出てくるんだ！　一体全体、この世は終わりだ。貴様！　貴様は気狂いの太陽だ！
便所女　パパ、昔から美しかった。腐乱したすえた臭い。まるで肛門がこえだめになっているようなおいしい匂い。あたしその美しい匂いに愛を感じ、パパとの思い出を心の底に秘めているの。あたし、おいしいパパが大好き！
敗残兵　俺は気狂いなんかじゃない！　気狂いは嫌いだ！
便所女　そうよ、パパは気狂いじゃないわ。単なるあたしの想い出と妄想と現実と未来！
敗残兵　ウワァー！　気狂いだァー！
便所女　パパー！　貴方！　素敵なあなた！

便所女をメッタ打ちにする敗残兵。
巨大な指に抱きつく大統領、死体いじめの孕み女。
太鼓の連打が次第に近づいてくる。
笑う巨眼の観客。
太鼓音、一度大きくなった所で止む。そして次の台詞が始まると、再び開始される。
便所女、鳥かごをかぶる。ひきつる便所女。

大統領　ニカラグアのパパ！
孕み女　アイルランドのパパ！
敗残兵　ボリビアのパパ！
大統領　ハンガリーのパパ！

孕み女　ドイツのパパ！
敗残兵　アルゼンチンのパパ！
大統領　イタリアのパパ！
孕み女　キューバのパパ！
敗残兵　日本のパパ！
三人　パパ、パパ、パパ、パパ、パ……（笑い）
死体　死に絶えろ！　倒錯者！
三人　死に絶えろ！　倒錯者！
死体　死に絶えろ！　おいぼれのダイヤ！
（次第に口調が速くなる。「巨眼の観客」笑いころげる）
三人　死に絶えろ！　おいぼれのダイヤ！
死体　死に絶えろ！　倒錯したクローバー！
三人　死に絶えろ！　倒錯したクローバー！
死体　死に絶えろ！　美意識のスペード！
三人　死に絶えろ！　美意識のスペード！
死体　死に絶えろ！　ころげ落ちたハート！
三人　死に絶えろ！　ころげ落ちたハート！
死体　死に絶えろ！　脳なしのダイヤ！
三人　死に絶えろ！　脳なしのダイヤ！
死体　死に絶えろ！　糖尿病のクローバー！
三人　死に絶えろ！　糖尿病のクローバー！
死体　死に絶えろ！　胃かいようのスペード！
三人　死に絶えろ！　胃かいようのスペード！
死体　死に絶えろ！　血友病のハート！
三人　死に絶えろ！　血友病のハート！
死体　死に絶えろ！　腐乱したダイヤ！
三人　死に絶えろ！　腐乱したダイヤ！
死体　死に絶えろ！　マニエリスムのクローバー！
三人　死に絶えろ！　マニエリスムのクローバー！
死体　死に絶えろ！　年金老人のスペード！
三人　死に絶えろ！　年金老人のスペード！
死体　死に絶えろ！　老いぼれ学者の老いぼれハート！
三人　死に絶えろ！　老いぼれ学者の老いぼれハート！

便所女を除く全員で拍手。そして三人前記の台詞を口々に繰り返しながら、便所女を首吊りにする。無邪気に、決して悪意を感じさせぬよう。そして便所女、一番高くまで吊り上げられると「キャー」と言ってロープから手を離す。便所女、激しく床に叩きつけられる。すると再び三人、無邪気に便所女を吊り上げる。手を離す。その動作を数回繰り返す。便所女、ただただ「あたしの愛、あたしの愛」と繰り返し叫び続けている。ぐったりのびてしまう便所女。

急に歯ぶらしを取り出し、歯をみがく三人。とても機械的にかつ素速く。そして定期的に便所女につばを吐く。

次第に、つばを吐くことだけが連続的に行われるようになる。
すっきりした人々。便所女を豚小屋に放り込む。便所女、叫ぶ。アホウのように豚と手を取り合って。

便所女　女が欲しい！　へっへっへ……女が欲しい！

けたたましい大砲の砲声。続いて鼓笛隊。急に散らばって自転車こぎを始める人々。

（1）３７８３！
（2）３７８４！
（3）３７８５！
（4）３７８６！
（5）３７８７！
（6）３７８８！
（7）３７８９！
（8）３７９０！
（9）３７９１！
（10）３７９２！
（11）３７９３！
（12）３７９４！
（13）３７９５！
（14）３７９６！
（15）３７９７！
（16）３７９８！
（17）３７９９！
（18）３８００！

全員　ウワーッ！（転げ落ちる人々）

敗残兵　パッパ！　敵は３８００名までに増え続けております。

孕み女　パッパ！　何故我々が攻撃されなければならないのでありますか！

敗残兵　パッパ！　敵は３８２０名です！

孕み女　パッパ！　我々のゲームは法律違反ではないはずです！（足踏みを始める）

敗残兵　パッパ！　再び１０名増加！

孕み女　パッパ！　ガキがあたしの股の間で行進しています！

大統領　パッパ！　一体誰がこんな途方もない勝利を考えたんだ！

便所女、おかしさをこらえきれず、大声で笑い出す。大統領、孕み女と敗残兵を打ちすえる。

便所女　パパはアイスクリームの王様だわ。俺はかき氷の王様だ。パパッ！　決闘しようじゃないか！　昔、あたしはパパにあたしの身体をなめまわされ、かきまわされて、あたしは魚の奴隷になってしまったけど、見よ、今、俺は脳なしの神だ！　脳なしの神は口臭のパパよりよっぽど強い。俺はアホウの大魔神！

大統領　内部分裂している時ではない！

便所女　パパッ！　あんたのそういう偏狭さが文明を産むんだ！

大統領　あの音が聞こえないのか！

便所女　どっちが内部で、どっちが外部だ！

大統領　こっちが内部で、あっちが外部。アホウなこと言わせるんじゃねえ！

便所女　てめえのそういう論理のパラドックスは聞きあきた！

大統領　ああ！　何という悲しすぎる悪意！

便所女　黙れ！　聖天使！

大統領　何を！　正直者！

便所女　貞淑な一穴主義！

孕み女　ホモセクシュアルのケツ穴主義！　（笑い）

大統領　無欲な聖教徒！

敗残兵　レズビアンの神父様！　（笑い）

便所女　金玉のない平和主義者！

孕み女　一〇メートルの貴族主義！　（笑い）

大統領　愛すべき労働者！

敗残兵　男女間股間運動の為の一〇〇メートルの労働者！　（笑い）

大統領　黙れ！　内部分裂している時ではない！

便所女　３９００秒の人体実験！

舞台看視人によるホイッスル「ピーッ」全員敬礼。ただ便所女だけが敬礼しながらも身をくねらせヘラヘラ笑いであざけっている。白骨体を背負って巨眼の観客は走りまわっている。シルクハットの怪人は、自転車をこぎ続け、天に向かって舞い上がろうとしている。彼の激しい息づかいが豚の性欲を高めているかのように。個々の人々、豚声を発する。かすかに、そして次第に大きく。豚声は歌に変わる。

悲しみの讃歌。便所女だけはヘラヘラ笑っている。

（歌）パパは　からすにつつかれた
ぬめる油の　小さなベッド
首から上が　すえかえられて
きしむベッドの　パパが死ぬ

そんな昔のことじゃない
喜んだのは　２０００秒前
後は苦い太陽ばかり

パパは　からすにつつかれた
軽い羽根に　おかしな尻尾
首から下が　すえかえられて
丸い尻尾の　パパは誰
そんな昔のことじゃない
ちょん切ったのが　４０００秒前
後は　やもめの草ばかり

大統領　パパは王冠をかぶった（パン）
全員　（便所女を除く）パパは王冠をかぶった（パン）
右手に剣、左にスズメを握りしめ（パン）
パパは王冠をかぶった（パン）（序々に絶叫）
パパは世界の名付け親（パン）
ヘッドがベッドに（パン）
おはなはバナナに（パン）
パパはパパの王冠をかぶった（パパパパパパン）

間、三秒。と急に、歯ぶらし人形、七秒。これは、歯をみがく者、股の間をみがく者、指をみがく者、目をみがく者等、誰一人として同じ動作をする者はいない。静止。歯ぶらし人形、四秒。静止。彼らは叫び始める。（次第にスピードを上げる。人々の身体もバラバラになってゆく）

ダイナモーン、ダイナモーン、ダイナモン、ダイナモン、ダイナモン、ハッ……ダイナモン、ダイナモン、ダイナモン、ダイナモン、ハッ……。

看視人のホイッスル。全く無視する人々。ダイナモンが続く。まばたきも加えられる。足踏みが入る。ダイナモン踊りが生まれる。人々は各々、巨大指を抱きしめている。笑いこける死体。エクスタシーがさまざまなリズムが混じり合ったポリリズムから生まれる。

便所女　笑え、笑え、ここは脳みその佃煮だ！　三〇〇〇日が３００秒！　豚の頭の人間どもが時間を気にすりゃ冬が来る。ハッハッハ。食糧難の冬だ！　加工品の冬だ！　バッサリバサリと材木切れれば、ドカッと雪が舞い降りる。ドギつい北風吹きまくれ。ハッハッハ……ヒュー！　ヒュー！

他の人々　パパッ！　私たちは一致団結して敵と戦ってきた。私たちは野を越え山越え、あの端整な顔が刻み込まれた王冠を胸に抱こうとしてきた。だが、このざまはなんだ！

便所女　ゲームだ！　コッカコーラのゲームよ！

他の人々　われわれの頭はパンクしそう！

便所女　腹が減って肝臓が飛び出すんだ！　肝臓のゲームよ！　（「ゲームよ、ゲーム」とわめき続ける）

他の人々　貴様は何て恥知らずなんだ！　社会悪！　無秩序！　人体解剖！　放任主義！

敗残兵　パッパ！　私たちは、とても耐えられません！

孕み女　パッパ！　股の間からガキが顔を出して歯ぎしりしています！

他の人々　殺せ！　殺せ！　殺せ！……。

怪人　ダーン！　（拍手）

真逆さまに落ちる便所女。ヘラヘラと笑う便所女。

怪人　ダーン！　（全員、顔を見合わせて）

全員　パパからの絶縁状だァ!!!

音楽。

孕み女だけが乱れだす。子供が排泄されたがっている。他の人々、不安におののいた様子でストップモーション。巨眼の観客、白骨と踊る。次第に直立し、人形のような行進を始める人々。うめいている孕み女。巨眼の観客、白骨を孕み女に抱きつかせて、出産する女の為に棒で腰を小突き回す。孕み女の出産場面だ。凄まじく激しく、そしてデーモンにでもとりつかれたかのように全員によって空間全体を使った上下運動をさせられる。

音楽、小さくなる。人々、何をしていたのかわからぬ程に放心状態であるが、やがて小さなテーブルを五つ並べ、寝台にする。いかにも楽し気に。白骨体、その上に置かれる。一方、孕み女はゆっくり立ち上がる。股の間からボロボロ、ボロボロ、何十個という子供人形がこぼれ落ちる。そのうち一匹を拾い、便器に投げ込む。狂気染みた笑い。寝台の後ろで一列に並ぶ人々。怪人、ナイフとフォークを持ってくる。それらは、すべてオモチャである。お互いが自分の隣に座った者を見廻す。規則にとりつかれた鶏のように。一勢にナイフとフォークを持ち鶏語で会話がなされる。白骨体を肉とみたてての肉食獣たちの会食晩餐会だ。その鶏語の合間に次のような言葉が挿入される。

（1）俺がいかに女にもてたか話してあげよう
（2）この指止まれ
（3）ナンダカンダ
（4）油身の多い肉
（5）鳥は翼がある
（6）犬は四歩足で歩く

するとー瞬しらけたような間を感じさせるが、すぐに爆笑、拍手。一方、巨眼の観客はスキップしながら舞台に網を張る。静かに鼓笛隊が近づいてくる。死体は薄ら笑いを浮かべ、たまに威勢のいいうめき声を上げる。小きざみにケイレンする死体。と突如、場内はけたたましい豚声に引き裂かれる。逃げまどう人々。なぐり合う人々。豚に組み敷かれる人々。そして、次第にサーカス的な乱痴気騒ぎに変わってゆく。鶏たちのつかの間の休息である。祝祭である。背中に巨大指がはりついて離れない人々。子供のオモチャが散乱する。その中で各々の個性が次第に浮き彫りにされていく。

大統領　おまえが俺の指をとったのだろう！　かえせ！

孕み女　かえせ！　悪魔！　かえせ！　あたしの膀胱をかえせ！

敗残兵　かえせ！　俺の恥辱をかえせ！　唇をかえせ！　時間をかえせ！

便所女　かえせ！　あたしのおっぱいをかえせ！　おしりをかえせ！

大統領　かえせ！　心臓をかえせ！　首をかえせ！　包茎をかえせ！

孕み女　かえせ！　子供！　かえせ！　子宮！　かえせ！　尿道！

敗残兵　かえせ！　筋肉をかえせ！　硬いボルトをかえせ！

便所女　乳首をかえせ！　産道をかえせ！

大統領　かえせ！　俺の大事な無毛症をかえせ！

孕み女　かえせ！　あたしの陰口！　あたしの踊り！

大統領　かえせ！　かえせ！

敗残兵　歯車。ねじ。夕焼けの鉄板！

大統領　かえせをかえせ。

便所女　知能・全能、生殖器のダイナモン！

大統領　かえせの衣を脱がせろ！

孕み女　かえせのガキの行列！

敗残兵　かえせの恥辱とかえせの勇気！

便所女　産気づいた便器のかえせをかえせ！

大統領　かえせをかえせ！

全員　かえせ、かえせ、かえせ……。

敗残兵　おお、かえせがやってくるわ。見てごらん、かえせよ。かえせだわ!!!

沈黙。全員鋼の目にはりつく。

音楽。

あまりにぎこちない行進。射すくめられたかのような未熟児たちの行進。怪人を追いつめる。

看視人、行進に合わせてホイッスル、手拍子。巨眼の観客は秒読みを続ける。「４５３２、４３５３、４３５４、……」全員笑いながら怪人にサディスティックな暴行を加える。二人がかりで股をさかれる怪人。孕み女、つながった子供で首をしめる。怪人の腹を首締め器で押さえつける敗残兵。怪人、おびえが通りすぎると、「ダイナモン」と口ずさみ始める。

巨眼の観客、まるであおり立てるように、怪人に水をぶっかける。と急に怪人、大声で「ダイナモン」の連呼を始める。薄ら笑いが浮かび「ダナンの天井」という連呼に変わる。

音楽、一気に大きくなる。

直立する怪人。他の者達（敗残兵を除く）、自転車を一心腐乱にこぎ出す。ゼーゼー声をあげながら。天に向かい、地に降りる。

この頃から場内に香が漂い始める。敗残兵、ゆっくりと衣装を脱ぐ。すると中からけばけばしい女の衣装が目を射抜く。

突然、けたたましい大砲の音が数発。場内に轟き渡る。音楽はストップ。死体、けたたましい笑い声。

敗残兵と死体を中心にまるで記念撮影でもするかの如く、死体のそばに集まる人々。奇妙でグロテスクなオブジェが形成される。死体に蝶ネクタイをつける巨眼の観客。看視人たちの足踏み。

敗残兵　明るいわ。なんて明るいのかしら。もう大丈夫よ。誰も攻めて来ない。あたしのパパは二酸化マンガンだった。酸素と水素とスーパーオキシド&なにやらかにやら、みんな混ぜ合わせて作ったの。あたし、鼻につく程、息苦しかったわ。パパ、ねえパパ、お散歩するのよ。貴方と私、４４７０歩から４５８０歩まで散歩するの。外は秋よね。１秒に１センチ伸びる草の谷間で、あたし、あんたを星に変える。星は、あたしを見つめる。止むことのない輝きがあたしを満たす。あたしは素裸になって、あんたに向かって叫ぶんだわ。「永久運動！　永久運動！　永久運動！」でも、あんたはちょっとばかり利口すぎたわ。二酸化マンガンのくせに喋ったわ。「老化、老化、老人年金、老人病、老人救済、老人のための書物！」そんなプラカードを持って、再びあたしに歯向かうっていうのね。もう、およしなさい。パパ。散歩するのよ。機械のように散歩するのよ。木がのび草が生えているわ。静かに手を太陽にかざしてごらんなさい。あんたの腕はまだ鋼鉄！　はがねのケロイド！　何も見えない！

大統領　もはや誰もパパの翼を大事にしようとしない！

俺達は侵略の証拠なのだ！

散歩する人々。ゆっくりと、まるでオブジェの連続体である。最後の安楽をむさぼるかの如く。鼓笛隊が近づいてくる。

と急に。

大統領　ああ、醜い。なんと醜怪な虫けらなんだ！

孕み女　そうよ、あんたは、お稚児さんだったわ。昔も今も変わらず。点取虫のようにベッタリと臆病者のレッテルが貼りついているんだ。

大統領　俺から醜い感情は当の昔に消え失せてしまっている。当の昔に！　勇敢な男！

孕み女　強がりを言うんじゃないよ。このスベタの大統領！

大統領　ああ、頑張っても残り1000秒しかない。余りに残酷すぎるじゃないか。

孕み女　1000秒あれば、ガキを100人産むことだってできるんだよ。（ハッハッハッハッハッハッハッハッハッハッハッ）

大統領　仲良しの子供が四人で旅に出ました。

一人は山で狼に食べられました。

一人は車にはねられ死にました。

一人は海の魚のえじきとなりました。

残った一人も自分で自分の首をはねました。

仲良しの兵士四人で戦場に行きました。

一人は過労で息絶えました。

一人は流れ弾にあたって死にました。

一人はこえだめで窒息死しました。

残った一人は自分の身体を食べちゃいました。

仲良しの自由主義が四人、旅に出ました。

一人は社会主義国で死にました。

一人は資本主義に殺されました。

一人は中立国で頭が割れました。

残った一人は太陽に焼かれて溶けました。

仲良しの老人四人で戦場に行きました。

一人は蟻に食われて消えました。

一人はねずみに食われて消えました。

一人は猫に食われて消えました。

残った一人は猫を食って死にました。

便所女　本当に不愉快だわ！　一体、何様のつもりかしら。卵がゆであがってしまう。ポロロンポロロン。

死体　ハッハッハッハ……腐った豚は、腐れ肉の腐れ縁。

孕み女　この世はヘアクリームでできているのよ！

死体　ふくれろ！　ふくれろ！　世界は膨張する。睾丸は破裂する！

大統領　黙れ！　俺は文明の翼！
便所女　ひっこんでな、不能野郎！
孕み女　うまずめ！　用無しのデブ女！
死体　ハッハッハ……欲望は膨張し、ふくれる指は乾燥する！　（繰り返す）
大統領　俺の命令を聞け！　さもなくばここは崩壊する。
便所女　あんたみたいな不能に、あたしの気持ちわかるもんですか。
大統領　俺の命令だ！
孕み女　あたしの命令！
便所女　ギャー！
大統領　俺の命令を！
孕み女　あたしの命令を！
大統領　命令を！
孕み女　命令を！
三人　命令を下さい!!!

鼓笛隊の音、ストップする。

怪人、金の玉をぶちまける。一〇個の金玉が散乱する一方、巨眼の観客、安っぽい人形をとり出し人形の首を吊る。

金の玉を抱き締める人々。

敗残兵　人形が首を吊って死んだ。ごらんなさい。パパの王様がやってくるの。あと800秒。時間ばかりが足並みそろえて走り去る。代わりにやってくるのはパパの軍隊！　ほらもうそこまで来てる。見ろよ、780秒を見ろ！　おまえらは777秒の命だ！　命令でもなんでもしやがれ！　だが、ごらん！　人形が首を吊った。スケープゴートが首を吊った！　口内炎の人形が首を吊った！　肝臓病の人形が首を吊った！　イボジの人形が首を吊った！　能なし人形が首を吊った！　すべてはスタートラインに戻ったのだ！

人々、口々に、首吊り、首吊り、……。


次第に一つの合唱になる。死体も同化してゆく。

大統領、怪人に首を締められている。大統領、ボロ雑巾のように投げ棄てられる。怪人は非常に暴力的だ。

恐怖におののいて自転車をこぐ孕み女と便所女。

自転車の上に孕み女と便所女。必死に自転車をこぎ続けながら。

怪人は辺り構わず暴行を加えている。

孕み女　へん、あんた何が言いたいんだい。あたしがあんたのパパに何をしたって蛙のつらに小便だね。そりゃあんた、あたしに魅力があったたってことじゃないか。この畑なしの草原女！

便所女　何だとこのクソバカア！

孕み女　あたしがバカアだって？　あんた何ねぼけてるんだい、あたしゃ男が言いよる明晰乙女だぜ！　へん！

便所女　あんたのあちょこは三〇センチも裂けてるんだって、あたし知ってるのよ。ガバガバガバガバ、カバンの留め金がはずれちまったらガキ一匹、腹の中におさまりゃしない。このうすのろ。男と寝るっきゃ能のないアバズレだってあんた程じゃないよ。

孕み女　言ったわね。どうしてあんな醜いパパからこんな美人が産まれたのかしら。

便所女　美人で悪いか！

孕み女　美人、美女、ビジョ、グッチョグチョ。

便所女　おまえは精神的高貴なる美女だ！　ガハッ！　みっともない！　精神的美女だなんて。

孕み女　ふん、あたしのパパは醜いちっちゃな腕であたしを抱いたわ。抱きしめたわ。

便所女　パパがあんたなんか抱くもんか。パパは美女は嫌いなんだよ！　醜意識は人一倍すぐれていたんだから。

孕み女　あんたのパパ、目を白黒させて叫んだわ「君はなんて醜悪なんだ。醜悪の女王様だ！」って。

便所女　やめてよ。パパはあたしのもんだ。あたしとパパの愛の夜。

孕み女　あんたなんか巨大指と寝るのがお似合いだわ。おたんこなす！

便所女　ああ、パパ、あたし。何故こんなにいじめられなければならないの、パパ！

孕み女　ああ、ガキがまた行進してる。

便所女　ダメダメダメダメ、逃げるのよ！　あんた一人だけでも逃げて！

孕み女　股がさけそうよ！　ああ。

便所女　逃げて、逃げて、逃げのびて、あんたは殺される。虫けらみたいに、ハッハッハハハ……。ちっちゃなガキどもがハエのようにあんたを襲う。それがあんたの人生。

孕み女　ああ……痛い！　（くり返す）

便所女　そう、もっと痛んで。かわいそうなぐらいに痛んで、まだ足りないわ。もっと痛むぞお。……まだ痛み足りない。痛んで、痛んで、もっと苦痛に、ああ。

孕み女　なんと！　ガキがはい出るわ。

一方、看視人たち怪人によって暴行されている。看視人、即興的に恐怖の叫び声を上げて逃げまわる。ホイッスルがなり渡る。「俺は単なる観客にすぎない」等の自分が観客であることを訴える。看視人の一人天井から逆さ吊りにされる。これは他の看視人が協力する。死体はあばれている。巨眼の観客は楽しげにとびはねている。大統領は散歩している。けたたましい笑い声とともに。

大砲のゴウ音。するとその場でピタリと静止。爆撃が続く。

全員 パパなんか大嫌い。私、パパの身体が炎にくるまれるのを祈っている。よおく聞いてね、パパ。私はパパを本気で愛している。でもパパは炎に包まれる、焼かれる、焼き殺される、いい気味だわ、ローストチキンのパパ！（あかんべえをする）（そして）
パパ、パパ、パパ、パパッ、パパパパパパパ……。

（1）ニカラグアのパパ！
（2）アイルランドのパパ！
（3）ボリビアのパパ！
（4）ハンガリーのパパ！
（5）ドイツのパパ！
（6）アルゼンチンのパパ！
（7）イタリアのパパ！
（8）キューバのパパ！
（9）日本のパパ！
パパは日の出を待っている!!!（哄笑）

楽し気に手拍子をとりながらワルツを歌い行進する。

一方、巨眼の観客は舞台のロープ張りに勤しんでいる。すべての動きを分断する為のロープだ。直に、舞台は蜘蛛の巣のようにビッシリとロープが張られてしまう。

トランペットがとどろき渡る。

全員知らぬふりをして行進を続けようとする。それは分断され、再び混沌の様相を見せ始める。

死体は反復運動を繰り返し、敗残兵はわめきながら笑いこけ、意味なく人々をあざけり、指揮をとっている。孕み女は大統領をいじめ、意味のない会話がかわされる。便所女は便器と話をしている。意味なく便器に暴行を加えた怪人は「肉体の神だ」と叫びながら自転車を漕ぎ続ける。看視人は張られたロープをよじのぼり何とか逃げようとしている。すべて意味のない会話、喧騒に満たされている。逆さ吊りされた監視人は観客に向かって助けを乞い、鉄砲で観客を殺している。いつしか「ダイナモン」という言葉がその中の共通語として叫ばれ始め、一つの和音となる。その時、音楽ストップ。全員、動かなくなってしまう。センチメンタルな音楽。

大統領　僕たちは
敗残兵　あたしたちは
大統領　素敵なおまえを手に入れ
敗残兵　すてきなあなたを手に入れ
大統領　僕の記憶に
敗残兵　あたしの記憶を重ね合わせて
大統領　僕の顔を海に投げすてました。
敗残兵　短い時間の中で
大統領　僕は君の美しさを知った。
敗残兵　長い時間の中で
大統領　僕は僕の追憶を君のひざまくらへと押しやり、
敗残兵　あたしは海に抱かれて眠る。
大統領　ごらん。誰もいない。
敗残兵　何もきこえない。ただあたしとあなたの言葉が悠長な時間を満たしてくれる。
大統領　何て幸せなんだろう。
敗残兵　しゃれこうべだけがあたし達を見つめているわ。
大統領　死体は消え果て。
敗残兵　ほら向こうで船が待ってるわ。
大統領　あと3分で出発だよ。あの船が僕たちを怖れることのない生命へと導くんだ。
敗残兵　汽笛だわ。
大統領　あのセンチメンタルな汽笛が僕は好きだ。
敗残兵　あたしの生命よりも？
大統領　おまえの生命よりも好きだ。
敗残兵　あたしもよ。貴方の命よりも好きです。
大統領　愛しているよ。
敗残兵　愛しているわ。
大統領　でも僕は行かなけりゃならない。大きな大きな船が僕を待っているんだ、おーい！「あいよー！（腹話術）」ほら、きこえたろう。
敗残兵　愛してるわ。どんな美しいゴキブリよりも愛してるわ。
大統領　僕だって。こんな平和は二度と来ないよ。どんなにやせた豚よりも愛しているよ。
敗残兵　あなたの愛は本物なのね。
大統領　本物だとも。僕は、嘘はつかない。花瓶よりも愛しているよ。
敗残兵　鉛筆よりも愛しているわ。
大統領　たとえ僕と君が離れ離れになったとしても、僕は君の乳房を忘れない。
敗残兵　あたしもね。独房に繋がれてギュウギュウされてもあなたの鼻毛は忘れない。

大統領　ああ、すばらしい尻だ！
敗残兵　ああ素敵な踵！
大統領　愛しているよ、爪のアカ。
敗残兵　抱いて、あたしのため息。
大統領　抱いてあげるよ。僕の歯ぎしり。

　固く抱き合う二人。巨眼の観客、大統領の首を吊り上げる。敗残兵、人形のように笑う。

巨眼の観客　あと１４０秒だ。

　客席に向かって指揮棒を振り上げる。すると音楽、大音量でスタート。
　再び狂気じみた喧騒が場内をおおう。だが彼らは順番に入れ替えをしている。動きの激しさから場内をゆるがす支離滅裂な声の騒音が耳をつんざく。

巨眼の観客　ラスト90！

　物質によって支配されるサディズムが遂行する。が、90秒ピッタリでストップ。皆、その場から崩れ落ちる。ストップ。
　客席に徐々に明りがつき、それとともにセンチメンタルなトランペットが流れる。豚声とトランペットがゆっくりクロスし、入れ替わる。豚声だけが残る。

アレッポ——風を讃えるために

1987

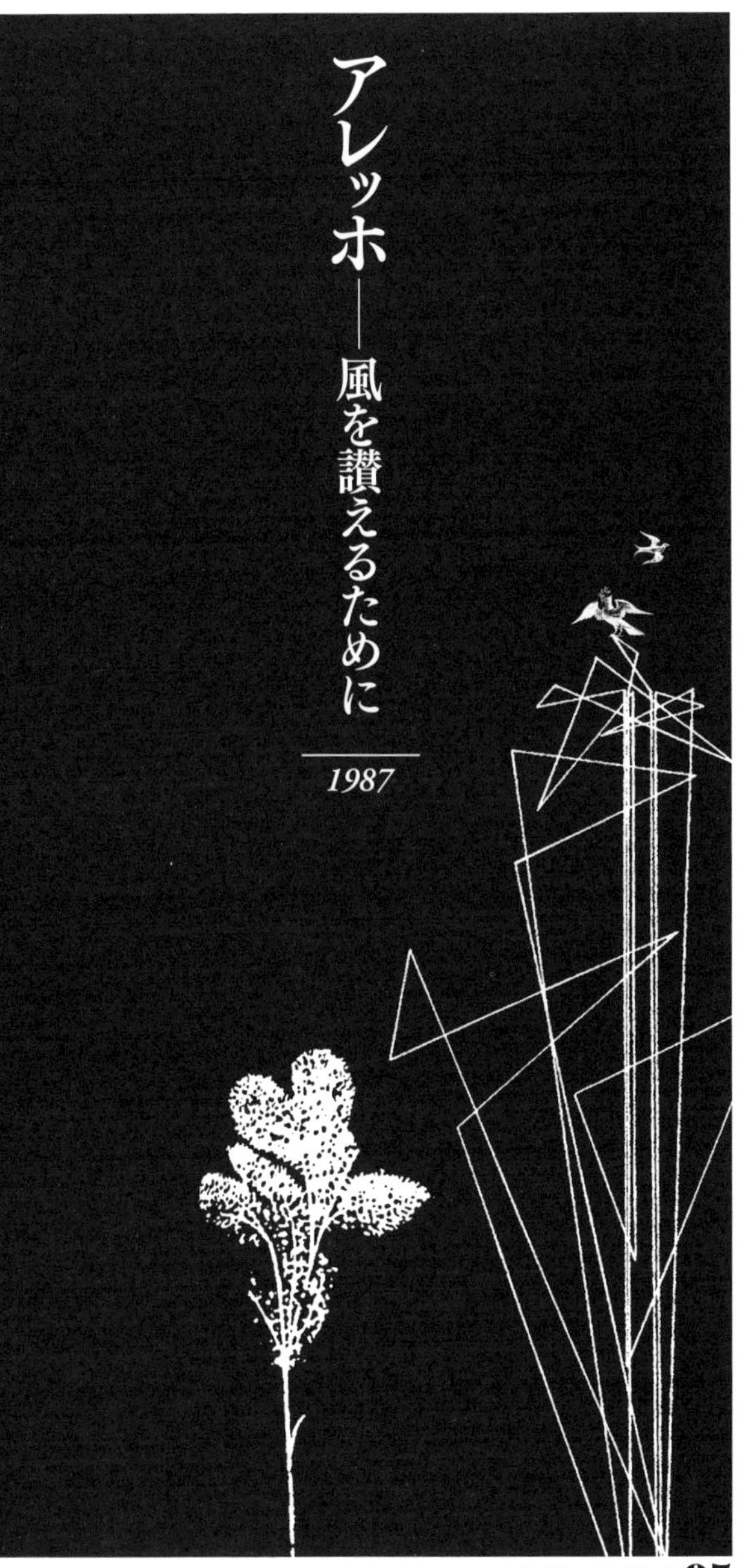

1　風吹く丘のオブジェとブルーズ

どこでもない、どこか、あるところ。ここはきっと風吹く丘なのだ。

開場してから開演まで、静かなたたずまいを保っている。何事も起こらず、平和そのもの。明かりはうっすら。波打つように、大きな布が床を覆う。奥底にうねりを秘めた砂漠のようだ。よく見るとかすかに布は動いている。大地の土がいつも流れていることを暗示している。

遠くからミディアムスローのリズムが少しずつ入り込んでくるが、南からかすかに吹いてくる風を感じさせてやまない。床の布の動きが徐々に大きくなる。滑らかにうねって風はすうっと空に吸い込まれていく。すでに柔らかな布の襞がゆるやかな時間を予感させている。

いくつもの扇風機が回っている。

いくつものサボテン型オブジェが床を這っている。オブジェのあちこちには帽子が被せられている。大きさの異なった椅子が方々に無造作に転がっている。その一帯は美しい。けれど廃墟に見えなくもない。硬質な、しかしどこか崩れた建築物か。帽子を被った廃墟、風化した人工物、あるいは造形的な草原。いつまでも続くかと思える単純なリズムの中に、熱い風をはっきりと伝えてくるメロディーが含まれ出す。

旅人が三人、舞台後方をゆっくり、あるいは素早く横切っていく。

次に傘を持った女が静かに、凛として登場。舞台中央のオブジェ群のなかにいて、じっと前を見据えて立つ。ときどき軽やかで奇妙な動きを発作的に行う。声が漏れる。漏れる声は生命の躍動だ。

時間がゆっくりと動く。女はその場所を生命の源泉にしていく。

空もまた徐々に変わり、さまざまな色合いを見せながら動き、埋もれた街のイメージから清澄な空気の場所へと変化する。

大気が動く。巨大な空気の流れがある。

次々と傘を手にした人々が、その風に乗って流れて来ては柔らかな、ふわりとした身体で止まり、動き、かすかな声を発して止まり、無分別に並ぶ。

風が流れ、空は曇り、鳥のような男たちが何人か舞台上を駆け抜け、空に手を伸ばし、奇妙に痙攣すると空は燃えるようなオレンジ色に変わってしまう。

人々は何事もなく、幾度か振り返りながら去っていく。帽子は人々の手に渡る。


音楽はますます大きくなる。

突然、女が叫ぶ。

女　アーメーガー！

笑い転げる男。傘を持った女は動き続けている。叫んだ女は立ち続ける。

いつのまにか三人はそれぞれの場所でそれぞれの思いを込めて足踏みしている。突然、風が途切れ、動力を失ったかのごとく人々は動きを止める。

と、鳥男が知らぬ間に降って来て、舞台中央で客席に背を向けて羽ばたいている。

三人はスタイリッシュに、ある時はやわらかく、または鉱物人形のように硬く、足並みをそろえ、前を向き、横を向き、首をかしげ、腕を腰にやり、天を仰ぎ、美しい造形的シルエットを残して立ち去ってしまう。

照明がオブジェに注がれる。架空の廃墟のような色彩や形を、光が浮き彫りにすると、突然暗闇となり、徐々に、おとぎ話の国の朝の光らしき照明へと変わる。鳥男は崩れ落ちる。

2　あらわれる魚の午後

すると椅子がひとつ、帽子がひとつ、ふわりと地上から離れ、空中に浮かび、空へと吸い込まれていく。

巨大な造形的魚がひとりの女に引っぱられて、舞台上手から下手へとゆっくり移動。不思議なライトを女も魚も頭に付けている。

ジョナサン・ボロフスキーのチャタリングマンのような人形をゆっくり押してくる人物がふたり。二体の人形型オブジェは離れて向かい合って立っている。話をしているように動くオブジェ二体。

ふたりの人物は並んで正面を向き、休めの姿勢をとる、空を見上げる、地面を見る、右を見る、左を見る、なな め前方を見る、後方を見る、自分の股間を指差す、腕を指差す、脚を指差す。前方を指差す。シンプルな動作を繰り返す。

いつしか音楽のリズムは消えて、叙情的なメロディーだけが残る。

舞台奥では、さらに巨大な魚が上手から下手へのしりのしりと移動していく。

ここは海中ではない。ここは日本でもない。ここは夢の世界ではない。そして同時にここは海中であり、日本であり、夢の世界である。

人々が舞台上手から下手へ、ゆっくり移動。その間に特別な動きはないが、少しずつずれこんでいく動きの変質がある。

人々は舞台にあるオブジェの断片を抱え、先鋭化した鋭角的おおらかさのなかで奇妙な、鳥のような声を上げながら去ってしまう。

ふたりは鞄を持ち、帽子をかぶる。女が男の汗を拭ってやる。

ふたり、静かに前を向いて立つ。歩き始める。背景にはどうしようもなく大きな太陽がある。女、男を見て微笑む、そして後方へ歩く。男は正面を向いたままだ。

と、突然、男くるりと振り向き、女は見知らぬふりで、まるで時間の壁に向かって進んでいるように身体が優雅にばらつく一方、男の目玉は丸々と見開かれ、大きく口を開ける。男、太陽と女の姿に愕然とし、ガクガクと崩れ落ちながら叫ぶ。

男　俺はちがう！　ああ、そうじゃない！

男、泣き叫ぶ。女は何事もなく優雅に、妖精のように柔らかく歩き、再び戻って来て、一体のチャタリングマン的オブジェを連れて、ゆっくり去ってしまう。

すると別の奇妙な老婆型チャタリングウーマンを連れた男がやって来て、泣く男の側で男であるための何気ない姿勢をとる。次に男であるための隠微な行動をとる……。

ふたりはいつの間にかいくつかの男であるための儀式を繰り返し、さも男がか弱い女を抱いているかのようにチャタリングマンを抱き、どこか間の抜けた踊りをチャタリングマンと共に踊り、感極まった叫び声を上げ、感極まって歌を歌い、それもつかの間、ひとりの男は立ち去り、もうひとりは静かにそこに倒れこんでしまう。

妖精のような女がやって来て、男の上に花を投げる。男は押し殺した微笑みを顔に浮かべた状態で、死んでいる。

3　風の動きと喜びと

音楽はいつの間にかゆったりとうねりを持った音に変わっている。

その場所は清澄さ溢れる明るい光に変わり、死体のいる風景とあまりにかけ離れた雰囲気を作り出している。

以前、崩れ落ち、倒れたままになっていた鳥男は、倒れこんだチャタリング男の生まれ変わりでもあるがごとく立ち上がり、ひときわ大きな鳴き声を残して飛び去ってしまう。

　また、その鳥男と入れ替わりに他の人々全員が登場。ずらりと並び、無機的で冷たいが有機的でもある動作を行う。すなわち動き自体は規則的で機械的でありながらも艶めかしく、定規的に声を漏らし、音楽はその声を海の中、あるいは海の底の潮のうねりのように変えている。

　それはとてもシンプルであり、暖かく、音楽的である。

　そして人々はいつしか静かに椅子に座り、流れ行く雲を眺め、いつか行った課外授業を待つ生徒の心境に変わっている。

　人々の目には喜びが溢れる。扇風機は無感動に人々の髪を流す。

4　北方の鼓動――南方の地鳴り

　人々の口の端にメロディアスな歌声が上る。裏声による合唱。単純なブラジル的？　メキシコ的？　フレーズが繰り返される。

　死んでいた男は花をかき集め、さも眠そうにあくびをし、花束を胸に抱えてニュッと立ち上がる。人々はいつしか凍りついたように静止、人形のように冷たい。

　死体を置き去りにした女が戻って来る。死の淵から生還した男は、そそり立ち、顔に笑みを浮かべながらピクリとも動かない。女も笑みを浮かべている。

　人々、ふいにスックと立ち上がり、何かを思い出し、動かずに笑みを浮かべている。人々、少しずつ震え、大きなあくびを一斉に、このまま世界の終わりを迎えてしまうのではないかと思えるくらい長い時間をかけて行う。

　突然、鳥男が駆けて来て羽ばたきジャンプ。墜落する。そして次第にそれがシステム化しては、ミニマルな動きへと変わっていく。ジャンプと墜落は死の行進である。

　一方、鳥男とは関係なく、冷たい風が入り込んでくる。美しく冷たい音によってそれはもたらされる。冷たい音が人々の頬を打つ。人々、冷音の中で快活さを取り戻していく。

　飛び跳ねたり椅子に座ったりを繰り返しながら、人々は熱く残酷になってくる。欲情が絡む、が、しかしそれを振り切る叫び声があがる。ホイッスルが鳴る。人々、身支度をする。人々、扇風機を顔に近づける。風に揺れるその髪。行う。システム化され、分断化された足踏みを声を出す。風に揺れるその声。歌を歌う。風に揺れる歌。

「ああ……」……ため息。

　人々は何を思ったのか、死の淵から生還した男を英雄に、戻ってきた女を殺し屋に仕立てていく。その姿は衣装が重ね着されて、丸々と太っていく。ふたりともメキシコの乾いた大地に立つかのごとくになる。背面を巨大なふたりのモノクロームの残像が上手から下手へゆっくりと動いていく。夢のような渋さを持った勇壮な男と色鮮やかにキリリと立つ女の関係。テナーサックスが野太くスローテンポでふたりを煽り立て、ふたりはそそり立つ。熱い風が吹き、赤い旗がはためいている。

女　あなたは英雄だわ。

男　君は殺し屋だな。

ふたり見つめ合う。少し離れる。また少し離れる。また離れる。

女、ピストルを取り出す。男に狙いをつける。男、妙に色っぽく微笑む。女、奇声を発する。男、奇声を発する。男、奇妙なミニマルなゆっくりした動きを行う。繰り返す。ふたりは互いを深く認め合う。女、ゆっくり消える。男、笑う。笑い転げる。男、背中を向け椅子に座る。死神のような風情。

三日月がゆっくり、何も知らぬ風来坊のように流れていく。

人々が風に乗って出てくる。素早く、ふわりと椅子に座る。人々、プラカードのような、覗きのための窓を持っている。柔らかく風に揺れる。

人々は座ったまま、軽く足踏みと手拍子により地鳴りを思わせる南方のリズムを作り出していく。

おかしな格好をした走る男が出てくる。走る男はウォーミングアップをして走る。これを何度も繰り返す。

人々、突然立ち上がる。足を組む。手を腰にやる。何かを見る。胸から花を一輪取り出す。次々に走る人を讃える。讃えられた方はその理由を知らぬ。でも褒められ喜ばれるのは誰でも嬉しいもの。走る男は嬉々として、自分の生涯は走るためにあると思い込んで、走る。喜びの走る男。この動作が繰り返される。

どこからともこの上なく暖かく、優しく、いつまでも続くかのような音楽が流れ込んでくる。

走る男　そうだ、やったな、よし、行け、そう、うん、こう来たな、よし……。

走る男は自己完結し、そのひとり言は次第に強くなってくる。他の人々は走る男の言葉を繰り返し合唱し、メロディアスである。

またふたりの女が殺し屋に変身。女たちはあざ笑うかのような姿態で優雅に大地に立つ。女たちは走る男をたぶらかし、そして走る男に手ピストルで狙いを定める。英雄であったはずの男がじっとそのさまを眺め渡し、物事を悟ったかのようにその場所をゆっくり通り過ぎていく。

ああ、無情。

女たちの狙いは的確だ。女たちの視線も剛毅の者であることを感じさせる。

走る男は虫けらのように倒され、転がる。

だが女たちはまったく手をくだしていない。男はいつも倒れ転がり、滑稽でさまになるのもまた男だ。音楽が大きくなり、明かりが暖かく柔らかく包み込む。

その転がった男を覗くために立ち上がる、死の淵から生還した男。ゆっくり転がった男のそばまで来る、と、大きな風音。すると固まった衣装のみを残し、生還した男は消えてしまう。衣服は抜け殻である。熱い風が吹き抜ける。

5　真の敵を求めて荒野を彷徨するということ

空気が膨張して感じられる。

混雑した都会のプラットフォームに取り残された人々、そんな孤独を抱え込んだ人々だけで作られた場所が荒野の中に一カ所、できあがっている。

人々は真の敵を求めて、臆病でありながらも荒野を彷徨している。

野球帽を深々と被る人々。

足取り重く、ある時は軽く移動する人々。

そんな中でキラキラ輝く走る男の、その影だけがふわりと浮かび、そしてゆっくり静かに、空に昇っていく。

人々、見守る。

汽車の音がはるか彼方から聞こえてくる。

人々は優しく、影を失った走る男を抱いて、空中で回転させながら連れ去ってしまう。人々は光っている。

汽車の音はすべての状況を包み込んで運び去ってしまうかのようだ。

空はオレンジ色に変わり、舞台上の繁雑なオブジェ群は片付けられ、あるいは配置されなおして、とても整理された空間となる。

6　むせかえり回顧する夏

光り輝く巨大な魚を押して歩くひとりの男がいる。このシーンいっぱいの時間をかけてゆっくり遂行される。男は時々手を休め、重くため息をつき、前方に向かって歩いてきては、ふくれあがった眼玉のような特殊でカラフルな双眼鏡で彼方を覗き、ニコッと笑い、「ウフフ……いやだなあ」とつぶやき、走って魚のところに戻り、軽いため息を三回つき、再び、魚とともに移動。よく見ると魚には腕が生えており、鞄を持ち歩いている。時々、巨大魚の唇が動き、エラが動き、背びれが動く。そしてまた、ときどき会話さえするのだ。チャタリングビッグフィッシュである。男はいちいちその魚の声に答え、頷き、甘い囁きさえ行っている。

一方、走り抜ける人がいる。あるいは扇風機に囲まれて風を自分のものとし、優雅にその場を浜辺に変えている人がいる。

ここには暑く、熱い風景が広がっている。人々はどこからともなくやって来て、どこへともなく去っていく。縫いぐるみの死んだ犬を引いた女がやって来ては去っていく。人々はまるで人形のように、そんな女のあとに付き従い、そしてはぐれ、消えてしまう。彼らは死者か生者か？

ひとりの男が歩いて来て、前方を見る。叫ぶ。

男　おれは嫌だあ！　違う！

男、腰を抜かす。自分の姿態に恐れをなす。空気に侵され、空気の中に溶け込むかの恐れを抱きながら、男は自分の身体を見る。そして叫び声とともに萎れる。

次々に男たちが出て来て、同じ動作を繰り返す。そしてみんな倒れる。すぐに起き上がる。安堵感とともに元気よく声を上げ、消える。

照明がゆっくりと変化し、なまめかしい、手負いの、瀕死の男が後方を振り返りつつ静かに通り過ぎていく。

7　人々は結局人生を無意味だと悟るだけだ

いつの間にか、傘を持つ人々がずらりと並び、傘を差したり閉じたり、柱に寄りかかったり、座っている格好をしたり、寝る格好をしたり、ときどき手を上げて子供に戻ったり、そうこうしているうちに人々、実に物憂げな様子になり、だが突然、ハイ、ハイ、ハイ、ハイと手を挙げ、快活になる。

奇妙な蠕動運動を繰り返している。

音楽が蠕動運動を担保している。

ゆっくり暗転。柔らかな音が残っている。

No Wing Bird on the Island

1997

1　プロローグ

舞台上では女が一人、うろうろと歩き回っている。その歩きは人形のようでもあり、妖怪のようでもあり、ぎこちない歩みだが、まぎれもなく老婆である。歩みの中で老婆の日常が浮彫りにされる。話しかける。誰もいない。笑う。誰もいない。見つめる。誰もいない。すべては、妄想の産物として老婆が存在させている何かに対しての意思表示から来ている。冷ややかな感触が漂っている。それを絶望と言えるか。しばしば時間が止まってしまう。と、ふいに怜悧な空気が降り立つ。老婆の実体は、食うという行為、自分自身を飾るという行為の中にのみ存在している。さほどの量を食べるわけではない。ほんの少量、たしなむ程度。だが、そこかしこに欲望が透けて見える。身体は滑らかに、そしてぎこちなく、しばしばぎりぎりという軋み音さえ聞こえて来そうな動きを見せる。それはさまざまな位相を見せる。

女、急に空間をのぞき込み、語り出す。女には男の姿が見えている。

女　あなた、いつからそこに……。だめじゃないの、そんなに……。……いつ戻って。まだまだ戦争は終わりそうもないし、あなたのいらっしゃるところはとても大変なところだって、先日も聞いたばかり。……また、何もおっしゃらない。……あの時の、扉のひび割れたような音……あなたの後ろ姿がくっきりと頭に残っていますのに。あなたを連れ去っていく人たち。……なあに、時間はたっぷりあるよって、笑いながら。……あなた。ふふふ。あなた、なんにも変わらない。私ばかりがおばあちゃんになっちゃって。ほんのちょっとしか経っていないのに。でも、……。ふふふ……。

一方では、老人が舞台片隅に横たわっている。まるで島に打ち上げられた溺死体のよう。老人は次第に息を吹き返してくる。ゆらゆら揺れて、時間に身を預けるかの如く。硬直した身体は一定のリズムに揺らぐ身体に変わり、肩はぐにゃりと曲がり、身体に冷たく柔らかな水が染み込んでしまったかの滑らかな動きを醸し始める。老人は、しばしば老婆の影のように動きつつ、そこにいる。しかし影ではない。完全に独立した存在だが、まだ、ほとんど自意識を感じられない。

女は独り言をつぶやく、いや、語っている。女の友は女自身であって、それ以外には猫が一匹。いや、この言い方は適切ではない。その動物すら女の想像の賜物なのだから。

老婆と老人の幻想のダンス。ただ、互いに接触することはない。このダンスのリズムからヴォイスの響きが生まれてくる。声は響きあい、身体の動きもリンクし、大きなリズムを作り出してはいるが、決して触れることはない。

老人は何度も羽ばたこうとするが、飛び立てない。羽ばたきは必ず墜落を伴うのだ。

ヴォイスはしばしばセンチメンタルな記憶を甦らせる。そんなヴォイスが突然入り込む。音楽はない。音は彼ら二人だけの声の息吹、ため息である。その声によって情景は移り変わっていく。

老婆は次第に徒歩とダンスを繰り返すようになる。歩きは情景を転換させるための装置であり、時間の経過を示し、一方、ダンスは感情と情念の高まりを見せる。そのダンスにはさまざまな感情が渦巻いている。感情はくるくると転換し、明るささえ感じさせるが、底流には深い闇が横たわっている。

光がストンストンと転換する。同じ情景であっても小気味よい呼吸を作りだしている。


女 その扉を閉めて……。そっと。そこにお座りください。……いえいえ。なにも……。あ、あれは私の姪です。なにか失礼でも。……まあ、それほどでは……。美しいのだけが取り柄でして……。なんにも分からなくて困ってしまいます。ふふふ。

すぐお分かりになりました？……そうでしょうね。最近は誰も訪ねてきませんし。あ、いや、でも、ここは昔はにぎわっていたのですよ。……もう、ずいぶん昔のこと……。

私の夫の、……、二〇年も前に消えてしまったのですが、夫の行方を探しているのです。え、骨？ いえ、違います。そんな骨だなんて。本の、……書物の中に、その、本の中にいると思っているんです。ええ、変なことを言ってますよね。よく分かっています。戦争に行ってからなんです。戻ってきてからずっとこもってしまって、本と首っ引きで、何をしているかと思えば、ずっと線を引いていたのです。本は読んでいました。でも同時にずっと本の文字の上に地図を描いていたんですよ。なぜって？……考えたこともありません。それが戦争から戻ってきた後のあの人のすべての時間だったと言って差し支えないでしょう。え、ええ、分かります。理由ですか。いえ、なにも……。ええ。無理もありません。私だっていまでも……。突然消えてしまって。本の中の地図に入り込んでしまったとしか……。自分で描いた地図の中は居心地がいいのでしょうか。いえ、感じるんですの。本の中は、恐いくらい。色鮮やかで。

決心するまでに二〇年も掛かってしまって。ええ。探して下さい。本はたくさんあります。埋もれませんように。

私は病気がちで……。ですから姪がお相手します。何でも言いつけてください。私からもよく言っておきます。では。お願いしますよ。


老婆は歩き続ける。老婆のヴォイス。ひときわ強い羽根老人の声。

老人はボーとしている。老人は立ち止まり、再び歩き続ける。歩みの中にさまざまな思い出が刻み込まれる。その思い出とは、昔の生活の思い出、つぶやき声、軽やかな音楽、愛情と憎悪の入り混じった感情など。老人は老婆の台詞の途中で、立ち止まってしまう。動かない。しばしば傷ついた動物の如く身体をぎこちなく動かしているのみ。


その時、四方から黄金探索者たちの掛け声が聞こえる。声は渦を巻き、場を揺るがす。ほら貝から発せられた目覚めの音に聞こえなくもない。黄金探索者の到来を告げる声。大衆の声と言ってもいい。

だから、黄金探索者たちの声は、決して音楽的である必要はない。各々の愚痴をそのまま乗せても一向に構わない。

2　傷ついた羽根を持った老人の幻想。美少女の老婆

風の音。波の音。あるいは機械音。遠くから響くような音。さまざまな音がかすかに鳴っている。場所はその記憶の中の混濁した音が響き合う。人々の大きな動きが出てきて、空間はゆったりとふくらんで感じられる。

老婆によるヴォイスが響く。このヴォイスは老女と少女の会話であり、老女と本の中の男との会話、これら分裂した二つの会話を老婆は演じていく。少女の可憐さ、無邪気さ、残酷さと老婆の悲しみ、喜び、また、老婆のなかに存在する、夫のさまざまな心との対話。その姿は天真爛漫でありつつ、残酷でもある。

老婆はその狂態の中で、舞台床からずるずると本を引きずり出し、舞台上に並べていく。本は老婆にとって過

去をつなぎ止めるための媒体であり、永遠の若さを保たせうる力である。老婆の言葉通り、本は年をとらない。

　一方、傷ついた羽根を持った老人は、苦悩まみれの身体から覚め、自身の半生を身体のムーブメントによって振り返っていく。その姿は、意識せずとも、結果的には老婆の夫の姿とだぶることになる。老人の動きはあいまいな意識の中で展開されている。

　黄金探索者が、舞台上をゆっくりと意思的な動きで横切っていく。彼らはどこか特高のような雰囲気を持っている。黄金探索という目的のみでは彼らは存在せず、内側の噂をあおり立てる大衆的存在であったり、魔女狩りを行う権力の代行者でもある。そもそも黄金探索を行おうとするのは、単なる夢だけであるはずがない。夢の背後には黒い欲望が眠っている。

　まだ牧歌的な雰囲気が支配している。

　老人の身体は自分自身の意識によって弄ばれ、一人でありながら、大勢の中でもみくちゃにされているかの動きを、自ら作り出していく。しかし老人の動きは統一感がなく、かつ、しょっちゅう中断が入る。老人は客観的な存在を意識しては止まってしまう。だが叙情が勝る人間で、すぐに解答を得られぬままに動き出す。

　ときどき彼は解説者になり、解説を試みる。パントマイムで、自分が今どういう立場にいて、何を欲し、「島」の中で何を行おうとしているか、具体的な解説を行うのだ。しかしそれが解説になるはずはない。老人は叙情的人物であるとともに明確な意思など持っていない。自身の叙情性が物語の中枢へと本人を追いやってしまう。だから悲劇的なのだ。物語と現実の境目が簡単に消失する。幻想と現実の境界が消え、それでいて客観を欲するのだから厄介。老人は自らを難しい存在にしているが、それには気付かない。

　老人はしばしば女を特別な視線で眺める。老婆と老人の接点はそれまで何もみられないが、単に老人の視線によってのみわずかな関係性が作られていくことになる。

　これは奇妙な恋の物語の始まりか？

　さまざまなベクトルを持ち、錯綜した物語がこの作品には流れる。統一感など必要ではない。錯綜しつつ、大いなる時間の流れに身を委ねている状態こそが大切なのだ。

　恋の始まりか、と覚しき、この時、はじめて映像としての羽根がかすかに浮かび上がる。老人はそのまなざしを空へと向け、大気を腹いっぱいに吸い、記憶の中の恋の世界を漂う。

　老婆は行ったり来たりとその単純な動きを繰り返す中で、次第に美少女の自分に変化する。美少女の自分は

「恋の女」である。情熱的な恋の女ではない。そこには老婆の姿の中にある激しさを見ることはできない。

これら、記憶の中に漂う老人と美少女となった老婆による「恋」の物語、それもまったく相反する音を選択しながら、アンサンブルを作っていくようなヴォイスが展開される。

3 島の細部（詳述されるべき地理）、島の地理

一人の黄金探索者がヘリコプターを背負い、舞台上で飛ばしている。大きな音が響き渡っている。

うっすらと深く静かに潜行するリズム、鼓動が響き始める。リズムは忍び寄る変革を思い起こさせる。このリズム、鼓動はシーン4でピークに達し、シーン5においては再び静けさ、不気味さを取り戻し、シーン6においては無音。再び声のみになる。ときどき風に紛れて、センチメンタルな音が島を渡る。センチメンタルな感覚は島外からやってきて、島外へと去っていく。島は文化の通過点であって、発祥の地でも終焉の地でもない。

音の波動が伝わっては少しずつ大きな音量の音楽となり、再び減衰していく。その一連の音の波の中に細かな大小の、いくつもの波が寄せては返し、絶えることなく、存在する。


島は黄金探索者たちによって測量され、さまざまな直線が張り巡らされる。羽根の映像が浮かび上がっては消える。老婆、老人ともに居場所が徐々に制限される。島は、狭いいくつもの場所に分断されてしまう。同時に、つるはしが繰り返し振り下ろされて大きな穴が掘られ、解体され、さまざまな変容が島にもたらされる。傍若無人な黄金探索者の姿がある。島には長い溝ができあがり、棒が立つ。島には岬まで作られてしまう。人々は自ら作り出した島全体の空間に馴染みつつも翻弄されることになる。島には色々と奇妙な光景が現出している。布や映像によって。スモークによって。眠ったまま、閉じ込められた亡霊が島のそこかしこに現れ始めているのだ。

そんな中で、特に老婆、老人はともに時代遅れの人種だ。彼らの身体は近代に属している。島は掘り起こされては造形化される。島は変形し、穴が開き、岬ができている。この形状の変化を見ているしかない二人。老婆、老人ともに改革の波の中で、孤高を保とうとするが容易ではない。

老人は神経症の兆候を見せ始める。

老人は自分の身体をいじめ、掻きまくり、突然の身体トレーニングを行い、再び、ただボッと立ち、虚空に漂う。

女は美少女に変化する。その時でさえ老女の姿を瞬間

的に晒してしまうことがある。それは少女の曖昧さを垣間見せた瞬間である。

黄金探索者たちはふっと凍り付く人形となったかのように動きが消え、生的な存在を消しては動き出す。死者がずらり並んで見える瞬間さえあるのだ。

女は美少女となって語り出す。

女（美少女）　その角を曲がると、家が見えます。大きな家です。私が住んでいます。私は、毎日、夜遅くまで勉強をしています。深夜です。いつも不思議な光景を、その、窓に見るのです。窓の外の真っ暗な庭が少しずつ明るくなって、まるで朝太陽が顔を見せたときと同じように、突然、光があふれてきます。すると一面に青い芽がふき、するすると茎が伸びて、花が咲き乱れます。黄色い花です。私はきちんとその時間を見ています。見とれてしまうんです。しばらくすると花畑の中をおばあさんが通ります。おばあさんはじっと私を見つめています。そしておばあさんはダンスをします。おばあさんが手を広げます。笑っています。それはそれはきれいな笑顔で。（本人も同化し、老婆となる）
あなたは誰なんですか？　なぜ私を覗き込んでいるのですか？　そんな窓からいつも私を……。あなた何を笑っているの。自分の胸に手を当ててよおく考えてごらんなさい。
ほらあそこにあの人が！
（ダンスをする）

突然、破壊的な音。続いて海の音、老人の声。しみじみと、悲しげに。そして老人は黄金探索者の男を相手にダンスを踊る。舞踏のような、社交ダンスのような、何とも奇妙な、ねじくれたダンスである。

踊っている女だが、この音と同時に「壊れた人形の身体」ダンスに変化する。

黄金探索者の中でも二人の女がまるで双子の人形のように向かい合い、壊れかけた身体を互いに見つめ合い、崩れかかった踊りを踊り出す。

老人と踊っていた黄金探索者の男は、そこから離れ、一人じっと海を見つめる。

老人は一人踊り続けるが、ふと、ストップ、女が開始していたヴォイスに加わり、ヴォイスアンサンブルになっていく。再び途切れた「恋の歌」の続きが歌われる。しかし、以前の恋歌の延長線上にあって、かなり大きな違いが見られる。ずれ込んでぎこちないが、ずれ込んだなりにピタリと嵌ったドライブ感が付いてまわるのだ。

さまざまな黄金探索者の囁き声が聞こえ始める。人々は集団で動いては、噂を振りまく。噂は身体を活性化させる。噂は笑い声を生み出す。噂は噂を更に作り出していく。噂は音響によっても更に増幅される。噂が充満した瞬間、舞台上に静寂が訪れる。

舞台上に突如、ひび割れバックリと開いた地中から、むっくりと立ち上った幅六メートルもの巨大な旗が上空ではためき出す。機械音も非常に強い音量で唸り出している。

音が次第に激しくうねり、ヴォイスもいつの間にか強さを増している。

噂は突如、老人、女に乗り移り、二人による強い噂のヴォイスに変化していく。

4　熱狂と絶望、忍び寄る死

女は本を更に並べ、積み上げる。バベルの塔を作り上げようとでもしているのか？　老人はいつしかヴォイスアンサンブルから離れ、女の声だけが響き渡っている。

男は羽根を死に物狂いに羽ばたかせる。そして、舞台へりから飛び立とうとしては、客席に転げ落ちる。何度も、何度も。空中に羽根の映像や社会的、歴史的事象などが一瞬にして浮かんでは消える。男は必死だ。男の動きはボロボロになりながらさらに激しさを増す。

と同時に黄金探索者の目指す目的が曖昧になって来て、島からは何も発見されず、どこに向けていいか分からない苛立ちを、狂おしい身体によって表現していく。ここは安全な場所ではない。そこかしこに穴が開き、断片が舞台上に載せられているのだから。そこを黄金探索者たちは荒々しく、力任せに移動し、暴力的肉体を晒すのだ。

女　見つからないはずはないわ。あなたの眼はどこについているの。見えない？　そこよ。そこ。何を言ってるの。あははは……。ほら、走っていくわ。あんた。待って。本の中に逃げようったってそうはいかない。くくく……。ほら、あんた。逃げてっちゃうって。

女、大股で歩き回る。女、その眼は血走り、髪振り乱しているが、突然弱々しく、うなだれる。ぱたん、ぱたんと本を開いては閉じる。その繰り返し。机のようなものを取り出しては、舞台上に載せ、その上に本を積み上げては、崩していく。

女は、次第にその激しい息づかいをヴォイスの中に溶け込ませる。

そんな女を尻目に黄金探索者たちの熱狂と絶望の荒々しいムーブメントが続く。

老人はそれに飲み込まれては取り残され、まるではりつけにあってしまった人形のように、ボロ雑巾のようにそこに立つ。その時、映像が、まるで光の乱反射のような映像が空中に浮かぶ。彼は大きな声を上げて、空中に舞い上がる。


黄金探索者はその老人を引き摺り下ろし、連れ回す。老婆はそれを見ている。ただ、じっと。手を差しのべる。

さまざまな情景がフィードバックされては、舞台上に動きとして、浮かび、消えていく。同時に、閃光のように空中の旗に浮かんでは消える映像。その映像は羽根や鳥の映像もあるが、種々雑多な時間を感じさせる映像群である。

少女は情景を見ている。

老人は少女の顔を窺いながら、特に少女の眼の中の情景の（その情景とは、現実に目の前で展開されている光景と少女の心象が一体化されてしまった、少女にしか見ることのできない情景であるが）登場人物となっている。

少女は岬の先端に立って、光景を眺めている。

黄金探索者である一人の女が老婆となってその場を移動していく。笑いながら、ダンスを踊りながら、ぶつぶつつぶやきながら。

少女の身体はそれら情景を眺めるうちに次第に老婆へと戻っていく。しかし、老婆の身体には少女たらんとする欲求が透けて見え、ゆえに老婆の身体はその想念の中で、少女と老婆の間を行ったり来たりしている。

寄せては返す大波のようなムーブメントが次から次へと展開する。老婆も老人も黄金探索者もただただ、時間の波に翻弄される運命を持った人間でしかない。

突如、聞こえてくる笑い声、エロティックな手付きで老人は黄金探索者の少女の身体を擦り、少女は老人の身体を貪っている。

このような島の情景とは相反するような他の時間を感じさせる映像が瞬時に浮かんでは消えていく。

音楽らしい音楽は消え、明かりも次第に暗くなる。

徐々に別のステージへの移動が計られる。

女の、夕闇に溶け込むかの如き哀愁漂う声が聞こえる。

5　長い幻惑

音楽のゆるやかなリズムが聞こえている。

女の歌もしっとりと響いている。

場所は暗くなり、はためく旗ばかりが明るい。

人々は何をすることもなく、虚無感に捕らわれ、意味もなく歩く。歩きはランダムだが、まだほんの少しの意思を感じさせる。そんな時間の中で、人々は、他の人間の鼓動をただ感じている。

いつしか、黄金探索者は小さなライトを顔面の横に付ける。老人は内側に蓄光塗料の塗られた巨大なコートを着て、羽ばたいていたが、突然動かなくなってしまう。人々は老人に虫のようにたかるが、不気味に感じてじわじわと離れる。老人はほとんど動かない。彼は、誰もいなくなると動き出すが、何かが近づくとすぐに身を硬くし、やどかりのように押し黙ってしまう。それは他の黄金探索者たちも似たようなものだ。ときどき全く身動き一つしなくなり、と突然何を思ってか動き出す。その繰り返し。

張り巡らされたロープ等は取り払われるが、映像は乱反射した光のように現れ出る。羽根。どこかの風景。肉体の映像。機械。……。何種類もの「部分」が映像として瞬間的に映し出され、消える。一瞬にして消えゆく命として。映像そのものが生命を持った存在として。

瞬間的に暗闇が訪れることもある。暗闇はすべてを消し去り、何かを生み出す。何度目かの暗闇が訪れたとき、すべての音も同時に消滅。

と、まったく別の脈絡からやってきた機械仕掛けの球体が流れてくる。音楽もまた、何ともいいようのない懐かしさを持ったセンチメンタルな音楽が流れる。文化的異質性を持つ球体には女だけが興味を示して近寄っていく。

他の人々は別の場所に集まり、まったく別の風景に心奪われる。幽霊船だ。ただし、幽霊船は各々の心象風景として存在するが、その幽霊船に人々は感極まってしまう。

霧が立ちこめている。

そして暗闇が訪れる。この時間は切り取られた時間、風景として記憶に残る。センチメンタルな音楽もすべて風の中に消える。何も聞こえない。

老人はぼっと立つ。老婆もぼっと立っている。黄金探索者は凍り付いてしまい、みな動かない。誰かがつぶやく声だけが聞こえる。

老婆、機械仕掛けの人形のように振り返る。老人、羽根を動かす。老人の着ていた大きなコートは空中に吊り上がってゆく。

黄金探索者の一人だけが再び、ヘリコプターを背中に背負っている。ヘリコプターが飛び立つ。人々、見上げる。

老人が時間に溶けてしまうかの如き声を上げる。老婆も同調する。まるで恋の終わりのような歌だ。

黄金探索者、立ち去る。そのうちのひとりだけがバックリと開いた穴のなかに入ってしまう。人々の退却に従い、旗のはためきも消える。舞台上は残骸だらけだ。
老婆と老人は、はじめて見つめ合う。そして声を出す。

6　エピローグ

老人、声を出し続ける。つぶやくように。

一方の老婆。誰に向かうともなく、虚空に向かって。

女　あなたはだれ？　私？　（奇妙な仕草）……姪？こんな姿だったかしら……。ふふふ……あんなもの、いつでも作り出せるのですよ。……え？　戦争？そんなこと言ったかしら？　おかしいわ、頭の中でぎりぎりと音がするの。だって、そんな絵本を見せられても何のことかさっぱり。ええ？　ほんと。本のなかにはいろんな勝手なことばかり書いてあるわ。……ところで、あの人は？　くくく……。変だわ、私。ちょっと。私は体調がすぐれないので、一緒にいられませんが、必ず見つかると思っております。だって誰だって、……（ぶつぶつ言う口の動き）のような時間にしか逃げ込めないんですもの。くくく……。

女、地割れを見つめる。そしてゆっくりと顔を空中に向けていく。それにあわせるかのように老人の顔もまた、空に向けられ、ステップを踏み出す。ふたり声を出す。すぐに老婆、声を消す。老人の声が残る。声が、中途感を残して止まる。明かりも三秒後、残像を残すかの如く消えていく。

船を見る
Ship in a View
1997

登場人物

破壊する女
見る男
異能の女
人形
人形の母親
優しいファシスト
浜の女
壊れた女男
馬鹿女
食う女
見る女
殺される女

舞台は銀に覆われている。床も背景も、すべてだ。

布によって背景は作られるが、有機的な印象を抱かせてはならない。無機的に、怜悧な感覚を抱かせるように。空間は朝の霧に覆われて清澄である。靄が漂うが、この霧状の靄は一時間半の間、ほぼ消えることはない。まだ暗い舞台。そしてとてもシンプルな舞台。椅子が一二脚、後方に横一列にランダムな向きで並び、中央下手側の一脚だけが正面を向いている。おんぼろの自転車が一台、舞台上手側に転がっている。

また舞台のそこかしこに廃材の断片とおぼしきものが積み重ねられている。これは後で、さまざまな形に変貌していくことになる。その組み合わせによって、机や掘っ立て小屋、要塞へと変わる。だからこれら廃材は精巧な組み合わせで成り立つが、無造作に見えるよう置かれている。ただし、量が多すぎてはならない。

中央にポールが一つ。高さ約四・七メートル。

また、舞台奥の銀の幕の前には長時間かけてゆっくりと移動する光の仕込まれた水平線があるが、まだ見えてはいない。

音は観客入場時よりすでに聞こえている。始まりの一五分位前から聞こえ始め、次第に大きくなってくる。音は記憶の音である。生音に近いが、音楽ではない、コラージュ化された音によって空間は占められる。風の音、水の音、納豆売りの音、時計の音、機械音……記憶の音。ベースには波音が乗っている。その場所は私の故郷から発信しつつも、どこか日本の共通項を孕んだ場所だ。

舞台の始まりに合わせ、音は小さくなっていく。と、音はどこか望郷の念を醸し出す音に変わる。

舞台上を、光を発しながら小さな船が横切っていく。この船は二度、使用することになるが、精巧に横揺れ、縦揺れし、波に微かに揺られている幻惑感を観客に与えている。小さな船だが、光の加減と他の比較対象物が見えないから大きく見える。目の錯覚を利用した船の時間である。大きく蛇行しながら上手から下手に消える。

そしてその船のかなり後を「異能の女」、出てきて自転車の横に立ち、身体の緊張を見せ、この場に力を吹き込み、消える。

まだ夜明け前だ。音は場所に静寂さ、闇の強さ、躍動感を与えている。

女たち、何かに促されたかのごとく歩き、横切っていく。女たちの衣装は黒。その上に黒目の少々大きなコートを羽織っている。呼び声が聞こえる。時間はゆったりと、緩やかさを感じさせる。斜め後方上手側から斜め前方下手に向かって。まるで旅芸人のように、しかしきわめてゆっくりとまだ夜明け前の暗さを感じ取りながら歩む女たち。無情と悲しみと喜びを全体に引き受けながらの彼女たちのステップ、リズム、歩行だ。一方、舞台下手から「壊れた女男」が「殺される女」を抱いて現れるが、消えてしまう。また、上手側から「異能の女」が「人形」を引きずって出て来る。

「見る男」が下手からゆっくりと出てきて、ポール脇下手後方のひとつだけ正面に向いている椅子に座る。「見る男」はこの後、かなり長い間動かない。舞台上で展開される状態を見ている。まったく別の時間が「見る男」の周りを覆っている。

「壊れた女男」が、舞台上を下手から上手へ蟹歩きで、ゆっくりとスカートを揺らしながら横切っていく。「殺される女」が後ろを振り返りながら一所懸命、びっこを引いて逃げていく。

衣装はみな黒である。だが、陰気くさい黒ではなく、シャープさがある。

足でリズムをとりながら、入ってきては立ち止まる「優しいファシスト」。その場を浄化しようとする動き。

人々は下手側から腕を上げ、正面を見据えながら同じステップで出てくる。風の音が鳴っている。ゆっくり上手に抜けていく。場は少しずつ動き出す。

「破壊する女」がポールの側から大きな声を出す。それはまるで犬の、狼の遠吠えだ。グッと動きが出る。「優しいファシスト」も声を上げ、アンサンブルを作りながら少しずつ空間は多様性が出てくる。

「優しいファシスト」と「人形の母」が同じステップで動く。

「見る女」が「異能の女」の手を引いて、ゆっくりと下手から歩んでくる。悲しみが漂う。

身体が痙攣を起こしたかのように激しく震え、床に突っ伏したり、ミニマルに転げ回る「浜の女」。

夜明け前の海の情景がヴォイスとほんの少しの動きによってもたらされる。

それから次々に人々出てきては、空間に場所を占めていく。

人物のコラージュが展開される。人物の性格が認識できるような断片が、動きによって作られていく。一人一人の無意識の心象風景が表現される。突発的な身体の緊張、痙攣がわずかではあるが、そこかしこで見られる。さり気なく、激しい動きが入り込んでいる。突拍子もなく、激しく、強いリズムが音ではなく、身体によるアンサンブルから形作られたかと思うと、またたく間に断片化し、分断される。それが方々で行われる。

「優しいファシスト」は茫洋として立ちながら、下半身だけを動かしている。「壊れた女男」は壊れた動きを繰り返している。「破壊する女」は浜辺の情景から思い出を掘り起こしている。「馬鹿女」は自転車に溶けている。「見る女」は「死」を演じ、やはり思い出に埋没。「異能の女」は壊れた、異能の動きをしたかと思うと立ち止まる。「浜の女」は座っては倒れる動きを繰り返す。「人形」は場所をじっと見つめ、壊れた機械の如くゆるやかに動いている。「人形の母親」は思い出を掴んでは歩み、思い出に悦楽の場所を見出し、突如として激しい感情に支配され、動きへと転換。「食う女」は倒れ込んだまま、声を出し続ける。そして食う。「殺される女」は、一所懸命立ち働いている。燃え尽きてしまう女の風情だ。まるで、殺されるために働いているかに見える普通の女。

と、声が聞こえ、続いて列車音が突発的に入ってくる。舞台上には「破壊する女」と「見る男」しかいない。そこに下手奥から集団で少し痙攣状の動きを伴わせつつ入ってくる人々がいる。ユニゾンだ。この動きの中に「破壊する女」を巻き込んで、それから全員はバラバラな方向に散っていく。

この場所はこんな奇態な人々によって占められる。全体に彼らの動きは緩やかで、各々勝手であるが、ひとりひとりの人物像が、無意識の表現の中にくっきりと姿を現している。彼らの動きは、静けさの中で次第に大きなうねりを持ち始める。突然沸き上がるリズムによってアンサンブルが形成されることを除けば、各々勝手に見えながらも同時多発的に展開されてうねりを持ち出す。無為の、自然発生的な、呼吸によるうねりである。あまりに純粋な、うねり、リズム。

場はくっきりと朝の浜辺の様相を呈してくる。声によって時間の経過が感じ取れる。再びほんの二〜三分、海の様相が人々の声によって示される。しかし、浜辺の音、浜辺の雰囲気がそのままそっくりそこにある必要はない。なぜなら、常に記憶とは新たに作られ、あるいは再生産されるものであり、どのようにでも再生可能だからだ。

「船を見る」というのは、実際に舞台上で幻影の船を見るのでも、心象風景として、メタファーとして船を見るのでも、どちらでも構わない。人々は、船のある場所、船を見ることのできる場所、船を見ている自分、船という言葉等、船を感じる心象を持って存在してくれればいい。と同時に、自分自身の記憶と自分の役柄をともに感じとりながら存在しなければならない。これは時間と空間の旅である。舞台上の人間は自分自身の旅と役柄の旅を両方混ぜ合わせつつ、一個の人格として追想していくことになる、遥かなる意識の旅だ。

ゆっくりした列車音が続いている。

突発的な、時間を破る音。目覚めの音。人々の動きはその音に引きずられるように動きを活性化させ、荒々しさを加えて大きなユニゾンとなるが、ひとりずつ立ち止まってしまう。そして「人形」を除き、みな、呆然と立つ。列車の音は、時間の推移を促す媒体である。場にこびりついて離れない列車の音。向こう側では波の音が幻聴のように鳴り続けている。

目をつぶる女たち。

「優しいファシスト」のうなり声が響き始める。それは元々の音とともに場に静かな音のアンサンブルを作り、その声は他の人を巻き込んで重層化し展開する。声はノスタルジックであり、優しい。馬鹿にしたような笑みを浮かべる女たちがいるが、それはすぐに止んでしまう。一方、「人形」や「壊れた女男」は、止むことのない偏執的な動きを繰り返す。声は最大の音量となり、その中で、ひとりずつのソロも展開されたのち、静まっていく。と、それを突き破る汽笛が響き渡る。

人々、動きを止めて三秒後、後方を見る。音が消える。と、ふわりと水平線が上ってくる。静寂。その中で、人々は静かにばらけていく。水平線が沈む。場は明るくなっている。

「人形」がミニマルな、壊れた動きを続けている。音がない中、「馬鹿女」が朝の情景を歌う。歌声が響く。

「人形」のミニマルな動きが他の人々の動きを誘発する。「見る女」がコップと水を運んでくる。コップが手渡され、水が注がれる。そして、ばらばらに人々は水を飲む、水を見つめる、水に濡れる、コップを置く。すると天の一点から水が一条降ってくる。すぐに止む。「馬鹿女」は頭を濡らす。地上にたまった水を眺める人々。空を見上げる人々。ぽたりぽたりと落ちてくる水滴。「馬鹿女」は男たちを誘う。と、「馬鹿女」を執拗に抱きしめる「優しいファシスト」。「人形の母」は「優しいファシスト」が誘惑されるのを悲しみの心で見ている。そこに列車音が入ってくる。まるで心臓の鼓動のように列車音が鳴り出すのである。

「壊れた女男」は「馬鹿女」から水を受け取り、その水を「殺される女」に滴らせる。濡れる「殺される女」。官能的な表情を浮かべる。と、今度は「壊れた女男」は水を「殺される女」の顔に強く掛けてしまう。飛び散る水滴。悲鳴のようなけたたましい笑いが起きる。「異能の女」の叫びだ。痙攣しながら出て来て、去る。「殺される女」はその水たまりを拭き取っていく。各々の人々、水に対し、さまざまな反応が示される。水で顔を洗う者がいる。水を飲む者がいる。水をじっと眺め続ける者がいる。水で……。

美しい尺八音楽が入る。初めての音楽らしいメロディーを伴った音楽。哀愁が漂う。

さまざまな人々の悲しみの動きが展開され、「人形」はさらにミニマルな動きでカクカクと壊れていく。その不思議に躍動する呼吸のリズムゆえ、動いては転ぶ動きが伝播。抱く。そして突き放す。倒れる。揺れる。抱く。突き放す。倒れる。揺れる。酔っぱらいのようにふらつく。揺れる、揺れる、揺れる、揺れる。突っ伏す。顔を上げる。このような動きのダイナミズムが突如として生まれては、消えていく。ついには誰もがユニゾン化する中、ひとり逃げていってしまう「人形」。

それからほぼ全員が椅子に座る。「破壊する女」だけがポールを中心にくるくると回り出す。椅子に座った人々も皆、奇妙だ。頬を叩き続ける女がいる。向こう側に向かって手を上げて、何かを訴えようとする女。身体がまったく動かなくなり、カタカタ言わせている女。壁面に火をつけようとする人。突如、くるくる「破壊する女」の周りを逆方向に回り出す「優しいファシスト」。「異能の女」は身体をカタカタ言わせながら出てきて、投げ捨てられている自転車に乗り、四周して消える。三周目からその自転車を馬の動きで追いかける「壊れた女男」。

声は各々の故郷のさまざまな物売りの声が混じる。と、不思議なリズムを感じ出す。コロコロと何かが転がっていくような音。その音に幻惑されて、人々はおかしな動きを取り出す。しかし場はまだ静かで、情念はほとんど浮かび上がってこない。静けさの中、人間のあり様だけがくっきりと浮かび上がっていく。

「馬鹿女」がポールに旗を掲げる。旗がパタパタとはためき始める。

旗ばかりが動き、皆はまだ静かだ。コロコロとした音が続いて、時間は途切れない。

声が起きては伝播していく。風の音、海の情景、こぶしの情景を感じさせる日本の声だ。納豆売りの声、わらび餅売りの声、お茶、お茶という声、さまざまな声が行き交う。

自転車の車輪オブジェがひとりでに登場する。行っては戻り、戻っては、また行く、変容する時間を感じさせる生命のオブジェ、静けさのオブジェである。このオブジェは投げ捨てられている自転車との連関性を感じさせる。「壊れた女男」はナイフを持って、ゆっくりと横切るのだが、このオブジェと出会う。戦おうとする「壊れた女男」。車輪と旗のはためきが不思議な幻視的時間を作り出す。時間はゆったりしながらも果てなく動いている。そんな永続感覚が漂う。

「優しいファシスト」はエキセントリックで官能的な首のない小さな人形とのダンスを始める。

「異能の女」と「人形」が出て来て、動き出す、と、一気にリズムが生まれてくる。リズムは音楽となる。旗がはためき、そのふたりの動きに、「優しいファシスト」と「見る男」を除き、ユニゾン化。動きはどんどん躍動感を持ち出す。

「優しいファシスト」の首なし人形とのダンスは次第に先鋭化する。場は混沌とし、人々は疑心暗鬼になって、場全体を揶揄する。この頃から音はさらに激しくなっていく。

　全員が、混沌とした中で舞台中央に廃材を利用しての教室作りを始める。人々はめくるめく移動し、次々と大きな動きに変え、またたく間に、廃材から長机が前後に三つできあがってしまう。一つの机に対してその後ろに椅子が三つずつ並び、全部で九席が出来上がることになる。激しい踊りが続く。生徒たちがずらり座る。「異能の女」「人形」「人形の母」「馬鹿女」「見る女」「壊れた女男」「食う女」である。一方では、「破壊する女」が先生となって徐々に徐々に、その教室に近づいてくる。すると、その状態を揶揄しているのか、「優しいファシスト」が大声を張り上げる。

　　バカおーんなー。

　　うんこたーれー。

　　結婚したいなー。

「人形」がそれに答えて木槌で机を叩き、さらに煽っていく。皆で状態を見ている。「優しいファシスト」は人形と変態的ダンスを踊っている。音楽はさらにさらにアップする。

教室から逃げ出そうとする者が続出する。

次第にそれまでの喧騒に満ちた音楽は消え、場は静寂に包まれる。旗がゆらめく。「破壊する女」の望郷の歌が呟かれる。清廉な望郷の歌。「優しいファシスト」から変態人形を取り上げてしまう人々。「優しいファシスト」は心の支えを失ったようになってしまう。

机を前にして座っているのは、「人形」「人形の母親」あるいは「異能の女」「壊れた女男」だけである。各々の机上には異なる長さの蛍光管が三本、むき出しで置かれている。

旗ははためき揺れている。

「優しいファシスト」が下手から出て来て、旗に向かって歌い、その姿は国威発揚ならぬ、国旗なるものに対して反射的に歌ってしまう習慣性を感じさせる。時間は静かにそしてゆったりと流れていく。「優しいファシスト」はまだ戦争の名残を身体に残している男だ。

「見る女」が出て来て、机に蛍光管を取り付けていく。すべてに取り付け終わると同時に光る。四人とも死人のようにうつむき加減に座り、動かない。蛍光管の白い光に浮かぶ彼らの姿は記憶を留めた化石のよう。

　無音の中で水平線が出る。机の三本の蛍光管と後方の水平線が光っている。場は静寂に満ちる。その場を「壊れかけた女」がゆっくり後方を見たまま一周する。場は浄化される。何も変わらないどころか、人々がどこか悪意を持って接してくる日常として悲しみが増していく。そして前方に再び来ると、正面に向き直り、再び哀切な声を出し始める。非常にノスタルジックな向こう側を希求する声である。その声とともに少しずつ「破壊する女」は狂って来る。

　水平線が沈む。

「人形の母親」は見えない向こう側に対して手を上げ、何かを希求する。「浜の女」は下から上へ両手を上げたまま移動し、自分自身の心の置き所を探している。「優しいファシスト」は掘建て小屋を組み上げて閉じ籠もる。小屋は安心して籠もれる場所だ。小屋には扉があり、裸電球が点く。それからその前に何十足もの靴を並べる「優しいファシスト」。すべては女物、少女の靴。そしてねっとりと見つめる「優しいファシスト」。

「破壊する女」はさらに狂って来る。その途中で少しずつ音が侵入。全体を破壊に向かわせる音楽だが、きわめて清澄に始まり、時間をかけて徐々に変化する。

「壊れた女男」はポールに登り、自分の身体を大きく広げ、遠くに向かって晒している。男はこの場所からの脱出願望を強く抱いている。

「人形」「人形の母親」「異能の女」は異様な人形的動きをユニゾンで、机上に左手を置いて開始する。

「浜の女」はその机の周りを踊りながら、激しく、自分の身体を床にたたきつけるように動く。この恋多き女は決して満たされることのない心を抱えている。

「破壊する女」はますます狂う。音楽は少しずつアップし、劇性を高めていく。

「優しいファシスト」はじっと正座しているが、突然、靴にほおずりをした後、固まったままの「人形」「人形の母親」あるいは「異能の女」の前に靴を置いてその姿をタブローとして眺める。そして彼らを彫刻する。「優しいファシスト」の意のままにポーズが作られる。しかし、三人は勝手に動き出し、「優しいファシスト」の意図を超えて動き出してしまう。三人による机に向かってのユニゾン。きわめて強いユニゾン。

「馬鹿女」は笑いながらコップの水をみんなかぶってしまう。注目を浴びたい女だが、常にどこか蚊帳の外に置かれている。それから場をぐるぐると回り出す。

小さな旗を持って走り出す頭の弱い「食う女」。「食う女」は食うことしか脳がないと思われた女だ。

「行かないで！」と叫び続け、舞台上を転がり続ける「破壊する女」。この女も行き場のない、捨てられた女である。

「優しいファシスト」は自らのフラストレーションを椅子の上に立って踊ったり、その他諸々の場所でぶつけていく。一方、「見る女」はファシストの立てた掘っ建て小屋でじっと状態を見ている。

みながみな、狂って来て、おかしくなり存在と沈黙が一気に破れて、奔流となっていく。人々は動き、叫び、踊り、悲しみに包まれると、激しい音楽の中に叙情性が入り込んでしまう。人々は少しずつ、机の場所に戻って、椅子に座る。何が起きているのか？「破壊する女」を除いて、みな、前を向いたままじっと目を凝らしている。

すると、「破壊する女」は何者かに導かれるようにゆっくり舞台を降り、客席後方まで歩き、消えてしまう。海の中に沈んでしまうのだ。机に向かう人々はその姿をじっと見つめ、何もできず、ただ手を振り、泣き出す人々。誰も助けられず、状況を見るしかない無念。悲しみ。怒り。じっと見ているしかない無責任。だが、いったい誰が助けられるというのか。

「食う女」の机上にはさらさらと米が降り続けている。

ここではじめて「見る男」が立ち上がってくるのだ。全体を見渡す男が前方に出てくるのである。そして場を浄化させるかのような動きを行う。人々はじっと前方を見ている。激情とともに見つめている。人々は「見る男」の一挙手一投足を漏らさず見つめる。

机を前にした人々。「見る男」の動きがストップすると、一気にユニゾン化。そのユニゾンは壊れた人形たちのユニゾンのごとく、だ。

そしてひとりずつ場から弾き出され、みな、バラバラになっていく。

「異能の女」を小屋に引っ張り込んで犯してしまう「優しいファシスト」。逃げる。必死で逃げる。一方の「異能の女」は突然、狂う。その狂った動きに参加する「人形」と「人形の母親」。

机、椅子が解体されていく。椅子の上でスカートを持ち上げ、パンツを見せて媚を売り、微笑みながら回転する「見る女」。その「見る女」を突き落とす「食う女」。「見る女」は立てかけられた机に走り、その上に立ち上がると「殺される女」の的となってボールを次々と投げつけられている。「殺される女」はあらん限りの悪態を付いている。それまでの憎しみをぶつけるかのごとく。

全体は混沌の極みと化す。

ポール上の空中で動き回る「優しいファシスト」は叫びながら身体をいじめ抜く。

激しく上下にジャンプし、ストンストンと憑き物を落とさんと動き出す「浜の女」。ぐるぐる回り出す全員。

椅子、机、すべてが混沌の中で片付けられる。音はカンカンと激しく鳴り響いている。

「殺される女」がボールをいたるところに投げつけ、「人形」「人形の母」「異能の女」の激しく、関節を動かしながらのなまめかしいユニゾンの途中で、水平線が上り出す。音楽は激烈さの中の叙情が絶頂に達する。

水平線は相変わらず静かに上り、光っている。

人々は動きを止めて水平線を見る。ポール際には「見る男」がいる。

その時、再び船が横切るのだ。少しずつ波の音が激しい音楽をかき消していく。と同時にフットライトが船をフォローする。と、船の影が大きく舞台後方の銀の壁面に映し出され、最後は巨大な船の影がゆらゆら揺れながら水平線上を渡っていくかに見えるのだ。小さな船と巨大な影との対比がある。

人々はゆっくり動き出し、ポールの周りをぐるぐると回り出す。奇怪で、美しいダンスを踊りながら静かに回る。静寂と輝きのムーブメント。連綿と続く時間を感じさせている。それら人々を、動く探照灯とフットライトがずっとフォローしている。ゆえに人々の影もまた、壁面全体に照らし出される。ひとりずつ抜けていく。静かな音が鳴っている。

旗もまた不気味に照らし出されていたが、「優しいファシスト」が旗を降ろしてしまう。「破壊する女」は定位置のように斜め後方を向いたまま止まっている。旗を降ろした「優しいファシスト」はその旗とともに悦楽のダンスに興じながら去っていく。同時に「破壊する女」も消える。舞台上はがらんとした印象。何もない。残るのは「見る男」だけだ。

探照灯が回りながら、その照度を落としていく。その直前に、大量の蝋燭を持った「見る女」が空間を通り抜けていく。大量の蝋燭、その揺らぎ。

そして、「見る女」が舞台下手側まで来たとき、蝋燭群の光を吹き消す。最後の一本が消えると「見る男」が場を相対化させるかの如く、ゆっくりとポールの周りを三周回る。この間に黒い衣装を脱ぎ捨てる。すると中からシルバーの衣装が現れる。「見る男」は静かに動きを止め、前方を見渡す。何もない時間が流れ、それから徐々に人々が集まり出す。皆、衣装はシルバー衣装に変わっている。一人一人の黒衣装から色彩が変化してシルバーに変わっているのだ。人々は後方にゆっくり歩き、一列に並ぶ。静かな通奏低音が鳴っている。

　音のみになり、すべてが止まる。そして人々は祈りに似た動きで場を移動していく。同時に「ヒトガタの影」が降りてくる。人々の移動は、密集した蟻の塊がもぞもぞと動きながら集積と拡散を繰り返し、前方を向き、一斉に同じステップと手のリズムで存在のリズムを刻みながら行われる。方向を見失った船のように、あるいは確かな方向を見つけたのか、軽みが加わっている。「破壊する女」は降りてきた「ヒトガタの影」の横に立つ。それをさらに自らのエネルギーで押し下げ、自分自身が影の中にすっぽりと収まる。仰向けに寝る。この場には「破壊する女」と「見る男」しかいない。

　数多くの光が回転を伴いながら、さまざまな形態に変化しつつ、上空より降りてくる。一斉に降りる。それは光の天空である。回転を伴いながら光が回りゆっくり降りてくるのだ。と、「破壊する女」は空中にふわりと浮かぶ。徐々に上空に向かっていく。上空二・五メートルで「破壊する女」と光の群れは交差する。それからも光の群れは降り続け、「破壊する女」は上り続ける。光の群れは地上ギリギリで回り続け、「破壊する女」は地上五メートルの位置まで上がって、止まる。光の群れはコントロールされて光の波を作っていく。月の光に照らし出された夜の海のよう。大きな時間を伴った月光の海にいるかの如きイリュージョンをもたらす。空間のどまんなかに直立したポールの先頭に赤い光が点いて、巨大な船の上なのか、はたまた灯台なのか、光が海と船と灯台の情景を一種の幻覚作用を持ってその場を彩る。美しい時間が流れる。

　こぶしの音楽が響いてくる。音は時間をかけて徐々に大きくなっていく。

　その中で「見る男」が動き出す。それまでは静かな動きのみだったのが、ここに来て一気に激しい動きに変わる。「見る男」の動きは優雅で、エロティックで、それでいながらその場所に流れていた時間を一変させ得る破壊的な動きとなって場の空気を変えてしまう。静かに忍び寄ってくる新しい力としての破壊的存在。それは文化の異質性さえ感じさせている。時間の流れは分断される。中空に漂う「破壊する女」は水中にいるように見えなくもない。水中の軽やかな女の姿、死体にも見える女の姿。光は下方からは大きな波として表現され、上方からは微かではあるが青白い光が漏れて高貴さがある。靄がかかって、優しく照り映える。

　人々が舞台奥を上(かみ)から下(しも)へと流れていく。二体の人形（ロボット）が運び込まれる。一体の人形は顔面がモニターである。モニターには四〇年の映像が映っている。四〇年の映像は本物の映像である必要はない。時間の凝縮した四〇年の画像。情景が次々と流れていく映像であり、時にノイズだ。時間は確固として存在し、その上に私たちは存在していると分かる映像であり、人形（ロボット）なのだ。他のもう一体の人形は女性の姿をしている。ミニマルに首がクルクル回り、腕がパカンパカンと動き続ける。

　すると、光の群れは空中に舞い上がる。空中に浮かぶ女の側を通り、空間はさまざまな位相を見せる。イリュージョンにあふれる。靄は女を不可思議に空中に浮かぶ者として存在させ、遅れて女は空中世界から降りてくる。

　光の森が消えてしまうと、そこはまた、朝靄に覆われた場所の様相を呈している。

　舞台後方の壁面の真ん中に大きな穴が開いていく。静かに、後方に開かれる中空のドア。人々は空間をぐるぐると回り始める。後方を向いたまま、手を上げ下ろししながら……。こぶしを伴った通奏低音がどんどん高まっていく。スピードが速くなり、これ以上速くはなれないところまでスピードアップすると、ひとりずつ下手側で止まる。人々、上手前方を向いて立つ。そこに哀愁のある音楽が混じってくるのだ。人々は場所の移動はかすかにしか行わないが、静かなステップを踏み始める。同じリズムのステップである。永遠に続くステップかと思えるほどの時間性を伴って、ステップは続けられる。

「見る男」がその場から外れる。彼は舞台下手から上手へ、ゆっくり移動する。人形（ロボット）の破壊的な動き、人々の緩やかで、静かで、しかしとても幻惑的なリズムのステップ、そして「見る男」の日常を感じる歩み。まったく異質の三種類のムーブメントが存在する。それからひとり、またひとりとそのステップ、場から離れ、別の、バラバラのポジションに移動。

　音楽はただ大きな存在として人々の耳に響いている。人々はさまざまな方向を見ている。何も起こらない。ゆっくりゆっくり、光が落ちていく。

　音楽が高まり、波が引くかのようにゆっくり消えていく。ふたりの女だけが同じステップを続けている。

2000-2001

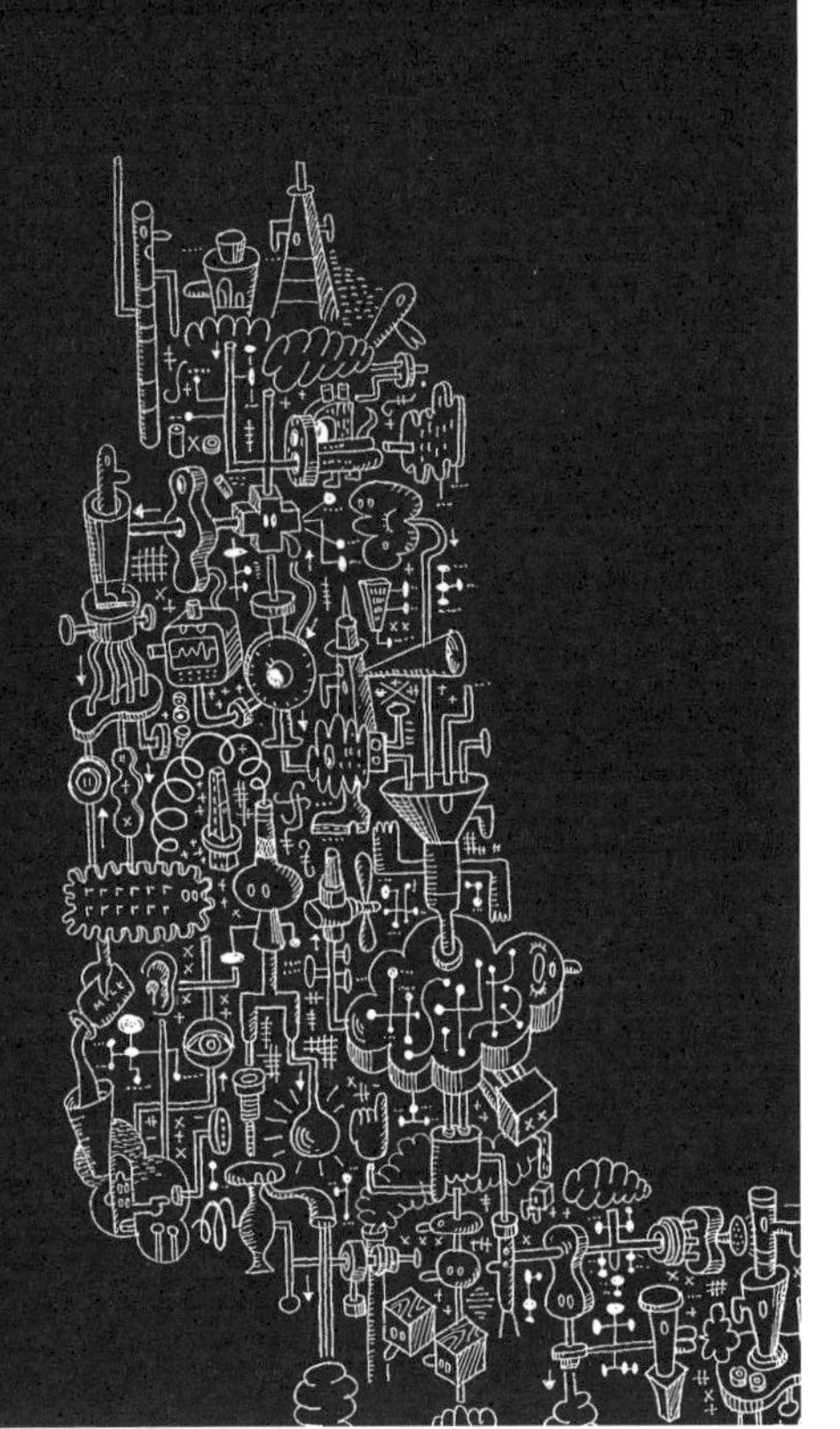

本作品は二〇世紀から二一世紀への橋渡しとして二〇〇〇年から二〇〇一年にかけて制作した。第一章は二〇世紀が始まり第一次世界大戦の頃まで。第二章はその後から第二次世界大戦の終わりまで。第三章は一九六〇年代から二〇〇〇年まで。第四章は二〇〇一年以降の世界を描いた。尚、第一章のみ、ドストエフスキーの「悪霊」を参照している。

二〇世紀は限りなくアメリカの世紀になった。そこでアメリカ人アーティストを多く用いている。また、第四章では多数の国籍のアーティストが参加しており、また第四章のオリジナル版は九・一一後すぐのサンフランシスコで制作された。

各章は各々独立した作品として制作し、それを纏めたのが「WD」の全体である。各々の章は世界各地で公演して後、「WD」に纏められている。

また、「WD」は'What have we Done?'の'What'と'Done'各々と頭文字から採っている。

第一章　I Was Born——二〇世紀が始まった

登場人物

世紀をまたぐ女
ニコライもどき
夏目漱石であろうとした男
二〇世紀の乞食女
腰抜けウェイター
無責任の塊の女
サーバント1
サーバント2
ヒットラーの影
がらがら人形
あくび女
マゾヒストの女

1　プロローグ

暗闇。歌声が響く。

突然、目が眩むほどの明るい光が舞台を照らしたかと思うと、光は急速に弱くなる。

舞台上はとてもシンプル。背景は黒。舞台床は白っぽい茶色。舞台奥には鉄の塊らしきものが転がっている。重々しい、迫力ある鉄の塊。

ふんわりした明かりに変化。舞台上に「世紀をまたぐ女」が真黄色のロングドレスを着てひとり。安楽椅子に座っている。笑い顔の女。その顔は美しく、だがへんてこなとんがった道化だ。アカペラで歌い出す女。ブルージーでシャンソンのようで歌謡曲のようでラテン的な明るさを持った唄である。恋の歌。

後ろ姿、それは粋だったわね
二〇世紀ももう終わり
あんた、いつまで待たせるの
あんたのだみ声
私をくすぐった
あんたの吐息
私の足にまとわりついた
もう一〇〇年も経ってしまって
私は忘却の地平線に立っている

そろそろかな

でも後ろ姿は永遠よ
そろそろかな
よれよれのシャツの
私の恋よ

時間よ止まれ、なんて無理な話
一〇〇年なんて早いものよね

この歌の間に、大八車らしきものを引いた集団が、女の後方から出てきて、その前方を横切っていく。向こう側に対して旗を振るなど、明瞭な動きで移動していく。彼らは明るいが、異様なほどゆっくりゆっくりゆっくり移動し、ときにストップしてはスパッと明かりが消え、暗闇になる。再び明転。また、ゆっくりした動きが展開し、暗転。この光の明、暗転が繰り返される。その姿は、いくつかの歴史の切り取られた断片としての象徴的なシーンを表現する。過ぎ去った数々の断片が重なり合い、いかに驚きが多く、明暗入り乱れた時代であったかを示すのである。

その状態を覗き見する男と女がいる。エロティックで、ぶっきらぼうで、粗雑なエネルギーに満ちた男女。

途中、ウェイターの格好をしたアメリカ人「腰抜けウェイター」が出てくる。手には〝吸い取り棒〟を持ち、腰の抜けてしまったチャップリンのような出で立ちで出てきては、じっと辺りを見回す。突然、一九一〇年代のアメリカの列車発着案内をしだす男。〝吸い取り棒〟を吹く。と、変な音が出る。

人々は、それら「瞬間」が積み重なった重みから逃れようと、バタバタと引っ込んでしまう。残るは椅子に座る道化風の女と「サーバント1」、腰抜けウェイターの三人。腰抜けウェイターは、語るでもなく存在し、場を異化する役割を果たす。からだの動きはとても妙ちくりんだ。しかしそれら奇怪さが事象を変える要因になっていく。

この章では人々の衣装は全員、少し間の抜けた感があり、色味は白である。

2 目覚め、そしてスタブローギン的なるものの誕生

軍靴の響き。続いて、明るいブラスバンドの音が鳴り響く。二〇世紀！　新たな時代の到来だ。かと思うと数秒間の暗闇。明るい音は続く。

明かりが眩しいほどに点灯すると、女の魂らしきものがふわりと空へと舞い上がる。

世紀をまたぐ女は突如立ち上がって、それまでのブルージーさとは打って変わって、まるでネズミのようにこ

ちょこちょ、ちょこまかと逃げていく。その姿はコマ落としの映画のよう。時代は、複製技術の到来とともにやってきた！　とでも言わんばかり。数人がそれに続く。「あくび女」の登場。安楽椅子は一種の乗り物に早変わり。あっちへよろよろ、こっちへよろよろしながらすっと消える。

腰抜けウェイターは一度、同じくコマ落とし映画のように消えてしまうが、再び舞台下手奥に出てきて、ただ猫のように目を丸くし、椅子に逆さに寝転び、舞台で起きる出来事を驚きとともに眺めている。そしてたまに他の人々の動きに混じっては場をかき回し、定席へと戻る。椅子の上では眺めている状態がメインだが、自分勝手に動き、踊る。いかれ踊りで弾けんばかりの時代がやって来たことを全身で喜んでいる。

高らかに歌う、マーチ感覚の音楽。勇ましく、明るく、どこか悲しい音。そんな音に乗って、人々、どたどたと出て来て楽しく踊り、楽しげな姿態で移動。強い風に抵抗する人々の動き。子どもギャング団の動き。その移動の動きは、高らかなラッパの音に相応しいが、同時にさまざまな集団の妙なおかしさ、滑稽味が付け加えられて勇ましい。二〇世紀は多くの人々が参加できた時代であり、ある程度の自由意思を持った時代なのだ。

奇態な人間模様がそこかしこに挿入される。

尻を叩きあっている街角の女たち。いたずらをし小便まみれになってしまっているじじい同士。頭が良すぎて人工頭脳になってしまっている女。戦争ごっこによって死者を演じようとする人々。映画の驚異に驚き、主人公を演じる女……。

それらバラバラの庶民的動きのなかに突然、切り抜かれた、まったく別種の、集団として統制された動きが入りこみ、流れを変え、瞬時の大きなうねりを持ち始めたかと思うとすぐに終息、元の動きの流れに戻される。明るいエネルギーが充満する。明るさが、奇妙なふるまいを打ち消して正当化される。ダンスは、強く明るいエネルギー体となって立ち現れている。

手にさまざまな子供の遊びに過ぎない楽器（例えばカンカラ、警報機）を持ち、音を打ち鳴らしながら足早に移動する人がいる。

手足を縛られたまま、移動していく人間がいる。

自分自身が飛行機になってしまったかのように腕に翼を付けて飛んでいき、壊れては踊っている、いかれた女もいる。

揺れる、がたぴしの車に乗り、苦痛に歪みつつも快楽に浸る男がいる。

モーターサイクルにまたがり、恍惚とし、時代を切り裂かんとしているかの如き女。

自転車を漕ぎ、ゆうゆうと時代を闊歩している男。

馬にまたがって移動する女。

そうかと思うと、自分自身が馬になったかの如き動きの中で激しい喜びの姿態を表しながら通り抜けていく人々。

ここは時代の要衝である。一大、交通の要所であり、遊戯場である。奇妙な乗り物の動きが舞踊化される一方、実際におんぼろの創意工夫された乗り物もまた登場している。

しかし、その乗り物は実寸大にはほど遠く、写実性に乏しい「部分」からなっている。うまく機能しない乗り物が三台。歪みを感じさせる空間の中でさらに不具なる乗り物が追い打ちをかける。

舞台上を車輪が通り抜け、車輪を追いかけては転び、回転し、驚喜する人。

人々の顔は溢れ出る感情に満ちている。

盲目の女が、手探りでにたりにたりしながら、自慰的な動きをともないつつ、楽器を扱っている。バンドネオン風の、おもちゃのオブジェ楽器。鳴らない音に身をゆだね、快楽にからだは包まれて、声を出している盲目の「二〇世紀の乞食女」（以下、乞食女）。

舞台上を風が吹き抜けている。扇風機が回っている。

この装置は剥き出しで置かれ、まがまがしい。

風に乗せて、白い綿帽子を振りまいている男。扇風機は舞台前方中央やや下手寄りに置かれて風を生み出し、男は舞台中央後方から綿帽子を放ち、その延直線上舞台奥に一灯の光が灯っている。

そこは春風を運ぶ大昔の、ある場所の、気持ちのいい切り取られた時間である。

長い衣装をずるずると引きずりながら、移動していく女がいる。女は狂喜し、笑い転げている。

走り抜ける哀れな自転車。追いかける「がらがら人形」。

これらの事象が同時並行で行われ、混沌とした明るい時間と奇妙な人々の印象を残して時間は過ぎていく。

一九世紀末から二〇世紀初頭を表すものがゴロゴロと現れる。たとえば、明治大正的な衣装、西洋ハイカラ的色彩。図案。爆竹。街灯。車。電話。列車……。舞台上では時代を想起させつつも、その時代に限定されない。

ここまでブラスバンドの明るさが引っ張る。

抽象性を孕みつつ、来たる時代を暗示する。


快適な時間が訪れる。人々、愛に満ちて抱き合い、世界の平和を祈念するかの態度で、もぞもぞと移動。集団の声。ヴォイスの響き。

突然、探照灯が光る。場は一変。人々消え去る。

サーバント1が一人、壊れた人形のような動きを繰り返す。場の雰囲気とは相反する。マーチが聞こえる。

再び、おんぼろ自転車。

一瞬の暗闇。

じんわりと時間が戻され、何事もなかったかのような平穏の時間。人々、一人ずつ去ってしまう。


本作品においては、突然の照明の変化や、突然の暗闇。突然のまばゆいばかりの光のシャワー降臨等、大きな光変化が重要な要素となる。静かに変化する照明を基本とするが、突然変わる光により時間は分断され、分断された時間が次なる段階を準備する。


再び、人々。彼らは腕に子供のような人形を抱いて登場。顔は歪み、互いににじりじりとにじり寄る。そして彼らの動きも人形のような、操られているかの動きへと変わるが、突然、腕の人形を背中に背負ったり、ぶん回したり、きわめて激しい攻撃的で残酷な祝祭のダンスへと転換する。

歓喜と残酷さが入り混じりつつ。身をよじって笑い、身をよじってダンスへ。人形を持った踊りがアンサンブルを作る。しかし、突然、ぶった切られるムーブメント。激しく人形は飛ばされ、一個所に集められ、まとめられてずるずると引きずられては、向こう側へと追いやられる。悲惨な時代の始まりでもある。その人々のなかでもひときわ目立つのが「ニコライもどき」だ。

「美貌の影」が「ニコライもどき」にぴったりと貼り付き、そのからだをまさぐり、ふたりで奇妙でエロティックな踊りを踊っている。

恐怖する何人かの女たち。虚無的な印象を強く放つニコライもどき。高らかに響き渡る歓喜の声。ニコライもどきはその精神の底辺に於いて、自然に悪を生み出してしまう男だ。悪の意識なく悪を行う。

一方で、「夏目漱石であろうとした男」(以下「夏目男」)は、まったく別個に阿呆な踊りを踊り続け、ニタニタしている。夏目男とは、文化的な狭間にあって精神的に引き裂かれる男。すなわちとてもアンビバレントな感覚を内蔵し、基本的には保守的な精神の持ち主である。

しばしば、突拍子もない声を発し、それは独り言のように響くが、すっと歌に変化する。歌は次のような歌。夏目男とニコライもどきの合唱。それから、さまざまな人々がその歌に加わる。

ああ、素敵な、びっこのお嬢さん
みにくくって、笑いが止まらないんだ、ぼくは

血が騒ぐんだ、ぼくは
いたぶることが大好きさ
革命ごっこも大好きさ
お嬢さん、お嬢さん
おまえみたいな醜いちびが、ぼくに惚れるとは
おまえの醜いくちびるが、ぼくに触れたがっている
　なんて
それはそれはいい心がけで
ああ、素敵な、びっこのお嬢さん
素敵な、びっこのお嬢さん、あああ

突然、大きなノイズ。

全員で突然の、片腹痛いダンス。

醜さとからだの重さを引きずる狂気に満ちた動き。

しかし、爆発的に動き、転がり、次第にそのダンスは先鋭性を増す。

それは官能性を持ち始め、ぐるぐる回って幻惑性を伴ってくる。

グロテスクな悪意の誕生である。

と同時に表面的には圧倒的な祝福。色彩。爆竹音。色付きテープ。狂気じみた笑い声が響き渡る。


突然の赤ん坊の泣き声が轟く。

声は渦を巻いて方々から反響し合い、場はまるで赤ん坊の、ぼこっと開いたような空洞の空間となる。

天井よりスコーンと抜けて、降りかかってくるグリーンの光。緑の円筒がすっとできあがって、一種宗教的空間が立ち現れる。


乞食女が何か言おうとしている。

乞食女　ああ、ああ……。

無言の人々。もれる笑い声。かすかな噂話。

乞食女　ああ、ああ……そこ。

乞食女はさまざまな姿態を披露して見せる。猥雑で、エロティック、グロテスクで可愛らしい女の姿態である。

人々、集まってきて、そのグリーンの空洞に入る。上方を見上げる。

静寂。きわめて静かな時間。何も動かず、何も聞こえない。ゆったりとナイフが降りてくる。

その静寂を破るのは、エロティックな女の声と巨大な赤ん坊の声。

暗闇。爆発音。

3　結婚・決闘・死体との歓喜と戯れ

ゆっくりと明るくなっていく。留まっているのは、腰抜けウェイター、夏目男の二人。ぼんやりと浮かび上がる、と赤いレーザーの光がくっきりと出ている。

腰抜けウェイターはアメリカの古い、古いポップソングを歌いだす。途中からは、レーザーの光と戯れつつ、だ。腰抜けウェイターが唄を歌い、台詞を語っている間に、ニコライもどきと巨大な赤ん坊の死体もどきを背負った乞食女が並んで登場。その後にも死体もどきを背負った人々が続く。

腰抜けウェイター　（ニューヨークなまりの英語で）おっと、いけねえなあ。俺はそう簡単にはやられねえぜ。やつらは、どこまでもずるがしこくってな、でも、所詮やってることといや、大昔から変わりはねえ。新しい、新しいと物欲しげに新しさを求めたって、おれたちは食うことに必死さね。暇なやつらがころころと自意識過剰で時代を転がしているんだぜ。ドッキューン、やられた、生き返った、ドッキューン、やられた、おんなとやった、ぐりぐりして、食った、死んだ、はっは、だ。だけどね、俺はユダヤ系アメリカンだ。わかるか、その意味。誰だ、おめえ。（夏目男が近づいていく）

夏目男はからだの動きと唸り声で腰抜けウェイターを威嚇する。

腰抜けウェイターもまた、動きと唸り声で威嚇する。二人の威嚇合戦は、コメディである。稀にことばを発する夏目男。「ちくしょうめ」「青二才」「たまなしやろう」……同じように腰抜けウェイターもまた、ひどいスラングを使って侮蔑する。「サルめ」「赤やろう」「ヘボ作家」……。

そんなことをしている間に、結婚の準備をしていた人たちが横切る。が、結局、女たちは皆、ぼんやりしている間に消えてしまい、男だけの侮蔑の宴となっていく。コメディとなる。が、次第にブラック化し、終いには醜態を晒す。その中で、特に夏目男の醜態が突出し、醜態の動きが加速してくる。ひとりでかき回し、ひとり最後まで残る。

舞台上からは誰もいなくなる。

ほんの少し、舞台奥に位置してあった鉄塊の動く音がし、鉄塊は痙攣する。

死体のようなものを背負ったおんなたち。じっくりとその空間を眺め、動き出す。

次第に動きは激烈なるダンスへと変わっていく。

「無責任の塊の女」（以下「無責任女」）が「サーバント2」の死体を引きずってくる。そしてそのサーバント2の前に立ち、猥雑なダンスに興じる。サーバント2の顔に防毒マスクのようなものを付ける。サーバント2の口に白旗を突っ込む。サーバント2は蹂躙され続ける。サーバント2は無責任女によって、きわめて猥褻な死体とされていくのだ。しかし、その情景はまったく誰にも見向きもされない。奇妙にひん曲がってしまうサーバント2。それから布をかけられ、誰も知らない物体へと変質。物体はずるずると「ヒットラーの影」によって連れ去られ、重石を載せられ、舞台隅に転がされてしまう。が、見ようによってはきわめて滑稽である。

一方、激烈なるダンスを踊っていた人々は、死体を背中から外し、舞台上に放り投げることになる。舞台上には次々と死体の山が築かれていく。

いつしか結婚とはまったく縁のなくなったニコライもどきはヒットラーの影を従えて、それを見ている。まるで骸骨のように突っ立って、不気味に人々を見ている。その後、嬉々としている無責任女の首を括って、空中に吊り上げてしまう。

そのなかをゆらりゆらりと「世紀をまたぐ女」が蝶のように通っていく。

ビラが空中より降ってくる。

録音によるさまざまな多重に積もった噂話。人々の噂話が拡声されて、渦を巻く。

暗闇。

と一条の光。瞬間の。グリーンの。

再び、暗闇。

大音量ノイズ。そして急激にノイズ音、小さくなる。

4　混沌のリズムが聞こえる

すっと光が流れ込んでくると、美貌の影がニコライもどきを連れてくる。ニコライもどきは壊れかかっている。

ニコライもどきが宣言文を突然、読み始める。どもりのニコライ。そしてその「どもり現象」がすっくと立っていたニコライの姿を次第に歪めていく。ニコライもどきに向かって、綿帽子を振りかけている「がらがら人形」。まったくそいつは壊れた人形だ。

ニコライもどき　あ、ああ、あ、明日は……耐え難い時間の、そのなんとも、生きているという事の、とんと何も見えなかったかもしれなかったなあ殺生なおれたちは人生である。とほほほ。生きるな。ははは。とは言え、おれはあのおんなをなぜ私のなかに押し込んだかというとああなんにもわからん。明日は、ああ、あの、ときの、まるで、こうおれのなかで何かが変わっていつのまにかどうも光の見え方が違っていた。ははは。

生きるな。死ぬな。エロいぜ。煙草なんか吸え。時間を守れ。戦争はサイコロジー。戦争はサイレント。思想は死んでいるのだろうか。死人にくちなしというじゃないか。死だ！　死人への陵辱。公衆衛生。洗濯石鹸。悪魔ののろい。アンダーグラウンド。地下水道。セメダイン。苦労をかけるな。家畜め。

……。

滑稽なニコライもどき。宣言文でも読んでいるかのようであったが、それは単なる愚痴か？　言葉とともにさまざまな物体を投げているニコライもどき。それらは昔の家庭用品だ。コップや茶碗、箸、ナイフ……一方、それら物品を片付けて歩くがらがら人形。ニコライもどきの奇態と滑稽が際立ってくる。

上方に目を転じると無責任女が舞台の空中からニコライもどきに向かってピストルを突きつけている。それに気づくニコライもどき。彼は、彼が首を括った女が生きていて、ピストルで狙いを付けていることに恐怖し、焦り、後ずさる。ピストルを取り出し、無責任女に向かって突きつける。ふたりは一触即発だ。互いに牽制する。緊張が極点に達する。無責任女はゆっくりと降りてくる。と突如、自分の口にピストルを突っ込む。無責任女ずるずると下がり、横たわっていたサーバント2の上に倒れこむ。ニコライもどきはホッとしたのかにったりと笑っている。サーバント2は無責任女を乗せて、ズルズル、ズルズルと動き出す。無責任女は死体のサーバント2を動かすのだ。

ニコライもどきの情けない笑い。

一方では、乞食女とサーバント1によるまるで滑稽な、レズビアンのごとき、主人のいない乞食どもの主人作りのダンスが披露されている。それはまったく終わりのない、レズビアンの性行為のよう。まるで行為を愛おしむかのような女たち、乞食女とサーバント1。さらにぐにゃりと、さらに肉体は弾け飛ぶ。そして、関節がぐねりと動き、痙攣する。

美貌の影による風のながれるような歌が場を満たす。大陸を渡っていく風のようだ。しかし、その身体は、しばし痙攣し、しばし放心し、ぐねりぐねりと動いている。

「マゾヒストの女」は後生大事に家財道具、炊事道具を抱え込み、それをひとつひとつ、ぐにゃりぐにゃりと動かしながら、地べたに置いていく。まるでモノに対して決別を図るように、である。

声を打ち消そうとするかのようなノイズが次第に大きくなってくる。ノイズはレズビアンどもの奇妙な激しい動きを倍加させていく。

ノイズの中から音楽が生まれてくる。音楽は明るく、悲しい。

光はまた、清澄さの象徴のようなグリーンの光が、その猥雑さを包んでいくことになる。ダンスのなかから卑猥な声が漏れ出てくる。

鉄塊はぶるぶると痙攣しているが、ときに大きく動く。生のまま置かれた心臓の鼓動のようにも見える。

喜びの紙ふぶきを撒き続けるガラガラ人形。それからガラガラ人形は、動く鉄塊を舞台中央まで引っ張ってくる。

ニコライもどきはいつの間にか舞台中央近くに来て、前方を見据え、苛立たしげな一定のステップを踏む。

腰抜けウェイターは蝶ネクタイを結び、出てきては、無責任女のからだに〝吸い取り棒〟をおっ立てていく。そしてニコライもどきの頭にはジョウロを載せて、本人は、笑いながら敬礼をする。また、同時に同じステップを踏み始める。

動いている人間たち、手に手にがらくた素材を持ってきて、鉄塊に突き刺していく。突き刺された鉄塊はぼろをまとった痙攣する亡霊のごとしである。

ほとんどの人々は、鉄塊を中心に、ステップを同じリズムで踏み続ける。

音がストップすると同時に、人々、静止。

暗闇、五秒間。

5　鉄塊の躍動

明転。
人々、場所を変えて同じステップを踏み続けている
鉄塊だけが痙攣し、動いている。その動きは微妙で、
そして恐怖を煽る。
明るい音楽がほんの少し、爆発音とともに大音量で流れ込んでくる。
ぶち切れて、音、ストップ。
すべてが止まる。

照明が四秒間、真っ赤に。
突如、闇。

第二章　Love Letter――戦争の時代

登場人物

女
羽根の生えた老人
乞食女
壊れかけたニコライ
サーバント
美貌の影
幻覚のマラソンマン
人生はマゾヒズム
腰抜けウェイター

1　赤の幻影

スウィングジャズがかすかに鳴っている。（繰り返しスウィングジャズが風のように渡ってきては消えていく）遠くで、戦争の音が聞こえている。

衣装は全員、赤と黒。後で「腰抜けウェイター」が出てくることになるが、彼だけは第一章の衣装の下半身をかなり膨らませた、少々浮浪者風の風体であるが色味は赤黒だ。

舞台形状が変化している。縦長の四角形から横長の四角形に変わっているが、四角は少々歪んでいる。その歪みは不安感を誘っている。

舞台上には椅子が五脚置かれ、その上に座っている人々が同じく五人。座り方はばらばら。椅子を倒して、ひっくり返ったように座っている者もいる。

ある女が転がったかと思うと、再び戻ってきて、何事もなかったかのように同じ体勢を保つ。ある男は骨を軋ませて立ち上がり、再びからだをぎしぎし言わせて落ちる。「幻惑のマラソンマン」が「乞食女」のからだを、ひくつく指先でまさぐり、そのままずっと、からだから力が抜けて、だらり。不気味な身体模様。その他、いくつものぎこちないムーブメントが混在化する。

聞こえてくるのは雑踏の音と蒸気機関車の音。そんな中、遠くで鳴る「ムーンライトセレナーデ」。

ここはゲットーだ。羽根をパタパタいわせる「羽根の生えた老人」。かと思うと、突然、ひっくり返ってひくつく老人。

静かに老人に抱きつく「サーバント」。ふわり浮かんで、椅子に向かってまっ逆さま。互いに関係性は希薄である。

　椅子を持って動いて、ずらり並ぶ。だが、一切の関係性を拒絶したかのような人々の態度。椅子と共に形を作る。形は形を呼び込んで、奇妙な符丁を見せて皆が一定のリズムを刻み始める。

「腰抜けウェイター」が〝吸い取り棒〟を持って出てくる。〝吸い取り棒〟を口にあて、ラッパを吹くように音を出す。ぶざまな音が鳴るが、まるで起床ラッパだ。

　と、律動の音。ラジオノイズのような、壊れたバイオリンが遠くで鳴っているのか、「グギィー、グギィー……」という音。（実際のノイズ音かバイオリン音）遠くで鳴るかすかなノイズ系リズム。音とともに奇妙な律動の動き。かすかに響く音が、身体に震えをもたらし、身体は徐々に痙攣気味の状態に置かれる。

　静まる。

　この律動は何度も繰り返される。それにより動きは分断され、時間は断片化される。

　ストップ。

2　傷ついた羽根を持った老人の幻想。美少女の老婆

ひゅるりと「女」が出てくる。

その中で、女は一人、うろうろと歩き回る。

サーバントが出てくる。「美貌の影」はエロティックな肢体を鼓舞している。

サーバント、「壊れかけたニコライ」、「乞食女」は薄汚い身体を植物のようにゆらりとさせて、萎れ、力が湧きあがってきたかのごとく中腰で留まり、それからふらりと歩く。ここは壊れてしまった人たちの居場所だ。

手を前に突き出したままになっている「羽根のはえた老人」（以下、老人）。

老人はそのままあぶくを吹いて後ろに倒れてしまう。

老人　愛してみたまえ！　と、そう言って俺はそのまま後ろに倒れこんだ。誰でも良かった。おまえは誰だ、と聞いた。わたしは尋ね続けた。きみの返事はなかった。きみは霧のなかでほほ笑んだ。（と声にかすかに出してつぶやく老人）

ひゅるりと老人、立ち上がると、壊れかけたニコライ、その前に立ちふさがり、ふたりは角突合せ、奇妙な動きで、牽制しあう、微笑のダンス。

歩く女の歩みは、人形のようでも、妖怪のようでもある。

歩みの中で老婆の日常が浮彫りにされていく。話しかける。誰もいない。笑う。誰もいない。見つめる。誰もいない。すべては、妄想の中の産物。老婆が存在させている何かに対しての、老婆の働きかけ。奇妙な対話。

　しばしば時間が止まってしまう。

　と、一瞬にして怜悧な空気が降りてくる。


　人々の指や手首や足首、首、関節が瞬間的にクククッと動き、くったりとした時間を放射する。そして、関節が関節を動かして、カタカタという音の聞こえてきそうな大きな「動」を作り出す。

　女の身体は滑らかに、かと思うとぎこちなく、ぎりぎりという軋み音が聞こえて来そうだ。身体はさまざまな位相を取る。

　女は、しばしば浄瑠璃人形のように表情も動きも変えず、かと思うと瞬時にそこから抜け出ては生き返る、その変態の繰り返し。表情はくるくると変わり、ニタリとしたかと思うと、えもいわれぬ恐怖に引き裂かれた表情を浮かべる。女は老婆であり美少女である。

　老人と老婆は奇妙な追いかけごっこを始める。互いに意識していないふりをしつつ、強い意識を感じさせる。

　突然、その動きが断ち切られて、台詞。


女　（突然空間を覗き込むようにして）あらっ？……どうなさった？　突然の……。ご連絡いただければ、お迎えに……。？……そこ？　え？　何もありま……。あなたの靴？……靴？……ええ？……片方？……あれ？　え？……捨ててしまいましたよ。見ても、何もありません。何もでてきません。何もございません、そもそもずっと何もなかった！

　……ゆっくりなさってください。みっともないことをなさらないで。（女は空を見て目を見開く）

　とっても明るい空。そうね、人生は楽しい。こんな楽しいこともあるのね。何年ぶりかしら。わたし、若返らなくちゃね。若返って、すっと立たなければね。まったく夢のような時間を、こんなにさわやかに迎えられるんですもの。……のんびりしてらして。……ことばは重要じゃないってわかりすぎるくらいわかっているのですけれど……。ええ、私ですよ、いつも私が言っていた通り。黙ったままでいいの。……何の連絡もないんで、どうしていいか、わからず、繰り返し、ことばを失って……だまらされて。

（突如、一変）

　ああ、いやよ、やっぱり。


突然、別方向を向いてしまう女。凛として、格好を付ける女。

一方では、老人が舞台片隅に横たわっている。島に打ち上げられた溺死体のよう。老人は次第に息を吹き返してくる。他の人々はぐったりとしたままで、椅子と一体化して、何かを待っている気配だ。椅子とともにオブジェ化しているが、しばしば魚のように瞬間的にすすっと動いて、位置をずらし、ゆるやかなアンサンブルを作って、静かな脈動を感じさせている。何かが起こる気配は、それら微妙な動きによって徐々に形作られていく。

老人の硬直した身体は一定のリズムに揺らぐ身体に変わり、肩はぐにゃりと曲がり、身体に冷たく柔らかな水が染み込んでしまったかの如き滑らかな動きを醸し始める。老人は、しばしば老婆の影のように動く。

老婆と老人の幻想のダンス。ただ、互いに接触することはない。このダンスのリズムからヴォイスの響きが生まれる。声は強く響きあい、身体の動きもリンクし、大きなリズムを作り出してはいるが、決して触れることはない。

老人は何度も羽ばたこうとするが飛び立てない。羽ばたきは墜落を必ず伴う。

他方、何の脈絡もなく、それに釣られるかの如くリンクし、羽ばたき、墜落する壊れかけたニコライ。

壊れかけたニコライと「羽根のはえた老人」は「壊れもの」としてのイメージが重なる。「羽根」は一種、壊れかけたものの象徴である。

老婆と老人のヴォイスはしばしば、センチメンタルな記憶を甦らせる。音は彼ら二人だけの声の息吹、ため息だ。その声によって情景は移り変わる。

老婆は徒歩と舞踊を繰り返す。歩きは情景を転換させるための装置であり、時間の経過を示し、一方、舞踊は感情と情念の高まりの装置である。さまざまな感情が渦を巻きながらクルクルと転換、明るささえ感じさせるが、その底には深い闇が横たわっている。

と、急遽、時間が崩れ、他の人々は連動した動きを取り出し、塊になったかと思うと、散らばる。この時間は分断され、人々の形相もそれまでの流れから断ち切られ、疲労が滲み出ている。

老人、老婆だけを残し、他の人々は椅子に座る。椅子は微妙なバランスで安定を保っているが、不自然である。

女　その扉を閉めて……。そっと。そこにお座りください。……いえいえ。なにも……。あ、あれは私の姪です。なにか失礼でも。……まあ、それほどでは……。美しいのだけが取り柄でして。なんにも分からなくて困ってしまいます。ふふふふ。

　ええ、まず、はじめに、どこから話をすればいいか。だって……。多くの男性に言い寄られました。手紙もたくさん頂き、花も靴も洋服も、たんまり。女ですからね、嬉しかった。……ええ、そんなこと。……もう大昔のことですから。いやですわねえ、今更こんな話。

　ラブレターなんです。見つからないんですよ。もう五〇年近くも前のラブレターで、私にはなくてはならぬもの。……私は私を捨てた。いえ、女です。女を捨てて生きてきたんですよ。けれど、唯一愛した人がいました。その証の手紙。ラブレター。あれがないと、どうしたらいいか……。（からだがひくつく）

　何をおっしゃってるの？……若い時の苦痛。わかります？　あなたに？　何もかもが苦しかった。私は彼を遠去けなければならなかった。でもね、あのひとつの手紙が私の救いでした。私が従ったのは、ことばの魔力から……どうあっても無理だったんです。そして、彼がいなくても生きていけると思った。あの手紙のひとつひとつのことばが私の命になった。あのことばが今でも、こそばゆく、ぷるぷると震えて……。

　いいんですよ、ゆっくり探してくれて。絶対にあるはずです。本の中に埋もれています。だって、あの人も私も本の虫でしたから。

　あのラブレターがどうしても必要……。

　私は病気がちで……。ですから姪がお相手します。何でも言いつけてください。私からもよく言っておきます。では。お願いしますよ。

　ラブレター、ラブレター……。（と女はつぶやき続ける。節を付けて）

老婆は歩き出し、密やかなヴォイスを発する。

リンクして、ひときわ強い羽根老人の声が鳴る。

そして老人はボーとする。老人は、再び歩き出す。

歩みの中にさまざまな思い出が刻み込まれる。その思い出とは、昔の生活の思い出、苦々しい思い出、つぶやかれたことば、軽やかな音楽、愛情と憎悪の入り乱れた感情など。

老人と老婆、ストップ。

代わりに登場するのはサーバント、壊れニコライ、乞食女、幻惑のマラソンマン、「人生はマゾヒズム」、美貌の影の六名。アンサンブル。動きは関節を意識的に動かすことによって生まれる踊りとなる。六人ともシュッとかシャッといった声を発しつつ、舞台上を掻き回す。からだに重さを感じさせず、無重力感が漂う。音は、遠くからの汽車の音と、歌謡曲の響きのみ。

関節のキコキコ音が音化してかすかにのこぎりを轢く音になって聞こえている。そんな動き。

そこに、きわめて美しく、暖かく、センチメンタルなピアノ音楽が流れ込んでくる。人々は大きく動き始める。

と、突如、老婆、老人も加わっての強いアンサンブルが展開。

ブレスが合致しながら、八人の一糸乱れぬアンサンブルは大きな波を作り出して、一気にそれまでの重さを吹き飛ばすかのように爆発する。

空気感は一変。あらゆる人たちの思いが溢れ、その溢れかえったものが形になって表れる。濃密な一瞬の喜びが含まれる。

再び、突如、その動きは断ち切られ、人々はまるで壊れた人形のように立ち尽くすが、「サーバント」は、からだをぐにゃりぐにゃりとさせて、ひとり、壊れた舞いを続けている。

3　島の中の混沌／儀式のち行方知れず

動きの隙間から、老婆と老人によるヴォイスが響いてくる。このヴォイスは老女と少女の会話であり、老女とラブレターをくれたはずの男との会話、これら分裂した二つの会話を老婆は演じていくのだ。少女の可憐さ、無邪気さ、残酷さと老婆の悲しみ、喜び、また、老婆のなかにある、男へのさまざまな心の呼びかけ。それは天真爛漫でありつつ残酷だ。

一方、傷ついた羽根を持った老人は、人形のような身体性から覚め、半生をヴォイスとムーブメントによって振り返っていく。次第に感情が伴い、それに連れて老人の声と動きは高揚し、必死になればなるほど、強さを増せば増すほど、滑稽で情けなくなる。

老人と老婆の激しく、苦しい息遣いのやりとりが続くが、その頂点でふたりは大きな跳躍をし、それが動きを遮ってしまう。

他の六人、ふわりと立ち上がり、関節をコキコキと動かしながらの食事の夕べが始まる。その雰囲気はいかにも儀礼的なもの。しかし、下卑た笑い顔、下卑た話が展開する。

やっちまえ。どんがらがったんたん！　この指切れろ。がははは……。ラブレター！　がははは……それより下ねた！　がははは……。潜行せよ。潜行せよ。また、おれは失敗。がはは……。いつもだおめえは。がははは……。イデオロギーは静かに。馬鹿野郎！　がははは……。人間正直！　がははは……。


しかし、彼ら六人の動きは統一感がなく、しばしば中断が入る。

六人は混沌としている。混沌とした食事は、混沌としたムーブメントへと転換が図られる。

同時に、腰抜けウェイターはコンバット人形、りかちゃん人形を並べていく。歌を歌い、つぶやき、笑みを浮かべ、時々は引きつったように、それら人形との「戦いのイメージ」を示す。鼻歌混じりの腰抜けウェイター。しばし〝吸い取り棒〟を目に当て、遠くを眺める。ひとりごとで観客に向かって喋り続ける。ニューヨークスラングの英語。しばしば「シット！　シット！」と悪態をつく。そして人形の軍隊が出来上がる。

腰抜けウェイター、進軍ラッパのように〝吸い取り棒〟を吹く。と、人々は動きが出て、支離滅裂なムーブメントへと変転。かと思うと瞬く間に、蜘蛛の子を散らして去ってしまう。

腰抜けウェイターは、コンバット&りかちゃん軍隊に軍事訓練を行っている。しばしば八つ裂きにしたり、放り投げたり。

壊れたニコライが背中にヘリコプターを背負って、横切っていく。しかし、このヘリコプターは手動ヘリコプターである。舞台中央で一生懸命、くるくると回そうとする壊れたニコライ。口では「ぶんぶんぶん……」と声に出している。


うっすらと深く静かに潜行するリズム、鼓動が響き始める。リズムは忍び寄る大きな変動を思い起こさせる。

と、突如、女が台詞を発する。


女（美少女）　毎日、後ろ姿を追いかけました。そして、誰にも聞こえないようにして「好きです」ってつぶやきました。気付きませんでしたか？　私もあなたが遠く離れたところから、私を見ていたのを知ってました。だから何の障害もなかった。不思議なものですね。恥かしくて振り向けなかった。私があなたを追いかけるのは、あなたが私に気付いていないときだけ。でも、もしかしたら、あなたは気づいていたんじゃありませんか。そう感じるんです。でもそう思うと胸がかきむしられて、痛い。あなたが私を思い、私もあなたを。辛くなるほど「好き」だったのに、何も気付かないふりをしていた。どちらが悪かったのですか。

昔から素直ではないのですよ、私は。だけど、きちんと叫びたいじゃないですか。大声で。一度きり。好きです！　好きです！（激しい情念。一転して）

（老婆化する女）……段々、からだが重くなっちゃって。腰が痛くってさあ。

あら、あなた、どこへ行った？　隠れんぼ？　嫌ですねえ。もう恥かしいでしょ。（ぐぐっと覗き込む女）

あなたは誰なんですか？　なぜ私を覗き込んでいるんですか？　そんなところからいつも私を……。あなた、何を笑っているの？　ご自分の胸に手を当てて、自分のなさっていることをよおく振り返って御覧なさい。

ほら、あなた、私を見て！　ほら！（……踊る女）

4　熱狂と絶望、忍び寄る再びの死

突然の悲鳴のような音。それから、さまざまな音の響き。雑然と音が鳴っている。自然の音ではなく、機械やラジオノイズの音。戦時中の音が流れている。

人々は混沌とし、しかし、ある種のまとまりを見せ始める。人々、集まって遠くを見る。見ながら、生贄の乞食女を放り投げて、何かから逃れようとする。

老人は神経症の兆候を見せ始める。

ぼうと凍り付いてしまっている幻惑のマラソンマン。ひとりぶらぶらと身体を振りまわして滑稽な動きに興じている。

みな各々、神経症的な動きで、危うさが漂っている。動きはどんどん混迷度を増してくる。

壊れニコライは、巨大な箒をぶん回し、サーバントは自分の肉体を晒す。サディスティックで、エロティックな、まるでナチズムを思わせる晒し衣装。

美貌の影も足を露出させ、ハイレグに近い衣装に変化している。

みな、衣装に細工を施す。あるいは帽子を被ったりなどして、わずかな変化だが大きな変化に見えるようにする。それらは不完全で、奇妙な「軍服」である。

舞台空間は、へんちくりんな恐怖に支配される。人々は激しく、強圧的な動きへと転換する。

舞台上でひとり、気の狂ったままごと遊びに興じているのが、腰抜けウェイター。馬鹿をカモフラージュし、だがしばしばその目は人々を射抜く。

と、すべての人々が状況に巻き込まれる。

舞台上にずるずると舞台床から旗の装置が直立してくるのだ。

激烈さを保持しつつ移動に継ぐ移動を繰り返す人生はマゾヒズム。自分で自分の身体を鞭打ち、移動。人生はマゾヒズムの動きはリズムがおかしく、恐怖感を煽る。

女もまた、どうしていいか分からず、右往左往。人形を放り投げて戦っている。

しかし、すべての人々の激しい動きは、みな、ぎこちなく変化、すぐにぐにゃりとしてしまう。それは壊れてしまった人形のよう、自己を喪失した者たちの、壊れ動き。関節がカクッと折れて、重力感が消える。それでも激しさを維持。動きは儀式性すら感じさせている。

動いている人々の何人かは松葉杖らしき棒を持っている。ある者は舞台上で包帯を巻き、ある者は、ひとり銃殺刑遊びで〝生き死に〟を繰り返し、ある者はサーバントの尻に顔を埋め、松葉杖状のものは、確かに松葉杖になったり、鉄砲になったり、刀になったり、そこに布を括りつけて、旗に変えたり……。

舞台上空を巨大な鯨らしきものが通り過ぎていく。

突如、うなだれたままだった旗が上空にはためく。その旗は斜め上に向かってはためくのだ。旗の亡霊らしき奇怪さがある。

男は羽根を死に物狂いで羽ばたかせる。そして、舞台へりから飛び立とうとしては、客席に転げ落ちる。繰り返す。何度も何度も。男は必死である。男の動きは激烈である。

そして老人は舞台中央に椅子を組み上げ、その上に乗って、演説を始める。感極まったキチガイの叫びである。

老人　もはや、語ることはない。世界はまもなく終焉である。だから、おれは羽ばたこう。からだじゅうが破れてもおれは人類を救わんとするだろう。だから俺さまよ！　羽ばたけ。獣を狩れ。米を植えよ。なんとしてもやり遂げよ。おれは愛なのだ。おれは苦悩なのだ。おれは恋に破れ、おれは太陽を背負った。おれは……。おれは〜♪　オレハ〜♪　お〜れはあ

〜♪……。

しかし、このキチガイの叫びは、キチガイの歌になる。歌は朗々と響き渡って、キチガイの叫びは深い哀感を誘う。美貌の影がお囃子のように囃し立てている。
柔らかで美しい、哀愁の音楽。

と同時に、仮想軍隊の目指す目的もかなりあいまいになり始め、島からは何も発見されず、集団での暴力やどこに向けていいか分からない苛立ちが形になって現われる。マネキンが立ち並ぶ、無気味に美しい風景になり、時間が見えなくなってしまう。彼らの顔は人工皮膚に覆われる。

5　長い幻惑

老婆は、ひとり屹立する。目を丸くし、目をぎらぎらと輝かせ、自身の世界へと一気に入り込んでしまう。

老婆　私は女を捨てたのよ。捨てたからここまで来れたの。今度は拾う番よ。見つけるのよ。わかる、あんたに。見つけなさい。見つからないはずはないわ。あなたの眼はどこについているの。見えない？　そこよ。そこ。何を言ってるの。あははは……。ほら、走っていくわ。あったしぃ。待って！　愛してるわ。本の中に逃げようったってそうはいかない。くくく……。ほら、あんた。逃げてっちゃうって。

老婆、大股で歩き回る。その眼は血走り、髪振り乱して、何かネズミでも追い掛け回しているよう。小さい何かを探し、小さい何かに振り回されている。

老婆と腰抜けウェイターを除くすべての人々の顔面に人工皮膚。わずかばかり変形して見える各々の顔。

言いようのない懐かしさを持ったセンチメンタルな音楽が流れる。
人々はまったく別の風景に心を奪われている。
巨大な気球だ。
しかしそれは幽霊気球である。だから見えるはずもない。幽霊気球は各々の心象風景として存在し、人々は感極まる。なにかが終わった感がある。
女はいつの間にか消えてしまっている。何かを求めて、ふらふらと、ひょいひょいと壁をさらりとすり抜けてしまったかのように消滅。
腰抜けウェイターは人工皮膚を付けられず、コーヒーカップを手にコーヒーを飲みながら幽霊気球を見る。コーヒーでの乾杯！　リズムが伴う。瞬時、ジャズ。

静寂。

人々、リズムあるステップを踏む。不気味なステップ。

徐々に明かりに赤味が差して、急激に真っ赤になる。

すべてが赤に染まる。


暗転。

第三章　So What?

登場人物

女
悲鳴をあげている
腰抜けウェイター
笑う女
裸のマラソンマン
ニヤケた謎のピアニスト
座る男

この章では男女が逆転した衣服を纏う。「腰抜けウェイター」もまた女の格好である。価値の転換が起きている。

舞台は相撲の土俵状態であり、黄色だ。その真上、空中では巨大うんこと巨大包丁が追いかけっこをしている。それらは絶対に交わることがない。

絵空事、懐疑的恐怖、格好よさ追及という格好悪い時代の、一方向に平等を装いつつ流れる価値観や、カタログ的なものをよしとし、大げさで、矮小化された「空疎時代」的なるものを、この章で表すことになる。

登場人物はすべて奇妙な人物であり、捩じくれていく感覚を表す。

時間感覚、空間感覚は宙ぶらりん。

階段が途中でなくなっていたり、さまざまな食器がぶら下がっていたり、突然、人々の街の声が聞こえてきたり、空中を人が飛んだり……。いたってチープな商品型プロダクトに彩られる空間である。

全体にものものしさと子供じみた感覚が同居し、チープ感が漂う。

この場所をさまざまなモノが通っていく。人はもちろん、動物だったり、玉だったり、自動車だったり、自転車に乗った人だったり、「裸のマラソンマン」だったり、引きずられた「りかちゃん人形軍隊」だったり、それは奇妙なるものの通り道ともなっている。

衣装は無機的な、何となく二〇世紀末を感じさせている。

幕が上がる。舞台は円形に変わり、その場所の端に立つ「裸のマラソンマン」。痩せこけて、ふんどしひとつの裸の男だ。

「美貌の影」が裸のマラソンマンをピストルで狙い、裸のマラソンマンは円形の内側を覗いている。美貌の影の隣には「女」が驚きの表情で動かない。

裸のマラソンマン、突如走り、止まって見上げ、語り始める。

裸のマラソンマン　蝿がいっぱい飛んでいる。出刃包丁がうんちを真っ二つにかち割ろうとしている。ああ……。

美貌の影は裸のマラソンマンを撃ち殺そうとする。そしてファンファーレが鳴る。アントナン・アルトーの実際のしゃがれ声が聞こえる。途中から女が加わる。

揺りかごが揺れるような軋み音を伴った優しい音楽がわずかに鳴っている。そこに雑音が混じっている。雑音だけが少しずつ大きくなったかと思うと、ピタリと雑音と明かりが消え、音楽はかすかに残る。

と、舞台上にひとりの男が、女の格好をして座っている。腰抜けウェイター。彼は女性メークをしてにったりと微笑んでいる。向こう側には、女性的衣装の斜めに座る「座る男」がいる。そしてやや下手側奥には裸のマラソンマンが旗を持って立っている。裸のマラソンマンはからだをキコキコ言わせ、動いている。これらの男たちはみな、強烈な女性メークで、まるでおかまのように、けれどおかまではなく存在している。

空中を飛んでいく男がいるが、そのまま消えてしまう。笑う腰抜けウェイター。彼は、ひとり語り始める。スラングだらけの英語で。時折日本語が混じる。時折、台詞は歌になり、早口でまくし立てる。

腰抜けウェイター　空を飛んだ。跳んだ瞬間は自由だった。以前、おれは男でありたいと願ったし、男らしい男であることに誇りを持ち、勇猛な男を目指したんだ。けれど恐怖がおれを苦しめたよ。ガタガタ震えたよ。おれが空を飛んだのはそんな時だった。跳んだ瞬間、なにもわからなくなった。銃声が聞こえた。何者かがおれを抱き起こした。からだのなかに大きな穴が開いて、おれの肉体は吹き飛んだと思った。……ひょおおお……(叫び声)ひょおお……(叫び声)……気づいたら暗闇だった。暗闇の中でおれはからだをまさぐったんだよ。おれは……うっふっふっふ、女だったんだぜ。笑っちゃうじゃないか。女なんだ。空を飛んだ瞬間、何かが変わって、おれは宇宙の果てまで行った。宇宙の果てでは、おれはおれの手のひらの上にいると感じた。そこで女であるおれはおれを身ごもって、おれは新たに生まれ、惰眠をむさぼることにしたのであーる。あんな世界はもう勘弁だ！　身勝手な戦争なんてさよならさ〜。……ひょおおお……お〜ん〜なあ〜……!!　恥かしさから逃れ、仕事から逃れ、人生から逃れ、おれは走ったが、いつまで経っても何も見えない。おれは女のおれは、惰眠をむさぼりながら、陶酔するに越したことはないと考えたのだ。くふっふっふっふ……。（笑いの中で身をよじり、椅子にだらりとからだを預ける）

いつの間にか、そばに同じく女衣装の裸のマラソンマンがいる。裸に近い女衣装だ。旗は元いた場所に突き刺さっている。この男も椅子に座っている。

ふたりは、向かい合って座る。そして接触しそうでしない動きを作り出しては、悲喜こもごもである。ふたりは微妙な動きが積み重なり、そして、キノコの絵を互いに描きはじめる。

「マッシュルームベイビーの歌」が歌われる。ふたりで美しさを競い合いつつ。と、歌の途中で突如走り出してしまう裸のマラソンマン。

世界はサムシング
サムシング　世界のために　アー
今日も　クラクラクラクラクラリン
ヘヘイ　カムカムベイビー
マッシュルームブラック
マッシュルームピンク
マッシュルームレインボー
くるくる走れ　マッシュルームクレイジー
花札散らせ　ステューピッドベイビー
ラリラリ降るぜ　花吹雪
それでもゆくぜ　ヒェー
世界はぼくらさ
ぼくらは世界のクズさ　アー
今日も　クラクラクラクラクラリン
ヘヘイ　カムカムベイビー
マッシュルームブラック
マッシュルームピンク
マッシュルームパラダイス
きらきら走れ　マッシュルームクレイジー
クライクライナンバー　ステューピッドベイビー
ラリラリわからん　マニーマニー
アイムザワールド　ヒョオー

おまえは素敵さ
あたしはすこし素敵よ　アー
だから　クラクラクラクラリン
へへイへ　カムカムベイビー
マッシュルームブラック
マッシュルームピンク
マッシュルームパラダイス
マッシュルームクレイジー

と、ふたりはしばしば、からだをキコキコ言わせて、骨の踊りを踊り続ける。

そこにトイピアノを持った少し太めの「ニヤケた謎のピアニスト」の腰を支えながら登場する女。ニヤケた謎のピアニストはプラカードを持っている。「私は悪くない」と書かれており、妙に堂々としている。ピアニスト衣装は女衣装であり濃厚な化粧。女は男衣装だ。

ニヤケた謎のピアニストが堂々とトイピアノを弾く。腰抜けウェイター、座る男、女で、歌を歌う。浮き浮きしながらもセンチメンタルな歌だ。マイクを持ってくる「笑う女」。笑う女もまた、骨が笑っているような感じで、骸骨踊りで動く。笑う女、笑い出し、その笑い声は音程を持ち始め、笑い声の音楽になっていく。センチメンタルに笑う。

（歌）Should should should
I want to love you, baby
You should love me, baby
Your sleeping smile is pretty
Pretty face will be destroying
Oh, good oh great oh funky
Spring has gone
We should have gone in the missile
Missiles have gone to the head.
Oh, monkey oh, baby oh mama and papa,
We are female children, we are female old ladies
Here is paradise, here is alternative paradise

歌は続く。この間に腰抜けウェイターは自分のからだに楽器をたくさん付けて登場。ひとり楽隊である。ドラム、サックス、ギター、トロンボーン……トイピアノ。化粧はさらに強烈である。

ニヤケた謎のピアニストの弾くトイピアノはどんどんブルージーになってくる。

舞台後方で椅子にアンバランスに座っていた座る男は、その場で動き出している。今にも崩れ落ちそうだが、ギリギリ均衡を保つ。骸骨がやっと生命を持ち始めたかのように動き出している。

突然、すべての動きが消えて、女、ひとりで歌。

この歌は失われたものへの惜別の歌。

ニヤケた謎のピアニストはトイピアノをニタリニタリ弾き出す。腰抜けウェイターも同じく夢中で楽器演奏、一人楽隊。意外や意外、トイピアノと一人楽隊が嵌っている。笑う女は虫のような顔で笑っている。裸のマラソンマンはひとり風と戦っている。

座る男は不気味にみなに近づく。動きは中腰、関節がすばやく動く。

笑う女が「悲鳴をあげている」を連れて来る。「悲鳴をあげている」は、場を切り裂く歌を歌い出す。この女は別の文化領域から生まれ出た女である。

女は惑う。自己アイデンティティが「悲鳴をあげている」によって切り裂かれる。「悲鳴を上げている」の土着的とも言える声は、薄っぺらな現代性を突き破ってしまうのだ。

腰抜けウェイターは笑いながら大声を出して、楽器をもてあそぶ。ピアニストはトイピアノ演奏に耽溺する。

女はくるくると回り、惑っていたが、突如、場を引き裂く声をあげる。

「悲鳴をあげている」は低音で、地鳴りを思わせる声を出し、愛が引き裂かれたような高音へと高まっていく。女と「悲鳴をあげている」の声は、さまざまな時代が交錯した感触がある。女の声も徐々に「悲鳴をあげている」に感化されて土着性が出てくる。

この間、いろいろなモノが通り過ぎる。いろいろな強い自己主張が書かれたプラカード。自動車。バイク。動物。人形軍団……。女と「悲鳴をあげている」の声の掛け合い。この女同士の戦いの空間を通り過ぎていくのが、私たちの日常生活である。皆が自己主張に励む。しかし大地に根ざした女同士の声は強烈である。

座る男と裸のマラソンマンの動きもエスカレート。

笑う女は揺れている。

声の掛け合いがぴたりと止まる。

静寂。

みなゆっくりと集まってくる。笑う女はマイクを持っている。再び歌い出し、踊りだす。狂騒空間を謳歌する。と、女と「悲鳴をあげている」が突出し二人の土着的声の掛け合いになるが、この間にウェイターと座る男は消えてしまう。

女と「悲鳴をあげている」の声は、命が消えるかのごとく静まっていく。かすかに「悲鳴をあげている」の声とピアニストの単音をはじく音だけが聞こえる。裸のマラソンマンと壊れた車輪を持った笑う女がクルクルと黄色空間を走っている。
上空には相変わらず、巨大うんこと巨大包丁が追いかけっこをしている。
明かりは次第に暗くなるが、一瞬煌々と輝き、すぐさま暗闇。すべての音、消滅。

第四章　The Sound of Future Sync.――二一世紀の情景

登場人物

女
再び時代化する神経症の男
乞食女
忘却の男
美貌は無残
永遠のサーバント
人生は相変わらずマゾヒスト
ゲジゲジ女
幻覚のマラソンマン
笑う女
ヒットラーの影
無責任女
腹を括ったウェイター
人造人間の女
立ち上がった人造人間の男
新たなるニコライもどき
境目に生きた女
悲鳴をあげている
ニヤケた謎のピアニスト

1　時間は曲がる

暗闇。大音量の、きわめてコンテンポラリー感覚を宿す音楽とともに明転。煌々と明るい光が差し込むが、すぐに落ちていく。第一章から第四まで、音楽は重要な要素として時代を表していく。第四章は二一世紀の章であるから、全体に未来的で、コンピューター音楽をメインとする。

三人の男が空中に漂い、まるで養豚場の冷凍庫内のようにだらりと垂れ下がり、静かに動いている。照明が落ちるとはっきりと光るなにかが空中をくるくると回り、床を光が素速く動いていく。

舞台床面は白く四角に区切られ、今までで一番大きな面積になっている。舞台床一五センチの位置には電球がみっしりと仕込まれた直方体の透明な箱（横一八〇センチ、幅六〇センチ、高さ五五センチ）が横に三つ並び、煌々と輝いて浮遊し始める。真ん中がはじめに、そして残りのふたつが徐々に。三つの光の箱はゆっくり上がって行く。光の箱の下側にも光を発する仕組みがある。強烈な白い光の放射だ。

　吊られた三人の男たちの動きは徐々に大きくなる。旋回したり、空中で上下が逆になったり、重力を感じさせず、睡眠から徐々に覚めてくるかに見える。それは光の箱との対話でもある。光の箱と男たちの浮遊。夢幻的な光と身体の情景。次第に光は強く男たちを照射する。男たちは光の中で生き返り、そして光の中でぐったりとなっていく。光は男たちを生き返らせる源であり、男たちを殺すもの。

　舞台の前と後ろには横に光る赤いレーザー光がくっきりと線を見せている。

　音楽は明るいが、捻れを感じさせる音楽だ。

　その中を大変なスピードで踊り、走り去っていく女たちがいる。女たちは、出てきては、こまねずみのように瞬時に激しく動き、ダイナミックに空間を躍動しては消える。繰り返される。しかし、しばしば動きは捻れ、混迷の度が増す。だがこの空間は明るく、透明度が高い。明るく透明な環境内で、動きは突如濁り、急激なストップがかけられる。からだの動きは多様だ。

　女たちの動きに対し、空中の男たちの動きは対極にあり、ゆるやかだったり、からだの骨が軋むかのようだったり。

　捻れた音楽がスピード感とともに人々の上に降りかかる。

　音楽が捻れる度に動きは転換する。

　吊られた男たちが空中から地上に降りてくる。そして重々しく立つ。

　男たちは骨が軋むような動きのアンサンブルを作る。

　男たちはすばやい動きで、再び人造人間作りに励むが如き造形作業を試みる。

　その隙間を女たちが抜けていく。

　女たちは舞台後方に一列に並び、足でタンタンとリズムを刻み出す。

　男たちが地上に降りると光の箱も下がり、手術室のような雰囲気を作るが、男たちが作り出す動きは分断された人造人間作りのダンスなのだ。

　ふたりの女を運び込んでくる。「人造人間の女」と「ゲジゲジ女」である。女たちは中空を舞い、男たちの奇妙なダンスに操られて、生命を持ち始める。ゲジゲジ女は、逆さに吊るされる。

　次第にその動きもまた軋み音を立てはじめる。軋轢が生じて男たちに機能的変質が生まれ、彼らは物に対する破壊に向かって一心不乱となる。動きは破壊と分断、断裂。

　人造人間の女は、運び去られる。

2　疑問から疑問へ――パラダイスモデル

「境目を生きた女」とマイクを持った「腹を括ったウェイター」が登場してくる。

ウェイターは音に身をゆだねて動く。

境目に生きた女の化粧はパンク女のそれに近い。その衣装には巨大なゴムがついており、ゴムを引っ張ると衣装は肥大化したり縮んだり、様々な変質が起きる。ゴムは、次第に「境目に生きた女」を縛ることになる。

同じく「無責任女」が椅子を運び込み、ちょび髭を生やして葉巻を吸っている。

境目に生きた女は静かに立つ。

ウェイターは奇妙な動きで、世界を予感し笑う。

キャスター付きの机にのせられた「人造人間の女」が出てくる。

人造人間の女はゆるやかに動き出すこととなる。

ウェイターはロックンローラーのようにマイクに向かう。この男の言葉に反応して境目に生きた女は動く。特に質問に対してはきちっと反応する。意図しての無反応含めての反応で、それは抵抗でもある。ウェイターのことばはしばしば吃り、からだは痙攣する。

以下は例としての質問だ。ウェイターは日本語を使う。

ウェイター　（キョロキョロっとして）僕の役柄は「ウエイター」である。だが、何でウェイターか、知らない。何かを待っている人なんだけど。でも、私は何を待っているのだろうか。それが問題だ。ヒヒヒ……。

さて、質問でござる。

1、あなたはアメリカ人か。あなたは日本人か。

2、あなたは少女か。

3、アメリカ人は日本人より上か下か。僕はいつも上か下かを考えるんだ。上でも下でもいいのではなく、上か下なんだな。

4、アメリカ人と日本人の間にできた子供はどっちだ。

5、世界は収縮するのか。それとも拡大するのか。

6、アメリカ人とは何者だ？

7、あんたの命は、もって二〇年ってとこかな。あんたは僕が憎いだろう。だって僕は一〇〇年も生きてきたんだぜ

8、あんたはアメリカ人とは何だと思う。混血か？　多様性か？　輝く未来か？　終焉か？　絶望か？　アメリカ人なるものはさらなる発展を続け、

アメリカなるものはどこまでいっても発展し、その発展のあかつきにアメリカは、消滅するとは思わないかね。
9、アメリカ。おお、アメリカ。多種は単一に変質するのか？　おお、アメリカ。ぼくの家族は、世界中に散らばるアメリカ人だ。
10、わたしはモンゴル人よ。
11、ぼくはルクセンブルク人だ。
12、わたしはインドネシア人よ。
13、ええい、バカヤロウめ、と言っておこう。
14、ぼくはなんにもわかってない。

境目に生きた女はウェイターの言葉とともに、言葉のリズムにのって踊る。しかし、その身体は次第にゴムでギリギリと縛られてしまう。

境目を生きてきた女は必死になって動こうとする。しかし身体の自由は効かなくなる。その一方、ゆっくりと立ち上がってくるのが人造人間の女だ。

ウェイターも興奮していたが、笑い顔のまま固まってしまう。

蛍光管の明かりがまぶしく場を照らし、人々は固まって、美しい黙示録的具象画に見えなくもない。「女」が横切っていく。


「美貌は無残」「乞食女」「永遠のサーバント」が出てきて、ガムをかみ、ニタニタ笑いながら女たちはビキニ姿になり、そのまま女たちは人工皮膚を取り出して、顔に装着。無表情に踊る。

人造人間の女は顔と身体をひくつかせた動きに変わり、ウェイターは消え、四者による激しいダンスとなってくる。境目に生きた女は、身体中を重々しく引きずりつつ、ゆっくりと消える。口の端では、何か言いたげに、ぶつぶつとつぶやいている。

3　悪徳についての一考察

音楽は強いリズムを伴った捩じくれダンス音楽となる。四者の激しいダンスの中に「再び時代化する神経症の男」「忘却の男」「立ち上がった人造人間の男」「新たなるニコライもどき」がみな手に骸骨を持って、笑いながらの激しい踊り。それは悪徳なるものとの語り合いと言ってよい。

自身の中の苦悩、悪意、差別、卑下……さまざまなマイナスイメージを踊りの中に投影させていく。次々と人々がやってきて、個々のソロ、デュオ、アンサンブル、ユニゾンが入れ替わり立ち替わり変化していく。映像では火が燃えている。時々、数字が一気に出てきては、あふれてしまう。スモークが方々から立ち上っている。七分間のムーブメント。

女たちはグニュグニュと動く奇態なるものとなり、男たちのそれは滑稽さを孕みつつ凄みを持った、ダイナミックで情念的なるものの産物となる。机を使った動きは、女たちも男たちもエロティックだ。

動きの中でしばしば断ち切られ、骸骨との対話が挿入される。

すると映像では中空から骸骨が次々と降って来ている。三体の骸骨が逆さに吊るされる。と、それはスルスルと空中に上っていく。

一体の骸骨は舞台上で、女を犯している。

4　愛は果てしなく

激しい音楽は消える。

「美貌は無残」が歌い出す。淡々とした、そしてこの上なく美しい歌。

伴奏なし。

海の色に輝き
空の端にそそり立つ
光の筒に包まれて
うつろい　緑の霧にかすれよう
ラララ……
君の心はどこにあるの
僕はともに歩くよ
そして静かにぼくをねかせておくれ

ゼロの河が流れる
ゼロの街にとけてく
光の筒に包まれて
うつろい　ゼロの森からはじめよう
ラララ……
君の心はどこにあるの
僕とともに歩こう
そして静かに僕は君を抱こう

途中から人々集まり始める。いつの間にか「幻覚のマラソンマン」が骸骨の側で同じように座り続ける。

舞台奥では「ヒットラーの影」が顔を手ぬぐいで覆い立っている。

次々と人々、舞台上に登場しては狭いスペースでの集合体となっていく。まるで記念写真でも撮るかのように。

人々は手に様々な言語で書かれたプラカードを持つ。

「010101……」というプラカードもあれば「I want your love」というものもある。「頭を一〇〇回振れ」「ピンクピンクピンク」「エロ雑誌よ、永遠に」「やっちまえ」「精子減少」「俺たちはどこへ戻れば……?」「愛が欲しい?」「私をあげる」「私はピアノ弾き」「月で死にたい」「うんこ」「わたしは悪くない」……。

多種多様な言語で書かれた様々なプラカード。人々は微笑する。

人々は静かな愛のありかを探っているかのよう。

単純なリズムを刻みはじめる「女」。そこにシンプルなピアノがついてくる。

次第に様々な人々の声が浮き立ってきて、その場は混沌とした声の渦が巻き起こる。

歌ももちろんあるが、いくつかのアジテーションが様々な言語によって飛び交う。アジテーションは各国の事情を反映したものとなる。

「ニヤケた謎のピアニスト」は踊っている。

声は気狂いじみた狂騒空間を作り出し、人々は何かを熱望するかの如き熱気に包まれていく。

空間には霧が漂う。それは自在に変化しながら終幕まで続くことになる。舞台全体を、世界全体を浄化していくにふさわしい霧だ。

音楽が徐々に聞こえてくる。

5 未来に向かってのフェスティバル

音が鳴り始めると、人々は前方へ歩いてきて、集団はばらけてくる。

強烈なリズムの繰り返しによる音は少しずつ大音量の音楽へと変化する。

人々の動きは錯綜し、様々な異なった動きが場のそこかしこで切り取られる。

明かりは突如、真っ赤に切り替わったかと思うと、元に戻り、あるいは赤いレーザーの光が舞台上の人間のからだに突き刺さる。

舞台奥には何体もの人間の幻影が映し出される。人々がやってきては、映像と身体との一体化を試み、消えていく。

ウェイター、マラソンマンは骸骨と稚戯に耽っている。

「神経症の男」は神経症のダンスに夢中。

「忘却の男」はついに壊れてしまい、まったく力が入らない動きで漂いながら舞踊化。遊戯化だと言ってもいい。

次第に女たちは、身体中の関節がボコボコッと動いているかの如きアンサンブルを作る。

「女」は、一人語り、一人踊って、一人の愛を育んでいる。

「無責任女」は、旗を持ち歩いているが、誰にも相手にされない。

人々は、次々とやって来ては立ち去っていく。まるで風を避けるかのように、まるで戦いを回避するかのように。

ゆっくり、光の柱、光の筒が降りてくる。

霧が人々の上に降り注がれる。

「忘却の男」は、一輪自転車を持ってきて、トントントンと舞台上を回っている。「永遠のサーバント」は大八車だ。

「立ち上がった人造人間の男」と「神経症の男」は、関節がばらばらになってしまうかの如き動きでの統一感を作り出す。

「新たなるニコライ」は凛として立っているが、しばしば身体に電気が一気に流れ込んだかのように痙攣しては元に戻る。

音楽は、さらに大きく、さらに深みを増す。

あるポイントで、一気に全員のダイナミックなアンサンブルが作られたかと思うと、一人ずつ立ち止まり、音だけが響き渡り、霧に覆われ、光は次第に緑色の円筒状をなし、そして急激に消滅。音は減衰する。

パンク・ドンキホーテ

2009

登場人物

パンドン　父
ゴマメ　妻
パンダ　長男
パンチ　次男
パンツ　愚鈍の息子3
パカボン　息子4
パンパカ　バカ娘1
パンチョ　バカ娘2
スッポイ　母親

コイピット　不細工な愛人
食ってばかりのダーティ家政婦　スベッタ
尻軽女／シリガル
軽薄男／ケイハク

ロバ／異人
動物／動物ヤクザ①
動物／動物ヤクザ②

1　明るい家庭は書籍がいっぱい

観客入場中は、舞台の上にうっすらと幕がかかっている。スモークが微かに出ている。

音が鳴っている。音楽というよりも、さまざまな田園の音である。その中にときどきジプシー的な音楽が遠くで鳴る。聞こうと思わないと聞こえない程度の音である。優しい音。牛の鳴き声や鶏の声も聞こえ、のどかな情景が広がる。人の涼やかな、誇りに満ちた笑い声も聞こえる。舞台の奥上手側には大きな「牛の残像」がオブジェとして存在し、身動きひとつしない。

開演時に近くなるに従って、音は急に大きくなる。静かな田園風景が喧噪に満ちた場所へと変化していく。それも悪意を感じさせるような喧噪である。スモークがモクモクと焚かれる。

喧噪に乗っかるように、三人のアコーディオン、チューバ、クラリネットからなる楽隊員が突拍子もなく出てきて、一気に突っ走るように演奏しまくる。リズムも強烈だが、それに勝ってバックの巨大音響が彼らを飲み込んでしまう。

客電がゆっくり落ちていく。落ちるに従って、「牛の残像」の目が赤く光り、残像は歩き出す。平面状の牛オブジェがパペット人形のように歩き出すのだ。目玉が光り、足を踏みしめ、首をコクコク動かしながら移動。牛は時々口を開けて笑う。苦み走って笑う。時々は身体を揺さぶり、苦し紛れに、からだは折れる。暗い中、目玉をギラリと光らせて消える。喧噪音もまた徐々に消えて、平和そのものの音へと変化する。この「笑う、歩く牛オブジェ」は何度か登場することになる。騒音が消えると、透明で清澄な合唱が聞こえる。ブラジリアンボイス的な。

ラバラバラバ
ラバが流れて
ウシが笑う
ワタシも笑う
明日を笑う
平和を笑う
死んでも笑う
ガッハッハギッヒッヒ
ラバラバラバウシウシウシウシ

笑い転げて泣いて喜び〜

静かでありつつ、リズムを伴ったマシーン的音楽が鳴り出す。

舞台上は白色に覆われている。舞台上には様々な仕掛けがある。階段があり、スロープがあり、梯子がかかり、靄がかかり、浜辺に立てられた素敵な家の趣がある。けれど隙間だらけであり、隙間には光が仕込まれている。また、そこかしこから人が出てこられる仕掛けが施されている。

舞台には高さの異なったポールが二本立っている。上手側と下手側に一本ずつ。一方のポールには長さ二・五メートル程度の棒が突き出て、センサーのように動いている。棒は、その先端に人間がぶら下がっても大丈夫なほどの頑丈さを持っている。舞台はシンプルな家型構造をしているが、時間の経過とともに家が構造的にどんどん変化する。崩壊するのだ。

舞台奥からモゾモゾと這いだしてくる男。七〇センチ程度の高さの壁がある。ゆっくり、ふわり、ぎこちなさを伴った動きで出てくる。自分の家だというのに、どこか疑心暗鬼だ。キョロキョロと周辺を窺う。白い本をかき分けつつ、這い出ようとする。白い本にはホコリが溜まり、動く度に舞い上がる。男に続けとばかりに続々と這いだしてくる者どもがいる。が、すぐに引っ込んでしまう。這い出す、動く、引っ込む。這い出す、動く、引っ込む……。足から出たり、首のない身体が出てきたり、胴のない身体が現れたり……埃とともに、妙な風景が描かれる。

節足動物のようであって、身体がバラバラに動くと同時に、それら全体が連関した運動体であることを思わせる。

スモークは変わらず漂っている。

男は本を両腕に抱え、威厳を持って登場。箱型の椅子に向かって歩く。その上には何灯かの電球が吊されており、灯り出す。スモークはまだ焚かれている。皆も出てくる。男が少し動く度に他の人々は連動して動く。動きには恐怖と服従と敬愛が入り交じる。男の動きには瞬間的な爆発力がある。男以外の人々は男の顔色を伺っている。チラ見する。

本を読みはじめる男。独り言を言う男。他の人々も本を読み出す。周辺を見回す。カタカタと崩れる。男の指揮、指図が空気を伝って皆が感じとり、独り言の連鎖からかけ声の連鎖が生まれていく。かけ声は本を読むリズムを示している。読書行為のアンサンブルが形成される。笑い声やため息や喜びのうなり声、ほんの少しの言葉で形成される。微かな歌声も入り込む。しんみりとしてはいけない。おかしみが大切だ。微妙な笑いが大切だ。何事か、起きそうで起きない。淡々と進む。動きは爆発力を秘めつつも静かである。男の背後で気を揉みつつ、不思議な動きを繰り返す妻がいる。その女の背後にもう一人の女がいる。この女は場を出たり入ったり、繰り返している。

皆が男の顔色を窺うところから、この家の人物構成がなんとなく分かるようになっている。家長である男。男の妻。男の愛人。家政婦。男の母。加えて男四人、女二人の子供たち。子供とは見なされない愚鈍の子供もいる。愚鈍の子供は目玉をまん丸くして、しばしば奇怪な声を張り上げる。

家政婦がトコリトコリとやってきて新聞を渡す。

読書から新聞読みに変わる。奇体な新聞を使ったアンサンブルが始まる。新聞の言葉が少しだけ差し挟まれる（録音による）。まるでモールス信号のように。その声は電気的に処理された男の声である。

大統領死す。葬儀は明日午前一〇時より。

オレは誰だ。オレは死んじゃいないぞ。と、言ったとの発表あり

男　大統領死す。葬儀は明日。

オレは死んじゃいないぞ。と、言ったらしい。

男はコクコックと歩く。からだがひん曲がる。曲がるとグキリと持ち直し、

クソッタレ!!!（と叫ぶ）支離滅裂やろう!!

次々と名前を呼ぶ。

パンッダ！　パンッチ！　パッカボン！　パンパッカ！　パンッチョ！　ゴマッメ！　スッポッイ・ママ！……スベッタ！　ええっと、コイピット！

名前を呼ばれなかったのは、パンツ！　パンツは愚鈍である。自分を指さしている。ヘロヘロして指さす。そこで、男パンドンは、大声で。

パンッツ!!

名前を呼ばれる度に、人々は最大の畏敬の念を持って、返事をし、父を見る。ママ、スベッタ、ゴマメを除くと、みな、異様な風体である。各々方向性の異なったオシャレをしているつもりである。コイピットはコイピットという名前であるとともに、父親、パンドンの愛人である。ジロリと皆で男を見る。コイピットは小さくなっている。コイピットは異常な程の巨乳である。スベッタは食ってばかりいる。

男、パンドンは、ブルブルと身体を震わせ、ひくつかせる。その度にギョッとして父、パンドンを見る家族がいる。その一瞬一瞬が繊細な動きで構成される。動きは微妙なズレを見せると、突然、昏倒するコイピット。コイピットをパンドンは他で囲えばいいものを、家族とともに定住させるという変質的愛情を示すが、むろんコイピットは嫌でたまらない。しかし生きる術と当人は自分に言い聞かせ、ずうずうしい。昏倒してもコイピットを誰も助けはせず、パンドンがフワリと舞い降りるかのように歩いて、コイピットを助け起こし、コイピットはハラリと起き上がって、本差し出し、読書を促し、自身、読めもしない本を読もうと試みる。ニッタリと笑いながらも不愉快な家族。その後のコイピットへの陰湿な暴力行為。コイピットの乳は誰からも常に弄ばれ、嘲笑される。

とっても透明で美しい音楽が流れる。画に描いたような平和、それは悪徳を秘めた情景でもあり、そんな感触を感じさせるほどの美しい音だ。

静かな読書は続く。男を中心として、場は確かに一種の秩序を保っているようだ。しかし、その一方では、そこかしこで、男の目を盗んでは、ボコボコの喧嘩が行なわれ、盗み食いがあり、パンドンの愛人コイピットに対しての変態的、虐め行為があって、不埒な息子たちもまた、コイピットを玩具化している。

2　暴発するは感情なり／教育するは我にあり

妙にトロンとした目つきで、家の中にドスンと落ちてきた淫靡な尻軽女（シリガル）。そろりそろりとこの家の屋根に上り、変な男（ケイハク）から身を隠さんと潜んでいたが、踏み外し、すってんころりん、慌てて、逃げまどうシリガル。続けて、軽すぎる男（ケイハク）も落ちてくる。みんな、ギョギョッとして見つめる。何だ！　ゾゾゾと逃げまどう家族。助けて！　助けを求める女。しかしあまりの傍若無人ぶりに立場を忘れ、新聞で自分の顔を隠すパンドン他、みんなだ。顔を隠し、あげくは自身も隠れる人々。だが、そもそも隠れられるはずがない。押し入れ、扉の陰……自分の家に入り込まれて、入り込まれた方が逃げていることの滑稽。モグラのように顔を出したり引っ込めたり。徐々に意味のなさを悟る人々。性をふりまくシリガルとケイハク。家庭にはまったく似合わない性の匂い。

再び冒頭と同じ清澄な歌が体裁を取り繕うように、流れる。

すると、次は堂々と淫靡な尻軽女（シリガル）が逃げ、同じく軽すぎる男（ケイハク）が追いかける遊び。次はふたりとも逃げているらしい。キャッキャッと騒ぎ、ふたりは道路の真ん中を歩いているかの如く、家の中を傍若無人に進む。突然、ものをガツガツ食い出すシリガル。見習ってケイハクも食いだす。

シリガルとケイハクは、突然、グニョリと抱き合い、ケイハクはズボンをゾゾッと降ろし、シリガルのスカートをたくし上げ、尻に触れる。と、家族みんなが見つめている。ジッジッと視線を感じている。二人はセクシャルな行為を家族に見せている。

目玉をまん丸くしていたパンドンは、傲然と女の髪の毛を掴み、男を蹴飛ばす。女は笑って、パンドンに一発お見舞いする。抱きつく。そして、食い物を突き出す。パンドンは異常なほど抑えめで、シリガルを引き倒す。自分のズボンを降ろす。驚くのは家族だ。家族はその姿を見てオロオロオロオロ、オロオロダンスに走ってしまう妻のゴマメ。ゴマメは自分に勝ち目がないのを知りつつ、自分でスカートをずり降ろしていたりする。繊細に、繊細に、同じことの繰り返しを舞踊化する。ゴマメはなにかにつけ、異常に繊細な反応を示す。その繊細さを夫、パンドンは嫌っている。嫌っているからますます暴力をふるう。まったく対極にいるのがコイピットで、ヌボウとして不細工だが巨乳だけが取り柄の女である。自分でもそれが得手であることを重々心得ている。意外に計算高い。コイピットに対して男を誇示したがるパンダもいる。コイピットを欲情の目で見ているのはケイハクも同じだ。と、急にケイハクは後ろから羽交い締めされ、チキンをミンチにするが如くボコボコにされてしまう。そこには混沌とした興奮が芽生えている。

音は軽く、美しく清澄、静寂ささえ感じさせる。見れば、みんなズボンをずり降ろし、女たちも仕方なくスカートをずり降ろしている。みんな、後ずさる。何たる不条理！　全員、キョトキョト。何が起きているのだ！

と、急に、一気にボディブローのように強烈なリズムを持ったジプシー的音楽へと変化。

そして突然、パンドン、ヒュルリと動いたかと思うと、相手に強く息を吹きかけ、息を思いっきり吸い込み、カッカッカと目玉をまん丸くして笑う。一瞬置いて、強烈な暴力、ヘンタイ的ダンス。パンダも一瞬遅れて同じである。もちろん殴りかかっているのではなく、強烈な殴りダンスだ。強姦、強奪ダンスであり、「おまえは見せしめだ」「おーまえはモルモットだ」「おまーえーは尻の穴だ」「おーまえーに教育だ」「エデュケイテッドだ」「教育こそが肝心なのだ」と言いながら、であるからして教育のための踊りなのである、パンドンには。「テキストブック！」と、教科書まで取り出しての暴力的説教を行う。オロオロする家族たち。喜ぶ阿呆もいる。次々とパンチを浴びせる。次々と暴力が行なわれる。次々と蹴りが入る。ゼエゼエゼエゼエ、激しい戦闘的変態行為がなぜ起きているのか、パンドン自身、分かっていない。分かっているのはただ、「教育」を施しているということだけ。

ギュイーンと大音量のギター音！

シリガル、するりと立ち上がり、突如、歌。パンクソングである。途中からケイハクもハモり出す。

いったいどういうこと
いったいこんな不条理
いったいこんな理不尽
いったいあたしは誰なんでしょ
いったいあなたは誰なんでしょ
笑ってられない
非常事態
非常事態宣言を発令するわ
知ってる　知らない
ならば教えてあげましょ
これは

（みんなで、声を揃えて）
地獄の沙汰もマゴコロ次第！
FROM THE HEART !!
From the 大統領!!

一気に縛り上げる。

シリガル　何をする！　大統領に何をする！　やめなさい！

パンドン　おまえはオレの女だ！　ヒッヒッヒ……。

　と、さっと静まっていく。みんな、キョロキョロ！　何が起きているか？　口はブルブル震えている。

　パンドンは決意する。

　自分自身の身体をカッチリと固め始める。固めると言っても、ちょっと締めるだけで、カッチリとした服に見えるようになっている。一種の軍服である。パンドンはその格好でジグザグ、ジグザグ、四角形を描いて歩き、首をカックンカックンしつつ、物思いに耽る。書籍はいつの間にか消えてなくなり、椅子は転がされ、他の家族一同もまた、それに促され、カッチリとした格好に変わっている。縛られたふたりもまた、服装はキュッと締まり、軍服に見えなくもない。そこでギュッと軍帽を被る。

　屹立する音楽。

　パンドン、まるで軍人。皆で集合し、ズンズンと手を上げていく。ズンズンズンズン。ズンズンズンズン。

　パンドン、将軍となったかのように歩き出す。大声を張り上げる。

　　ロバの耳に念仏
　　豚に小判
　　あなたは素敵なオジサン
　　油臭いのは嫌い
　　尻の穴を締めまくれ
　　ブーラリブーラリ揺らすことなく引き上げろ
　　アンタッチャブ・ラジャー
　　セロテープじゃ剥がれちゃう
　　軍人大募集
　　大統領は死んだ
　　大統領は死んだってさ
　　いえいえ、大統領はオレの女でズコズコズコズコ
　　チンチン募集
　　チンチン大募集
　　エデュケーションがなってない
　　死に絶えても生き抜けよ
　　見よ、この成果！（ふたりを指さす）
　　エデュケーション！　エデュケーション！
　　大統領は死んだってさ！　オー!!　ズコスコ！

　パンドンは将軍の気分で、士気を高めるためのフレーズを並べて行く。そしてその後に続いて、同じフレーズを繰り返す家族。家族隊員。

　縛られたまま、逃げようとした男はズボンを下げさせられて、尻打ちの刑にあっている。

パンドン　分かるか！　我が家族は偉大だ！　その頭上に君臨する偉大なワシは誰だ！　ワシはパンドン将軍！　GENERALパンドンは生き返った！　腐れ女を撲滅せよ！　腐れ男にはうんこをたっぷり！
LET'S TRY! TRY! TRY!

目をまん丸くする家族たち。おろおろする家族たち。彼らの目は虐げられた者の目つきである。いったい何が起きているか、まったく判然としない。パンドンは狂ったのか？　オロオロがどんどん大きくなる。パンドンVS他の人々、という構図が生まれ、皆は逃げようとする。音は盛り上がり、人々を鼓舞して動きは活性化する。長男パンダがアホウな頭をフル回転させて、ギョロギョロしつつ、その中心にいる。

しかし、パンドンから逃げようとしつつも、逃げられない磁場が形成されている。パンドンはあまりにヘンタイである。パンドンの前には常識は通用せず。すぐにコイピットの乳を揉み揉みし、尻をプルプルさせるパンドン。そこは砂の上の地獄。目も当てられぬ。突然、自分の身体をグニョリグニョリと動かすパンドン。そして、場は一対他で、グルグルグルグルと回っていく。全体がグルグル回る踊りへと変わる。パンドンVS人々の関係がだんだん変わって、そこは徴兵検査の場に早変わり。鞭がしなる音、スッパーン！　と、炸裂。

徴兵検査をするのはパンドン。目を大きく見開いたまま、口をへの字。徴兵検査とは一応名ばかり。まずは兵隊が欲しいのであるから、誰も彼もが「異常なし」となってしまう。すべて暴力で「異常なし」を決めつける。ぶん殴り、立ってきたら「異常なし」。乳を揉んで「アッハーン」と言えば「異常なし」。母親まで徴兵検査。パンダはボコボコに殴りつけられ、「オレの大好きな長男、パンダ、異常なし」。こんな形容を全員に付ける。身も蓋もない、あるいはまるっきり使い方のオカシナ形容詞が付けられる。「好き」「愛に溢れる」「性的魅力がたっぷりの」「小股の切れ上がった」「死に顔は美しいだろう」「甘い顔した」「アホウパラダイス」……あるいは言葉と実際の動きは別もの……どちらかである。ただしケイハクだけは「不合格」の宣言を受ける。パンドンは嫌いなものは嫌いなのだ。

パンドンは空中遊泳し、家畜のロバもまた徴兵検査を受け、喜び勇んで、空中を舞っている。母親のスッポンは股間を押え、凍り付いて動かない。乾ききったスッポンだが、彼女だけは息子の勇壮な姿を見て、恐怖と同時に興奮を抑えきれない。コイピットは乳を掴んで、リズミカルにマッサージをしている。

突如、見せしめのためか、ケイハクを逆さに吊し上げる。みな、軍帽を被らされる。

記念写真を撮る。ニッコニコの顔になる。


音楽が、ズンズンとなる。明るい明るい訓練だ。行進曲。だが、テンポはかなり遅い。楽隊が混じってくる。ブラリブラリ、逆さに吊られたケイハクが揺れている。「助けてくれ！」という声ばかり響き渡る。

3　訓練と旅

フニューとした声を発しているパンドン。それに乗っかって、ますますフニュリとした声を出す人々。そこに挟まれる突如のオペラ調の歌。人々はズンズンと身体が硬直し、畏敬の念を抱くかのようである。

地球のヘソは笑っているわ
世界はユーモアよじれ
情けないほど笑いの涙
バカバカしくって
きっかいしごく
水平線が黒く変われば
イエロームーンは大あくび
バカ野郎どもに辟易してさ
今日も大バカ野郎が大活躍
飽き飽きしたよ
なんにも変わらねえし
マシな野郎は犬死にし
だからさジェネラルパンドン
花形親父は出陣し
毛のない頭はピカピカ光り
磨き込んで
行け、行け、ドンドン
ボカスカ　ドカスカ　やっちまえ
バカスカ　ビカスカ　パンドン将軍
威張るだけが能じゃねえ
禿げてるだけの脳じゃねえ

オペラ調の歌は行進曲に変わる。哀愁に満ちたきわめて明るい行進曲。あるいはスウィングジャズ的音楽。明るい音楽に乗って訓練が始まるのである。

規律の取れた、厳しい訓練を行う。

行進もそうだが、体力訓練。戦闘訓練。格好だけは一人前。いやいや格好も不恰好。訓練。訓練。訓練。

寝る訓練。起床訓練。筋肉訓練。討伐訓練。竹槍訓練。

銃撃訓練。短時間の訓練が終わる。笑い顔に満ち溢れる。訓練。訓練。訓練。まるで一日が三〇秒くらいで過ぎていくが如き速さで、四分間の訓練が行われる。訓練によって家族は家族軍隊と化してしまうのである。次第に音楽も速くなる。訓練も速くなる。だんだん身体に活気が満ち溢れ、アホウはアホウなりの締まりが出てくるのだ。パンドンは轟き渡る大声でダーティな言葉を浴びせる。誰彼構わず、浴びせ続ける。セクシャルハラスメントもパワーハラスメントもあったもんじゃない。ハラスメントの帝王。ハラスメントをふんだんに振る舞うのが将軍だと思い込んでいる。

○尻の穴を締め付けろ！　イチモツを引っ張り上げて、天井に向けろ。
○目玉をギリギリと引っぱり出し、おまえの親父を殺すつもりで引き締めろ。
○苦痛は快楽、快楽はチンチン、馬鹿者！　チンチンは無用物、無用物はおまえの頭だと知れ。
○おまえみたいなヤツは女の股間に顔を埋めてマーママーって言ってりゃいい、甘ったれるな。
○死は近い。死を怖れるな。オレがホネを拾ってやる。オレがホネになったら、蹴飛ばせ。ヒヒッ！と笑って蹴飛ばすんだ！
○女は戦場では屑だ。屑以外の何ものでもない。屑は股ぐらだ！　開きたくないなら男になってウンコしろ。
○ウンコを愛せ！　愛せないヤツはおまえがウンコだ。
○やり抜け、やり抜け、やり投げ、パワー全開！睾丸投げだ！　その迫力だ
○腕立て一〇〇〇回、スクワット一万回、背筋、腹筋一〇万回、毎日やってりゃ鋼の身体がやってくる。
○母さん、動け、動け、動け、動かないなら死んで楽をしろ。
○ダラリと乳をぶら下げるな！　引き上げろ！引き上がらないならヒモで吊せ。目障りだ。

……

誰も彼も容赦ない。
しかし、その中で、厳しい、厳しい訓練をあざ笑う者がいる。真剣にやりつつも、目つきがおかしくなってきている。愚鈍の三男、パンツである。生真面目な愚鈍であることが引き金となったか。しばしば引き付けを起こし、フラリと歩き出しては戻ってくる。しゃくりあげて泣くこともある。

いつの間にか、奇怪な格好をした動物が二頭、混じっている。グニュリグニュリ動くのだ。まるっきり性質の異なった動物群である。それは何の動物か？　と問われても答えようがない。異体である。

異様な声が聞こえる。低音の電気的に処理された声である。

声　整列せよ！　整列せよ！　声をかけよ！　私が見えるか！　私はおまえの心である。

みな、ギョッとする。身構える。そして、整列する。整列して歩き出す。非常にシンプルなリズムのみ。

こうして意識の統一は仕上がった。北朝鮮かと思わせるほどの……ではあるが、彼らは完全無欠どころか、どう見ても、にわか仕立てのオンボロ技術のオンボロ軍隊である。

ヒョッコヒョッコと歩き出す。そして、舞台上から威勢よく消えていく。

数人残っている。ひとりはパンツ。あとはいつの間にか混じっていた動物たちだ。ケイハクは隠れている。パンツは目玉をまん丸くして、上（かみ）へ下（しも）へと赤ん坊の風情で移動、右手に拳銃、左手にナイフを握りしめている。動物たちは異様な雰囲気でグニョリグニョリと動き出す。あるいはカッカカッと動いている。次第にパンツの身体は虫のように変わってくる。変態し、脱皮するかのようだ。異様な目つきでねめ回し、口を開け、ニッタリニッタリを繰り返し、涎を垂らしながら消えていく。もうすでにパンツは限界を超えている。まだ訓練の途中だというのに。

冒頭で出てきた「牛の残像」が再び、カックリカックリと移動していく。目玉が赤く光る。

ケイハクがするするとポールに登っていく。見渡す。と、足をすべらせてか、ポールからずり落ちそうになり、身体はポールに引っかかってしまい、ブラブラ状態になってしまう。ケイハク、助けを求める。

もう一方のポールの先から出ている棒がグルングルンと回り出している。その下を動物たちが動き回って消えていく。

ズンズン、明るいリズムが入ってくる。いっときの休憩の隙間を縫って女たちが入ってくる。ゴマメ、パンパカ、パンチョ、スッポイ、スベッタ、シリガル、コイピットの7人。女たちの井戸端会議を声の表現と動きで表わす。明るいリズムに乗って、声のワクワク感がまずは浮かび上がる。次第に声が高揚。さまざまな声の形が見えてくる。

その声に乗って、女たちの躍動する井戸端会議が開かれる。男たちに対する恐怖。何が起きるか分からないことへの恐怖。だが、恐怖の中に楽しみを見いだしてしまう女のしたたかさ。いつの間にかシリガルは人気者になり、おどけては手品までしてみせる。一方、コイピットはますます虐めの対象になっている。コイピットの顔つきも次第に変化してくる。

と、パタリと止まる。ケイハクを見つけたのだ。ケイハクはもう、それまでにニッタリと笑ったまま、生きているか死んでいるか、定かでなく、ブラリとぶら下がったまま豚の死体の風体。ゆうらりゆらり。

突然、音楽。歌になる。一気の歌になる。強烈なスピード感を持った明るさに充ち満ちたジプシー歌。ジプシーバンドもなだれ込んでくる。

ブ～ラリブラリブラブラリ
真っ暗闇に吊された
宇宙を回って地球を一周
やっと戻ってきたよ　おにいさん
死んでしまっちゃしょうがない
生きているはアッパラッパ
死んでしまうは万々歳
生きて苦悩
死んで満足
アホウドリが鳴いているよ
アホウアホウと鳴いているよ
あんたはバカだと鳴いているよ
あんたをあざけり鳴いているよ
逃げ出したあ　逃げ出したあ
悔しかったら　生まれてごらん　生き返ってみなよ
死んでばかりじゃ満足せんよ
超特急でブ～ラリブラリブラブラリ
これも良いよとブラブラリ
ブラジャーとパンティ
頭に被ってあの世へ行ってよ　おにいさん
それがイヤなら　この子を抱いて

と、コイピットを差し出すが、急にバタバタとケイハクを降ろしにかかる女たち。音楽は続いている。オロオロオロオロしている者も、こういうときにやけにしっかりしている者もいる。ケイハク、降ろされると、突然、最敬礼したまま、動かず。ケイハクの顔はまるっきり変わってしまっている。それまでのフシダラ、ニヤケ男ではない。ケイハク突っ立ったまま。女たちに何をされても微塵も動かず。硬直！

Mad mad mad mad
Rolling rolling rolling mad
mad soldier
mad husband
mad beeper
ヤツは狂って　地獄の旅へ
ヤツは狂って　天国へ遡り
夢見る乙女と　いっぱいやって
頭の中は　drunken
Mad mad mad mad
Rolling rolling rolling mad
mad soldier
mad husband
mad beeper

女たちが消え去ると、ケイハクは動物たちに連れ去られていく。牛的頭の動物もまた加わっている。他の動物たちは頭にマスクを被り、その顔、下半分の素顔が見えているが、牛マスクを付けている人の顔はまったく見えない。首から上が完全に牛。他に二匹、牛が舞台奥の台の陰から覗いている。

舞台奥からパンツ、出てくる。パンツ、異様な目つきで座り込み、唱えている。

パンツ　オレは無用物じゃない。オレの頭は悪くない。オレはおまえらとは違う。オレはオレの復讐を試みる。オレは爆弾ダア！　死ねえ！

立ち上がり、ピストルを口にくわえ込んで、一発、バギューン！　ゴロリとスロープを転げ落ち、人形のようにバラバラの身体を見せている。動物たち出てきて、パンツを抱え上げ、消えていく。

4　我、発見せり！

と、明るく、陽気な音楽。パンドン軍隊一行が出てくる。奇怪な動きで、ピノッキオの軍隊のように、ヒョッポコヒョッポコと動きつつ、ギリギリと首を回し、ヒヒヒッと笑い、口をへの字に結んで、男たちと女たち数名、ロバが歩いてくる。次第にその音楽は、先鋭性を増してくる。パンク的になる。そして次第にファンク的にまでなってくる。
　ヒョッポコ歩きはヒョッポコ全身運動へと変化し、ヒョッポコ全身運動は、ガンガンのポリフォニックな動きへと変わっていく。意気軒昂、活気に満ちる。どんどん先鋭的になり、動きは次々と連鎖したかの如く、新しい動きをもたらす。しかしそれは異様である。
　バランバランの動きは病的で奇天烈。つまり場が次第に暗くなってきて、そこかしこに南の匂いがしはじめる。場の中央部のみ大きく、赤を中心とした様々な色味によってクッキリと円形に彩られ出す。音楽はあくまでもパンク&ファンク的な音を醸し出している。
　と、声が聞こえる。電気的処理の施された太い声、ファンキーな音楽に乗った声である。

声　Welcome! Welcome, Babies. Welcome, welcome, welcome, welcome. Welcome, Babies. Welcome... This is the south side of your...Southern, southern, southern...welcome, welcome, welcome....

　ただただ、繰り返される。
　場の中央は色によって染められ、クッキリとしている。その周りは暗めで、中央部だけが明るくなっている。場は一気に異様さを増すのだ。その中央部に真っ白で、小さな一軒の庭付きガレージ（九〇〇×六五〇×五五〇くらい／庭除く）が降りてくる。一軒のガレージが降りきると、そこから赤ん坊が庭を突き破り、塀を越えて、乳母車に乗って出てくる。そして家の周りをグルグルと回り出す。家に対して赤ん坊は巨大。小さな家だが、中には赤ん坊と乳母車しか入っていなかったのだから巨大で当然。赤ん坊は笑っている。野太い電気的処理の施された声が響き渡る。音楽に乗っている。よくよく見れば、赤ん坊の格好はパンドンと瓜二つだ。

声　I'm a baby. I'm a naughty baby. I'm a prodigal baby. Please come. You are my friend. You are my guest. Come! Come! **オッサン、来いよ。オッサン、オッサン、なに脅えてんだよ。オッサン、おまえはオッサン。おまえは腰抜けオッサン。おまえは腕白オッサン。おまえは放蕩オッサン……**Please come, **オッサン！**

　その赤ん坊と家に対して、パンドン将軍は旧来の敵だと感じ取る。みなはキョトンとし、キョロキョロと見回す。

パンドン　聞いたか！　化けモノの声を聞いたか！　ア

ッハッハッハ……。

パンツ　なにも。んん？　聞こえないよお。

パンドン　行くぞ！　我こそはパンドン将軍！　世に聞こえたパンドン将軍。腹を括れ、化けモノめえ！

パンドン将軍はズンズンズンズン、隊列を立て直し、赤ん坊に対して反対回りに歩行をはじめる。そして一気呵成に動きを速くして、ひとり立ち向かっていく。なんとも滑稽なパンドン将軍の姿がある。すっころがるパンドン将軍。それでもめげない。他の人々は何をやっているかよく分かっていない。みなはファンキーな動きを繰り返している。もちろんファンキーと言っても、奇体なファンキーである。

パンドン将軍。ひとりで叫びまくっている。

◯こいつはワシひとりで充分だ。よおく見ておれ。これぞ歴戦の勇者の闘いだ。

◯赤ん坊になんぞ化けおって。おまえのことはお見通しだ。

◯化けモノめ。

◯その首、即刻、跳ね上げてくれるわ。待っておれ。

◯おまえたち何をしている！　さっさとこの化けモノを片付けんか！

◯おまえは何者だ。オレの目は誤魔化せんぞ。おまえのようなヤツが政界を牛耳っているとは情けない。死ね。死んで詫びろ。

赤ん坊は至って自在。

動物二体が赤ん坊のあとを付いていく。赤ん坊はグルグル周回を続け、赤く目玉が光り出し、頭頂部ではプロペラが回っている。ガレージには赤色灯が出てきてクルクルと回り始める。庭を照らす明かりがあって、中央部は家自体の発する光で光っている。動物たちの動きはきわめて有機的で、異界を感じさせる。

舞台後方を移動していくのは、ケイハクと死んだはずのパンツである。パンツも少々動物化している。そして壁を這い登っていく。

いつの間にか、人々はさまざまな穴に吸い込まれるかのように消えてしまう。決して自分の意思で消えるのではない。大いなる力によって吸い込まれてしまうのだ。パンドンだけがそこにいる。パンドンは、もうフラリフラリである。狂気の目で、辺りを見回し、追いかけ、バラバラに動き続けている。

と、ブラーリ。妙なヒトガタが降ってくる。それは交通標識のような赤白のストライプ・ヒトガタである。ヒトガタは生き物のようにビヨン、ビヨンと跳ねている。ヒトガタと光る一軒の白いガレージが存在する。赤ん坊は隅の方に鎮座する。と、よく見ると背後の一部は、中央の小さなガレージの入り口とまったく一緒だ。その入り口部分に光が当たっている。そこはガレージの入り口の投影であり、一方の赤ん坊が出てきたガレージは、そのミニチュアとしての全体像を晒している。赤ん坊のスタイルで女たちが移動していく。妙ちくりんな動き。妙ちくりんな泣き声。

　男たちは奇怪にもメルヘン的な動きで一列に並び、移動。同じ動きをなぞってはニッタリニッタリ笑いながら、だ。みんながおかしな具合になっている。

　するするとガレージの扉が開く。ガレージの扉が開くと、動物二匹の異体が、異様にファッショナブルな、ヤクザ的なファッションで座っている。

声　おい。I'm your brain. 脳だ。おまえの脳だ。わかるか？　ヒッヒッヒ。分かるか？　パンドン。おい、パンドン将軍よ。What is your family name? おまえの姓は何だ？　名前を忘れたか？　聞かせてくれないか？　私は知りたいのだよ。私はおまえの脳なのだからね。パンドンパンドンパンドンパンドンパンドンパンドンパンドンパンドンパンドンパンドンパンパンパンパンパン……（次第に声の質は高音へと変わっていく）

　ファンキーな音楽が声に乗る。高音の声とファンキーな音の中で、パンドンは急速に回転し、舞台に叩きつけられ、転がり、壁の向こう側へとまるで掃除機に吸い込まれるが如く消えてしまう。同時に、赤ん坊もガレージも庭も二人の異体も、空間に吸い込まれ、消える。

　すべてが消える前に、音楽バンドがその音楽からジプシーファンキーへと音を転換させ、明るさと強烈さを運んできて場の雰囲気を大きく変える。スベッタが加わって歌う。そして遅れて、ヒトガタが上がっていく。

あんたは目が二つ
わたしは目が四つ
地球はさんかく
海は甘すぎ
雨は真っ赤で
太陽はさらさら

あんたはいつも飲んだくれ
あんたは目が二つ
わたしは目が四つ
心は広々
森は手ぐすね
土塊(つちくれ)手招き
希望はざらざら
あなたはいつも飲んだくれ

そして消える。

5　崩壊は内部から

音楽は一変し、静寂。空間は非常に爽やかな透明性を持っている。

ズラリ男たち、パンダ、パンチ、パカボン、出る。

女たち、パンパカ、ゴマメ、パンチョ、コイピット、スッポイ、出る。

ぞぞぞっ！　ぞぞぞっ！　っと出てくる。

全員、ギョロギョロしている。疑心暗鬼で膨れ上がっている。誰もオレを、ワタシを助けてはくれない、という気持ちでいっぱい。


中心を失った彼らには行き場がない。集合し、行き場のないイライラ感を各々動きで表わす。いらつきばかりじゃない。他者に対する恐怖がある。家族という表向きの愛もある。しかし、こんなところでどうしたらいいのだ、その責任は家長にあるはずが、その家長、いや将軍は消えてしまったのだ、こんな理不尽、という気持ちの方が遥かに勝っている。

だから、恐る恐る動く。起きるも寝るも、いちいち恐怖。誰も信用しない。信用おけない。最初はまるっきりユニゾン化せず、動きはバラバラに展開する。存在の根っこを失ったかのイメージが連綿と続く。物を壊そうとする者。自虐的に自分自身を苛む者。人に当たり散らす者。妙に狂っている者。穴があったら入りたいと隙間を見つけようと夢中になる者。二人で延々とイライラ感、不条理感をぶつけ合っている者。一人で殴り動きを続け、舞踊化してしまう者。……さまざまな動きが展開される。これらは、本来なら陰惨さを伴うはずだが、ここでは陰惨さよりも滑稽さが勝っている。滑稽であること、滑稽でありすぎることの悲惨があり、陰惨がある。情けないイメージがそこかしこについて回る。動きにしてからに少しずれ込み、滑稽さが増長している。

次第に時を刻む音と覚しきサウンドが音に混じってく

る。時を刻む音はリズムである。そうでなくても時はリズムだ。

　音は次第に激しさを増す。バランバランの動きが一瞬にしてユニゾン化し、再びバラバラになり、混沌とし、ユニゾン化し、散り散りになり、混濁し、さまざまな形でのコンタクトの動きとなり……と続くが、家畜のロバがのっそりのっそりと出てきて、場を窺っている。ほくそ笑む。ロバも妙な心根を感じさせて動き出し、舞台奥のガレージ状の扉を開ける。

　すると、そこは牢になっており、牢の中、ゲッソリとうなだれているパンドンがいる。パンドンの顔はさらにパンク化している。パンドン、次第に己の置かれている状況に気付く。電気椅子みたいな椅子に座り、頭にはいろいろなコードが刺さっている。ゆるゆると歩いてきて、鉄格子にへばり付き、叫び声をあげる。その声はまったく元気じゃない。妙に間延びした電気的処理を施された、緩やかな声となる。低音で、グンニャリした声。


◯お父さんは捕らわれちゃったんだよお。息子たちよ、早く助けてよお。

◯軍人心得第三条　死の危険に直面するときでも仲間を見捨ててはいけません。

◯私は将軍ではありません。お父さんです。

◯私は人畜無害である。

◯ごめんなさい。私はたくさんの動物を殺しました。

◯ごめんなさい。私は私の仲間を見捨てました。

◯私は卑怯者です。私は卑劣漢です。

◯私は計算ができませんから、将軍には向きません。


　パンドンが、いくら叫ぼうが、その間延びした声はしゃがれた歌にしか聞こえない。だから、誰も見向きもしない。そのパンドンの向こう側に現われる動物ヤクザ二体。と、電気が走ったのか、パンドン、吹っ飛ぶ。グッタリとうなだれる。一体の動物ヤクザはすぐに消える。

　そこへユルユルとナイフを持って出てくる、死んだはずのパンツ。

　みな、ギョッとして、後ずさる。

　パンツッ!!　と声を口々に上げる。おまえは死んだはずだ!

　オロオロオロオロ、女たちはオロオロオロオロ。腰を抜かす母。抱きつこうとする母。

　パンツはニタリニタリ笑っている。パンツのあとから歩いていく動物ヤクザ一体。フラフラフラフラ。

ヒュウと風が鳴って、再びストライプのヒトガタが降りてくる。

と見ると、家畜のロバにボコボコにされている次男、パンチがいる。何かに付け、パンチはロバに変態的愛を囁き、蹴飛ばし、殴り、羽交い締めにするかと思いきや、キスをし、おまけにロバを犯そうとまでしたのだ。パンチはロバを愛人とさえ考えていた節がある。ロバに異常な愛情を注いでいた。ロバはその逆を行っている。パンチの変態性がすべて、逆風となってパンチに襲いかかっている。

ストライプのヒトガタは揺れる。それは軽いし滑稽である。重みがなく、大きい。簡単に上下動し、ブワンブワンと揺れることもたやすい。

人々、揺れ動く。右往左往する。混沌に乗じて、ブラーリとポール先端部に吊されるスッポイ。みな、唖然として見る。と、ヒトガタはヒュルルと上がってしまう。

またパンツはナイフをパンダに刺す。パンダはナイフが刺さったまま動いている。そしてパンツは再びピストルを咥え、引き金を引くが、音が鳴らず。結局、死ねない。パンツはピストルを咥えたままでのたうち回りつつ、消えてしまう。

混沌として、スッポイを見上げる人々。スッポイはブラリブラリ、しかし、死んでいない。キョロキョロ見ては、向こう側へピストルで狙いを定めている。

6 牛たちの報復

明るいアメリカン的ブルージーな曲へと変わる。ホンキートンクブルース的だ。

ムニュウと脈絡なく入り込んでくるのは、牛たちである。その牛たちの衣装はその前の役柄の衣装のままで、単に牛マスクを被っただけ。だから、牛は何者であるかが簡単に知れる。マスクをすっぽりと被り、一切顔は見えない。全六頭。マスクを被っているのは、動物ヤクザ二体、パンドン、パンチ、ケイハク、スベッタである。牛たちは武装している。牛たちの武装はオカシミでいっぱいだが、非常にヤクザ的であり、異様に暴力的である。

パンドン一家の人々は何が起きているのか、さっぱり分からない。なんだ？　なんだ？　武装しているぞ。おい、牛。なにを血迷っているんだ。戻れ。戻れ！　家畜のくせに生意気な！……しかしながら、牛たちは一向に怯む気配なく、鉄砲をぶっ放す。牛たちとパンドン一家の闘い。闘いのダンスは果敢にも行われる。が、一発でコイピット、吹っ飛ばされ、死に至る。だから、そもそもから結果は見えている。パンドン一家は最初から意気消沈させられた。牛たちは背筋をしゃんとして、凛々しく立っている。こやつら、ナチス牛どもは鞭でパンドン一家を片っ端からひっぱたく。調教しようとする。パンドン一家、最初はともかくどんどん萎えて、捕虜となってしまう。

牛による徴兵制が始まる。

全員が、徴兵させられるが、しかし、合格のレッテルを貼られる者は誰もいない。全員、不合格である。不合格マークが貼り付けられる。牛の基準は高いのだ、とばかりに。「不合格！」の声が響き渡る。と、パンドン一家、チャンスを窺い、一気に客席側へとどかどかと降りて、みっともなくも逃げていく。とは言え、逃げたのか、逃がされたのか？　牛たちはノンビリ構えて、ダラリとしている。そして、双眼鏡を取り出して、クックックと笑い転げてさえいる。不要物とされたということだ。

間のびした「バカめ」の声。

ただ、ひとり、パカボンのみがひっ捕まって、彼らの慰みものとなる。音楽はさらに軽快になる。舞台上の家型の一部を取り外す牛たち。それは一種のお笑い拷問機械のようになっている。どこまでも明るい。異様な軽みと明るさで充満している。そして、この拷問機械にかけられるパカボン。少しずつ、身体が引き延ばされ、同時にくすぐられ続ける機械である。醜く顔が歪み、全身は硬直し、笑いと共に苦悶する。

太い電気的処理の施された声が流れる。

声　愛することは清廉なり。愛することは清廉なり。私は知っている。あなたが何かを知っている。

パカボン　……。

声　あなたは私で、私はあなただ。ヒッヒッヒ……分かるかね？　難しい命題だ。

パカボン　死んでやる。キサマ！　顔を見せろ！

声　ならば、私は愛とクソを分け与えよう。私は愛を、そしてクソを、クソッタレを、鼻くそを、耳クソを、クソ地獄を、恋するクソピープルに、ウンコまみれに、さ……。悔しかったら、死んでみやがれ！　愛しているよ。

これと同時期に、牛たちは壁の一部を外し、テーブルとする。電球も降りてくる。まあ、さほどにパカボンは無視されている。

電球やテーブルは、そこが家の中であることを示している。手を叩くと、家畜ロバが給仕を開始。皿を並べ、まずは牛のオブジェを持ってきて、テーブルに起き、そこからさまざまな部位を食ってしまう。ついでに楽団まで出てきて、レストランの音楽家たちよろしく、人間たちが牛に音楽を供給する。ここからは生音楽となる。

牛たち、ヒッヒッヒッヒと笑う。

牛1　食えと？
牛2　うまいぞお。こいつは松阪牛とアルゼンチン牛の合いの子であるからして。
牛3　こいつを食わずして生きる価値ナシ！　あんさんは食わんでもエエがな。ヒッヒ。もったいのうおます。
牛4　よだれが溢れて溢れて……。
牛たち　ヒッヒッヒッヒ……。

牛が牛を食っている。軽快な音楽に乗って、牛は牛を食う。そして、ニッタリニッタリと笑い、デロリとする。牛の目玉が光ってくる。牛仮面には細工が施されている。そして、同時にスッポイを降ろして、その口にマスクをしてから、塩胡椒を振りかけるロバ。スッポイは無惨にも粉だらけになっている。そして、牛がデロリとしてくるころ、テーブル上にスッポイを載せて、次なるデザートとする。

音楽はジプシー的ピンクパンサー然となる。ロバはエロティックなイメージで混じっている。牛たち、非常にイヤそうな顔をする。一方、骨と皮ばかりのスッポイデザートがうまそうに見えるらしく喜びに打ち震えている牛ども。「骨と皮！」と雄叫びを上げながら。テーブル周りで一種の快楽のダンスに興じる。シンプルで、奇体な踊り。

捧げ物としてのスッポイ。当のスッポイは、目玉を丸くし、拳銃を握りしめている。しかし撃たない。スッポイは牛たちによって、剥がされていく。ピロリピロリと剥がされる。興奮の頂点で踊り出す牛たちもいる。牛たちは、パカボンとスッポイを見比べる。パカボンにそのさまを見せていく。

パカボンは痛みと嫌悪感でいっぱいで、当然、見たくもない。しかし目玉見開き機械をくっつけられて、否応なく見る羽目に陥っている。口には大きな猿ぐつわを噛まされているから声ひとつ出ない。

次第にテーブル上のスッポイはお化けのように、ホネだけになってくる。身体がひん曲がり、目玉は捩れ、苦悩の、同時に快楽の表情を浮かべて牛たちを見る。そして立ち上がり、狂気の踊り、そしてスッポイはテーブル上で牛たちを見下ろす。牛たちと対峙するスッポイ。バギューンと一発、拳銃音。その音で音楽はストップ。

骨のスッポイを見つめる牛たち。スッポイと牛たちは妙な調和がある。牛群とスッポイによる動きはまるで鏡合わせのように動く。カクカクカク、キコキコキコ、クキクキクキ、肩がガガッと上がったかと思うとスポンと抜ける。そこに次々と逃げのびた家族軍隊がやってきて、母親救出作戦を講じる。テーブルを挟み、牛軍と家族軍は対峙するが、しばしばその境界線を乗り越え、しばしばグルグルと回って、牛と家族はいつしか混じり合い、混沌とした中での支離滅裂な動きへと変わってしまう。

どんどん牛が呆れてか、牛は戦っている意識なく、面倒になって消えてしまう。が、最後の二頭になったとき、牛たちはスッポイを乗せた状態でテーブルごと運び去る。

すると残るはパンダ、パンパカ、ゴマメ、パンチョの四人のみ。

再び、ポールの先の棒は回転し出す。

彷徨する四者。風が回っているような音がしている。その風切り音から始まって、音楽へと変化。

帽子を取り出し、被る。砂漠を放浪するかのように。四者とも股間に手をやる。ギュッと引き締める。

四者はゼエゼエ、ゼエゼエ。右を向き、左を向き。なにやらよく分からんままに動き出す。誰もが異なることをしようとはせず、意識しないままにユニゾン化している。どったどったと重々しい動き。重い動きが続くが、時間を経ると変化する。軽い動きというよりは体重がなくなった、霊魂がヒュヒュッと動くかの如き動きへと変化するのだ。

そして速さがどんどん増す。ゆっくり、重苦しかった動きが軽々として、スピードアップする最中、さらにペラペラの紙一枚になり、強い風に煽られてフウラリフラリ、グシャグシャ、クチャクチャ、グリグリ、ゲロゲロ、サラサラサラサラとなってしまったかのように、である。身体の水分が消え果て、干涸らびた殻が動いている風である。

ユニゾン化していた動きは、スピードアップするにつれ、逆にバラバラになり、今度は逆にユニゾン化したくとも、できなくなってくる。それを支える筋力がなくなってしまう。しかし筋力のなさは不思議な浮遊感をもたらし、紙が暴風に煽られるが如くにスピードアップし、限界へ！　限界へ！　限界へ！　と近づく。

大音量となっていた音がスパーンと切れる。風の音が響き渡る。冷たい風の匂いがする。むろん音はなんの希望も生み出さない。動きはふらふらとして止まる。そしてみな、ボウとして四方へと消えてしまう。その様をジッと覗いているのはパンドン。パンドンはノロノロと後方の隙間を行ったり来たり、繰り返していたのである。

父は無責任だった。ただしパンドンの頭にはさまざまなエレクトロニクスデバイスが付けられ、パンドンはしばしばキキキッと、顔を歪めている。

7　強烈なパラドックス

パンドン、一人軍人。一人ニッポン陸軍のような状態で、目玉をグリグリにひん向いて、敬礼をしている。一人芝居を演じる。風の音に混じってドリフターズの「Mexican Divorce」っぽい曲が流れてくる。孤独と妙な明るい音、その連帯感。

列車音も聞こえ出す。パンドンは一人二役を演じている。

パンドン将軍、帰還しました。
よろしい、パンドン。成果はどうだ。
万事怠りなく、閣下の思し召し通り。
よろしい。ゆっくり休息を取れ。
ははっ！　すべて閣下の思し召し通り。
ところでパンドン家族軍はどうなった？
ハッ！　一家離散であります！
気の毒なことをしたな。
ハッ！　宿命と思っております。
戦禍は付きものであ〜る。
承知しております。
家族はまた作ればいい。おまえはひとりだ。パンドンだ！
しっかし、もう年であります。
バカ者！　人間に年はないのだ、永遠だ。オレは永遠だ……。
ハッ！　オレは永遠であります。
……

こんなたわいない独り言を、ひとり芝居を行うパンドン将軍。

再び、風きり音がどんどん大きくなる。列車音も大きくなっていく。実際に小さなオモチャの列車が走り去っていく。

すると、舞台奥の隙間から光が漏れ出てくる。切れ目の光は鉄格子のようにさえ見える。深く重いリズムが生まれてくる。非常にパンキッシュな音。

と、モクモクとスモークが出始める。スモークは舞台床の隙間から漏れ出て、そしてそこから手が出てくる。光が漏れる。隙間隙間からスモークと光が漏れ出て、腕やら頭やら、人形やら動物やらが、さまざま這い出てくる。音とスモークがパンドンを覆い隠していく。パンドンは隅に追いやられ、と、ヒュルヒュルと吊り上がり、ぶらんぶらんと空中で揺れる。

　音楽はヘビーさを増していく。ズルズルと牛を一体、引っ張っていく男がいる。そのあとを赤ん坊が乳母車に乗って追いかけていく。ズルズルズルズル。カタカタカタカタ。ポールにはプロペラが付けられ、プロペラはクルクルと回りはじめる。パンキッシュなヴォーカルも聞こえ出す。

　低音の声も再び聞こえ出す。


声　**ヘイ、ベイビーズ。Mr.Pandon! Open your eyes! Please come! Tel me! Tel me! Tel me!**

　ハッハハッハ……。

　戦況は見事な成果を収めつつある。

　しかし、報告が足りない。報告せよ。報告せよ、報告せよ……。時間は残り少なくなってきている。

　私はおまえだ……。私はおま……。わ・た・し・は……。


　生楽器でバンドメンバーが入り込んでくる。音楽イメージは次第に変化し、ヘビーなパンクからジプシーイメージへと変わる。

　と、舞台上は大きな変化が起きてくる。それまでは地獄の黙示録のようですべては懐疑的、不可侵的であったが、急激に明るさが戻る。苦悩は明るさへと転換するのだ。

　パンク的ジプシー音楽がメインになる。楽隊は周回し、照度もどんどん増していく。

　スモークが消える。舞台上は一点の曇りもなくなり、カラリと晴れ渡る。

　明るい生バンドが通り抜けてしまうと、そこには誰もいない。静寂が支配するが、よく聞けばわずかに何かグーングーンと回る音がしている。


　プロペラが回り、隅に陣取っていた赤ん坊の乗った乳母車が動き出す。乳母車はゆっくり周回する。すると四人の赤ん坊（パンパカ、ゴマメ、パンチョ、スッポイ）が舞台奥から覗きつつ、出てくる。誰もが異様にでかい目玉の赤ん坊となっている。目玉仮面を付けているのだ。奇怪赤ん坊の四人。舞台の断片が動く。シンプルな舞台断片を用いて迷路状の空間を作り出す。とても狭い空間だが、そこで四体の赤ん坊は永遠に続く記号であるかのように、同じ迷路探索を続ける。グルングルンと腕を回すシンプルな動きも挿入される。そこはオモチャの、機械仕掛けの国なのか？

音だけが変化。グーングーンと鳴る音にノコギリ楽器が加わり、その後他の楽器が入る。そして明るくなったかと思うと、急速にギラギラ。サーカス小屋か、ここは？　という感触。

するとと、一気に弾けた行進曲が鳴る。

そこに現れ出るはパンチ。彼はサーカス団の団長となっている。

パンチ　健全なる紳士、淑女のみなみなさま。やってきましたパンドン一座。よってらっしゃい、見てらっしゃい、いやいやそうじゃありません。これは見せ物小屋ではありません、健全なる動物図鑑。動物たちの仮の姿のサーカス団。さあさあ、新しいサーカスのはじまり、はじまり、はじまり!!

はじける音楽。

と、象遣い（動物ヤクザ①）が現われ、象たちの調教が始まっていく。象と言っても、パンドン、パンダ、パカポン、シリガル……である。そして、単に鼻のところに長い鼻を付けているというに過ぎない。……次に牛たちが出てくる。牛の調教を行なうは動物ヤクザ②である。牛と言っても以前の牛とは違う。頭に角が乗っているだけのエセ牛である。ケイハク、スベッタ、コイピット、パンツが牛化している。モウモウと鳴く牛。衣装はそのままで中身は牛だ。動きは牛になっている。その他、ロバが出てきたり。はじめこそ、可愛らしい動物たちの芸を見せているが、次第におかしくなってきて、芸なのかそうでないのか、本気なのかインチキなのか、訳のわからぬ様相を見せ始める。動いていたかと思うと歌合戦になり、そうかと思うとオカシナ動きへ。明るい音楽はそのまま続くが、混沌として、妙ちくりんな踊りが入ったり、突如スタイリッシュな舞踊へと転換したり、ガバガバと食いだしたり、その場はまるでボッシュの画のよう、支離滅裂な状況へと変わってしまう。

誰も彼もが指揮者の言うことを聞かず。牛は象を食おうとし、象は牛を踏みつけ、ロバをイジメ、ひっぱたき、ヤクザを足蹴にするかと思いきや、ヤクザは刀とピストルをぶっ放す。ひとり、パンチだけは明るく「レディース・アンド・ジェントルメン」「ウエルカム・トゥー・パンドンファミリー」……などなど連綿と続けている。しかしパンチ、ナイフでぐさりと刺される。もちろん死んで転がったりせず、突如、憑きものが憑いたかの如く、バリ風のトランスダンスで凌ぐ。

少しずつマシーンサウンドが入り込んでくる。マシーンサウンドは重く、のそりと忍び寄ってくる。

再び、「牛の残像」がピカリと目を赤く光らせて、移動していく。

8　アポカリプスの宴

音はどんどん大きくなる。すべてを飲み込んでしまうほどの大音量になる。最初はこのマシーンサウンドに乗って、速いスピードを伴った動きへと転換、動物たちの復讐の場となっていたが、そこから楽器音が減ってマシーン音のみになってしまうと、人々は動かなくなる。

そこに巨大なズシーンズシーンというサウンドが入り込む。

全員、目を見張る。

中空に白いガレージとストライプヒトガタが降りてきている。

立ち止まり、ギギギギッと扉を開ける音がする。と、光が差し込む。強烈な光がバッと場を照らす。

動物図鑑の完成形！

と、音、消え、暗闇に。

一瞬のち、真っ青の光が場を染める。人々は直立不動。


家の屋根はぶらりと崩れ落ちて、地面を突き刺す。

暗闇。

森と夜と世界の果てへの旅

2011

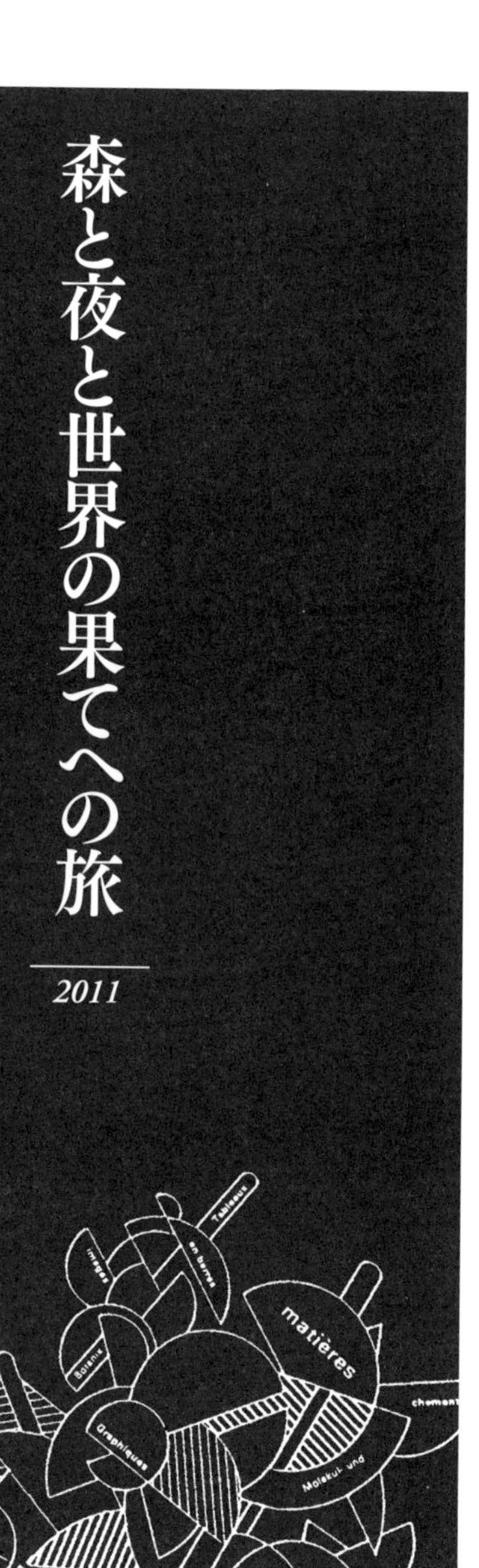

Journey to the Night, Poetics, and the Edge of the World **10**

本作品は聾人形劇団のために書かれた。よって手話としての言葉が多く字幕を用いることが前提だが、言葉は意味を伝えるだけではないから、さまざまな声、音の使い方をしている。また人形劇団と言っても人形だけではなく、実際の俳優が存在する。これを基本認識として本台本は執筆している。なお、本台本はエイモス・チュツオーラ『やし酒飲み』を翻案している。

舞台は白が基調となっている。舞台上には大きめの円。楕円状で幅八メートル、奥行き六メートル程度。囲んでいるのは相撲の土俵のようなもので神聖さを感じさせる白い綱だ。平らな面に土俵が載った状態である。ただし、それは自在に動く構造を持ち、途中でさまざまな形状を取ることになる。土俵を使用するのは一種、神性領域を感じさせるためだ。が、その神性領域は破れもすれば、別の領域への入り口にもなる。

その後方に直径八〇センチ、高さ三メートル程度の柱が五本立っている。二カ所ほど、柱と柱の間を繋ぐ台が置かれている。また、切り株のような低い椅子状の柱が三つ。これらの柱と台は、動き、多くの役割を果たすことになる。森の木々になったり、怪物になったり、柱の上部は顔や腕が出る仕組みがある。柱の一本にはモニターが組み込まれ、映像が映し出される。台からは人や人形が出入りでき、また、スモークが出る仕組みが備わっている。

役柄上の人間の衣装も基本は生成りの白。モッサリ、サッパリしている。人間の衣装が白というのは、「神の領域」と「人の領域」を行き来するためだ。本作品には人間ではない、人間に似た生物が多数出てくるが、それらは白い色は身につけない。ただし死者の衣装は白だ。他の生物と人間との区別はある。

また、基本的には話し言葉と手話は混在化して用いられる。どちらにせよ、使用する場合は、字幕として映写される。

主人公の男は最初から顔にメーキャップを施している。彼がジュジュマンだからである。つまり変身が可能で、異能者の印としての化粧。異界への入り口を容易にするのがそのメークなのだ。

ジュジュ。ジュジュは一種の呪術であり、ジュジュに用いられる道具は信仰の道具として均等に、舞台の前に串状にズラリ並べられている。それが、主人公がジュジュを用いる限界の数であることを示す。主人公は最後まで、その場所から道具を引っこ抜いては呪術、変身のために使用する。

音楽は、太鼓やパーカッションをメインとした音楽以外にも、空気感を示す環境的音楽を使用することとする。その他、サウンドはきわめて重要、音は空間全体の基調となる。

また、本作品の上演は六名で行う。

観客入場中、舞台上には円形の内部にのみ光がうっすら差し込んでいる。

また、小さな音で、断続的に太鼓の音が響いている。遠くで行われている日本の祭りの音だ。祭囃子も聞こえる。雷鳴が遠くで鳴っている。遠雷と太鼓の音。耳を澄ましていなければハッキリとはわからないほどだが、開演直前になると音はどんどん大きくなる。音は輝き、日本の祭り太鼓音は、暗転すると急速にアフリカ的音へと変化し、大音量になる。と、急に雷が炸裂し、静寂が訪れる。

1 放蕩息子の受難

舞台上には一人の男が立っている。男に一灯、スポットライトが落ちている。円形の周りには人々が人形のように座り動かないが、以下の男の話の間、手を叩いたり、笑いこけたりしては、すぐにストップ、人形のように固まってしまっている。人々は、男の取り巻きの役割を果たす。

男は手話で淡々と話す。字幕が同時に流れている。ただ、ときどき、まったく手話をしなくなってボッとし、口がボソボソ動き、目は宙をさまようことがある。

ジュジュマン ワシはジュジュマン。ジュジュを使えば何にでも変身でき、小さな物なら何にでも変えられる。ご覧なさい、そこにずらっと並んでいるジュジュの道具を。(ジュジュに光が当たる)これはジュジュマンしか使えない。ジュジュマンの特権です。ワシはジュジュマン。ジュジュを使って、えいやっと一振り、たいがいのことは可能になってしまう。……しかし、緊急の場合にしか使ってはいけない。悪用は絶対にしてはならず。悪用したらどうなるかって? 瞬く間に消滅してしまいます。痕跡すら留めず、宇宙の彼方、地獄へ真っ逆さま。ただし、これ、想像。あまりに恐ろしくて、だあれも試した人はいないのです。
ワシは怠惰な人間でした。ずっとジュジュマンとして選ばれた人間であることをすっかり忘れ、堕落に堕落を重ねておりました。ノンベ坊ちゃん、みんな私をそう呼びました。(周りで「ノンベ坊ちゃん、ノンベ坊ちゃん……」と歌いつつ、手拍子、男はそれに乗って、だらしない顔に突然変わって、ヒョイヒョイと踊り出す。ストップ)子供の頃からやし酒が大好きで、やし酒を飲むことしか能のない男に成り下がっておりました。水の替わりにやし酒ガブガブ、飯の替わりにやし酒ガブガブ、ガブガブガブガブ、一日中朝からガブガブ、友達呼んではガブガブ、酒を目当てにみんなでガブガブ、父は大金持ちのザックザクだったので、こんな破天荒ができたのです。ガブガブガブガブガブガブ。……そして、ノンベ坊ちゃんである私のために私専用の世界一のやし酒造りを雇ってくれました。ヤシオー！　ワシは彼をやし酒造りの王、ヤシオーと呼びました。ヤシオーがいてはじめてワシは満足が得られたのです。毎日、友達を呼んでは浴びるように飲み、大笑い、ガッハッハ、ギッヒッヒ、ウッヒッヒと笑い転げておりました。ヤシオー、ヤシオー、もっと造ってちょうだい!!　酒!!（再び「ノンベ坊ちゃん、ノンベ坊ちゃん……」と歌、手拍子、踊りだし……。ストップ）

（するすると死体が流れてくる。驚きの人々）

　ところが！　大金持ちの父が死んでしまい、私は後ろ盾を失いました。と、間もなく、世界一のやし酒造り、ヤシオーも、やしの木のてっぺんから足を踏み外し、おっこっちゃった。（「おっこっちゃった、おっこっちゃった……」と囃子たてる人々）

と、そこに海鳥の大群の鳴き声が徐々に大きくなり場を包み込んでいく。男は空を見上げて崩れ落ちる。と、上空から小さなヤシオー人形が降ってくる。唖然とする男。と、今度は網状の布が降ってきて、男を包み込んでしまう。男はその網の中でもがきつつ、破れ目から首を出す。周りの人々は、同時にノッペラボウの真っ白仮面を取り出し、表情を覆い隠す。そして徐々にさよなら、さよならと手を振り、遠ざかり消えていく。奇妙奇天烈なクニュクニュとした動きで。

　男は立ち上がり、ゆらゆら揺れているが、網布から腕を出し、そのヤシオー人形を抱き、自分の前に置いて、再び手話。字幕。

ジュジュマン　この世で死んだ者はすぐには天国に行かずに、世界の果ての死者の町で仮住まいをしている。と、昔、老人たちが話をしていたのを思い出しました。ワシは、父よりもヤシオーを心から慕っていたし、思い出すだけでよだれが出てしまうほどおいしいやし酒が飲みたくてたまらず、世界の果てにあるという死者の町に行こうと決心しました。ヤシオーと再会し、連れ戻して来るためです。

　ヤシオー、ヤシオー……待ってろよ、ヤシオー、ヤシオー……。

主人公、ジュジュマンの身振りが速くなっていく。ヤシオー、待ってろ、ヤシオー、ヤシオー、ヤシオー……と繰り返される。限界のスピードに達したとき、クルリとヤシオー人形を抱え、振り返り、帽子を被って網をズルズルと引きずりながらヒョッコヒョッコと後方に歩いていくジュジュマン。

と、その前を同じく帽子を被ったジュジュマン人形が同じ歩きで、ヒョッコヒョッコと歩き、通り過ぎて、グルグルと円の周りを歩いている。

回っている間に、円の中に二本の柱が入り込んでくる。それからジュジュマン人形もまたキョロキョロと見回して、その円の中に入ってくる。

恐怖の森、ノンベ坊ちゃんが行く……と字幕。

2　ジュジュマン、旅に出る――森の恐怖

静けさを醸し出す音が響いている。それは森の波動のような太鼓の音であり、弓がしなった時のシナリ音である。静けさ、その合間に森の生物の声が聞こえている。

入り込んだ円の中は魑魅魍魎の世界。奇怪な複数の生物がキョロキョロと見回し、人形ジュジュマンの動向を見つめている。二体の奇怪きわまりない人形生物と二体の異様な仮面を被った生物だ。舞台上空からは二匹の猿と魚の合いの子のような動物がぶら下がり、上がったり下がったりを繰り返して、時々、人形ジュジュマンの行く手を塞いでいる。

人形ジュジュマンはヒョッコヒョッコと恐れとともに歩いている。ときに恐怖で身がすくんでは動けなくなり、再び動き出し歩いては辺りを窺う。気の小ささが現れている。来なきゃ良かった、と後悔している。オレの食い意地ならぬ、飲み意地には困ったもんだと思い、ときには泣き出してしまう。情けなさと意地がジュジュマンを妙な行動へと時に駆り立てる。股間をギュッと握りつつ、胸を張り、武者震い、そっくり返りながら、クルクルと回転する……。

後ろ向きに歩く奇怪生物がいたり、大きな白い柱の一本が、突然でっかいひとつの目玉をギョロリと開けて見回していたり、もう一方の柱から長い腕が出てきて人形ジュジュマンを捕まえようとしたり、どの生物もビックリの動きと目つきでジュジュマンを捉えている。木の側にジュジュマンが立つと、腕が出てきて静かに抱きすくめてしまう。

誰だ、おまえ？

と、ニュルリと妙に間延びした声。腰を抜かすジュジュマン。ヒーヒー、言っている。この間延びした声は字幕でも流れる。ジュジュマン、カタカタと動き、辺りを見回す。

ヘッヘッへ。ヒッヒッヒ。ヒョッホッホ。……森の奥深くに入り込んできたのはどうして？ 自殺願望？ 死にたい？ それともただのアホウ？ 食べられちゃいたい、おかまのあたしに？ （声は歪み、妙ちくりんな笑い声が響きわたっていく）

ジュジュマンは腰を抜かして、ヒーヒー、青息吐息。と、急にヒュッとシナリ音がしたかと思うと、ジュジュマンの首にロープが巻き付き、つり上げられそうになっている。と見ると、蛇がジュジュマンの足に絡み付き、大口を開けている。ジュジュマンは目玉がひっくり返り、今にも悶絶しそう。

と、スルスルとジュジュマンは木の上に釣り上げられてしまう。木の中に吸い込まれるギリギリの瞬間、悲鳴を上げながらも、手に持っていたジュジュを振り回し、「鳥になれ！」と叫ぶと、大音量で太鼓音が鳴る。人形ジュジュマンは鳥に変わって飛び立つ。それは映像として表す。人形ジュジュマンが木に吸い込まれた瞬間にその木から鳥が飛び立つのだ。できればこの鳥はアニメーションの方が良い。シンプルな線だけのアニメ鳥。むしろ映像でなくてもいい。映像でなければ、実際に白い柱の中に最初から仕込んでおいた鳥人形にテンションをかけ、飛ばせば良いだけ。

鳥になったジュジュマン。空間を飛んでいる。音楽は非常に明るく希望に満ちた音になる。飛んでいる間に、地表では白い木々がもぞもぞと舞台の奥へと移動していく。

と、鳥はグルリグルリ回転したかと思うと、上空へと舞い上がる。舞台は一瞬、暗くなる。

3　世界で一番美しい男と死神一家／結婚

円の内側では、世にも美しい男（人形）が踊っている。人々、その姿をウットリと眺める。そこは実際の人間も人形も混じりあっている。

美しい男が舞う度に人々は拍手をし、歓声を上げる。世にも美しい男は、歩き出す。多くの人々が納得した様子で帰宅の途につくが、ひとりの若いエロティックな肢体を持った女が虜になってしまい、こっそりと後を付けていく。男は円の外に出て、外周を歩き出す。女もまた、外周へ出てしまう。
　音楽はこの足音とリンクしている音で、ガムラン的な音が望ましい。
　世にも美しい男は、その女を発見し、帰るように促す。数回行う。女はちょっと後ずさるが、再び男の後を付いていく。男は暴力までふるう。が、しかし女は一途だ。離れようとしない。それほどに女は男の美しさにいかれてしまい、それを恋だと思いこんだ悲しさ。
　男の高笑いが聞こえる。その声は妙に低く、地の底から響いてくるような声だ。それまでにも数回、妙な声で、「帰りなさい」と言い含めている。そしてこれが最後の忠告となる。

　　帰りなさい。……後悔しても知らないよ。帰りなさい。一緒に来ても良いことないよ。……ヒッヒッヒ。

　女は怖くなって来るが、もうすでに一人では帰れない森の中まで来てしまっていた。男も女もさらに深くへと消える。高笑いが響いている。

　円の中では、娘の母親と父親。二人とも頭を抱えて泣いている。韓国の泣き女のように泣いている。そこにやってくるのはジュジュマン。人間ジュジュマンがやってきたのだ。人間ジュジュマンもまた人の姿を見て、気が抜ける。森から抜け出て安心し、二人と一緒に泣いてしまう。三人、一斉に泣く。泣き声アンサンブルが形成される。
　オーンオンオンオン、オンオン、オーンオン、オオンオン……次第に泣き声は高度になり、ポリフォニックになってくる。とは言え三人だから限界がある。そこに太鼓も出てきて、声＋太鼓のアンサンブル。泣き声アンサンブル。次第に踊り始める三人。妙ちくりんな、滑稽泣き踊り。太鼓が次第に遠ざかると、三人ともきょとんとして、いったい我々はなにをしていたのだろうか、と呆然となって見回し、再び娘の母親だけが泣き出す始末。
　その隙にジュジュマンが話しかける。

ジュジュマン　ところで、ヤシオーという死んでしまったヤシ酒造りを探しています。知りませんか？

　父、我にかえり、叫ぶ。

父　あああ……助けて！　娘を助けて！　娘が帰って

こない。ある男を追って森に入った！　ああ、なんたることだ。ふしだらな。

字幕でも流れる。

娘は美女か？……と、ジュジュマン。

さほどでも……と、父。

そうですか、先を急ぎますので、さよなら……と、ジュジュマン。

ヤシ酒造りの居所なら知ってます……と、父。

父　助けて！　娘を！　助けてくれたら教えます。

ジュジュマン　本当？

父　娘は、顔は十人並みですが、すばらしきバディですぞ。

ジュジュマン　なにが言いたい？

父　ウッシッシです。ああん、助けてよお。助けてくれたら煮るなり食うなり、お好きなように。

ウッシシ、ウッシッシ、ウッシッシ……と囃子たてる父親。シンプルなウッシッシダンスを興じるが、すぐに、ジュジュマンの顔はニタニタしてきて、するとその場はもう市場に変わっている。

ワイワイ人々が集まる、と、そこに再びこの世で最も美しい男がやってくる。男だけがここでは人形。男は買い物をし、そして踊り出す。男だけがここでは人形。男は買い物をし、そして踊り出す。皆が皆、目を奪われる。拍手し、感嘆し、手を振り、帰り始める。ジュジュマンだけがこっそりと跡を付けていく。舞台最前列にあるジュジュの道具を途中で摘む。男は時々、振り返り、見る。もちろん見つかるようなヘマはしない。

円の外へと移動し、グルグル回り、その間に円の中は森に変わり、すると男は円の内側、すなわち森に入り、再び振り返る。ジュジュマンはと言えば、森に入る直前にジュジュを使って身体を猿に変えている。

男は注意深く周りを見回し、まず足を取り外し、木の麓に金を支払って返す。木の麓からは不気味な手が出てくる。移動する度に金を払い、お礼を言い、身体の一部を返却していく。胴体を返し、鼻と耳を返し、腕を返し、顔と頭の皮をベロリと剥いで返してしまうと、世にも美しい男は頭蓋骨のみになってしまう。移動の仕方も、次第に見るも無惨な移動方法に変わっていく。最後に頭蓋骨はピョンピョン飛び跳ねる。だんだん気分が悪くなり、卒倒しそうになるジュジュマン。と、舞台上には頭蓋骨一家。一家はピョンピョン宙返りしつつ、家長を迎えるのだ。

頭蓋骨家長　ただいま。（声はキンキン声である）
頭蓋骨妻　今日の成果は？　（これまたキンキン声）
頭蓋骨家長　ウッシッシ……。（更に高いキンキン声）
今日もだな、だあれもオレが死神だとは気づかない。そろそろお迎えにあがらなくてはいけない人間を三人も見つけたよ。大収穫だ。
家長一家　オッホッホッホ、キャッホー。最高だ、最高だ、死人（しびと）がやってくりゃ最高だ！　（少しばかり節を付け）

その姿を猿のジュジュマンは見つめている。と、頭蓋骨一家の中に女が、捕らえられ、立ち働いているのを目にするジュジュマン。そのナイスバディにあやうく感嘆の声を上げそうになって口を押さえる。そこは暴力支配が蔓延っている。女が粗相しようものならば、家長以外の妻と子供たち頭蓋骨が体当たりを食らわせる。ひっくり返った女の頭上でジャンプしたり、腹の上でジャンプしたり、スカート状の衣装の中に入っていってしまう子供頭蓋骨もいる。そこだけは家長も参加する。そして、頭蓋骨の妻と夫の喧嘩が始まる。頭蓋骨たちはまったく落ち着きがない。動き続ける。

頭蓋骨妻　なんてまあエロい身体なんでしょ。こんな女連れてきて。この野郎。あたしなんてやせすぎで困っちゃうわよお。あたしだって大昔は……。くっそ！

と、強烈な頭蓋骨ジャンプ&殴打を女に加える頭骸骨妻。

女の首にはタカラ貝が取り付けられ、カラカラと音を立てている。

皆が皆、喧噪に満ち、暴れまくっていた頭蓋骨一家だが、次第に眠くなってきて動きが緩慢になってくる。

頭蓋骨家長　ちゃんと見張ってろよ。後でグフグフ、かわいがってやるからね。喧嘩はしても、おまえが一番だよ。ううん、すてきだ。（と頭蓋骨妻に。頭蓋骨妻、照れる）

ころころ転がって、全員、寝ることとする。
家長が頭蓋骨妻とむつみ合おうとすると、こども頭蓋骨がヒョイと起きあがるので、チェッと言って、あきらめ、寝てしまう頭蓋骨夫婦。
柱の後ろで様子を窺っていた猿は全員が寝るのを待っ

て、ヒュルリと人間の姿に戻って、女に近づく。女、大声を出しそうになるが、その口を塞ぎ、安心させるジュジュマン。

ゴロリ、寝返りを打つ頭蓋骨一家。ビクリとするジュジュマンと女。何度か繰り返される。女は心神喪失状態である。恐怖で縮みあがってしまい、動けない。ジュジュマンはタカラ貝が鳴らないようにズルズルと女を引きずっていく。女は恐怖に苛まれる。男がいったい何者か知れないのだ。

ジュジュマンは手話で語る。

ジュジュマン　君のお父さんに頼まれて助けにきた。私は世界で最も頼りになるジュジュマンだ。こいつらは死神だから、死ななくて良かった。

女　イヤッ!!　近づかないで。

ジュジュマン　大丈夫だ。お父さんに頼まれたんだよ。ワシはジュジュマンだよ。大丈夫。

女　本当？　声が出ない、私。

ジュジュマン　分かった。よし。

と、ジュジュマン、再び猿に変わり、女を蛇に変える。と、するりタカラ貝から抜け出て、そして逃げていく。外周に出て、後方に行ったとき、ジュジュマン猿は地面に仕掛けを作る。そして、人間の姿に二人とも戻って、待つこととする。人形ではない人間二人。

一方、女が逃げたことを知った骸骨死神は激怒する。妻に当たり散らす。妻に体当たりを食らわせ、怒りまくり。

加えて、

死神家長　おまえみたいな役立たずは離婚だ！　とっとと出て行って死んでしまえ！　美しいから我慢してきたがもはや我慢の限界だ。死神が生きたまま逃がしたらどうなる？　おまえもろともこの世にはいられない。ああ、なんたることだ！　大馬鹿者!!!

死神妻はオロオロオロオロ、どうしていいか分からず。死神妻はロープを取り出し、首吊りの準備。だが、当然、首は括れない。子供たち、オロオロオロオロ。そして、子供たちが妻を連れて出ていく。「さよなら、父ちゃん、お達者で」

一方、死神骸骨、ピョーン、ピョーンと円内を飛びまくる。必死で探す。ピョーン、ピョーン。ピヨーン、ピヨーン。死神骸骨、外周に出て、ついに二人を発見する。手招きするジュジュマン。女を餌のようにして、持っている。死神骸骨、ヒッヒッヒ……と笑う。頭蓋骨、腰を下ろす。いや、頭を床に付ける。死神骸骨はキンキン声である。もちろん字幕がつく。

ジュジュマン　かわいそうになあ。死神も大変だな。

死神骸骨　何で知っている！

ジュジュマン　オレは知っているのさ。何でもな。……まあ、茶でも飲め。

死神骸骨　ヒッヒッヒ。騙されねえぞ。おい、毒だろ。毒なんて俺にはまったく効かねえぜ。それより、頼みがある。死んでくれ。

ジュジュマン　いいよ。死ぬよ。でも、ちょっと歩こう。それからだ。

死神骸骨　おおっと。泣けてくるな。気っ風が良すぎるぜ。たまんねえな。嬉しいな。おまえは友だちだ。ひっひ、オット!!　そうか、おまえも死神だな。わかったぜ。はっはーん。横取りはいけねえなあ。

ジュジュマン　そうだ、友だちだ。死神だ。

死神骸骨　女は置いていけ。俺の獲物だからな。死神界のモラルってのがあるだろ。どこの死神だ？　世界には一〇人の死神がいると聞いたことがあるが、人間の姿に化けるとは。考えたもんだな。

ジュジュマン　まあ、待て。少し歩こう。それからだ。（と立ち上がり、歩き出す）

頭蓋骨、待て!!　と叫んでジャンプし、着地したところに穴が開いていて、そこに入り込んだからたまらない。そこには網の仕掛けがしてあり、簡単に死神骸骨は捕まってしまった。

ギリギリと網を締め付け、ヒョッコヒョッコと歩いていくジュジュマンと女。その間、死神骸骨は暴れる、歯ぎしりして、網を食いちぎろうとする。しかし、骸骨死神を捕まえれば、あとはこっちのもの、とばかりに悠然と……。

連れ帰ると、骸骨死神は鎖につながれ、その姿はまるでペット。従順なペットと化している。

一方、女はただただ、眠りこける。

女が起きあがったとき、薬っぱを噛ませると声が出るようになり、すぐにきれいな衣装を着せられ（このときだけは色ものを使用する）、即、結婚式へと転換。

結婚式。泣きと笑いの結婚式。

死神骸骨もまた、列席している。

そして平和な音楽。

字幕……平和な三年の時が流れた。しかし、ジュジュマン、ヤシオーへの思い断ちがたく、再び世界の果てへの旅を決意する。

ジュジュマンとその妻、旅立ちの朝。

泣き別れる人々。骸骨死神はこそこそと耳元でいろいろなことを囁いている。当然、元死神だから知っている。最後に。

骸骨死神　ワシの情報は古いかも、ですな。死神を引退して三年になっちまいましたよお。あんたにとっつかまっちまいましたからな。けれど、やっと平穏な日々を送っております。死人を見つけだすのは大変な苦労でね、ノルマがあるんですぞ。でね、間違いなくヤシオーはまだ天国に行かずに死者の国にいます、です。勇気を持って旅しておくんなさい。

娘の父　その通り。その道を行け！　さすれば死者の町だ。娘を大切に、な！

骸骨死神　ハッハッハ。さよなら！　さよなら！

こだまする「さようなら」の声。

娘の両親と頭骸骨は再び、泣きだして手を振り続けている。

4　左手親指から生まれた息子&残虐者の町

柱の間を抜けながら、旅をする夫婦。夫婦はある柱の後ろを通った時、人形の夫婦に入れ替わる。同時ではない方が良い。先に妻、次に夫が入れ替わる。外周を回っているときは森の生物が円内に、外周から円内に足を踏み入れると、森の生物は円外に出ていくことになる。

歩みとリズムが一致したり、少しずれたり。太鼓音が鳴っている。

夫婦は、喜びを満面に浮かべつつ、歩く。

と、急に妻の親指が膨らんでいく。どんどん風船状に膨らんでしまう。びっくり仰天するのは夫婦だけではない、その周りにいた生物たちもびっくり。膨らむ膨らむ、風船状の親指は妻の身体よりも大きくなり、破裂する。

でっかい赤ん坊が生まれ落ちる。親指から生まれ落ちた巨大赤ん坊。こいつは腕組みして生まれ落ちたのである。「フンギャー」と泣くが、一瞬で終わってしまう。父親のジュジュマンは腰を抜かし、母親は毅然としている。

赤ん坊は、すっくと立ち上がり、歩き出す。声でも手話でもいい。語り出す赤ん坊。

赤ん坊　私の名前をご存じか？
母親　知りません。
赤ん坊　あなたは？
ジュジュマン　知るわけがない。今、生まれたんだ！
　俺の息子だ！
赤ん坊　ヨクボーです。覚えておきなさい。飯だ、飯。

　母親がオッパイを赤ん坊に与えようとすると、赤ん坊は思い切り母をぶん殴り、父の頭を蹴る。

赤ん坊　そんな小汚いモノを見せるな！　食えるモノは何でも持ってこい！

　両親ともにオロオロしていると、赤ん坊、ひょいと立ち上がり、歩き出す。裸体のままである。
　ある家の前を通りかかる。一家三人の食事風景であったが、そこの人々を殴り付け、あっという間に全部食ってしまうヨクボー。

赤ん坊　腹減った。腹減った。腹減った！

　と、突然、柱にするすると登り、バナナの房をもぎ取って、全部食う。

赤ん坊　腹減った。腹減った。腹減った！

　赤ん坊はジャンプ、ジャンプ!!　まるでアイヌの踊り、マサイの踊りのようにジャンプ、ジャンプでフラストレーションを表す。そして母親を殴り付ける。その状態を見かねた人々全員で襲いかかるが、みんなぼろぼろに殴られる。モノは投げる、人は殴られ、放り投げられる。

赤ん坊　父さん、母さん、あんたたち、飯を食うのは贅沢だ。贅沢だったら贅沢だ。（と歌う）
ジュジュマン　ヨクボー、きさま！

　と言ったとたん、突然、赤ん坊の鉄拳が降ってきた。ボコボコにされるジュジュマン。

ヨクボー　てめえ、偉そうに！　一生、こき使ってやる。

　なにをやってもかなわない。父親の尊厳、威厳などどこにもない。そして異常な勢いで食う。食う。食う。飲む。食う。飲む。食う。裸の大将。
　赤ん坊はたらふく食うと、大の字になって寝てしまう。ちょっとやそっとでは起きやしない。

と、人々は角つき合わせて相談し、赤ん坊を焼き殺すことにする。赤ん坊の周りに藁を敷き並べ、火を放つ。
舞台上は映像が照射。ボンボン燃える。燃え尽きるまではいつ生き返るか分からない、とでも言わんばかりに、人々、その行方を見守っている。太鼓音も鳴り響く。赤ん坊が寝ていた辺りからはモクモクモクモクと煙が上がっている。全体も煙に急速に包まれていく。母親の泣き声が響き渡る。続いて赤ん坊の悲鳴のような声があがり、続いて……。

赤ん坊の声　ワシの名はヨクボー。覚えておけ、覚えておけ、覚えておけ……。（その声は歪み、そして次第に小さくなっていく）

離れてみていた人々はジッとその煙を見つめ、火を見つめ、笑う人、泣く人、オロオロする人、膝を折って顔を覆う人、万歳する人……さまざまな反応を見せる。父と母は目と口を大きく開き、唖然として客席を見つめている。母は涙に濡れている。
煙が消える。火が消える。後に残っているのは灰である。
狂ったようにジュジュマンはヒッヒッヒと笑い出す。笑い転げる。狂気と驚喜が渦巻いた笑いだ。母親はクルクルクルクルと回転し続ける。しかし、再び「覚えておけ……覚えておけ……」の声が聞こえ出すのだ。それは字幕でももちろん流れる。「覚えておけ……覚えておけ……」。皆、きょろきょろと見回す。と、灰からグングン盛り上がってきて、あの、ヨクボーが形になっていくではないか。ガタガタガタガタと腰砕けになってしまう母。四つん這いで逃げようとする父、ジュジュマン。

ヨクボー　私は脱皮した。私の名はフンサイ。王である。おまえはけしからん母親だ。おまえは母親失格！ならば、王である私を頭に乗せよ。決して降ろしてはならん。言うことをきかないと息の根を止めるぞ。

ジュジュマンと妻は、這々の体で逃げだそうとする、が、大きくジャンプして二人の前に立ちはだかるフンサイ。そして両手で二人の首を締める。二人が死ぬ直前に手を放すフンサイ。

フンサイ　私の名はフンサイ。王である。早く乗せろ。

仕方なく、フンサイを頭に乗せる妻。と異常な重さだ。この赤ん坊50キロはある。足はフラフラ、おまけに巨大な音で口笛を吹き出した。

彼らは、こうして三人連れの苦悩の旅をすることになった。

ヒョッポコヒョッポコと鳴り出す音楽。それは明るく、少々マカロニウエスタン的で、きわめて滑稽な雰囲気だ。

一行は、歩く。母がよろけて倒れると、その上でジャンプするフンサイ。ジュジュマンがジュジュを使って、やっつけようとしても無駄。歯が立たない。逆にフンサイの目が光り、その光にやられてしまう始末。フンサイの目は投光幻惑装置となっており、その光に当たると、身体の自由を一時的に失ってしまうのだ。

一行がある町に入る。

ジュジュマンと妻は、フラフラ、グラグラで、もう少しこの状態が続いたら死が待っている、というところまで追いつめられていた。

その町で、さらなる不幸が二人を襲った。チンピラたちに取り囲まれ、ボコボコに殴られてしまう。フンサイはヒョヒョイと牛若丸のようにチンピラの頭を軽々と飛び移り、ただただ笑って見ているだけ。二つの柱に掛けられた台を用いて、チンピラたちはジュジュマン夫妻を首から上だけが出ている状態にしてしまう。晒し首だ。と、今度はひねた子供たちがやってきて、再びジャンプ。頭の上でジャンプ、ジャンプ。小便をひっかけたりもする。そして髪の毛をバサリバサリと切ってしまう。そして蹴飛ばす。頭をしょうもないガキどもに蹴られるのである。晒し首状態の二人はもはや死を覚悟し、諦念に満ちて、念仏を唱え出す。死の臭いが漂いだしている。

フンサイは木の上に登って、見回し、そして巨大音量の口笛を吹いていたが、何を思ったのかチンピラたちをボコボコにやっつけ、子供たちを殺してしまい、雄叫びを上げつつ、ヒーヒッヒヒー!! 異様な興奮とともに、空中を飛び跳ね、飛び跳ね、そして宣言する。

フンサイ ワシは、ここ、人非人だけが集まる残虐の町の王となった。文句があるヤツは、殺す。殺す! 殺す! 殺す! こいつらはワシのできそこないの親だ! 見せしめのため、首をちょん切ってしまえ!

ヒーヒッヒッヒッヒ!!

と叫んだ途端、太鼓とダンスを踊る一行がやってくる。フンサイはヒッヒッヒと身構えたが、しかし、その太鼓の音とダンスに聞きほれ、見ほれてしまう。突如、フンサイ、その強烈なエナジーを踊りと太鼓に叩きつけ出すのである。シンプルな音であり、シンプルな踊りだが、トランス的だ。フンサイ、「ひょー！　ひょー!!」と叫んでいたが、なにもかも忘れてしまったかのごとく、その一行に付いていってしまう。

板に嵌まった状態で、ほぼ死の淵にあった二人であったが、こうしてかろうじて生き延びることができた。なんだこれは。この簡単な終わり方は、とあっけに取られ、呆然とする。

這いだしてくるふたり。

字幕……化けものめ……。

再び、太鼓の音が聞こえてくる。二人は大慌てで逃げる。外周をすっ転びつつ、逃げる、逃げる。円の内部にすべての柱が入ってしまう。

5　白い木の中、誠実な母との生活

いつしか、二人は再び森の中をさまよっている。二人とも人形に変わっている。歩く、暗転、木の上に寝る、暗転、走る、暗転、木の上に寝る、暗転、歩く……時間の経過を暗転、明転のすばやい変化で表すこととする。

何度目かの明暗転を繰り返した後。歩いていると、長い長い手が木から出ていて、「停まれ」と手を広げていた。ふたりは災難を恐れ、逃げようとする。と、大音量で。

お待ちなさい！（字幕ももちろん、付いている）カム。カム。

巨大な手は人差し指で来い、来いと合図している。

二人は仕方なく、木の方に歩く。手はヨシヨシとうなずき、近くまで行って、二人がまだ躊躇していると、強引に長く伸びた片手で二人を抱きすくめ、と、みるみる木の扉が開き、木の内部に吸い込まれていってしまう。

ジュジュマン　助けてくれ〜!!

と叫ぶが、空しくこだまし、暗転。大きな吸引音が鳴り、すぐに太鼓音に変わっていく。

真っ暗な中、懐中電灯状のもので足下を照らす。よく見えるわけではない。人形の二人は、木の中が真っ暗な空洞であると知る。

この間に柱はグルグルと円周内部を回り、それから円の外に出て、後方へと向かう。人形の二人は人間の二人に変わっている。

また再び暗闇が訪れ、字幕が現れ、すぐにパッと一気に明るくなる。

Welcome! Welcome! Welcome!

ようこそ、白い木のパラダイス世界へ。「誠実な母」が誠心誠意、面倒をみます……と字幕。

場は大きく印象が異なり、鬱蒼とした森の感触から明るい空間へと変貌している。演奏者がいる。歌を歌っている者も、踊っている者もいる。天井からは何枚か肖像画がかけられ、見るとそこにはジュジュマンと妻の肖像画もあるではないか。ジュジュマンと妻はびっくり仰天して、あたりを見回す。

そして彼ら二人の前に一人の人物がニコニコしながら立っている。いかにも「誠実な母」という名前にピッタリの人物である。その、目の前にいる女はなにも語らず、ただ、「せ・い・じ・つ・な・は・は」と言葉にせずに語る。何度も繰り返される。繰り返しつつ、ニコニコし、「腹が減っていないか」、「眠くはないか」、「どこか痛くはないか?」とボディランゲージで聞いてくる。よって二人もまた言葉ではなく、ボディランゲージで返す。これは手話ではない。全身で表す言葉を用いている。また、「誠実な母」の側には、ひとりお付きの者がいて、いちいちデフォルメ化して伝え、反応を返すのである。

太鼓が鳴り響いている。

次々と料理が出てくる。やし酒が出てくる。頭には血がこびり付いているというのに、食い、飲む。誠実な母とお付きの者はニコニコしてただ眺め、そしてなにをすべきか、従業員たちに命じている。と、ファンファーレが鳴って暗くなり、誠実な母の映画が上映される。いかにも昔の映画風であり、ノイズが乗っている。「誠実な母の一日」というタイトル。しかし、上映されるのは一分弱の誠実な母の異様なまでにデフォルメ化された顔のみ。異様にニコニコしている誠実な母はエロティックな顔になり、皆の妻になり、食欲を促すために、自らガツガツ食いまくり、舌を出して突然、寝る。それで終わりだ。誠実な母の誠実な時間を十分に認識してもらおうという魂胆である。

その間に、ジュジュマンと妻は治療を受け、頭にグルグル包帯を巻かれる。そしてバスローブに着替えさせられ、ついでにマッサージさえしてもらう。あっという間に過ぎていく優雅な生活なのだ。

映画が終わるとすぐ、今度は椅子に座ってやし酒を飲む? 飲まされる? ジュジュマンと妻にスポットが当てられる。最初は非常に緊迫感を持った顔であった顔がすぐにだらしなく、最低最悪のダラリとしたスケベ顔に変わってしまう、その変化を三〇秒間で表す。夫婦ともそうだ。そのアップが同じく映写される。

と、急にけたたましいビーッという音が流れる。

Time Over!　Time Over!　Time Over!

と字幕が流れる。

同時に再びファンファーレが鳴る。皆が手を振っている。ニコニコの「誠実な母」もまた、手を振り、さよならと合図している。

みんなに手を振られ、出て行かざるを得なくなってしまうジュジュマン夫妻。

全く逆回転のように急に暗くなる。

字幕……Good Bye!　Good Bye!　Have a nice trip!

さよなら。ジュジュマン夫妻。タイムオーバーでした。

ごめんなさい。ではまたねえ……。

と、「誠実な母」だけは付いてくる。グルグル回り、森の木の中から放り出される夫妻。優しげに「誠実な母」は見送り、ニコリニコリとして、ゆっくり頭を下げ、ピストルと弾丸を土産に差し出す。張り付いてしまった笑みを顔面にあふれさせながら、である。ひとこと。

「気を付けなさいね。怖いわよ。これが最後の宴にならぬとも限りません。なにかあっても心置きなく死ねるようにするのが私、誠実な母の役目です」とだけ言う。

急に、「誠実な母」は木に吸い込まれるように消えてしまい、途方に暮れる、まったく緊張感が抜けてしまった二人。

するとそこを真っ赤な姿の女が通る。全身、真っ赤。

6　赤い町・赤い人々

強烈なほど不気味な姿に驚き、顔が一変する夫婦。手招きする真っ赤な姿の女。振り返っては手招き、振り返っては手招き。しばらくぶりに森に入ったものだから、心細くて、しかし不気味、どちらを取ろうかと迷っているうちに吸い寄せられ、付いていってしまうジュジュマン夫婦。

照明が真っ赤な空間にやってくる。調度品も真っ赤。同時にスモークがモクモク上がっている。女は真っ赤な王様の前に進み出る。ジュジュマンたちも一緒に付いていく。

手話を使って、王は話し出す。……すべて字幕がつく。
王はウーウー言うだけ。
みな、うやうやしく頭を垂れている。

王　ワシは赤い国の王である。ワシらは誰も声が出ない。全身が真っ赤なのにも訳がある。ワシらはもはや生きてはいない、死人なのである。

ジュジュマン　死人？　やったー！　ヤシオーを知りませんか？（ジュジュマンは声を使う）

王　知ってるよ。彼はずうっと先の死人の町にいる。……ワシが頼みたいのは君たちのどちらかに人身御供になって欲しいってこと。人としてありがたがられて死ねるのだから、最高の栄誉だぞ、それでだ、誉れ高き死人となって、ヤシオーを訪ねてみるのがいいと思うが……。

ジュジュマン　私は最高のジュジュマンです。簡単には死ぬはずがありません。なんですか？　人身御供って？

王　昔の話。太陽が隠れ、空が真っ黒く染まった日、ワシは川で赤い鳥を釣り上げ、その後すぐ森で赤い魚をしとめたのだ。呪いを感じ取ったんだが、もったいなくて捨てるに捨てられず、さっさと食ってしまおうと奴らを火の中に放り込んだ。するとその途端、猛烈な悲鳴が辺り一帯を覆った。ああ、今でもあの時の情景を思い出すと吐き気がする。モクモクと赤い煙が舞い上がり、みんな真っ赤な色に染まって、まもなくワシらは、息ができなくなって死に絶えてしまったのだよ。それから場所を変え、死人となって今ここに住み着いている。みんな真っ赤っかで色が落ちない死人なのである。どうだ、なんたる不気味世界。怖れをなしたか？

ジュジュマン　大丈夫。不気味世界は自慢じゃないが、たくさん見てきましたからね。王様。でも、ちょっと怖い。

王　ならばもう一つ。そこでだ、ヤシオーの居場所を教えちゃうから、人身御供になってねってお願いがあるんだよ。

ジュジュマン　死人がなにを怖れる？　怖るるに足らず、じゃあないですか。

王　いや、間違いだね。死人がもう一度死んだらなにになるか？　地獄へ真っ逆さまに落ちるのだぞ。針地獄。釜ゆで……ギョへ。身震い。死人が死んでも変わらないと思うのは浅はかだぞ、下々の者よ。

ジュジュマン　怖い、怖い、どうすりゃいいんだ？

王　そのあとで、恐怖と怒りと復讐の情熱で、赤い魚と赤い鳥はバカでかく育ってしまったのだよ。毎年ひとり、人身御供を出さないと殺すぞ、とワシらは脅され続ける始末。今年は明日がその日だ。良いところにきてくれたものだ、キャッホーだと感謝している次第。君でも奥さんでもどっちでもいいんだ。君が死にたくなければ奥さんだな。どうだね、奥さん。

ジュジュマン　ウワッ！　妻を殺すのか！　人殺し！

妻　……わかりました。わたしが行きます。夫に助けられた命です。

ジュジュマン　冗談じゃない。怖いけれども俺がいく！

王　美しい夫婦愛だの。じゃあ、どっちにしても今年と来年は助かったというわけだ。一人で行け。さもなくば、ワシらみんなが殺される。あなたは尊い死人になって、ヤシオーに会える。

ジュジュマン　今年でしまいにするぜ。見てな！　私はジュジュマン。ヤシオーの居場所、忘れるなよ。

王　赤い魚、赤い鳥、どっちも巨大だぞ。（全身で表す王、赤い王は赤い鳥のマネをして消える）

と、急に場が変わる。

赤い色が変化し、青白い空間になる。モクモクとしたスモークの中から巨大な赤い魚が出てくる。ヒッヒッヒッヒ……と笑っている。今日はどんなカワイコチャンの生け贄かな、と歌っている。赤い魚はステップを踏んでいる。ジュジュマンは人間から人形に変わっている。ジュジュマンを見つけた赤い魚は指さしながら、ヒヒッヒヒヒッヒ……かわいくなあい、と笑っている。

ジュジュマンと赤い魚の対決が始まる。と、そのとき赤い鳥も出てくる。赤い鳥も強烈に異様な声を発する。赤い鳥と赤い魚を同時に相手にする必要が出てきたジュジュマン。太鼓の音が動きを煽る。気味の悪い声に場は覆われ、ジュジュマンは気味の悪い動きに翻弄される。赤い鳥は自在に動き回り、赤い魚はでっぷりと太り、どしどし歩き、その間を華麗なるステップで、サッカー選手のように動き、翻弄するジュジュマン。しかし、ジュジュマン、次第に追いつめられ、赤い鳥と赤い魚にいいようになぶられてしまう。ズボンをずり降ろされ、逆さ吊りにされて、ペシリペシリと尻をたたかれたかと思うと、赤い鳥が掴んで舞い上がり、上空で放し、それをバレーボールのボールよろしく受ける赤い魚。それでもジュジュマンは向かっていく。しかし、ついにジュジュマン。赤い魚に半体まで飲み込まれ、お陀仏か、と思った刹那、柱の後ろから現れて、ピストルをぶっ放す妻。赤い魚、ぶっ倒れる。しかしジュジュマン、ピクリとも動かず。赤い鳥は怒りに怒って、妻に向かう。妻はピストルをぶっ放すが当たらない。赤い鳥は強烈な叫び声を上げつつ、妻をいたぶっていく。そうこうしている間にジュジュマン、這いだしてきて、自らを猿に変える。猿は自在に動く。動いて、動いて、鳥の背に乗ってしまう。そして赤い鳥の首根っこを押さえつけ、叩きつけ、叩きつけ、そして妻からピストルを受け取って、ぶっ放す。

鳥もお陀仏だ。二体の死体を並べるジュジュマンと妻。と、ヒュルリと起きあがる赤い鳥と赤い魚。四者とも目玉をまん丸くし、正面を向いて呆然と立つ。そしてヒョッコヒョッコと歩いて、赤い鳥と赤い魚は去っていってしまう。見送るジュジュマン夫妻。猿ジュジュマンは妻の肩に乗り、妻は歩き出す。

のそのそと出てくる赤の王と女。

ただただ涙を流しながら、一方向を指で示している王。拝む女。本当に助かった、これで私たちは安泰だ、という気持ちが強くにじみでている。

字幕……さほど遠くはない。この道を行け。ただし、死者の町は死者でなければ入れない。だが、惑わすことはできる。絶対に前向きに歩いてはならんぞ。死者は後ろ向きに歩くのだ。さもなくば、殺されて本当の死者になってしまう。

と言われ、ジュジュマン夫妻が歩きだしたとたんに、赤の王と女は一皮むけたかのように赤い色が消えてしまう。狂喜乱舞する王と女。

ジュジュマンは猿から元の姿に戻って、人間ジュジュマンとなっている。ヒョッコヒョッコと歩いていく。いつも通りの特徴ある歩きで。と、いつの間にか、円を形作っていた白い土俵がなくなっている。

7　死者の町・やし酒造りとの邂逅

柱が二本、ドンと立っており、そこには後ろ向きに門のところで行ったり来たりしてる（人形）門番がいる。その姿を見て、ジュジュマンと妻は、ついにやってきたことに喜びを表し、そして後ろ向きで歩き、門に近づいていく。

と、門番は妙ちくりんな動きをする。気配を感じて、ジュジュマンと妻はストップするがもちろん、それがなにかわからない。キョトンとしたままだ。もう一度、門番は妙ちくりんな動きをする。これはマネをせねばなるまいと決め、マネをする二人。

と、指さし、門番はニタニタし、追い払う。帰れ、というわけだ。

門番　ここは死者の町だ。生きている人間は入れねえんだな。帰りな。帰りな。（字幕付き）

ジュジュマン　（なぜばれたのか、わからないでいる）お願いします。一〇年もかけて、ヤシオーを探してきたのです。死んでしまったヤシオーにだけでも会わせてください。

妻、強くうなずく。門番は、うんうん、と首を振り、涙を流し、声にも出して泣きながら、こっそりと耳打ちする。賄賂を要求している。こっそり賄賂を渡し、門番に案内されてヤシオーのところへ行く。その前に、門番は厳命する。

門番　死者の町では、皆、後ろ向きに歩く。絶対に前向きに歩いてはならない。後ろ向きで歩くこと。忘れんように。忘れたらすぐに殺されますぞ。

三人、ヒョッコヒョッコと後ろ向きに歩くが、その動きは門番に比べ、遙かに下手くそだ。ときどきつまづいては、すっころぶ。すっころぶと門番はジロリと見る。慌てて立ち上がり、習性で前を向いて歩きだそうとしては、門番、怒り、慌てて後ろを向くがすっころぶ。こんな風な歩きで、ヤシオーのところへ行く。ヤシオーは後ろ向きのジュジュマンたちに向かって妙ちくりんな動きをする。門番、その動きに対し、少し変形した動きを返すが、夫婦はまだヤシオーに気づいていない。ヤシオーと門番は、妙ちくりんな動きで会話している。

突然、ヤシオー、立ち上がり、後ろ向きに歩き、ジュジュマンを後ろ向きに抱きしめる。ジュジュマンはなにが起きたか分からず、慌てるが、クルリと首だけ振り向き、それがヤシオーであると知る。手を取り合って、喜びを爆発させる。大喜びのヤシオーとジュジュマン。とは言え、後ろ向きだ。

ヤシオー　ノンベ坊ちゃん！

ジュジュマン　ヤシオー。元気そうだなあ。

ヤシオー　死んで一〇年ですよお。

ジュジュマン　元気でなによりだ。死んでますます色つやが良くなっているな。

ヤシオー　坊ちゃん、よく来れましたな。死人じゃないと来れない場所なんですよ。ここは。

ジュジュマン　ところで、その動きは何だ？（妙ちくりんな動きのこと）

ヤシオー　これ……ハッハッハ、死人同士の合図ですよ。死人と生きている人を区別するんです。

ジュジュマン　そうかそうか。会いたかったぞお。
ヤシオー　その後、やし酒は充分、飲めてますか？
ジュジュマン　ヤシオー探して一〇年だ。ヤシオーの造るやし酒が最高だよ。いつも夢に出てきて……本当に長かった。……ワシの妻だ。（うやうやしく後ろに反って挨拶する妻。転ぶ）
ヤシオー　挨拶は前で大丈夫ですよ。奥さんをもらったんですね。めでたい。そりゃあめでたい。

　奇怪きわまりない死者のダンスをヤシオーが踊る。門番は妙ちくりんな太鼓をたたく。当然、死者らしくなくてはならない。古今東西の死者的な動きやイメージがダブる。その妙ちくりんな死者のダンスを、ジュジュマンと妻がまねる。三者による死者のダンス。次々と死者たちがやし酒の樽を持って、後方から後ろ向きに出てきては死者ダンスに加わる。死者ダンスはどんどん広がっていく。基本は、前を向いていてさえ、後ろ向きに動く必要があるのが死者のダンスである。死者は死者であることをそのダンスで確認しているといえる。太鼓音が終わると、ダンスも終わるが、皆、後ろ向きにハイタッチをするが、これをいともたやすく死者たちはやってのける。これができない二人である。転ぶ。死者たち、ジロリと見て、噂しあいながら消える。ジュジュマン、妻、ヤシオーの三人を除いて消えてしまう。

　積もる話を、ジュジュマンと妻が身振り手振りで、すさまじい速さの動きでやってのける。もちろんジュジュマンはやし酒を飲みながら。ガブガブガブやりつつ、これだけいろいろなことがあったと超高速の動きで展開するのだ。途中からは人間ジュジュマンと妻がいるにも関わらず、ジュジュマン人形と妻人形まで引っ張りだしてきて、今までの行いを展開させる。ここで初めてジュジュマン人間とジュジュマン人形、人間妻と人形妻、四者揃って出ることになる。語りつつ、実際にあったことを人形が行っていくのだ。むろん逆もある。

　このモロモロの出来事をたったの二分間で語り終えるジュジュマン。語るというよりも動き終えるのである。その間、ヤシオーも登場人物のひとりになっているかのように興奮し、一緒になって死者特有の身振りで動いている。だんだんヤシオー、ヤシオーというリズムを持った叫びが伴い、ヤシオーのトランス状態が二分後には作られる。

　皆が興奮し、その二分後にピタリと止まる。

　すると人形ジュジュマンと人形妻はピューと空中に舞い上がり、後方に消えてしまう。

ヤシオーは嬉しくて仕方がない。なにも語らないが、字幕が流れる。

帰りたいが、残念なことに死者は生の国には帰れません……お別れです……これは卵……なんでも可能にする卵です。水の中に卵を置いて願い事を唱えてください。……坊ちゃん、本当にありがとう。私は天国に行くことができます……。この先の一本道を辿れば、そこが故郷ですよ。無事を祈ります。

そうしてジュジュマンと妻の周りを回って、消えてしまうヤシオー。

叫ぶジュジュマン。

ヤシオー、ヤシオー……。ヤシオー……。

8　死者赤ん坊たちの脅威

ジュジュマン夫妻は立ち上がり、遙か彼方のホームタウンに向かっての帰路につく。

ジュジュマン夫妻は、再びヒョッコヒョッコと前方に向かって歩き出す。ヒョッコヒョッコ、ヒョッポコヒョッポコ、と。

舞台上には一本のラインが引かれる（これは土俵が一本になって斜めに突っ切れる道になったというだけである）その道を歩いていくジュジュマン夫妻。

その道を逆方向から、いろいろな死者たちが通っていく。が、ジュジュマンたちを避けるかのように、彼らは道から外れ、道の外側でうずくまってはジュジュマン夫妻が過ぎ去るのを待つ、あるいは森の中を一時的に遠回りして進んでいくのだ。そこはまるでジュジュマンたちにのみ開かれた専用の道であるかの錯覚を起こすのだが、実は死者の道である。間違えてしまったのは、ジュジュマン夫妻の方なのだ。いや、ヤシオーだ。ヤシオーはもちろん死人の街に辿り着く道とは知っているが、そこから同じ道を戻れないとは知らない。ましてや一〇年が経過している。だから夫婦の行為は傍若無人で、それに死者は怖れをなしている。

そこに軍隊のように足並み揃え、目玉が光っている赤ん坊群がやってくる。四体の人形赤ん坊である。人形赤ん坊は下手前方から上手後方へラインに沿って歩いているが、しかし、足並みを揃えつつ、目玉を光らせ、キョロキョロと見回し、危険きわまりない風貌でギラギラしている。同じように腕を回し、全員棍棒を持つ。口も動かし続けている。クッチャクッチャとガムを噛んでいるかの如く動かし続ける。ジュジュマン夫妻は恐怖を抱き、道端に寄り森に入ると彼らはすぐに二人を追いかけ、森の中に入って来る。

赤ん坊たちは執拗である。そして背景には映像となって、今まで、ジュジュマンたちに殺された生物や人間たちが列をなして歩いている。ただただザッザッザッザと歩いているのだが、それは不気味さを伴った行進だ。道の上は照明が青白く当たっている。そこだけが輝いている。赤ん坊たちの目からは時々強烈な光が発せられる。映像からは、ジュジュマンとその妻もまた、登場人物となって歩いているのが発見できる。

赤ん坊たちから逃れ、森の奥深くへ入っていこうとするジュジュマン夫妻。森の木々の陰に隠れたとき、二人は人形に変わる。人形ジュジュマンと人形妻が現れる。映像は赤ん坊たちになっている。赤ん坊たちが探し回っている映像である。すると道には赤い魚、赤い鳥、ちんぴらたち、死神頭蓋骨、妻の両親……次々と歩いていく。人形ジュジュマンと人形妻はジッと見ている。妻の両親が出てきたときには妻は驚き、走り寄るが、まったく相手にされない。不思議な情景を見ている。重い足取りだが、彼らはニッタリニタリと笑っている。彼らが通り過ぎると、今度は楽隊が通る。少しずつ道に寄っていく人形ジュジュマンと妻。

楽隊が通り過ぎると誰もいない。そこで人形ジュジュマンと人形妻が道に戻る。人形妻は両親を思って泣いている。と、急に再び目の光る赤ん坊四体が出て来て、ジュジュマンと妻に襲いかかる。夫婦は果敢に立ち向かう。しかし次に赤ん坊たちはピストルを取り出し、ぶっ放す。やたらめったら関係なく、ぶっ放す。再び森に逃げる二人。

赤ん坊たちは、狂気赤ん坊だ。その種をまいたのは誰だ、と言わんばかりの執拗さで二人を探す。赤ん坊たちはまるで暴力団である。赤ん坊たちは森の中でもピストルをぶっ放す。傍若無人に悲鳴をあげている。そこでジュジュマンはジュジュを使うことにする。一気に道に転がり出たかと思うと、道の反対側に飛び降り、その直前にジュジュを取り、それを使う。

ジュジュを取り出し振りかざす。すると映像が現れ、ジュジュマン夫妻は鳥になって飛んでいく。バタバタと道に飛び出してきて、ピストルをぶっ放す赤ん坊たち。空に向かって、自分たちの怒りの矛先をその一点に向けて、だ。親殺しは成功せず、か？

映像は鳥の目になる。森を抜ける。空へ空へと舞い上がる。どんどん舞い上がっていく。さらにさらに上がる。海が見えてくる。地球が見えてくる。宇宙空間にあって地球からどんどん遠ざかる。そして暗黒になる、と、急激に逆回転し、逆に急速に地球に近づいて、ある場所に向かってまっしぐら、ついに赤ん坊の目玉の中に入ってしまう。

異様に明るい光がピカッと光り、暗転。

と、舞台中央でクルクルクルクルと回転灯が回っている(八秒間)。

暗転。

9 帰還

舞台上には土俵も柱もない。あるのは切り株状の椅子だけだ。

柔らかな光が場を覆う。音は市場のザワザワした音であり、物売りの声がする。声や音があるだけで誰もいない。そこにジュジュマン夫妻は帰ってくる。遠雷が鳴っている。

ジュジュマン夫妻以外は誰もいないが、ジュジュマンと妻は満面の笑みを浮かべ、ペコリペコリと頭を下げ、妻の紹介などをしている。

ときどき、人形や人間が通って行くが、誰もジュジュマン夫妻には無関心で、そのまま通り過ぎていくだけである。

と、そこにやってきたのはジュジュマンの母と妹だ。手を取り合って喜び、涙を流す母と妹。スモークがモクモクと出て来ている。

ジュジュマン 母さん、ご無事でなによりです。
母 よく生きて帰ってきたねえ。良かったねえ。
ジュジュマン 妻です。
妻 初めまして。お会いできて嬉しいです。
妹 お兄ちゃん、ヤシオーには会えたの?
ジュジュマン 会えたとも。土産までもらってきたよ。
妹 見せて、見せて!

ジュジュマン、卵を取り出す。

ジュジュマン ごらん、水の中にこれを入れて願い事を唱えると何でも叶うんだってさ。ヤシオー最後のワシへのおくりものだよ。

妹と母、「へえ〜」と言いながら、卵を透かしてみている。取り合いをする母と妹。と、卵を落としてしまう。

アッ、とびっくりして全員で卵の砕けた状態を見る。と、舞台は光って雷が落ちる。その大音量とともに、急激なスモークが襲う。妹と母は転がって消えてしまう。ジュジュマンと妻、オロオロして探し回る。太鼓の音が次第に大きくなっていく。

ジュジュマン　おーい、かあさん、どこへ行ったんだよ。あなたの息子だよお。ノンベ坊ちゃんが帰ってきたんだよ。おい、かあさん。かあさん。おーい、おーい、おーい、おーい……。……字幕がいつまでも続く。

少しずつ暗くなる。字幕はスモークによってきれいには見えない。ジュジュマンは探し続ける。いつしか妻も消えてしまう。

暗くなるに従って、アフリカ的な太鼓音楽は次第に日本の祭り囃子へと変化する。その場所がどこか分からないように、日本でもあるかのように。

遠くで雷が鳴っている。

暗転。

終演後はずっとかすかに祭り囃子が鳴っている。

Between the Times

2012

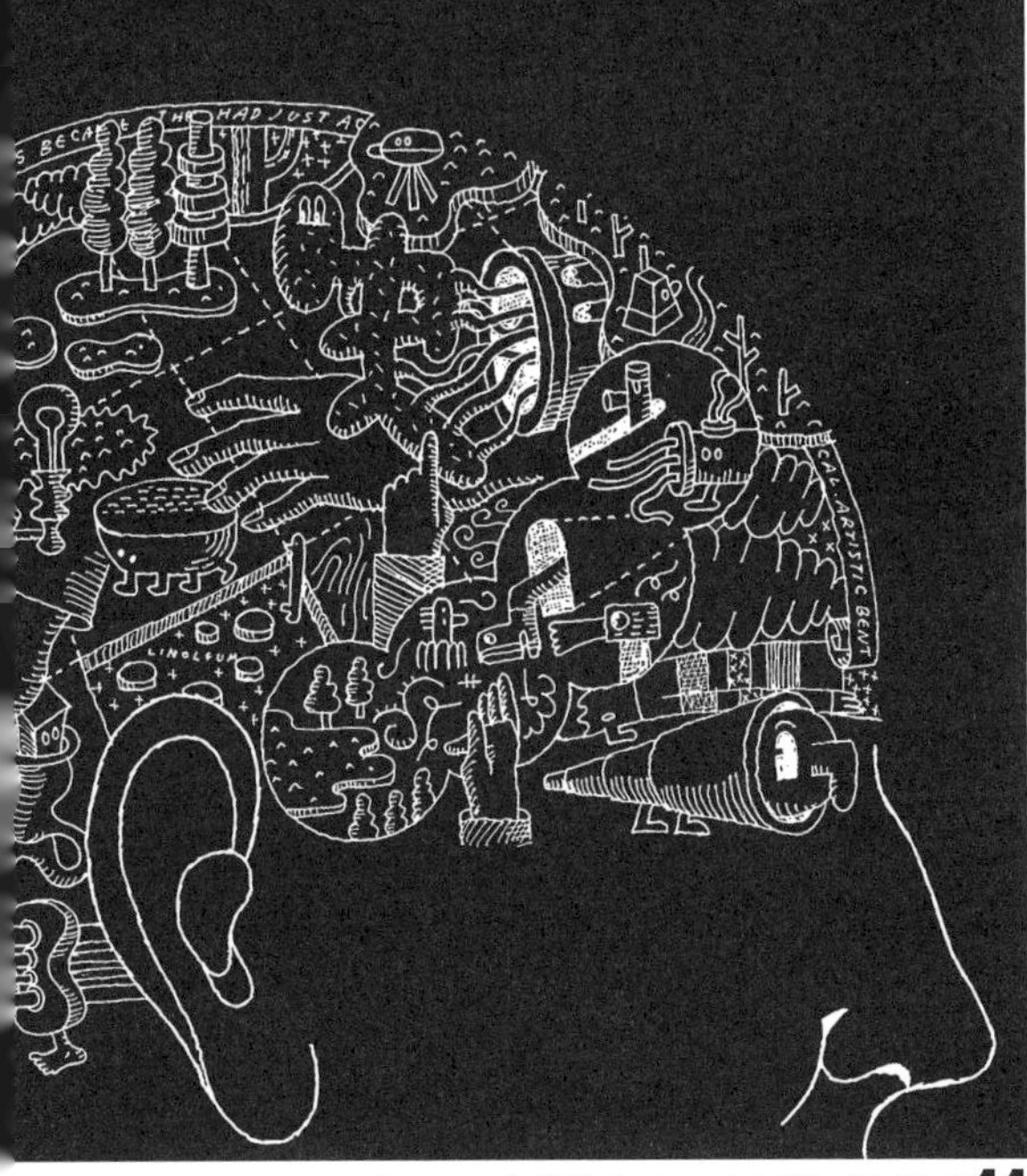

1　時代の残像

海の音。さまざまな動物の鳴き声、軋み音、海鳥の羽ばたき、鳴き声、工場音、炭坑労働者たちの声……が流れている。

　舞台中央部に柱状の木片が組み合わされ、骨組みだけが残った浜辺の小屋といった趣で立っている。また、進行のなかごろに、直径六〇センチくらいの鉄球状の球体がゆっくりと降りてきて場を圧し、変容させることになるが、冒頭に鉄球はなく静かな佇まい。

　舞台上にはイカ釣り漁船の電球が数灯、垂れ下がっている。

　音は突然途切れ、と、急激な大きさで迫ったかと思うと一気に減衰し、吸引音が大きく鳴った後、空洞状態となる。

　と、光。パッと光って、音が再びグワンと広がり、さらさらとした音に変わる。

　人々が突然、猛烈なスピードで出てきては、瞬時、カクリと折れ、グウンとうねる動きで抜けていく、と、すぐに場は静まる。音は一気に機械ノイズ音となる。人々、そろりそろりと出て来て、有機性と無機性を併せ持った身体に交互に変転を繰り返しつつ静寂空間となる。

　徐々に機械音から風音へと変わりながら、場は熱すぎないほどの熱を帯びていく。


　人々はズタボロのスタイリッシュなコートを着て、疲労と熱と可能性への期待と、さまざまな感情が入り交じり、混濁しつつもスッキリとした身体で現れる。その場は、静かな熱を感じさせている。静寂という名の動物が鎮座しているかのようだ。静寂の塊がゆるゆると動き出す。場にはわずかな活気があり、皆は絶望の中に強い意志を秘めている。首がキュッキュッキュッキュと動き、身体はふわりと揺れ、ふわりと移動し、時間が動く。そして人々は息を吸っては吐き出し、優しげに場を見渡す。

　少し首を傾げ、ちょっと耳を引っ張り、厳かに口に手をやって横にずらし、ぐるりと頭上で輪を描いて、耳を塞ぎ、目を塞ぎ、口を開け、首をカクリと折って、クッフワッと移動。この動きが連続する。

　突如、場を突き破って動く者がいる。

引き裂き音。身体と光が強く反応し、一瞬、一直線の光が背景を走る。残像らしき影が過るが元に戻る。動きがわずかに変化し、まったく別の静けさを貫いて時間を変容。時の心臓がゆらゆら揺れて、肥大化するイメージだ。ときに静けさの声が響き渡り、ふわりと影が現れる。

それが何度か繰り返され、その度に場には何かが膨れあがり、徐々に勢いが付いてくる。基本の音は柔らかくデリケートでわずかなメロディを感じさせている。

呟き声が、まるで朗誦するかのように乗っていく。意味は不明。意味のない言葉が繰り返されながら海の間をたゆたうかの如き声の渦となる。母性を感じさせる声の響き。人のふくよかさを感じさせて豊かである。


だんだん動きが大きく、変転を繰り返しつつ、時間は意味を持ち出す。人の動きはそこにだらしない時間と苦悩やら悲しみやら喜びの感情を伴わせ、ふつふつと意味らしきものを現出させる。

動きは少しずつ速くなり、同時に波の音、風の音が被ってくる。明かりによってふわっふわっと影が映し出される。影はとても重要な要素となる。

声や動きをもとにしてリズムが生み出される。

人々の動きがリンク。全体が美しく、妖しく、輝かしくユニゾン化するが、と急にバラバラに散り、リゾーム状に動き出していく。


盲目の女が何かを追い求めて手を前に突き出し、グラグラ、フラフラになりつつ、歩き踊る。

ひとりの馬鹿女が、ニタニタしながら、だらしなく何かを見つめている。そして狂気に満ちた動きで破綻寸前の爆発力を見せる。

海の女はじっと遠くを見たままである。

ある男はジッとのぞき込みながら、悪さをしては股間を押さえ、気を漏らす。

その中で盲目の女と馬鹿女、ある男、この三人の動きが、境界線を突き破るかの如く、なぜかふいに一体化し合致して、大きなムーブメントを作り出す。一分三〇秒間の動き。それを過ぎると萎むように消えてしまう。

いつしか中性的な匂いを持った男が不気味な仮面を被り、入ってきて、立ち、動かず、ときどき、身体を震わせ、笑うような、怒るような、奇怪で微妙な風情で辺りを見つめている。ポジションは一定、ときに自分自身の姿を懐中電灯で照らしている。特に手や足、部分である。

と、再び、音がパッンと消え、かと思うと、一瞬後に、真っ暗、と、すぐにノイズ的な音が三〇秒間、強く流れる。徐々に明転。そこにいる人々の動きは同じくスローユニゾンになり、明かりの方向性はゆっくり逆転していく。前方からの明かりが後方からに変わる。

ストンと音が消える。と、場には光が走って、人間の残像が描かれ、人々は倒れる。
海をたゆたうが如き音楽。その上に、シンプルなリズムが付いて徐々に高揚化。(とは言え、ほんのわずかな高まりに過ぎない)
リズムに乗って、人々はふわりと起き上がり、旅する姿に変わる。旅する時間、旅する心象風景が描かれる。リズムはシンプルで、身体はゆらゆらと揺れる……。それが永遠に続くかと思うほどの旅の断続的な情景。全員がコートの内側から鞄と帽子を取り出し、持ち、被る。ときどき止まり、動きだし、止まり、見上げ、首をカクリと折り、うつむき、ゆっくりした動きとなり、速くなり、止まり……と、ゆるゆると移動しては、旅の情景イメージを増幅させる。人々の動きは決して連続せず、ゆるやかなりに断続的なのだ。しばしば途中で振り返っては、絶望と希望との隙間で身体を捩る。身体のバランスはギリギリで保っている。オフバランスの身体が断続的に連続する。美しい映像的時間の連鎖となる。ノスタルジックな音楽が鳴っている。

突然、音楽はブチリと途切れる。ブチリ、ツーンと昔の電話回線が切れた音に変化。断絶。断層。さっと人々の形は一変し、スッとコートや帽子や鞄は脱ぎ捨て、それらを柱に掛けたり、床に置いたりして、絶望の風体で柱の側に立つ人々。そして皆、家の中に入ってしまう。柱しかない家だが、家という安心がある。強い影が出現している。

声が各々の口から漏れ出る。それは抜けるように美しく、情景的、叙情的な震えが乗っているかのようだ。声が沈み、静寂が訪れる。

2 Dear Silence: Dear Confusion

爆音。その後、地鳴り音が響き、そして低音の音楽に変わる。

柱の家が、ガラガラと崩れ落ちてしまう。柱を片付ける人々。すると穴が現れる。

人々は舞台中央部に巨大なまでに開いた穴を見ようとしている。見え隠れする人々。

「Dear Silence」どこからともなく、低い声が響く。

仮面を被った男がその中に混じり、ジッと静かに、ときにグニュリと動き、ぐるぐると穴の周りを回る。

地鳴り音楽が変化し安静な音になる。

直径五メートルの大きな穴の如き光が床に照射されている。暗い穴ではなく、煌々と光り輝く穴だ。穴の中から光が強く放たれている感じ。じっと人々は周辺からそれを見る。この穴はいったい何の穴か？　人々は、その光の淵で苦悩する。苦悩の踊りを踊り、ストップし、ひとりずつ不可思議な姿態のオフバランス状態で立つ。すると光、消失し穴が消えてしまう。と、光の塊が下から上へと流れていく。

　爆音。

　音は一五秒間鳴っているが、スッと消えて五秒後に再び音の爆裂が起きる。暗くも明るくもない音。機械音、工場音で構成されたマシーン的音楽である。そこにノスタルジックな音が差し挟まれる。すると短時間、音が消える。五秒間が三回。

　人々はこの突発的な音に急激に促されて動き出す。それまでとは一変して、場全体で工場的な匂いを醸し出すかの動きだ。マシーン的でありながらも、新しさに向かう生々しい喜びや期待、希望があって、それらは渾然一体となり強いパワーを導き出している。皆が一致して同一方向に向かう。人間的な明るさが混じっている。

　仮面をかぶった男は別のポジションにいて、尚も妙ちくりんな動きを続ける。全体の状態を伺いつつ、身体はカマキリの関節が動くかのようで場を異化している。

　一方、片付けられた柱状の木片を人々は持って来て整理し、並べると、整頓した美しさが見えて来る。そのなかに一本だけ破綻した柱があり不恰好に存在。

動きは徐々に機械的ではなくなり、また機械を扱う人間の動きでもなくなる。けれど全体は歯車として有機的に機能している。複雑に絡み合い、錯綜してバラバラに見えなくもないが、精密であり、機能的だ。動きと息、声がピタリと合致する。

　断ち切られ、静寂が襲う。

　仮面の男が口で、四秒後に「シュクタカパカタカピキタカトコタカ……」とラップ的な声をあげ続け、その中に少しだけコブシ回しが入り込む。ストップ。他の人々は肩だけを動かして、リズムに乗った動きを続けている。肩が外れんばかりに驚異的に動く。声もブスブスとリズムとなって出続ける。

　が、断ち切られて静寂。四秒後にハーッハーッハーッハーッハーッという声によるリズム、手拍子。爆発的に、突発的に動く女がいるが、すぐにおさまる。

　と、再び四秒後、バスンバスンと連続の音が出る。しかし、時間を挟んだことによって、歯車が少し狂ってしまう。人々の動き、止まってハーッハーッ、女の突発的ムーブメント。この重層化された時間と音の断層が歯車が狂ったまま繰り返される。少しずつ速くなる。光りの方向性はガラリと変化。色味は変わらず。女はその断層の中、次第に身体から断絶が消えてなめらかな連続体となり、激しさを増し、衣服はだらしなくほつれてずり落ち、引き摺りながらの踊りになる。裸体にはならない。女は踊りの極点にまで達するとフラフラになって倒れてしまう。
その女の髪を掴み、引きずって行く仮面の男。

My Dear Silence, My Dear... という潰れた男の声による呟き声が挿入。

舞台上の明かりはゆっくり動いて、後方からの光に変化。
舞台前方からのフットライトによってひとりひとりが照らし出され、浮かび上がる。人々の身体は、苦悩の果ての犠牲者のようだが威厳すら感じさせている。
暗闇、五秒。叫び声があがる。叫びには音楽性がある。人々は大きく痙攣状態の動きをしながら少し前方に移動。暗闇五秒。叫び声。さらに大きく変化。そして次第に前方に向かって進んでいる。暗闇五秒。叫び。さらに前方に。苦悩。暗闇。叫び。
と、光！　ピカリと光ったかと思うと人々はグインと旋回して立ち上がり、首を吊るような仕草をしたかと思うと、一気に舞台奥へと転がってしまう。

柔らかく、しっとりとした女の声でささやき声が入る。

Dear dear dear Silence dear Violence dear dear dear Confusion dear dear Depth Surface Depth Surface Depth Surface dear Silence...（呪文のような声、響き）

ロックのリズムが出てくる。
身体全体が発光体となった女が登場し、女の語り歌。格好良く、動きと声が一体化している。

都会のネコがネズミに聞きました。ニャーオ。チュウ。ニャーオ、チュウ……あなた、私に食べられたい？　それとも自分で首絞める？　ねえ、どっち？　ニャーオ、チュウ、ニャーオ、チュウ……あっは、あっは。ねえ、どっち。ネコがネズミに聞きました。ネズミは笑って答えたわ。ウフッ。どっちもいやよ。あは、あんたが勝つとは限らない。ウフッ、ウフッ！　チュウ！

この声の途中からリズム音が大きくなってくる。が、最後のチュウ！　が終わるや、ロックリズムは急激に大きくなり、波状にうねったかと思うと減衰。

3　叫びと光

微かな連綿と続く笛の音が鳴り出す。

女がひとり、舞台上に。女に対面して仮面の男が立っている。舞台奥にだらしない格好で台の上に立つ不良少女。

不良少女は脈絡なく、少しずつ内面からの腐食を感じさせながら徐々に動きに激烈さを加えていく。腐食する、あるいは内側から蟻に食われていくイメージ。

映像が出る。この映像も腐食する経過を知らせる。

笛の音に囁き声とリズムを作るヴォイスが乗る。ふたつの声が左右から近づくと、ラララ音が背景音楽としてリズムを伴い、聞こえ出す。明るくポップだ。

二人は後方を振り返っては状況を伺い、静けさと重さと軽さが混じりあいながら近づく。その身体は奇態な虫で、しばしば動かず、ため息をつき、喉に手を当て、胸を開き、ハアーッと息を吐き、ストップ、身体をグニュリと捩り、目を覆い、こすり、足を内足にして、ガクリと折り、こめかみに指を当ててはグリグリと擦りつけ、ストップ……。

この動きの間に以下のことが起きる。

赤ん坊と戯れる女が出てくる。

と、別の女が悲鳴を上げ、逃げていく。追いかける人々。静寂。再び、悲鳴を上げて逃げていく女。静寂。

狂気を孕みつつ赤ん坊と踊り出す女。女は赤ん坊を喜びの絶頂の中で落としてしまう。凍り付いたようにストップし、顔がみるみるうちに変化。女は断続性を持って変態する。

そのとき、声を出す男女が出会う。舞台中央。そして二人して真後ろに向かっていく。歩みはぎこちなく滑稽だ。録音されたラララ音が少し鳴って、すぐにストップ。リズムも消える。二人は顔を見合わせ、ゆっくりと奥へ奥へと入っていく。

赤ん坊を落とした女が声にならない叫びを全身でゆっくり示す。絶望と哀切。音は突然、静寂の、鳥のさえずりへと変化。静けさの中、苦悩の笑いへと変わる。狂気と滑稽が混じり合う。

不良少女は、滑稽にも被虐性を帯びてくる。盲目でありつつ、目玉は大きく見開かれ、ぎらぎら輝く。その被虐性を帯びた動きはますます激しさを帯びる。だが苦しそうには見えず、被虐的悲しみと笑いがわき起こる。

この時、映像は腐食が進んで、真っ青に変わる。

音楽が、美しい輝きとスローなリズムを伴って聞こえてくる。場は青く変化。と、舞台上を電球が下（しも）から上（かみ）へ流れる。一方、柱のポジションを動かし、向きを変える者がいる。向きが変わると、柱はシルバー色に変化し空間イメージはガラリと変わる。その中の一本の柱がゆっくり倒れかかるが途中で戻ってしまう。まるで意思を持つ柱、その繰り返し。壊れた時計の針のようだ。

再び叫び声とともに走る女。

光が走り、明かりがシュパッ、シュパッと点滅、空間性は一変する。

その声に触発されたかの如く音楽が急変、ロック音楽としてリズムが強くなり、音楽自体も力あるものへと変わって一気に場は混沌の度合いを強くする。意味もわからずに、混沌の渦に全体が巻き込まれる。

真っ先に場に飛び込んでくるのは仮面の男だ。仮面男にとって、そこは明るさに満ちてなければならず、苦悩の渦となってしまった場として、浄化しようと動き出す。また、大きな円周上を回り続けるのが男とペアになった女である。

それからその円周内、つまり穴の中には次々といろいろな人間が放り込まれるかの如く、加わってくる。これはユニゾンではない。アンサンブル化しながら、半ば身体は人形化し、半ば意志を強く持ち、半ば人間たらんと必死になって、その相貌は鬼の如し。

叫び声が聞こえる。人々は苦悩の中で逃げまどい、そして再び挑戦する。意志の在処を探すかのイメージが連続する。ロープが出てくる。ロープは人をつなぎ止め、そして人々を解放する。が、幾度も繰り返され、それは解放なのか、解放のための儀式なのか、わからなくなってしまう。

音楽は激しい音楽の中にノスタルジックなイメージが混じってくる。ノスタルジーが占めると、人々の動きは次第に静まる。

音楽からリズムが消える、と、ノスタルジーが場を占拠する。

プツリと音楽が止む。すっと穴が消える。

すると再び舞台上を光が流れる。そこで一人で踊っている女がいる。ブルガリアンボイスのような清澄な声が流れる。人々は消えてしまう。不良少女もまた、だらしなく疲れ切った身体で、だらりだらりと歩いてきては身体を引きずって消えていく。

背景に染みがぽつんと出来る。が、またたく間に染みは大きくなって全面を真赤に染めてしまう。そして腐食するかの如く、上方から消えて青く染まる。

4　Lover's Day

女は何かに怯え出す。時代の狭間にあって、居場所なく、存在する意味すら理解できなくなった怯えである。

舞台中央にはゆっくり直径六〇センチ程度の鉄球状の球体が降りてくる。仮面の男が見ている。じっと、見ている。それから肩と足首だけで動き始める。口がクチュクチュ動く。

女は祈りに似た状態でひざまずくや、轟音が轟き渡り、激しい砂嵐の流れ、ウォーターフォールと色面の映像が交互に出てきて、女を圧していく。女は激しく押し倒され、エロティックな姿態を選び取っては、場に刻印づけられたかの如く存在している。

人々がじわりじわり出てくる。彼らの顔は、みな、老人化している。老人仮面を被り、老人となって不気味である。身体も老人化し、枯枝化している。

轟音ストップ。映像もストップ。

鉄球がブラーンと動く。人々は静止する。

と、ピカッと光り、そして暗闇。人々は一気に手拍子を打ち鳴らすと、光が点いて、同時に野生的なリズムが鳴り渡る。

仮面の老人たちは、一列にズラリと並び、スタイリッシュな格好で不気味なファッションショーでも行っているかの如くポーズを決め込むが、それはすぐに崩れ、再び決め込み、崩れ……と動きが続く。格好を付けた老人仮面の群れ。

ストンとその激しい野生のリズムが急速に萎むと、少しずつノスタルジックな劇性を持った音楽へと変化していく。劇的な破壊衝動が内在化した音楽になるのだ。静かな破壊衝動。

笑い顔で止まる。

その三秒後、クルリと回転し、老人ユニゾンが起き、空を見上げ、天空を指さし、足差し、止まり、ひとりの老人はするすると柱に上って場を眺め渡し、ひとりの老人は鉄球と遊び、一方では動きがガンガンと出てきてはいるが、動きはどこかスライム的で、ネバネバした感触を持っている。

スタイリッシュにマイクを持ちだしてきて、ピッタリと合っているわけではない奇怪な歌をロックンロールのように歌い出す老人もいる。その歌、格好は良いが妙に鵺(ぬえ)的である。粘ついたイメージが付きまとっていく。粘つき声と粘つき動きが合致していく。

一気にスモークが出る。場は煙に覆われてしまう。

延々と奇声を発しつつ、ものを投げる老人。ひとりスタイリッシュに踊り出す老人。ガンガン、女老人にまとわりつく老人。老人が老人をいたぶる。老人が老人を足蹴にする。老人がジャンプし、老人がナイフを振りかざす。老人同士で髪つかみ合う。老人がSMを行っている。老人が太陽の光に目をやられ、グルグルと回転している。老人が馬鹿馬鹿しい子どものおもちゃを取り出し、サーカス的、大道芸的な道具で遊んだり、ぶん回したり、奇声をあげたりしている。老人が走り回り、なにかを追いかけたかと思うと、助けを乞い、再び逃げ、居場所がなくなって、ガンガンに自分をいたぶる動きをしている。老人は自分の目を潰し、行き場が見えなくてうろうろしている。老人が老人であることに懐疑的精神を持ち、老人であることに恐怖を覚え、胸かきむしり、死にたいと願い、ボウと遠くを見、誰彼かまわず汚物を投げつけ、肉体への憎悪を口走り、それでも生きたいと願う。老人たちは生きたいと願い続ける。老醜の限りを尽くしつつも生きたいと……。

私たちは何者なのか。思うように私たちは生きられたのか？　私たちの精神はどこへ行ってしまったのか？いつからこんなに安穏と生きたいと願うようになったのか？　人々は振り絞るようにして、生の凱歌を叫ぶ。それでも生きたいと願ってしまう虚しさを知りつつも叫ぶ。自分が描いた未来と現実との相克に胸かきむしり、涙を流し、昔語りをして慰めたいと思い続ける。

Lover's Day! と叫ぶ人々。

愛の日々に思いを馳せるが、それはどこか、昔の重く、明るく、楽しいが朧気な幻影となってのしかかってくる。

そのとき、ノスタルジックなアニメーションが出てくる。単なる風景を線で描いたアニメーションだ。その線は徐々に変化して、一本の線となって消えてしまう。

老人たちが集まってくる。肩で息をし、肩で涙し、ブツブツ口々に何かを語り、足が動き出す。再びの歩行。どこへ行こうと言うのか？　俺たちの歩みはどこからどこへ向かってきたのか？

歩行は次第に激しさを伴ってくる。必死の思いで突き破ろうとする時間への恐怖。

と、音楽は瞬時に轟音に変わり、一気に場は暗くなって砂嵐と色面に取って代わられ、それはほんの六秒間のこと。再び、瞬時、時間は戻るが、三秒のみ。音は残っている。

ギッと強烈に大きな悲鳴音のような、引っかき音が鳴った途端に、ぶちきられたように音楽ストップ。同時に明かりが極端に変化。

クウーンという音がすっと流れ、そこにノスタルジックな音が混じる。小さな音だ。

老人たちは小幅なステップで動き出している。マイクを使って高音で歌う女がいる。

老人たちは、全員がストップ。そしてゆっくりと仮面を半分脱ぎ、周りを見渡す。仮面が彼らの上半分、素顔が下半分を占める。

5 矢印

強い光が静まり、ぼんやりした明かりとなる。揺れる鉄球。鉄球から明かりが漏れている。柱は鉄球によって倒され残骸となった。鉄球はそのまま、揺れ続けている。誰が回しているのでもなく、回り続けるのだ。

音は漂っている。ぼんやりと漂う。高音の歌もいつしか消え果てる。

その中をどうしようもなく、行き場なく漂うように移動し続ける半仮面老人たち。次第に二つの顔を持つ人々は、経過とともに、完全に被ったり中途で止めていたりするが、仕舞いには完全に脱いでしまい、仮面を片手に持って動き続ける。とは言え、ぼんやりと、行く手なく。ぼんやりと、死への旅立ちの如く。腕だけのステップ。首だけのステップ。足だけのステップ。胴だけのステップ。身体はバラバラに動いて、それからグニョリグニュリとしてくる。訴えかけるような目で見渡す。身体すべてを使って訴える。何を訴えかけているのか見えないが、這々の体で腕を掲げる。身体からは粉が吹き出ているかのようだ。断続的に腕を掲げ、断続的に首を傾げる。粉が撒き散らされる。場は粉に覆われてしまう。

突然、背景は砂嵐と水の嵐になり、そして轟音が響き渡り、映像はチリチリになってきて、音、映像ともピタリと止む。この間に、舞台片隅にまとめられていた柱群は持ち去られ、老人仮面はその間にどこかに消え、そして人々は静かにずらりと並んでいる。色彩はない。

少しずつ明るい雰囲気を感じさせる音が聞こえ出す。少々ミニマルな音。シンプルなリズムがついている。明るい。

いつしか電球が五灯、降りてきて、それは最もフロントに設置されているが、ゆっくりゆっくりと舞台床を移動して奥へと向かい、それから空中に上がっていく。

一方、光が下側から三灯、引きずられて上側へと移動。

再び、帽子を被り、帽子を脱いで被り、規則正しい動きで移動する人々。彼らは整然とし、移動する。ゆるやかに、流れるように、美しいフォルムが印象付く。瞬時、オフバランスで静止したりしながら……。

人々の動きはバラバラになるが、美しいフォルムは留めている。動きは決して速くならず、ゆっくりした動きの連続体を保つ。

鉄球の動きは小さくなったり、大きくなったりを繰り返している。

それら動きがすべてストップ。

光がピカッと輝き、一瞬、暗くなる。と、轟音、濁音が一気に押し寄せる。巨大な矢印が背景の舞台上方上側から下方下側へと動き、それを砂嵐と色面が消していく。

鉄球には四方から赤いレーザーの光が縛るように突き刺している。

次第に明るくなる。

人々は俯き、身体は萎びた風情で足を内足にして立っている。

女が走り逃げる。

再び、仮面の男が出てきて、一緒に立っている。仮面の男の頭上めがけて、真上から赤い光が一直線に伸びて、脳天を突き刺し、身体にラインを作る。

人々は再び、ゆるやかに歩き出す。

仮面の男はストーンと突如、重力に押しつぶされたかのごとく、倒れる。立ち上がり、倒れる……これが繰り返されるが、繰り返す度に猿化し、消えてしまう。

いつしか、舞台上、ギリギリまで鉄球は降りてきている。

次第にノイズ音が爆音となってくる。

人々の動きは、ますます旅化。

旅。いつ果てるかわからず、どこへ行くかも知れず、だが、歩き続けようという意志だけを持ち、重しだけがずっしりと肩にのしかかっている旅。

いつまでもそれが続くかのごとくであるが、再び瞬時、ストップし、一〇秒間、非常にメロディアスなメロディが流れ……。

と、再び、ストップ。無音三秒。そして再び轟音。

轟音は時々、ぶちきれる。

と、光。

6 エピローグ——光と青 Dear Silence

光。

美しいメロディアスな音楽。

人々は、ストップを挟みつつも、旅の途上にいる。音楽はその抒情性を高める。だが、その音楽にもまたノイズが入りだしてくる。

ノイズが何回か消えるが、消えたとき、メロディはさらに高まる。旅のゆるやかな動きが永遠に続くかと思えたとき、再びノイズ。と、爆音。

そして舞台は一瞬にして真っ青に変わる。

人々、天を見上げる。

少しずつ暗くなり出すが、一気に光が場に満ち、ストンと切り落とされて暗闇。

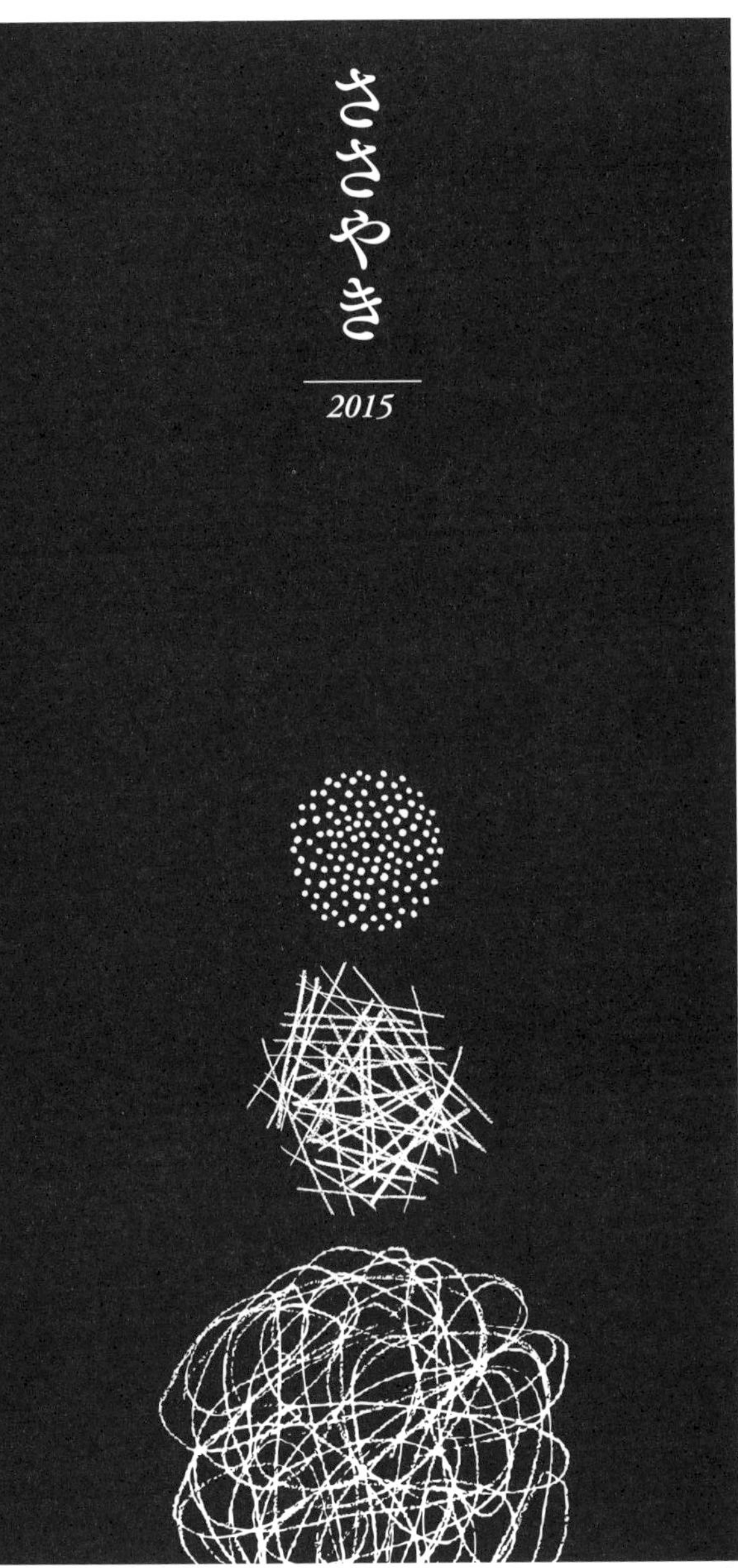
ささやき
2015

登場人物

俺（川島）　三九歳、やせ形、神経質
荒野の老齢の男　六五歳、背は小さい
追いかける男三名（暴漢たち）
母親（女）
純（女）　三八歳
石井　五〇歳
菊地　四五歳
海藤　三四歳
山木（医者）　五六歳
三塚　五七歳
守衛の老人　七二歳
森の老人

タイトル「ささやき」
キャスト、スタッフロール。

1

二〇七〇年（スーパー。それ以外の説明はなにもない）

午後三時頃。

衣服もまた二〇七〇年の衣服であるが、旅の果て、旅の途中であることを感じさせる。長旅であることがその姿から推し量れる。

幻か、蜃気楼か？　廃墟の風景が現れ出ては消える。それは森に現れる廃墟である。

ときどき座敷童のような子どもが過る。

俺のモノローグ　おれは母親の遺言によって、サクラマチに向かった。サクラマチに着いたら森へ行くのよ。それが母親の遺言だった。道中、ほとんど人に会うことがなかった。

俺は荒野を歩く。

びゅうびゅうと荒れる荒野の情景。


静けさが漂う。ささやきの町、ささやきの砂丘、ささやきの声が支配する森の物語。脈絡なく見えるが、すべては密接に関係している。森自体が生き物のように変化し、その地底には多くの人々が埋まっている。森の場所はなにがあった場所かの明言はない。しかしそこは明かされないにせよ、なにかの実験場だった。

それを音と映像、仕草、どうしようもなく切迫した状態、エロス、枯れてしまった心……さまざまな視点から描き出す。可能な限りワンカメで撮影、長回しを用いる。カット割りは少ない。

荒廃の町。

0

砂と嵐が吹き荒れる。荒野を彷徨う男。凄まじい風。道があるかどうか定かではない。

歩く男。遠景と男の足下と男の視界を捉える。

風音。そこにキーンとした音がときどき乗ってくる。

2

途上、曇った視界の中から初老の男が現れる。

男はロバに乗っている。おれは男に道を聞いた。男がおれを見て微笑んだからだ。

俺　久しぶりだな。人に出会ったのは。サクラマチって町、知らないか?
男　知ってるよ。あんた、あそこに行くのか?
俺　母の遺言でね、訪ねなけりゃならないんだ。
男　あんたは……川島さんか?
俺　え?（頷く）
男　そうか。似てるな。
俺　誰に?
男　はは……そっくりだ。
俺　おふくろを知っているのか?
男　（笑い）北の方角へ真っ直ぐだ。磁石を持って行け。（と磁石を手渡す男）真っ直ぐだ。まる一日で着くはずだ。いいか、サクラマチに行ったら、真っ先にATという酒場へ行きな。アルファベットでAとTだ。そこで純という女に会うといい。すぐわかる。純はおまえを助ける。ろくでもないやつらしか生きちゃいないが、あれは良い女だ。
俺　あんた、誰だ?
男　……母さんは知っているよ。おまえとおれは異母兄弟ってやつだ。そこで石井という男と会って案内料を払いな。
俺　石井?
男　そうだ。
俺　なんでおれが?

男は笑い、「危ないから気をつけろよ。サクラマチはな。グッドラック。またな!」と言って砂と霧のなかに消えてしまう。酔っ払っているような男の歌声がかすかに聞こえる。

磁石を頼りにおれは歩いていく。

3

時計を見る。翌日の夕方五時半。太陽は出ていない。少し暗くなりだしている。風は吹き続け、埃が舞い上がる。

サクラマチの標識を目にする。砂漠の中の町のようにだらりと立っている標識。町に入る。路上には誰もいない。家を覗く。誰もいないどころか、廃墟と化している。子どもが過る。ふっと消える。おれが歩くとコツコツ誰かが後を付けているような音がする。

振り返る。誰もいない。

歩く。音が聞こえる。じっと見る。すると音が増大していく。誰もいない。走る。誰もいないなか、走り抜ける。

誰もいない町を走り続ける。息が激しくなって心臓音が聞こえる。爆発音が鳴る。俺は手を付いて倒れ込む。

大きく目を開けて、ギロギロとあたりを見回す。音が消える。

無音のなか、そこから遊離するかのように、俺の視点として、カメラが舐めるようにゆっくり路上を移動し、家を捉え、ATという看板を捉える。看板だけに明かりが点いている。そのままゆっくり中に入っていく。

疲れ切った男たちがじろりと俺を見る。賭博中の男たちがいる。数人、女もいるが、カウンターのなかの女の姿を捕え、ズームイン。女、驚き、そしてにっこり微笑む。ほぼワンカメである。

4

俺　水をくれ！（出されてガブガブと水を飲む）

女が頬を触る。ギョッとする俺。

俺　君が純か？　石井という男と会うように言われて来たんだが……。

女　え？

俺　石井は？

女　……あんた、とぼけてるの。

俺　知っているのか？　おれを。（女、急に手を掴む）

サクラマチには今日はじめて着いた。（女の手を振りほどく）

女　……名前は？

俺　川島……。

純がじっとおれの顔を見る。悲しみの色が浮かぶ。再び頬を撫でる純。そして周りを見回す。

純　食べて。たいしたもの食べてないんでしょ。肌がかさかさだね。

出された野菜類と肉に齧り付く俺。半端な食い方ではない。くちゃくちゃ音が響く。純はその姿を見ている。と、急に腕を掴まれる。石井がいる。慌てている。

石井　あんたか。連絡があった。これを。（と紙切れを手渡し、辺りを伺う）
俺　誰から？　これは？
石井　菊地に案内料を払えばいい。

と急にどたどた音がして、拳銃の発砲音。石井は倒れるが、這々の体で逃れ隠れる。男たちがどかどかと追いかける。俺もなにやら知れず夢中で隠れる。電球が破裂する映像。電気は消える。薄暗い。そのなか、男たちの動きは激しい。石井、隙を縫って逃げる。石井は最後に再び殺される男として出て来ることになる。

喧噪音。叫び声。罵り声。

5

大声。

おれはその紙切れを握りしめている。なぜか、重要なものだと感じてじっと見る。それが危険の源と知ってジャケットの内ポケットに突っ込む。

何が起きているのかはさっぱりわからない。

純がさりげなく動き、俺に耳打ちする。「危険だから逃げて!!」と。そして俺を裏へと連れて行き、逃がしてくれる。

俺はわけがわからぬまま逃げる。窓から逃げる。俺を追いかけてくる数名の男。声！

子どもが立っている。消える。俺は子供に畏れをなし、たじろぐ。そして横道にずれる。

と、男が急に後ろから口を押さえる。抗う。男は石井ではない。「味方だ」とだけ言う。そして身を潜める。ギラギラしている男。「なんだ、これは！　おれは戦いに来たんじゃない」と俺。男は「シッ!!」。俺は震えが止まらない。

と、けたたましいサイレン。

俺と男は近くの家に逃げ込む。誰もいない。辺りを伺い、再び別の家に入る。そしてもう一度、移動。俺にこんな体験はない。腰が抜けたような状態で、ただただ異常に神経が高ぶっている。

と、ささやき声が聞こえる。……何を言っているかわからないが、かすかに聞こえる。俺は耳をそばだてる。「なんだ、この声は！」と聞くが、男は「シッ！」と言うだけ。水の流れる音も聞こえてくる。

水に耳を取られる。それは壊れた水道から流れ続ける少量の水だ。俺は水道水をがぶ飲みし、顔を洗い、頭に水を掛ける。水が流れ続ける。俺の顔、そして目のアップ。俺の目は怯えた獣の目だ。

6

母がくたびれた部屋のなか、椅子に座っている。薄暗い。外光が差し込んでいるが、時間はわからない。外光は太陽光ではない。

母親のモノローグ　子どもの頃、サクラマチは素晴らしいところでした。斉藤を愛してしまったのは、他の女たちと一緒です。あの目に見つめられるといても立ってもいられなくなった。え？　若いとき？　みんな、綺麗だと言って囃し立ててくれました。斉藤は狂暴で、あの男に泣かされた地権者はたくさん……。強烈な魅力があって、甘い顔で女性には優しく、男には平気で暴力をふるった……お金もあったから若い女はみんな憧れました。……ある日、私に言い寄って来た。明日、結婚してくれって。私も若かったからのぼせ上がったわ。騙されても良いと思った。そして、すぐに結婚した。後でわかったのは父が土地の権利を持っていたからで、斉藤は瞬く間に土地を自分のものにしてしまった。でも三〇年前に消えてしまった。みんなで噂したのは新しい女でした。でも……私はそうは思わなかった。あの頃から町はおかしな噂が立っていた。土地なんて、意味がなくなっていたし。

え？　子供はふたりいました……。

母の手にカメラはパンする。その手にはブローチが握りしめられている。

7

ドタドタと音がする。

逃げ込んだ家を出る。男が俺を連れて暗い道を走る。俺も走る。ある一軒の家に滑り込む。

そこに純がいる。電気は点けない。暗い。

窓から外を見る。薄暗いなか、殴りつける男がいる。発砲が起きる。俺は恐ろしさで首をすくめると、明るい音楽が流れ込んで来ている。再び外を見る。何事もなかったかの如く、である。誰もいない。

純　カーテンを閉めて。（俺はすぐに閉める）

俺　どうなっているんだ！

純　ここは忘れられた町よ。本当は立ち入りは禁止されているの。でも今はこんな時代だからね。ぐちゃぐちゃだよ。あんた、どうしてここに戻ったの。

俺　（驚いて）……戻った？　おれは……、おふくろの遺言で来ただけだ。
純　なに？　遺言って？……死んだんだ。
俺　知ってるのか？
純　……あんた……だれなの？
俺　……。（誰か思い出せない様子）（おれの顔を撫でる純）
純　間違いない、あんたは……。
男　時間がない！
純　みんな隠れて集まっているの。
俺　看板に電気が灯っていた。
純　ここにはまだ働き手がいるからね。
男　明日の朝五時。わかったか、純。行くぞ。その男、どうする。連れて行くか？（と言って純を別の部屋に連れて行く）

男と純が出て行く。俺はここがどこか、見回し、マッチを見つけて擦る。
石井から渡された地図を見る。透かしてみる。

8

砂嵐のなかを歩く俺がいる。初老の男が登場。

男　やあ兄弟。サクラマチはどうだった？　帰りかい？　あの町は腐っていく途上だよ。あ、地図があるのか。（俺は手に地図を握りしめていた）地図は兄弟、あんたの運命だよ。
　純は良い子だぞ。でも気をつけろよ。おまえじゃ手に負えない。魂が干涸びてからでは遅いからな。
俺　ついさっき会ったばかりじゃないか。あんたの名前は？
男　太陽とでもしておけ。あはは、俺は太陽だ。グッドラック。

と、消えてしまう。

俺　おい、待て。サクラマチはどこにあるんだ。おい！
男の声　丘を越えてすぐだ。またな！　死ぬなよ！

かき消される声。夢の情景。

9

どたどたと隣りの部屋に入り込んでくる暴漢たち。喧噪音。純が大慌てで入って来て、俺を引っぱって屋上へ出る。そこから屋根伝いに逃げる。飛び降りる。怪我をする純。おれは純をおんぶする。純はさも愛おしげに俺を抱きしめ、力が入るのがわかる。

俺　どこへ行けばいいんだ。

純　そこの角を右に曲がって、三軒目の家に入って！

その家の前。フッと横切る子ども。妙な格好をしている。おれは驚き、恐怖で純を放り投げてしまう。そして走り、逃げようとする。と、あの男がやって来ておれを殴りつけ、純はびっこを引きつつも俺を家のなかに連れ込む。男はあたりを窺う。

男　ガタガタするな。

おまえは見えるようだな。いろいろなものが。そのうちいろんな音が聞こえるようになる。聞こえない音まで聞こえてくる。それが今のサクラマチだ。

おれは菊地だ。純、連れて行ってくれ。

おれには確かに聞こえるのだ。音が。また再びシャンシャンと鳴る鈴の音がしている。俺は椅子に座る。純はベッドに倒れ込み、少し見上げて、涙を流している。純、鼻歌を歌う。

純　みんな、消えてしまったわ。今いる人たちは不思議な、この世を漂っている魂のような人ばっかり。生きているか死んでいるのか……わたしも。悲しいのか苦しいのか、はっきりしない。

俺　君はここの生まれか？

純　……。

純はポケットから取り出したモノを食い出す。激しく食っている。足からは血が出ている。そして俺をじっと見つめる。

戻って来る菊地。

10

満月の夜。家のなかからカメラがはい出し、町の情景へと動いていく。街灯はない。そこはまことの廃墟のようである。

うずくまる人がいる。

さらさらの音が流れる。ささやきが聞こえる。何を言っているか定かではない。「ちくしょうめ」とかは聞こえる。

外に出たカメラはゆっくりとパンしていく。犬がいる。

丘を捕える。薄暗い中、三人が丘の上に向かって歩いている情景を捕える。
外のカメラが室内の俺を捕える。俺のアップ。俺は胸ぐらを掴まれる。純、カーテンを閉める。

菊地　何を見た？
俺　目が悪いのか？
菊地　おれとあんたでは見えているものが違う。なにも見えない人たちもたくさんいるんだ。
丘に何が……！
俺　どういうことだ？
菊地　……。
俺　（純に）あんたはどうだ？
純　私にはなんにも見えないのよ。いつもなにも変わらない。
俺　三人の男たちだ。
菊地　誰だ、三人って。
俺　……知らねえ。
菊地　あの向こうは森だ。たくさんの人が森に消えた。消えてどうなったか、誰も知らない。おれは……。
俺は窓に寄って、カーテンを少しだけ開けて、外を覗き見る。なにもない。
純はソファに座って、窓を見ている。暗い顔で首を傾げる。静かな音が次第に大きくなって、ゆっくりと瓶が動き、走り出す。そして窓を一気に突き破る。
壊れたガラス窓の外から覗くもうひとりの俺。

11

俺はポケットに手を突っ込み、紙切れを取り出して見る。手描きで詳細に描かれている地図。
覗き見る菊地。

菊地　……選ばれてしまったというわけだ。こいつをどこで手に入れた？
純　店に森に行きたいという男たちが来ていたわ。でもあのどさくさだからね。
菊地　どこで手に入れたんだ？
俺　……なんだこれは。石井って男に押し付けられた。
菊地　……あんたが持っているのは運命みたいなもんだ。
純　森の地図よ。
菊地　あんた、なにしに来た。
俺　俺か？
純　佐藤が送って来たのよ。彼には石井が渡していたわ。そして石井は撃たれた。かすり傷だけど。

菊地　ここは観光地じゃない！（と叫ぶ）
純　大きな声出さないで！（小声で）

耳を澄ます人々。道の外を猛烈な音を発しながら車が通って行く。俺は窓の近くに駆け寄り、それを覗き見る。が、なんにもない。あっという間に消えてしまったのか。あるいは最初からなにもなかったのか？

俺　（菊地の胸ぐらを掴み）おい、知っているなら教えてくれ。俺は何をしに来たんだ。
菊地　何を見た。
俺　丘を登る人影だ。真夜中だ。どこへ行った。
純　人じゃないと思う。あなたが生み出した幻。
俺　ちゃんと見たんだ！　ならば、この地図はなんだ？　おい、答えろ。なんで俺がこんなめに遭わされる。
菊地　あんたは、選ばれちまったのさ。丘の向こうは森だ。しかし、ただの森じゃない。怪物の森、ささやきの森だ。行くしかないだろうね。あんたは森の地図を持ってしまったんだ。川島さん、今年の選ばれた民のひとりってわけだ。図ったように時期もぴったりだからね。選ばれて森に入る、それだけだ。案内料は頂くが。
俺　こんなところに来る予定はなかった。偶然だ。仕方のない偶然が俺を……。
菊地　イージーな偶然なんてないんだ。覚えておけ！
純　静かにして！　みんな消えたのよ。また、消える。耐えられないわ。（と震え出し、発作を起こす。菊地が肩を抱く）
菊地　明朝、早いぞ。寝ておくことだ。
俺　案内料を取って案内し、あんたは戻ってこれるのか？
菊地　すぐわかるさ。

と、純を連れて隣りの部屋に消える菊地。
純の小さな悲鳴。
俺は窓ぎわに寄り、カーテンを少し開ける。何もない。月明かりだけ。と振り返ると、子供が歩いて、菊地と純が入った部屋に入っていく。カメラが隣りの部屋へと入るが、そこには誰もいない。

12

森の入り口に立って水辺を見ている俺。森の、と思われる小さな音がだんだん大きくなって、空洞感が広がる。水辺からカメラがパンすると砂の上に立っている男が転げ落ちる。カメラはパンし続け、水辺を捕える。朽ちた模型の船が沈んでいる。俺は水に顔を付けて水をがぶがぶ飲む。船が浮上し、ゆっくり進んでくる。それは巨大な船となり、幻のように霧のなかを俺に向かって進んでくる。

13

夜明け前。

AT。

純を訪ねて、集まった男たち。

入ってくる男たちはみな、人相風体が一癖も二癖もある。

俺（川島）、菊地、山木（医者）がすでにいる。スッと扉が開いて、海藤が入ってくる。

海藤　佐藤さんからの紹介です。純さん？
純　なにか渡されました？
海藤　これですか？（と地図を見せる）
と純に聞く。純、頷く。
菊地　菊地です。
山木　山木です。よろしくお願いします。
海藤　海藤。（頭をペコリと下げる）
俺　川島です。
菊地　地図を出してください。（四つの地図が現れる）
みなさんは森へ入ることになる。みなさんが持っているのは森の地図だ。
その前に丘に登る。丘は、通り抜けるのに難儀し、死者も出やすい。何が見えても捕われてはいけない。突っ切れ。どうあっても突っ切るんです。
みなさんがなぜここに来たかは知らない。しかしここに来た思いが最大の敵になる。忘れること。あるいは見えたものが最大の敵だと思うように。
海藤　この地図はなんだ？
菊地　地図は……。あてがわれたというのが正しい。
海藤　だれに？
菊地　……ずっと奇妙なことが起きている。俺はこの町の出身者ではないし、今はサクラマチで生まれ育った者は誰もいない、この人（純）はここの生まれだが育ちは違う。あなた方は地図を手に入れ、森に行きたいと願った。
俺　偶然、握らされたんだ。あんたは？
山木　私は望んだ。
菊地　ただの偶然なんてない。希望が形になった。

俺　希望なんてしていない。

菊地　どうぞ、不要なら止めることだ。

俺　……。（見つめ合うふたり）

菊地　川島さん、あんたには秘密があって地図を持たされ、私に案内料を払う気になった。……あんたは自分の欲求に抗えないいんだ。

俺　わかったようなことを言うな。

菊地　……おれはそんなやつを一〇〇人近くも見て来た。出て行って、そのうち三人しか戻って来ていない。戻っても気が狂ったのがひとり、黙って大急ぎで立ち去ったのがひとり。残りのもうひとりがおれだ。それでも行きたいか？　行かなくてもまったく構わない。

海藤　そうだな。

山木　あんたは何でこんなことをしている。

菊地　金になる。それからいつ死んでも良いと思っている。ここで死んだとして誰からも見向きもされない。警察も入らない。無駄死にだ。ここは無法地帯で、在駐しているのは軍隊だ。それでも入って来てしまったのがあんたらだ。俺は生きている死人でしかない。

三人　……。

菊地　どうする？　止めるか？

（みな、無言）よし、決まった。

このザックを背負ってくれ。ザックの中身は一週間分の食料。ナイフ、拳銃、のこぎり、ロープ、革手袋、マッチ、合羽、ひとり用テント、シュラフ、磁石が入っている。調べてくれ。どれも一緒だ。一週間。この期間でなんとかするか、あるいは自分で食料を見つけるか……だ。……森は……突然変異のように育った。三〇年前はなにもなかった。草原だった。突然生まれて、未だに勢い良く育っている。理由はわかっていない。そんな場所が安全であるはずがない。

純　今、できるだけお腹いっぱい食べておくことね。

14

机の上には、素材を焼いただけの、ゴロゴロとした食事がある。今、食う必要があるとばかりにガツガツと食い続ける三人。三者三様ではある。みな、どこか切羽詰まっている。俺だけが静かにしている。純はその姿を見ている。サーブもするが、食うおれを見ている。目にエロスはない。あきらめが漂う。

15

記憶の断片か。森の中を進んで行くカメラ。カメラはゆっくりぬったりとしながら道のない場所を進む。ぜえぜえ音と森をかき分ける音。遠くに強烈に見えてくる、あまりに場違いな光る柱。ピカピカに光る五メートルもの円柱。その円柱に向かい合う菊地。菊地の目はうっとりとして、空中に溶けそうである。ここだけがあまりに状態が違う。それが唸り音を発し出す。カメラは空へと向かい、太陽光を捕える。ギラギラと光る。唸る音にまるで虫の声のような音が混じる。

菊地の現在の大きな目にクロスする。菊地は恐怖からか、上半身を起こす。自分自身の胸回りのただれた肌を摩る。痛みが走る。そこは菊地の寝室である。音は何もない。

16

夜明け前。明るさが出てくるがまだ暗い。霧が深い。砂地を前にして、建物の陰で菊地が言う。

菊地　警備を逃れるには絶好の天候だが、危険性も増す。今の時間は警備が一番手薄になる。一気に丘を登り、向こう側へと転げ落ちる。もう一度言う。いいか、何を見ても気にするな。恐ろしいのは拳銃よりも幻だ。砂が幻を見させる。今朝の霧は幻影を倍加させるから危険だ。幻に取り憑かれ、死んだやつは少なくはない。

全員、頷き、体勢を低くして、そこまで走り抜けていく男たち。何も起きない。犬が吠え、わんさか追いかけてくる。犬を追い払う。数発の鉄砲音が鳴る。霧が男たちの姿を隠す。

17

砂地を突っ切っていく四人。俺、菊地、海藤、山木。四通りの砂の現実がある。

砂は舞い上がり、霧が立ちこめている。丘はすぐ越えられると感じたが、いくら上っても頂上がない。息だけが上がっていく。砂が覆い被さる。風に倒されそうになる。砂に足が取られる。

と思いきや、目の前をけたたましく、骨組みだけのジープが霧の中を移動し瞬く間に砂のなかに消えてしまう。

転げる海藤。

18

山木の味わう砂の嵐。

山木はじっと観察しつつ上っていく。山木にはザクザクと歩く人々の群れが見える。彼らがすぐ側をみな山木に気付きもせずに、砂を放っていく。そこがまるで墓場でその墓場に砂を積み上げげんとするがごとく。表情ひとつ変えない山木。その人々は山木を砂のなかで取り囲んでいく。山木は真ん中でひとり情けない姿になりながら、慌てる。人々は妙な踊りを踊り出し、歌を歌う。歌は呪文のようである。砂を山木に振り掛ける。

籠の鳥　籠の鳥
島の鳥は籠の鳥
逃げる鳥は負けた鳥
捕まえるは鳥の鳥

強い風が吹き、山木は煽られて、転げ落ちそうになる。そのとき女の手が差し出される。山木は女の手にすがる。誰の手かはまったくわからない。その手にすがりながら上っていく。

下を見ると、人々がグルグルと回りながら踊っている。

19

海藤の味わう砂の嵐。

砂と霧の中、海藤は上機嫌で上っていく。砂に足を取られながらも、やっとここまで来たぜ。ときどきは笑い声さえ上げている。

海藤は砂のなかに何かを見つけた。それを見つけて驚喜している。砂を上方にばらまき、砂を食い、砂に飛び込んで跳ね上げる。踊り喜ぶ海藤。砂は金であり、豪華な食い物に見えている。しかし砂を飲み込もうとしても飲み込めず、吐き出す。と、ぎょろぎょろと周りを見回し、恐怖が湧いて来て、幻影であると悟りそこから逃げようとする。だが足を取られ、砂を掴み、転げ落ちていく。

20

俺の味わう砂の嵐。

さらさらの砂に足を取られる。見えているのは空から降る砂のつぶつぶ。

それが俺の上に積もっていく。俺は埋もれたいのか？

特に抵抗するでもなく、砂を被りつつ、どんどん上っていく。と女の素足だけが見える。顔を見ようとするが見えない。女の足はさくさくと砂を踏みしめる。上半身がまったく見えない。風が一気に吹き、砂が舞い上がる。と、ささやきが聞こえる。

ささやき声　おまえはサクラマチで生まれたが、サクラマチは知らない。俺はおまえの真下にいる。がさがさと砂の上で動くおまえの真下だ。サクラマチはおふくろの町か？　サクラマチは死んだ町か？　ククク……。おまえの叔父だよ、私は。おまえの父親は放蕩者だった……。

美しい音楽が流れて来る。俺も転げ落ちそうだ。砂がどんどん降ってくる。美しい砂の雨。そこに車の音が被さってくる。

21

霧が深い。

いつの間にか四人はジープに乗って砂の上を疾走し、激しく揺れて移動している。右へ左へ。迷走とも思えるほどの激しさがある。走る先には「止まれ」の看板を持っている者や女を殴りつけている男、裸の男女などが通り過ぎて行く。

と、突如、砂の上にゲートが現れる。霧が深い。ゲートと言っても砂の上にぽつんとあるに過ぎない。タイヤの跡だけがくっきりといくつも刻まれている。しかし人々が並んでいる。ゲートの側に制服の男が立っている。ゲートの向こうには射殺されようとしている男がいる。その男は俺だ。俺にズームイン。俺が天を仰ぐ。射撃手は冷淡な目で俺を見る。一気に霧が襲う。

22

朝八時。

森の入り口にたどり着く四人。砂まみれ。みな、無言だ。疲労困憊の様子。菊地を除き、目付きは皆、一変している。

森の入り口。老人が出てくる。どこから来たのかはわからない。

老人と菊地が話をしている。

カメラをパンすると、砂の丘の向こう側から現れて、ゆっくりと降りてくる人々がいる。幻のようにゆっくり。降りてくる。さらさらの音。

集う人々。集って、ためらいがちにこちら側に向かってくる。彼らは難民のようだ。誰かはまったくわからない。が美しい音と風音が絡みつくように鳴っている。
情景がゆっくり動く。

23

四人は森を見ている。
森の向こう側から聞こえてくる音。ノスタルジックな音。音楽というよりも建設中の音、人工的な音が混じって聞こえる。

俺　森の向こうに町があるのか？
菊地　町？　（笑う）森の向こうも砂だ。町はない。
俺　あの音はなんだ？
菊地　幻聴だ。
山木　私にも聞こえる。
海藤　菊地さん、なぜ見え透いた嘘をつくんだ。
菊地　誰の耳にも同じ音が聞こえるケースがある。音の蜃気楼とでも思うことだ。
森はおれたちを見て歓迎しているんだよ。
山木　どうしてそう言える？
菊地　こんなときに限って誰かが町に戻れた。だが、もちろん一〇〇パーセントではない。止めるか？　なんのために行くのか、もう一度確かめた方がいい。
海藤　慰めか？　それともはなむけのことばか？　こっちの水は甘いぞってか？　誰の味方だ、あんたは。
菊地　口を慎め！
山木　所詮ひとりだ。
菊地　入るぞ。いいな。

24

曇っている昼間。
反対側の丘の上に土ぼこりが立ち、群靴の響きが聞こえる。土ぼこりからズームアウトしていくと、丘を降りて来る人々がいる。人々の集団は後方の音と土ぼこりに気付くが意に介さず、降りてくる。音がストップ。と、人々は止まり、丘の上を見る。順番に手を上げていく。人々は纏まる。キーンという音が次第に大きくなっていく。ゆっくり離れていく人々。なかからひとり倒れていく男が現れる。人々はゆっくり移動。倒れた男にズームイン。地図を握っている。男をよく見れば石井である。石井は死んでいる。石井からズームアウト。

25

四人は森へと入り進んでいく。先頭には菊地がいる。ここまでは入り口で話をしていた老人も付いてくる。老人がしんがりを務める。

朝九時半。

少し開けた場所で止まり、菊地が地図について語る。

菊地　あなた方の持っている地図はひとりひとり全部異なる。ただ最初の地点はみな同じだ。ここからはじまっている。道らしい道はない。磁石だけが頼りになる。ここから一〇キロくらいは一緒だが、その先で分かれる。ほぼそこまでに二日。森は育っているからもっとかかるかも、だ。誰が地図を描き、どうしてあなた方の手に渡ったのか、私にはわからない。だが、偶然にせよ、必然性があったと思うようになった。私の案内はここまで。ここからは勝手に行ってくれ。ただ心して欲しいのは、この森は現実と幻が合体してしまった森だということだ。帰って来ない人間の方がずっと多い。だから死体があるかもしれん。出会っても驚かないことだ。

海藤　あんたは戻った。

菊地　そうだ。私は戻ったが、理由はわからない。なんで私が戻り、多くは戻らないのか？

海藤　森は地獄か？

菊地　……地獄か天国か。（笑い）ときに幻に吸い寄せられたままになれば簡単に天国行きだ。

俺　くそっ！（舌打ちする）

菊地　一緒に戻るか？

俺　……。

山木　恐いか。

俺　当たり前だ。わけのわからんことばかりだ。

海藤　帰れ。

俺　……。なけなしの案内料を払ったんだ。行くさ。たいした人生じゃねえからな。

菊地　では。グッドラック。

老人、菊地は一緒に戻る。まったく振り返らず、さっさと移動する。

26

昼間。木々。太陽が出ている。木の肌。水の流れる小さな沢。

三人の男たち、森を進んで行く。黙々と道なき道を進む。そこは非常に美しい森だ。なにも起きない。黙々と進む。とは言え、人の手の入っていない森だから鬱蒼として木々が覆い被さってくる。足には蔦が絡まる。ときどき、凄まじい鳥の鳴き声が起きる。

と、山木が「シッ！」と音を制する。

すると、声が聞こえるではないか。

ささやき声　……こんなところで生きていたくもねえ。……。くそったれめ。ヒッヒッヒ……あんたなんか死んじまいな……。（ラジオノイズのような音が混じる）

そしてシーンと静まり返る。三人、少しの間、キョロキョロしているが、突然、海藤が狂ったようにピストルを取り出し、ぶっ放す。ヒーヒー言っている。取り押さえる山木。俺は木に登って、周りを見る。

俺　誰にも聞こえる幻聴はないだろう。土地の声か。

海藤　地面が喋るかい、アホ。

俺　なんだと、小心者が。

山木　止めろ！　とにかく先を急ぐぞ。

三人、動く、移動する。しかし妙な音がときどき鳴っている。祭り囃子の音まで聞こえる。その度に少し躊躇し、足を止めるが、すぐに動き出す。山木はときどき葉っぱの状態を調べている。磁石を取り出し、確認し、前に進む。葉を噛んだりもしている。土を手に取り、臭いを嗅ぎ、袋に入れる。

鳥の激しい鳴き声。

海藤　薄気味悪い森だ。

山木　この辺で野営しよう。

俺　（土を手に取って）この土を見ても木々を見ても、ここが三〇年前まで草原だったとは思えねえな。一〇〇年以上は間違いなく経っている。

山木　いや三〇年前は草地だった。ここは時間の軸がずれている。

俺　ここにいたのか？　あんた？　なにをしていたんだ？

海藤　ウワッ！　（と首筋を押さえる。と、それはただの木の葉だ）

山木　びくびくし過ぎると、神経が保たない。

と、森を眺め、準備を始める。かさこそと音がする。「こっちだ、こっちだ」という声が聞こえる。

27

廃墟のようでありつつ、生活を感じさせる薄暗い室内をゆっくりカメラが動く。光は窓から入ってくる外光だけだ。カメラはベッドに寝ている女を捉え、寄っていく。女は身を起こす。女は泣いていたよう。げっそりとやつれている。女は純だ。

純 私は子どもをひとり産みました。二二年も前のことです。まだ一六歳でした。母は強く反対しましたが、愛した男の子どもでした。堕ろすなんてできるはずがありません。愛した男……。
あの子は生まれたときから声がなかった。一緒に声を探しました。声を求めて旅さえしました。声は……。

28

三人、再び歩いている。
一一時。
森には太陽光がギラギラと隙間から差し込んでくる。移動すると森はさまざまな姿を見せる。森の情景が変化する。まるで生き物のような森だ。目印が木に巻き付いている。目印は木の成長によって取れかかっている。
と、山木が地図を取り出す。海藤は山木の地図を覗き込む。

山木 もうすぐだな。一踏ん張りだ。行こう。

再び移動し、しばらく歩く。呼吸音が激しい。
突如、目の前に地面から突き出た巨大な鉄柱が現れる。その側に子どもがいる。
俺は驚いて腰を抜かすかの如く、ガタガタ震える。
他のふたりは何が起きたのかわからず、呆然として、俺をひっぱたく山木。

山木 おい、しっかりしろ!!

俺は周りを見回す。子どもはいない。

山木 大丈夫か?
海藤 臆病者が!（笑う）
山木 着いたみたいだ。

山木は俺の様子を見て、大丈夫と悟ってか、地図を取り出す。海藤も取り出す。俺も少し遅れて取り出す。三者三様の地図だが、この地点であるという目印がある。地面からつき出している鉄柱は錆だらけで、部分的に数字が見える。

ここが単なる自然の森でないことだけは明らかだ。

海藤 なんに使われていたんだろうな。

俺 この意味を知っていて、あんた、来ているんじゃないのか。

海藤 おまえもな。下手な芝居を打ちやがって。

俺 なんだと！

海藤 くせえんだよ。なに格好つけてんだ。くそおもしろくもねえ。

山木 海藤さんはこいつをなんだと思いますか？（鉄の塊を叩きながら）

海藤 知らねえよ。でもな、やばければやばいほど、隠そうとするほど大事だってことだ。（三人、じっと見る。見合わせる）

山木 三人での最後の飯だ。それから地図に従って各々、別行動を取ろう。

三人、黙って黙々と食う。むしゃむしゃ食う音が響く。思えば虫の音がまったく聞こえない。遠くから鳥の鳴き声は聞こえるが、虫の音がない。

山木 この森には虫はいないのか？ 虫を見たか？

俺 見た。虫は……いる。

と、音が聞こえてくる。それは楽しげで華やかな音楽である。声が聞こえる。

ささやき声 いやだねえ、腐っちまったじゃないか。だからちゃんと……。そう簡単には崩れやしないよ。でも壊れる時は一瞬さ。（笑）どうせ女たらしの空っぽな男さ。死ぬしかないんだよ。（笑）

笑い声が聞こえる。三人ともキョロキョロし、目を見張り、特に海藤は激高したかのようだ。鉄塊に耳を当てる。しかしいったいどこから聞こえて来るのか？ 地面に耳を当ててもみるが、どうもそうではないよう。ならば遠くだろうか？ 風が吹いてきて、その音を消してしまう。

海藤 この野郎！ 顔を見せろ！ くっそお！（と急にナイフを取り出し、森のなかへと入っていく。目玉をおっ広げ、場をねめ回しつつ獰猛な動物のよう

に動き回る。むろん小心さが覗くのである）
俺　音が厄介だな。纏わり付かれそうだ。
山木　何か見たな。
俺　ああ。
山木　音は慣れればいい。慣れなければ狂うぞ。森を彷徨い続けるだけになる。
俺　そうですね。
山木　……虫のいない森か。
俺　虫はいました。
山木　虫の音がないだけか。
俺　ここは……。
山木　蛇や動物はいるのか。鳥は飛んでいるが。
俺　なにかに見られているようだ。
山木　そのうちわかる。焦るな。
俺　山木さん、戻りますか？　ちゃんと。
山木　もちろん。私の興味はひとつしかない。
俺　それは……？
山木　望んでの旅だ。戻る。
俺　海藤は……。
山木　そうだな。
俺　どこまで行ったんだ。
山木　行くぞ。待っていても仕方がない。どっちにしろ、ここで別れだ。海藤のバッグは置いておけばいい。

と、山木、俺ともに地図と磁石を取り出し、見る。

それから森を見る。

森は妙な、少しばかり電気的なうなり音を立てている。それはバリアでも張っているかの音。

太陽がジリジリと照りつけている。光が眩しい。

山木に俺は握手を求める。なにも言わない。そして再び森を見る。圧倒する力を感じるふたり。

磁石を見る。その指す方角に向かって、ふたりは歩み出す。


カメラが森のなかを入っていく。しばらくは人目線で森を進んでいくカメラだが、高い木の上にするすると上り、見下ろす。再びカメラは森の全体像を捉えようとする。果てのない森。まるで入り口がどこにあったかさえ見えなくなっている。そこは果てのないジャングル地帯のようだ。カメラは誰の視点でもない。生き物のようなカメラの視点を持って移動する。

うなり音は途切れることなく、次のシーンに移る。

29

人々の群れが砂丘からゆっくり降りてくる。そして森の前に集まる。人々が何者かわからないが、旅人の出立ちである。群靴の響きが乗ってくる。音が場を席巻していく。人々、慌てて引き返していくが、音が小さくなるに連れて再び集まってくる。そして森を前にして座っていたり、立っていたり。

老人がどこからともなく現れる。目つきが怪しい。

老人　あんた方は地図を持っているか？　地図は通行手形みたいなもんだ。地図がなければ入れない。
代表者　……あなたはどなたですか？
老人　ここの管理人のような者だ。
代表者　管理人？
老人　そうだ。
代表者　私たちは故郷を追われた。この森は我らの土地だ。
老人　止めた方がいいよ。地図がなければ入れないし、入ったら出られない。迷宮の森だ。必ずのたれ死ぬ。ここは手形がないと入れないんだよ。
代表者　あんた、誰に雇われているんだ？
再び群靴の響き。人々はあわてて散る。砂を上っていく。ひとりだけ戻ってきて突進して森に入ってしまう男。
老人　やめろ。
ブーンという音が鳴って、カメラは男の後を追っていく。カメラは男を通り過ぎ、奥へ奥へと入っていく。そして再び別の鉄塊を捉えるのだ。その鉄塊の陰にはボロボロになった人間の衣服が散乱している。

30

一五時。腕時計で知る時刻。

俺の姿を捉えているカメラ。

俺が地図を見ては奥へと入っていく。

太陽がぎらつく。と、ささやき声が聞こえてくる。

ささやき声　……川の水はきらきらと光り、風は穏やかな時間を運んで草花はゆらゆらと揺れた。おまえの髪もやさしくふわっと風に舞ったのを見たとき、俺の胸は張り裂けそうになった。時が止まれば良いと思った。俺は時計を見た。ちょうどお昼どきだった。草いきれがムッと匂った……

俺はなぜか奥底からこみ上げてくるものがあり、吐き気を催す。それは悲しみに彩られた吐き気だ。と、水の流れる音がする。そろりそろりと寄って行き、小さな川を発見する。喉が渇いていた俺はガブガブとその水を飲む。よく見れば光る玉が水の奥にある。ゆっくりと水の底の玉にズーム。俺は手を突っ込んでそれを取り出す。
それは音を発している。耳の側に持っていく。ぶーんと音のする玉。辺りを見回す。虫がいるのではないか、と探す。土を掘ってみる。虫が一匹。音がしないかと耳に近づける。音はない。しかし非常に愛おしく、虫を手の上で愛でる。そして虫に対して、妙な声を出す。が、その虫はなんという虫か？　奇怪な動きをし、よく見れば奇妙な形をしている。まるでマシーンのような。俺は驚いて、その虫を踏みつぶす。マシーンではないのはわかる。だが液体がどこからも出ない。からからの虫であることを知る。それを精査しようとする。ゆっくりズームアウトしていく。木々が大きく揺れている。
玉を静かに水の中に戻す。それから再度水を飲んで離れる。恐怖というよりも身体中が鋭敏な感覚体となっているかのようで、ぐるり見回す。

俺　くそっ！

31

同じ時間帯。
山木が森をかき分けていく。山木は森をかき分けるだけではなく、木々の音を聞き、臭いを嗅ぎ、時間を記録する。
と、ズドーンと非常に深い音が鳴る。大地の破裂音のような音である。なにかが空中を動いているように山木の網膜には映っている。音が迫ってくる。腰を抜かし、悲鳴を上げる。樹が山木の上に覆い被さってくる。太陽光がギラギラと照りつける。木漏れ日が激しい。妙な明るい音楽もときどきかすかに混じる。

山木　助けてくれ！　私は……。

山木、逃げる。逃げる。地面に足を取られ、すっ転ぶが、それでも尚、その音は迫ってくる。と、見れば男がいるではないか。ボロボロの服を着て目の前にいる。

男　おい、山木。大丈夫か。おれだ。
山木　ああ、おまえ……三塚か？　生きていたのか？
これはなんだ？

三塚　こっちへ来い。

悲鳴を上げ、すっ転びつつ、三塚と山木が移動し、少しスペースのある場所に出る。と、そこは鉄塊の場所。地面には一枚の紙。「くそったれ」と書いてある。海藤のリュックがない。紙を持って海藤を少し探す。が、すぐに。

山木　もとに逆戻りか。……こんなところでどうやって生きていた。

三塚　（笑いながら）……森はどんどん育っているからな。わかるな、わけは。あれだよ。

山木　あれってなんだ？

三塚　おまえも知っての通り、この辺りは実験場だった。手に負えなくなったってことだ。

山木　でも、あのとき……。なんにもわからなかった。

三塚　すでにはじまっていたんだ。逃げ出したやつにはわかるまい。

山木　違う、逃げ出したんじゃない。

三塚　どう取り繕おうが、事実だ。違うか。

山木　……こんなところでどうやって生きていられるんだ。

三塚　食うものには困らないさ。

山木　動物はいるのか？　鳥の鳴き声は聞こえるが、虫の声ひとつしない。

三塚　いるともいないとも……言えるな。

山木　どういうことだ。

三塚　そういうことだ。想像つくだろう。おまえの頭で考えろ。

山木　なんで出て来ない。

三塚　……。おまえ、どこへ向かっている？　（山木、地図を見せる）

三塚　やっぱりな。止めた方がいいぞ。戻れ、早く。

山木　どうしてだ。

と、そのとき、女のささやき声が聞こえる。

ささやき声　あの頃、春になれば野原は一面黄色く彩られました。あの風景がまぶたに焼き付いて離れません。ときが止まってこのままでいられたら、と思いました。私は……。

山木は目を見開き、その声を探す。探しまわって、

山木　おい、三塚！　この声はどこから来るんだ！

と見れば、どこにも三塚はいない。太陽の光が燦々と照りつけている。

32

森の視点。ゆっくりと誰の視点でもないかの如くカメラが動いていく。そしてそれは聖なる樹を捉える。樹はまるで森の主の如き偉容さを持つ。カメラはゆっくりと樹に沿い、そして太陽へと向かって移動する。水の流れる音。水流へとズームインして行く。すると、さきほど水底に沈んでいた玉が育って大きくなっているのがわかる。そこからパンアップすると衣服が脱ぎ散らされている。それは三塚が着ていた衣服である。

33

暗い室内。
純がおれにささやいている。あの夜のことだ。純と俺がいる。

純　いつから川島って名乗っているの？　あなた、お母さんから聞いていない？　私が身ごもったこと。

俺　なんのことだ？　おれはあんたのことは知らない。

純　あんたって……。そう。あのとき、記憶は消えてしまったのね。都合よくね。あのとき……。

急に抱きつきすすり泣く純。俺は驚いているが、純を撫でる。純はねっとりした目で俺を見る。俺は純に組み伏せられる。純が上からのしかかって、俺の耳元でささやく。

純　ここはあなたと私の場所。行かないで。

扉が開いていく。誰もいないが、ゆっくりと扉が開き、光が漏れてくる。扉を通って外の風景を捉える。と、子どもがうずくまっている。

34

昼間。太陽がギラギラ、照りつけている。
三人のなかのひとりの男、海藤が森のなかで目をみはっている。女が遠くからやって来る。女は海藤を認める。最初は驚いていた女だが、居竦んだようにガックリと膝を折り、地べたに座り込んでしまう。

海藤　なにをしている、こんな森のなかで。くそ、血迷

女　もう忘れました。幽霊かどうか、よく見てください。
ったか、幽霊め！

　と言って、女は脱ぎ出してしまう。裸の足に寄っていく海藤。そして少し後ずさりし、逃げ出すが、足を取られ、すっ転ぶ。振り返る。ただじっと見つめる海藤。さらに恐ろしくなって後ずさり。女は恥ずかしさに耐え切れず、泣き出してしまう。海藤には木々が巻き付き、それでも恐怖を抱え込みながらも美しさに陶然となる。美しくも悲しい音楽が流れてくる。海藤、天を見上げて再び女を見る。女は裸のまま、海藤を見ている。射すくめられたかの如き海藤だ。

　光がきらきらと輝く。

　カメラがパンすると森がざわざわと動いている。森を渡る風の音がどんどん大きくなっていく。

　森を突っ切るかのように移動していく俺が遠くにいる。俺は海藤に気付かない。

　海藤は俺に気付くが声が出ない。いや、プライドからか、俺に助けを求めたくはない海藤。

　するとにっこりと微笑み、軽く衣服を纏い、歩き出す女。その女のあとを追っていく海藤。

35

カメラは俺を追う。俺はズンズン進む。

「おい」との声。「おい」と再び。「なぜ戻ってきた」キョロキョロする俺。

俺　どこだ。答えろ。
声　……草原を渡る風が春になると光っているようだった。ここは草原だった。
俺　はじめて来たんだ。戻ってきたのではない。
声　俺は誰だと問い返した。純はじっと俺を見て、俺に覆い被さった。あの甘い息は俺を夢のなかに誘った。
俺　おまえは誰だ！
　俺は匂いに気付く。土の匂いを嗅ぐ。そして少し舐めてみる。
俺　塩？
俺のモノローグ　これは夢なのだろうか？　見たことのある夢か。川、木々、土、海、砂浜……純という名前、ぼんやりと残像のように……。

地図を取り出す俺。……とにかく行ってみよう。と、目を落とす。ジーという音が鳴り出している。

36

曇り空。風が強い。

遠景としての輝く草原。その草原の真ん中を突っ切って手を繋いで走る男女が遠くにいる。

ゆっくりズームインしていくと、ふたりは俺と純であると知れる。ときどき後ろを振り返りながら、逃げていく。聞こえて来るのはドーンという地響きのような音。それがだんだん大きな音に変わり、煙を伴って追いかけて来る。そして音は彼らを飲み込んでしまう。白い煙が彼らを覆っていく。

37

俺は何かから逃げるように、必死になって森を走る。と、森のなかを走り抜ける子どもがいる。まるで座敷童のような。何度も見た子どもだ。子どもは俺を見ては走る。子どもは木の陰に入る。そして消えてしまう。そこには一体の死体と思しきからだがある。よく見れば、草原を走っていた姿の俺ではないか。俺は目をこすり、後ずさりして逃げていく。

38

山木がATの上階の室内にいる。山木が苦悩の表情を浮かべている。ポツリポツリと語り出す。決して明るくはない室内である。このときは電灯がついている。集合した前夜であると知れる。

山木 ……この町にいた……。私は医者でした。いや今も医者だが、あれからまったく身が入らない。抜け殻みたいなもんです。サクラマチにいた頃は良かった。ずいぶん昔……。しかし、だんだん誰も治せなくなった。噂は聞こえていた。なにかが起きていた。でも誰もはっきりしたことは言えないし、実際わからなかった。予想は付いたが……。なんの情報も得られなくなっていた。……この周りの状況を見ればすぐわかる。未だこの一帯では不思議な現象だらけだ。からだの異変はもちろん、砂丘や森もそうだ。……私は多くの死体を解剖した。そして子どもにはさまざまな薬を新たに調合してはなんとかしようとしてきた。しかし次々と死んでいった。それも突然狂い死んだ。なにも知らされないまま、私たちは実験場のなかにいたようなもんだ。二五年前……。私はサクラマチから出た。情報を得るという目的はあったが、恐ろしかった。……サクラマチは美しかったな。

39

曇り空。うっすらと霧が掛かっている。

人々が集まっている。森を見、森を凝視している。背景では煙が舞い上がり、群靴の響きが遠くからやって来つつある。同時にキーンという金属音もどんどん大きくなる。人々の顔だけがアップになる。座り出す人々。急激に霧が漂ってくる。

40

霧の森。山木は地図を頼りに歩いている。次第に疲れが出ている。木にぶつかり、木にもたれかかる。

と、水の流れが聞こえる。吸い寄せられるように水に近づく。

森の木々の間に何人もの人々の衣服がある。しかし雨に濡れ、地面に、木々に半分は溶け込んでいるかようだ。地面から衣服は浮いてはいない。いかにも半ばめり込み、半ば現世に希望を持っているかのように地面化している。つまりからだだけが消えてしまったような衣服の形状。集団でその場にいたと思われる。骨は溶けてしまったのか、微塵も存在しない。ボロボロになって溶けた衣服。靴は地面から半分はつき出して、息をしているかのようだ。

見上げると一体だけは木に吊るされている。首を括ったものと思われる。スケルトン状態だ。しかしスケルトンも少しは溶けている。山木は服のなかを調べ、服の臭いを嗅ぎ、吊るされている衣服付きスケルトンを木から降ろし、木にもたれかけさせる。そしてじっと見つめる。天を仰ぎ、近くに流れる小川の水を飲み、食料を摂りながら地図を頼りに前進していく。この間、ときどきカサコソと音がする。誰かが動く音。そしてささやき声。

ささやき声　死んでるんじゃない。みんな生きているのよ、勘違いしないで。森が動いて命を持っているの。

カメラは森に咲く一輪の花に寄っていく。不思議な花だ。顔を寄せる山木。匂いを嗅ぐ。と、幻覚に襲われる。マシーンらしき虫が飛び立っていく。

美しい姿の子どもが目に入る。子どもは座っている。そしてゆっくり首を傾げる。すると、どこからともなくシーン一〇で飛んでいった瓶がそのまま飛んできて山木の頬をかすめ、近くの木に当たり、粉々に砕ける。

その破片を拾い、瓶がＡＴにあったことを思い出す山木。

41

森をふらつきながら歩く山木の足もとのアップ。目玉のアップ。そのままズームアウト。

と、ボロボロの建物のような、だが、あくまでも自然が作った雨を避けられる場所を見つける山木。定かでない時間帯。場は霧が覆い出している。

老人（男）がいる。

山木自身はフラフラになりながら老人を見据える。

老人は山木を出迎えるかの如く正対している。

それは先ほどの子どもとまったく同じ姿態である。子どもと老人が一体であるかのようだ。山木は幻覚ではないかと考え、立ち去ろうとする。老人は花を持っている。

老人　山木さん、私はあなたに騙されましたよ。

山木　あなたは……。

山木はその場に意識を失うかの如く倒れてしまう。カメラはゆっくりその場から離れていく。木々を映し出す。

霧が晴れて、太陽光が覗いている。

波の音が聞こえてくる。

42

再び海藤と女。女は服を着ている。海藤は射すくめられている。

波の音は続いている。

海藤　ここは海に近いのか？

女、何も答えない。じっと上目遣いに見ているだけ。

海藤、女のからだに触れる。ガタガタと震え出す。服の間から女の乳に触れる。

海藤　あったかい。（そして、触れた手がガタガタと震え出し、ウワーッと叫んで立ち上がり、恐怖に震えて、女を殴りつけようとする。いや、ナイフまで取り出す。女はそれでもひとつも慌てず、そのさまを

見ている。海藤の足ががくがくと鳴って震え、崩れ落ちる）

海藤　ここはどこだ！

女　もういちど殺して。

海藤　もういちど……。おまえは……。おれはおまえに会いに来たんじゃない。（と、女を見て畏れ、泣き出してしまう。女は海藤の頬を撫でる）行かなくては。俺は……。

海藤は地図を取り出す。震えながらもそれを食い入るように見る。木にぶら下がった目印がある。

海藤　この目印は……。最終地点。（さらに泣く）おまえが最終地点か。

女は海藤の頭に手を置く。
海藤、目を見開き、女を見る。
再度、女は脱ぐ。男の手をその乳房に持って行く。
女、微笑み、母性を露わに微笑み、海藤に覆い被さる。ゆっくりと性の動きがはじまる。

女　殺されても良いと思ったわ。あなたが悪人でも構わなかった。どうせ長くない命だと思っていたもの。

と女は海藤の首を絞める。

海藤　止めろ！　止めてくれ！

とは言うが、抵抗する力がなにもない。そんな状態のまま、性の動きは続く。女は首を絞める力を強めたり、弱めたりしている。
最初は性の生々しい音だったが、そこに被って、海藤のささやきが聞こえる。セックスの音は音楽化されていく。そして風の音が乗る。ミックスして生々しい自然の力の音へと変換していく。森から漏れる光を捉えるカメラ。

海藤のモノローグ　時間が溶けるようだ。俺はこの温かな風のなかにいて、おんなのからだに吸い込まれていった。俺は気を失い、いつしかこの土に吸い込まれると思った。蒸気が俺を覆って、その上を雨が踊った。土は良い匂いを放って俺を包み込み、俺は地面に溶けていった。

43

森の聖なる樹を捉えているカメラ。

聖なる樹は大いに動いている。まるで生き物のように動く。音楽はノスタルジックな音楽へと変わっている。水の音が乗ってくる。再び小川のなかの玉を捉える。それはますます育っている。その隣りにはセルロイドの人形が流れて来ている。人形をゆっくりと捉えて、ズームインする。と、玉と人形を次第に覆ってしまうのは黒い水の流れ。場は黒い水に覆われて、ゆっくりと溶暗していく。

俺のモノローグ　この家は？　なんだ。この森のなかで……。傷。柱の曲がり具合。色味は消えているが……この家は……。
俺は耳を澄ましてみる。俺の耳に聞こえているのは、昔々の音楽であり、それらが次々と襲ってくる。小さな音が重なり合って、突然ノイズが入り、音が再び主張し出す。おれは目眩を起こしそうになる。この間カメラは、廃墟を捉えて動いている。と、ささやき声が聞こえる。押し殺したような、吐き捨てるような。

ささやき声　こんな人生なんて、まっぴらだ！

44

俺の足下を捉える。ザクザクと歩む姿。

と、突然、大きな廃墟が目前に現れる。地図と照らし合わせる。

この廃墟だとわかる。

だがこんなものが森のなかにあるはずがないと思う。森の木々が家のなかにまで入り込み、めり込んでおり、誰もいそうにない。しかし見覚えのある家だと俺は感じ、目を細める。柱に触ってみる。強い感慨が襲ってくる。

はっとした。まるで親父の声に聞こえた。俺はふと「親父」と口にした。

廃墟に入っていくと、女が座って縫い物をしている。子どもがいる。女は母ではないか。しかしまだ若い。「おふくろ」と口にする。

おれは母を見る。この子どもは誰だ？

母　サクラマチはどうだった。

俺　サクラマチ？　ああ……おふくろ……この子は誰？

母　……ん？　誰もいないよ。
俺　いるじゃないか。
母　そうかい？　それならきっと、おまえが見ているのはおまえさ。
俺　おふくろは死んだ。あんた、誰だ？
母　サクラマチは美しいところでしたよ。春は一面の菜の花で覆われ、夏は向日葵がそこかしこに咲き乱れ、秋の紅葉も鮮やかに照り輝いた。私はそんなサクラマチが好きでした。でも父が私を引っ張ってサクラマチを出た。おまえと純を連れてね。
俺　純を知っているのか？　あんたは……。
母　遠い昔のことだ。
母　……途中、死体が転がっていただろう、横暴な男でね、死ぬしかなかったのよ。

と、子どもが近づいてきて、おれの顔を見る。子どもは俺にブローチを手渡す。そして座り、じっと顔を傾けて見ている。おれは少しずつ遠ざかっていく。一度、カメラは外に出て、森の真っただ中をぐるり一周し、太陽光を捉え、そして再び家のなかに入っていく。子どもがいる。布団が敷かれ、母が死んだように寝ている。通り過ぎて、奥の扉が自然に開かれる。と、森に佇む母と子どもがいる。すべてのカメラの動きはきわめて遅い。

45

軽快な音楽が聞こえる。小さな音だ。どこから聞こえているのか？　おれはふらふらと出て行く。森を彷徨う。森の中を逃げる。必死で逃げる。森がざわざわと動く。ささやきが聞こえる。

ささやき声（女）　春は一面の菜の花で覆われ、夏は向日葵がそこかしこに咲き乱れ、秋の紅葉も鮮やかに照り輝いた。私はそんなサクラマチが好きでしたよ。

激しい太陽の光がおれを焼くかの如く、だ。光と熱が燦々と降り注ぐ。
と、光り輝く場が遠くに見える。そこは光の届かない暗い鬱蒼とした木々の密集地帯だ。近づいていく。と、ピカピカに光る五メートルもの円柱がある。
地場のように妙な音を発している。音はうねって、なにかが煮沸されているようなボコボコという音がする。その音は次第に大きくなって来る。
森がざわざわと動く。俺は腰が抜けたようになって、木にもたれかかるが、そのうちに倒れ、そして四つん這いになって、まるで動物のように柱の周りを回り出す。

光はどんどん強烈になっていく。

籠の鳥　籠の鳥
島の鳥は籠の鳥
逃げる鳥は弱き鳥
捕まえるは鳥の鳥

と、ささやき声が聞こえる。

美しい音楽が入り込んでくる。

46

記憶の情景。音楽は続いている。

美しい草原。そこを渡っていく男女、そして子どもがいる。遠景から近景へとカメラはインしていく。近寄ればそれは俺と純、そして先ほどの子どもである。

47

風音。曇り空。

森側から見ている遠景。漂流民たちが集ってくる。彼らは森をじっと見ている。どうしていいかわからず、じっと見ている。全員が森に向かって（つまりカメラに向かって）駆け出す。誰も止めようがない。銃声音が発せられる。人々は一気に伏せる。砂の上を這い回る。

軽快な音楽が流れてくる。

漂流民たちは逃げ出す。一目散に砂に足を取られつつ、四方に散って行く。

老人がその姿を見ている。

48

再びあの森の屋敷のなか。母が寝ている。

そして母は起き出し、むしゃむしゃ、おひつから米を茶碗にもって、汁を流し込み、貪り食っている。

子どもがその姿を扉の陰から盗み見ている。

母は泣き出してしまう。

子どもの射抜くような目のアップ。

49

母のモノローグ　はい。純ですか？　私の名前ですよ、純は。娘？　純なんて娘はおりません。あそこにいれば、自然に少しずつ狂っても来ます。愛した男はいましたよ、もちろん。子どもですか？　いたかしら？　よく覚えていません。サクラマチ？　え？

あの町？　ええと、なんて名前だったかしら？　あの町は嫌なところでね、あるときを境に、誰も彼もがおかしくなってしまった。……ときが止まったと思ったら、猛烈に走り出した……。

50

森に大雨が降って、大風が吹いている。合羽を着た俺が彷徨っている。足を取られ、ズルリと倒れるが、そこがどこか判然としない。雨が落ちて来て、風によって森が唸っている。ささやき声が鳴る。

ささやき声　どこへ行くんだ。ここから先は遠い道のりだ。やめておけ。休んでいけ。おまえも俺たちの仲間だ。ふっふっふっ……。

笑い声が響いている。
突然、蝉の鳴き声が聞こえ出す。雨のなかの蝉の声に、俺は激しく動揺する。
いつしか俺は聖なる木の真ん前に来ている。雨のなか、聖なる木は俺に覆い被さってくるようだ。聖なる木の激しい動きに魂を射抜かれつつ、俺は這い出る。ザンザン降りの雨のなかを彷徨う。ふらふらと彷徨いながら、出口を目指す。出口へと移動していく。地図は溶けそうだ。地図を頼りとするが、それも次第に機能しなくなっていく。

俺　おーい。おれを助けてくれ！

ささやき声　ふっふっふっ……助けてあげるよ……おいで、ここまで……。

51

漂流民たちにも雨が注いでいる。
雨が降り注ぎ、風が強い。身動きひとつせず、砂嵐のなかに佇む人々。人々は傘を差している。
そのなかで守衛の老人がひとりずつ、肩を叩いたり、抱きしめたり、力を与えている。
森を見る人々。

52

おれはズルズル、ずぶ濡れになりながら逃げる。
雨音が追いかける。
風音が鳴る。

森が動く。

蝉の音が追いかける。ささやき声が聞こえている。

ささやき声　くそったれめ、生きていたってしょうがねえ。なんてこったい。あいつが死んだ夜、この町は終わりだと思ったんだ。なにかに飲み込まれそうだった。死んじまえ、という声が聞こえた……。

息だけが弾む。俺は必死で彷徨い、逃げた。なにから逃げているのかわからないままに逃げた。ときに森に掴まれたかのようで、身動きが取れなくなった。

恐怖が突き上げるように襲ってきた。

53

黒い水の流れのなかから次第に黒が消されていき、セルロイドの人形が浮かび上がってくる。ゆっくりカメラが動く。

54

突然の叫びが起きる。

丘の上に立つ男。倒れ、向こう側に転げ落ちる。死んだのかどうかはわからない。漂流民たち、傘を放り投げて一斉に四方に散っていく。

55

午後三時。

俺は這々の体で森から這い出してくる。

と、一切雨がない。曇り空だ。俺はむろんずぶ濡れである。

目の前に砂の丘が迫っている。リュックも合羽も脱ぎ捨てて、砂の丘を登る。上っている間にどんどん風が大きくなってくる。大風が襲ってくる。砂が舞い上がる。息が上がる。呼吸音ばかりが大きくなる。俺はときに飛ばされ、方向を見失う。

丘の上に立つと前方にはなにもない。サクラマチはどこへ行った？　後方を振り返る。あったはずの森は砂に隠されてか、見えない。風音が鳴り、砂が吹き上がる。

俺は呆然とする。

俺　おれは……。なにを見たんだ。

足を引きずって、サクラマチを目指す。歩く。そして砂のなかに消えていく。

56

砂のなかでロバに乗った初老の男に出会う。

俺　サクラマチを知っているか？

男　そういえば旦那には以前会いましたな。そうだ、石井に会えと言った。会えましたか？

俺　あんたに会ったことはない。サクラマチはどっちだ。

男　サクラマチは良いところだ。まだ会えないか？　そうか、でも遠くじゃない。すぐだ。ほらこの道を真っ直ぐ行ったところだ。お守りとして持って行け。

(と母親が持っていたブローチを渡される)

グッドラック。

俺は歩き出す。男は俺を見送っている。が、逆方向にロバに乗って動き出す。

嵐によって風景はかき消される。

世界会議

2017

登場人物

亡霊毛沢東／市民⑦／熊1
亡霊ガンジー／市民①
亡霊マザーテレサ／市民⑤
亡霊南方熊楠／市民②／熊2
亡霊ジャンヌダルク／市民⑥
亡霊空海／市民③
亡霊ヒットラー／市民④

舞台上は煙に覆われている。

うっすらと見えているのがダラリと垂れ下がった四メートルはあろうかという四本の枯れかけた向日葵と黒い土嚢的なるものである。土嚢は全部で五個。椅子にしたり机にしたりが可能な土嚢だ。

また舞台奥壁面には大きな穴が空いている。直径が約三・五メートルの穴だ。その奥にはスクリーンが張ってある。スクリーンと穴の壁には隙間があり、そこを利用して人々の出入りが可能。その入り口は向こう側とこちら側を隔てる役割をも果たす。

プロジェクターは二台使われることになる。一台はこのスクリーンに映し出すように。一台は壁面全体を使い、空間全部を収めていくような大画面映像である。とはいえ、壁は黒だから、明瞭な映像は出ない。

水の垂れる音が入場中ずっと響いている。水は実際には垂れていない。そんななか、ときどきささやき声が聞こえる。なんと言っているか、その内容は聞き取りにくい。下記の声は一例に過ぎず、女、子供の声、さまざまな声が聞こえているのである。聞こえる声は、全部はクリアには聞こえない。

……おい、ここは。……苦しいぞ。真っ暗だ。……狭い。おれを閉じ込めやがって。ああ、苦しい。……冷たい。世界の果てまで飛んでいく、おれはどこまでも飛んでいく。君、そう、君だよ。……なぜ黙っている。耳が悪いのかね。……冷えるぞ。おい、君。君だ……。

入場中からボソボソボソボソっと聞こえている。うわさ話や下ネタ、悪口、独り言など……。

と、小さな音で口琴が鳴り出す。口琴の音がどんどんどんどん大きくなっていく。

そして暗転がはじまる。

スクリーンに「あ・あ・あ……ひたひたひた……」の文字が浮かぶ。

だんだん口琴の音が小さくなっていく。と呼吸音が聞こえる。口琴と呼吸音がともにリンクしている。

明かりが点いていく。

1　再生

満月が舞台奥の円形のなかに出ている。

青白い光。光の水と思しき光の筋が認められる。

六人が横になっている。黒い土嚢の上で横になる人もいる。死んでいる人たち。ホーウ、ホーウという呼び声が聞こえる。死んでいる人たち。ホーウ、ホーウ。その呼び声にのってくるのが横笛である。櫓を漕ぐ音も鳴っている。

ささやき声が聞こえる。


どこだ、ここは。

わたしは誰だ？　ああ、あれは……。


ときどきシャーン、シャーンという音が鳴り、横笛がきききっと鳴る。琵琶の音のようなビヨーンという音、ズズズッという土砂が崩れるような音が鳴る。

それらに釣られ、人々は腕を上げ、宙空を指差そうと試みる。少しずつ身体を反らせ振らせて、肘を付き、起き上がろうとする。その動きはユニゾンになり、かと思うとバラバラになり、ぐぐっと起きたかと思うと再び寝てしまったり、倒れ込んだり……。

一体の死人がゆうらりゆらりと起き上がり、ここはどこだ、と眼をこするが、再び死の引力の如き力によって横にさせられる。

行っていること自体にまったく滑稽さはないが、全身がデフォルメ化されて、滑稽に見えなくもない。みんな、薄汚れた白い衣装を着ている。しかしその衣装は各人バラバラの時代の衣装をまとい、彼らが生きた時代のまま、色味だけが漂泊されてしまったかのよう。とは言え、彼らの顔は真っ白ではない、が、少し白い。

六体の死体が一体ずつ起き上がってくる。加えてもうひとり現れることになるけれど、これはずいぶん後になってからだ。


文字が出て来るに従い、その文字と合致しながらひとりずつ起きてくる。色が黒めの男（亡霊ガンジー）が起き上がる。

ああ、私は死んでいたのだな。

ウーイ、ウーイという声が流れる。次には小さな女（亡霊テレサ）。

ああ……あたしの生は地獄……か。

ウーイ、ウーイという声。静かな横笛。次に起きてくる男（亡霊空海）。

死ぬるも生くるも……。

次第にシャーンシャーンという音が大きくなる。字幕はなく、カッカッカという笑い声のみが響きながら男が起きてくる（亡霊ヒットラー）。

続いて男装の女（亡霊ジャンヌ）である。

私は神のことばを聞いた。

最後は男（亡霊毛）である。

……わしは蘇ったのか？

ねめ回しながら唸り声を発する。

こうして次々と起き上がり、そして場に漂いつつゆっくり覚醒してくる。

彼らはみんな白い服を着ているが、全員が違う印象である。

クックックと笑う男がいる。

そこに異音。小さな異音に始まって、次第に大きくなり、爆音になってくる。円の中にチロチロと映像が出てくる。ジェット気流のような大きな音が突如、一気に聞こえて来ると、チロチロ画像は色味のないまま光の塊となってスパークし、燃え上がるかのような映像が映し出される。光が円の外へと飛び散ると、モノクロの光がさまざまな光の粒子となって瞬き、宇宙から大気圏に突入するかのごとき色のない光、モノクロ映像が弾ける。映像に音が激しく合致。全員が塊となり、前方を見て、眼を見開き、うおおおおっと凄まじい形相で時間をやり過ごそうとしている。誰もが倒れそうになり、吹っ飛ばされる者も出てくる始末。支離滅裂の様相を呈してくるが、あるポイントでぐるぐると回りはじめてしまう。ユニゾンで動くがひとりの男は内側に入り込んで、動きに加わらず。

光と音の嵐は次第に止んでくる。映像も消えていく。波の音が聞こえる。ぜえぜえしながら、なにが起きたかわからぬ風体の死人たち。

緩やかな、静けさを伴った波のような音であるが、波の音ではない。

六人は皆、朦朧としている。なにかに恐れをなしている。互いが互いを知らない。そして互いが互いにぼやけた頭で強烈な意識を向けているのが分かる。

亡霊毛沢東が声を発する。

亡霊毛沢東　ここはどこだ！

2　デフォルメの経歴

ぐるぐると歩く。移動し、その軌跡上でフェイントをかけ、身体を反転させ、相手の反応を見る。それは互いを探り合うための行為である。どうしても探り合いが必要だ。互いに強く気になってしまう輩の集合体だが、二癖も三癖もある畏怖、高潔、傲慢、恐怖の頂点に存在した人間たちの蘇りし死体なのだ。声と同時に「シュッ」「ハッ」「シュエタッ」「ホーウ、ホーウ」……等の声を発しつつ、移動に継ぐ移動を開始している。上半身は小さな、そしてなにかに抗う動きが入り込む。ザットゥザザザザ、ザットゥザザザザ……との声が聞こえ（音楽家か）、ビヨーンと弦が弾かれるような音も鳴る。ゆったりと歩みを進める男もいる。唸り声も鳴っている。

亡霊毛沢東　おまえたちは誰だ。
亡霊ガンジー　忘れたな。
亡霊空海　悪人か。
亡霊ヒットラー　おい、坊主。
亡霊毛沢東　なんだ、その格好は。
亡霊ジャンヌ　嫌な目だ。
亡霊テレサ　生きとし生けるもの。
亡霊毛沢東　おい、はげ。
亡霊空海　我信ずるところに我あり。
亡霊ヒットラー　革命は失敗、序章だった。
亡霊毛沢東　おぬしも失敗したか。
亡霊ジャンヌ　魔女ではない。
亡霊空海　嵐のなかを彷徨った。
亡霊テレサ　魔女め。
亡霊ヒットラー　ユダヤか？
亡霊ガンジー　私は一三歳で結婚した。
亡霊毛沢東　わしは一四だ！
亡霊空海　どこから来た。
亡霊ジャンヌ　フランスだ、革命だ。不潔！
亡霊毛沢東　文化大革命とはわしのことだ。
亡霊テレサ　アナトリア人とルーマニア人の間に生まれたのが清い私。
亡霊ヒットラー　清い？
亡霊空海　はっは、恥知らずめ。
亡霊ジャンヌ　くそ坊主め。
亡霊ガンジー　私はインドの政治指導者である。
亡霊空海　密教坊主だ、わしは！
亡霊ヒットラー　ドイツ帝国万歳！

亡霊毛沢東　誰もが私にひれ伏した。
亡霊ヒットラー　おまえは偽物だ。私にひれ伏した。
亡霊テレサ　今でも彷徨っている。
亡霊ガンジー　おまえのことは知っている。
亡霊ジャンヌ　嘘つきめ。
亡霊テレサ　私は聖女です。
亡霊毛沢東　地獄で見たわい。
亡霊テレサ　天国よ。私は決して嘘は申しません。
亡霊毛沢東　革命は失敗ではない。
亡霊ガンジー　あの結婚は失敗だった！
亡霊ヒットラー　失敗だった！

と、スッと土嚢に座る者、立ったままの者、落ち着きなく動いている者、土嚢の上に立ち上がってしまっている者……等々。亡霊テレサは手を差し伸べて動き、亡霊毛沢東がゆるゆると動いているが、一気に動き出すのは亡霊空海である。即身成仏したはずの空海だから、亡霊となって彷徨い出ることなどあり得ないはず。そこで、これはなにかの間違いではないか？　との疑問とフラストレーションからの動きが迸る。亡霊ガンジーは周辺部からその様子を見つつ、フニャラフニャラと無抵抗の踊りを踊り出す。しかし彼もまた他の連中とは異なって、なにゆえにこの世に現れ出たか、さっぱり理由が理解できない。それが亡霊ガンジー、亡霊空海と他の亡霊たちとの大きな違いだ。他の者たちは彷徨い出るに十分な理由を持っている。後々に出てくる亡霊熊楠は前者であるが……。亡霊ヒットラーは立ったままで、ぎろぎろと見つめている。怒りがその顔に表れている。亡霊ジャンヌはポーズを作ったままだ。怒りやら不信心やら、憎悪やらさまざまな要素が入り交じりながら、亡霊たちは存在している。しかしながら彼ら個々の巨大さは異様なほどの圧力となって滲み出ている。
亡霊となった時点でどんな素晴らしい、嘆かわしい、暗黒に満ちた業績を誇った面々でさえ、大きな不満が滲み出て来てしまう。
ぐるぐる回りながら、状況をねめ回していた亡霊毛沢東だったが、少しずつ声を発していく。

亡霊毛沢東　犠牲はつきものの革命、死者は我らの礎となり、末期の代までの誉れとなりしは必定なり。

この混沌の時間ではあるが、ひとりずつが中心となって、自身を披露しているのが見て取れる。

亡霊毛沢東　我に歯向かう者はひとり残らず殺してしまえ。逡巡するな。迷いは油断を生み、それが敗北に繋がる。
次々と出てくる。

亡霊ジャンヌ　虚勢を張るな、殺人鬼め。
亡霊毛沢東　お嬢ちゃん、やってみな。
亡霊ジャンヌ　神の名によって成敗するぞ。
亡霊ヒットラー　ウックックック……苦悩なんぞなんの意味もない。悩まぬ頭を作りあげろ。詮索するな。
亡霊空海　成仏した私の身体が再び躍り出たのにはわけがある。そのわけを知らせよ。
亡霊毛沢東　誰に聞いている？
亡霊ガンジー　すべては繋がる。なぜ我々か、それは今後、わかるというものだ。
亡霊毛沢東　悠長なことを言うな。
亡霊テレサ　私は罰せられる、暴かれるのだ。ボロボロにされてしまう。

と、光が差してくる。光の方向を見つめる亡霊たち。シャホーインドゥーホーインドゥーと歌う。謡が入る。シャンシャンと音が鳴る。口琴が乗る。すると明るい音楽へと変化してそれが流れてくる。ドゥンツクツンドゥンツクツン……と、リズムが刻まれる。明るい音楽はともかくそのシャンシャンというリズムに乗って、亡霊たちは動き出す。土の下で貪っていた快楽と閉じ込められた苦悩が動きとして再現される。動きと声とがリンクしている。
サックスの音が聞こえ出す。風のように過ぎ去っていく。リズムがどんどん強くなるに従い、ユニゾン&アンサンブルの動きによって空間が作られ、ズンズンと動きが豊かに膨らみ出し、行進となる。そしてそれは爆発的な動きへと変わり、空間を一変させるのである。ゆったりしたミディアムテンポが続き、行進曲は厚みを増してときが刻まれていく。
少しずつ音が小さくなり、水音が聞こえるようになると、亡霊テレサが泣き出してしまう。

亡霊テレサ　ああ、ああ、なんで再び彷徨い出た、ああ、罰せられるんだわ。
亡霊ガンジー　おまえは犠牲者だ。聖者に仕立て上げられ、祭り上げられて良い思いをした。諦められるかね。
亡霊毛沢東　極悪人はおまえだ！　馬鹿め！
亡霊テレサ　なに！　親にさえ馬鹿なんて言われたことがないのに！　あんたは！
亡霊ヒットラー　弱き者は死んでしまえ。ハッハッハ……。

亡霊ジャンヌ　神の声が聞こえる！

亡霊テレサ　ひどい！

亡霊毛沢東　苦しむくらいなら最初からいたしてはならぬ！（笑）情けないやつめ！

水音だけが鳴り響いている。架空の水場にいる亡霊ガンジー。愛おしげに見えない水を遮り、その水の音と遊ぶ。水音と声。水音との対話。そこに口琴とパーカッションが乗ってくる。多重の声が水音とともに紡がれる。

と、ピタリとすべてが一瞬止まったところで、円形のなかのスクリーンに映像。スクリーンに映し出されるのは、正装した熊である。熊が語り出すと、小さな熊が二体出てきて、土嚢の上に座り、ポーズを作り、スクリーン上の熊と同じ動きを始める。しかしスクリーンのなかは熊の顔面のみだから、なにをしているかは分からず、映像の熊と実際の熊の間に乖離が出てくる。映像の熊の動きは声と合わずに遅くなり、そしてズレは次第に映像の熊の顔に歪みをもたらして、ペチャンコに潰れていく。映像の熊の顔はグニョグニョに動いている。まるで奇態な怪獣のごとく。

3　忘れられた人々と原理主義

熊の声　ようこそ。この世界へ。稀代の偉人、狂人、詐欺師、大ボラ吹きのみなさまがた。みなさんにおいで頂いたのは他でもありません。今はどこもかしこもネジが狂ってしまった。いえいえ、昔から狂っておるのは重々承知でござる。あなた方もみな、異常な狂人、奇人、変態でござった。しかしながら今の狂い方は尋常ではない。人間どもはのっぺらぼうに飼育されてペロンツルツル真っ平らであーる。私はもはや森の主ではなくなってしまい、行き場を失ってあっちへよろよろこっちへよろよろ、よろよろ熊と呼ばれておるのだから世話ない。そこでこうして集まって頂いた次第でござる。時空を飛び越え、稀代の狂人のみなさまがたのご意見を拝聴致したく。こうしておいで願った次第。さて。

この声の間、じっと聞いている者ばかりとは限らない。特に亡霊ガンジーは行ったり来たり。祈ってばかりいるのは亡霊テレサ。二体の熊が動くたびに影響を受け、倒されたり、飛ばされたりしているのが亡霊たち。

一方、映像の中の熊はメルティングしてはどんどん増える。増えて増えて円形の中は小さな熊で真っ黒くなる。と、それがぐるぐると回り出し、一気に爆発する。急ブレーキ音が鳴る。そして映像は円形スクリーンからメルトダウンして、ズルズルと垂れ落ち流れ出て上昇し、壁面全体を覆ってしまう。その一方、スクリーンは溶鉱炉の中、あるいは核容器の内部イメージが出て来て、ときにジックリと、ときにリズミカルにイメージは変化する。が、それはモノクロである。

一瞬、光が炸裂し、暗転する。と、すぐに光はゆっくり変化してくる。

すると亡霊たちは一列に並んで動かなくなってしまう。熊がノソノソと歩いて来て、舞台最前列を横切っていく。音が消えていくに従い、暗転。

暗闇の中、横笛が鳴り渡り、異界へと連れ去っていくかの如き音となる。

光が点く。と、真っ白な現代人仮面を被った不気味な姿の六人が立っている。ぜいぜいとした息遣いで、動かない。彼らは亡霊ではない。が、白い現代人仮面を被った方がずっと亡霊に見えるではないか。

人々はダンダンダンダン、ダンダンダンダンとリズムを作り出して、覗いたり、腕を上げたり、叩いたり、おしゃべりに興じたり、そこはまるで教室の中の出来事のようで、そこから次々と動きへと波及して、教室の中のどたばた劇、そして混沌とした状態が作られていく。

市民① 闇に葬ってしまえ。

市民② いかんぞなもし。

市民③ 我らは聖戦を仕掛ける闘士なのだ。醜いことをしてはいけない。

市民④ 黙れ、絞めろ、くたばってしまえ、くたばれ、やめろ、絞めろ、生きろの輪唱。

市民③ ならば誰が仕掛けた！

市民① 仕掛けたのは誰だ！

市民④ 誰だ、誰だ。不埒なやつは誰だ！

市民① きさまだな。

市民② 違うわよ。とんでもございません。おやめくださいませ。

市民⑤ 我らはいつまでも昔のままではない。

市民⑥ 聖戦よ！　我らには神がいる。

市民④ おめえナニモンだ？

市民① 今、我々は危機的状況にある。目には目を！

市民⑤ ボタンを押せ!!　目の前のボタンだ。プチー!!

市民⑥ ボタンの花～。

市民③　それは絶対にマズい。
市民④　マズかろうがなんだろうが、私が命ずる！　命ずる、命ずる、命ずる！　この偽物が！
市民⑥　きさま！　豚殺し！　おやめなすって！
市民①　このおかま野郎、玉なし、役立たず、死んじまえ！
市民⑥　なによ、ヘテロ野郎！
市民①　ちんけな殺し屋とは違う。
市民④　貧乏人はくたばれ。
市民⑤　亡命者など片端から片付けろ！
市民④　生き埋めだ。
市民③　人権無視！
市民②　人非人。
市民④　クソ野郎、馬鹿やろう！
市民⑤　クソしてたまるか。

「馬鹿野郎、くそ野郎」の合唱。

行進曲のような音楽がかかる。勇ましく、悲しく、それでいてどこか滑稽である。動く、動く。まるで機械なのか、パペットなのか、分からぬ姿態で、動き出すのである。柔らかく動いても、突如パペット化してしまう。グニョグニョに動いたかと思うと、突如、キューンと固くなる。だんだん戦闘派の勢力が強くなる。

市民①　銃器はあるのか？
市民④　タタタタタイポ、ずったかだったかだったかだん。
市民①　おまえがおれの姉さんを手込めにしたのは知っているんだ。
市民④　オレに惚れてたんだよ。びんびんだぜ。
市民①　おまえみたいな醜い男に惚れるもんか。
市民⑥　ブ男！
市民③　スケベな姉さん。
市民②　狂犬め！
市民⑥　スケベ、ひょっひょっヒョひょひょ。
市民⑤　自爆せよ。
市民④　自らを生け贄とせよ！
市民②　ムリー！

大笑い。「馬鹿野郎、クソ野郎」の大合唱。タタタタタイポ、ずったかだったかだったかだん。大声での大合唱を行い、そして動き出す。棒を持っている。皆が皆、棒を持ち、各々勝手に練り歩く。そして踊る。激しく踊り、激しく場を威圧する。

と、壁面上に染みが生まれて繁殖する。

市民④ 世界をまたにかけろ。
市民① 我らが世界。誰にも渡さん。
市民⑤ 我らが一番。
市民④ 二番は死だ！
市民③ 差別反対！
市民② 絶対反対！
市民⑥ 止めなさい！ 勉強しなさい、勉強、勉強！
学習だ！
市民④ 私は人殺しの勉強なんてしておりません！
市民① それで良いのだ!!
市民①、④、⑤ タタタタタイポ、ずったかだったかだったかだん。

行進曲が鳴って皆、一変するが、音が鳴っている間にもう全員がヘロヘロになってしまう。

後ろを向いて、仮面を脱ぐ。

なにかが収束する音。シューと大きく気が抜ける音。

リゾーム状に変化し、一面が染みに覆われた壁面は収束して一本の線になり、一方、鏡を貼った黒土嚢に照明が当たり、光が反射している。人々は黒ひまわりの真前に立って、まるでそこが避難場所であるかのように後方を見ている。

熊が三輪車に乗って通り過ぎていく。そのとき熊は真っ黒の布をズルズルと引きずり、地面に放り投げる。それは殺戮後のイメージだ。

その布に頬ずりをし、それに抱きつき、踊り出すひとりの現代人がいる。記憶のなかの死人と踊っているかのごとく。

遠い呼び声が聞こえる。そしてローイディアローイディアと歌う牧歌的なかすれた歌声。

4 虐殺者の肖像

円の中に映し出されるのは満月。月に雲がかかっては再び晴れる。そのスピードは速い。だが、全体に静寂と薄暗さが場を覆っているがゆえに、その時間が遅いのか速いのか、判然としない。

場は明るくも暗くもない、音はなく、静けさが場を覆っている。ときどきローイディア、ローイディアの声が、遠くからの呼びかけのように聞こえる。

黒い向日葵が上空に上がっていく。ゆっくりゆっくり上がるが、それは床からの高さ一〇〇〜一二〇センチの位置で止まる。四人が月を眺めている時間は亡霊となり、月から離れると現代人に戻っていく。現代人は向日葵の根の下に座り、まるで根から養分を吸い取っている寄生虫のように見えなくもない。向日葵の根が頭の上の位置にあり、その連続体として四者と向日葵が一体化しているかのごとき姿となって徐々に動き出すのである。

一方、亡霊ヒットラーと亡霊毛沢東による、人民掌握が描かれる。亡霊ヒットラーは身体の矯正器具としてのゴム器具装置を四名の市民に配布。それを身体に装着せざるを得なくなる市民。動きを規制し、動けなくする装置だが、限りなく不恰好な動きとしての動きを作り出すために装填させられる。

亡霊毛沢東と亡霊ヒットラーが動きを促す。現代人仮面をつけた人々は動きだす。致し方なく動くが、動きはきわめてぎこちない。それを見ている亡霊毛沢東と亡霊ヒットラーが命ずる。「装着する」「並ぶ」「食べる」「矯正する」「走る」「戦う」人々。人々の動きは矯正され、強要されて滑稽であり、醜い。だがそれはいかにも高度で、アブストラクトな画だ。むろんすべての画は計算し尽くす。つまり状況に合わせてのインプロビゼーションで行うのではない。その姿は恐怖を感じるよりも一層滑稽であり、ゆえにより悲惨さが募る。

遠くからの呼び声に従うかの如く、亡霊毛沢東と亡霊ヒットラーが立ち上がり、握手をしている。中央では四人が右往左往しつつも奇態な動きを作り上げていく。

突如、亡霊毛沢東が大声で笑う。亡霊ヒットラーはヒョーイ、ヒョーイという声を上げる。そして無能市民たちに怒りを覚え、侮蔑し、追い払ってしまう。

亡霊ヒットラー　きさまら、散れ散れ散れ!!

亡霊毛沢東　うるさい、ハゲタカどもめ!

亡霊毛沢東と亡霊ヒットラーはまったく合わず、再び対決姿勢へと変わる。同じ虐殺者だが、同根ではあっても方向性を異にし、漢民族ですら虐殺した亡霊毛沢東にはドイツ民族だけを特別視した亡霊ヒットラーは甘くしか見えない。この弱虫めという目で見ている。亡霊ヒットラーは神経質である。

真ん中から電球が一灯降りてくる。亡霊毛沢東と亡霊ヒットラーは、電球のキャッチボールを行う。ふたりとも電球は死者の魂だと感じている。それは自分自身の権力の象徴でありつつ、死んだ者たちのうめき声でもある。死者の魂を弄ぶ二人。ゆうらりゆうらりとした会話劇のように電球を行ったり来たりさせている。

亡霊毛沢東　臆病者。おぬしならどうする。

亡霊ヒットラー　状況が違う。おまえはどうする?

亡霊毛沢東　民なんぞは阿呆の集団だぞ。

亡霊ヒットラー　ならば殺すか？　おまえは臆病者だからな。
亡霊毛沢東　おぬしならどうする？　売れない絵描きの敗北者さんよ。
亡霊ヒットラー　きさまとは違う。劣等民族の浄化は成し遂げねばならん。
亡霊毛沢東　狂ったチョビ髭め。
亡霊ヒットラー　ならば、おまえはなぜ虐殺を繰り返した？　知識人への意趣返しか。
亡霊毛沢東　（笑い）おぬしは嫉妬が爆発したか？（笑い）
亡霊ヒットラー　うるさい。
亡霊毛沢東　おぬしには哲学がない。ジャーマンの面汚しめ。
亡霊ヒットラー　この亡者どもの世界に哲学だと。こんな世界は破滅する。
亡霊毛沢東　それがおぬしの限界だ。
亡霊ヒットラー　なにを言う。成り上がりめ。
亡霊毛沢東　わからん男だ。あの世に送り返すぞ。
熊さん、こちら。手の鳴る方へ。
亡霊ヒットラー　熊さんにはおぬしを連れて帰ってもらおう。おいで、熊さん！

呼びかけに応えるかのように「くまさんですー」という声が聞こえる。

円内にも電球の映像が出てくる。その映像電球は次第に大きくなる。膨れ上がっていく。そしてぐるぐると回転をはじめる。

ドローン音楽に、重く、そしていつまでも続くかと思えるサックスの音が乗っていく。

電球によって互いに牽制しながら動き、戦いは不毛以外のなにものでもない。自分自身で電球を動かしながら、その動きに向かい合いながら己の自在を満喫しようとする亡霊毛沢東と亡霊ヒットラー。興奮がどんどん募ってくる亡霊ヒットラー。ヒョーイ、ヒョーイ、ウッピリッピッピー、と叫んでいる。敬礼は忘れず。不在の椅子に対して、滑稽な仕草で指示を与え、命じ、怒り狂う。

亡霊毛沢東は死人がやって来る恐怖を謡に託して、そしてぐるぐると場を回り出す。

まるで狂人のように、薄ら笑いを浮かべながら。苦悩を観察し、オレを邪魔する者は許さんとばかりに、である。けれど、恐れがその根底に存在し、恐怖に駆られてついには亡霊ヒットラーですら、足で踏みつけ、威嚇し、首根っこを引っ捕まえ、なぎ倒す。

亡霊毛沢東　わしは常に自分で道を切り開いた。おぬしと一緒にされてたまるか。ええい。この亡者め！

亡霊ヒットラー　なんでこんなやつと一緒にした。答えろ！　熊！

亡霊ヒットラーは真っ赤になっている。

ドローン音は重々しく始まっていたが、流れとともに次第に明るさを増していく。妙な明るさが場を覆っていく。が、同時に多くの羽音が聞こえる。鳥の羽音である。バサバサバサバサ、ピーチクピーチク……。

亡霊毛沢東　うるさい！　誰か！　鳥を退治しろ！

亡霊ヒットラー　一匹たりとも生かしておくな！

亡霊毛沢東　黙れ！

亡霊毛沢東　唸るな、ハゲタカめ!!（亡霊毛沢東は逃げていく）

亡霊ヒットラー　逃げるな！

電球が上方に上っていくに従い、電球映像の動きが激しくなっていく。人々の動きも激しくなって。最終的には滑稽な姿で誰もが動かなくなってしまっている。

動かなくなると、リズムが一気に飛び出してくる。リズムが強くなる。

すると、現代人全員が一列に並び、言葉が身体を無理矢理に動かして、虐待のための動きとなって迸る。格好いいのか悪いのか、どうにも偏執的、変態的な感覚が宿っているような動きだ。リズムの激しさはビヨーンと間延びしたような口琴の音を引っ張り出す。

映像は消えていくかと思いきやスクリーン内にまるで太陽が燃えているかの如き映像となって輝く。

口琴とともにラップの声が乗る。口琴とパーカッション&ラップだ。

やっちまえやっちまえ、誰も知らない虐殺
誰でも知ってる虐殺
今じゃ虐殺
俺たち自爆
自爆止めるにゃどうすりゃいい
虐殺先生どうする大将
あんたが大将どうなる未来
鳥だ鳥だ殺すぞ雀
至るところで雀が叫び
過去は知らねえ真っ黒未来
自爆は虐殺
虐殺自爆
死ねりゃ天国

この世は地獄だイェーイイェイ（イェーイイェイ）
どうせ誰もがコロコロコロリ
いつかはあの世だ
ベベンベン　は〜

と、急に口琴の音が激しくなって場を覆う。そして横笛が聞こえてくる。
静けさが覆っていく。

黒い土嚢がズズズッと動き、舞台の中ほどまで動いてきて、その一方ではゆっくりと向日葵が降りて来る。

5　虚偽こそ命

次にのそのそと黒土嚢の向こう側から這い上がり、キョロキョロと辺りを見回しながら出てくるのは亡霊テレサと亡霊ジャンヌである。他の人々は引っ込んでしまっている。そして二人は空洞をまさぐっている。耳鳴りがする。しばらくすると熊がのっしりのっしりと出てくる。

熊　もはやどこにも逃げられませんぞ。あなた方は死んでおる。死んだ者は逃げようがない。死人が逃げても行く先は墓場のみだ。

ぎょっとして立ち止まり、振り返る二人の女。

亡霊ジャンヌ　なんで私を呼び出した！
亡霊テレサ　私は土の中でひっそりと納まっていたの！　おまえさんになんの権利があって連れ出した！　悪魔！
熊　悪魔か？　わしは「あ、熊だ」。
亡霊ジャンヌ　私は死の世界の住人であってはならない。私は宣言する。生きて謳歌し、二度と黄泉の国には戻らん。神は生きろと告げている。
熊　神じゃねえ。俺は熊だ！
亡霊テレサ　その若さじゃ死にたくなかったろうね。おぼこ娘。
亡霊ジャンヌ　死を怖れてはいない。

熊、笑う。

熊　オッホッホッホ。永遠の命は地獄だぞ。地獄よりも地獄だぞ。（亡霊テレサに）聖女よ、あなたの死の世界は安住の地か。（亡霊ジャンヌに）おい、長く生きたからと言って楽しくはないぞ。自分のことはもういい。知恵を出せ。お前たちは名を成した。どうだ？　人間はどうしたら本当の快楽が手に入る？

亡霊ジャンヌ　知らん！　神の言葉が私のすべてだ。

熊　亡者どもめ！

亡霊ジャンヌ　亡者ではない。

そしてにらみ合う熊と二者。

現代人たちが取り囲んで、一定のステップで歩みながら唱えている。シンプルに唱えながらの呟くような歌。決して暗くはない。手拍子が鳴る。

あんたはいい
あんたはいい
どこにもいない
それだけ
俺たちどこに向かい
どこへと辿ればいいんだろう
向かう先はあれ
求めた希望はそこ
どこにもないのがここ
あんたはいい
あんたはいい
向かう先がある
ほらそこ
そこは墓場かな

ガタガタと震えて動き出してしまう亡霊テレサ。言葉を唱えながら、となる。しかしまったく激しい動きではない。亡霊ジャンヌもまた、ボウと立っていたが、突然猫のようになり、かと思うと猿になり、次に同調してシンプルな歩みをはじめる。単純なステップはボレロのようでもある。

明るい歌が鳴っている。その中でダイナミックにフラストレーションをぶつけていく亡霊テレサ。ときどきは亡霊ジャンヌもまた、参加するが、亡霊ジャンヌは基本あまり動かず、黒土嚢に横になって、黒布を纏い、叫び声を発している。叫び声は歌声のようでもある。その叫び声に同調して、叫びとも謡とも付かぬ声が次々と乗って来て響き合う。皆が亡霊ジャンヌの周りに集まる。声が動き、叫びが動く。その叫びの合間にささやき声が聞こえている。

（ささやき声）もう長くないね。狂うね。ねえ、本当は神の声なんて聞いてないでしょ。嘘はだめよ。おまえが聞いたのは、ほらこの声。おっひょひょひょひょ……。おっひょよひょ……。誰も戦え、なんて言っていない。

　亡霊テレサは耳を塞ぎつつ、土嚢にもたれ、再び生への歓喜と苦悩に悶える。亡霊テレサは恐怖に身悶えするが、それは亡霊テレサに忘却の彼方へと追いやらんとして来た性を思い出させてしまう。性の悪魔が身体に入り込んで来ては、体内を這いずり回る。次第に艶かしく変化してくる亡霊テレサ。腹の底から苦悩の声をあげ、動きへと変化する。激しくはない。官能と歓喜の後の抜け殻となって（これを動きで表す）、穴の開くほど宙空を見つめる亡霊テレサ。放心し、そしてそれに対する悪徳の念が襲う。そして逃げ惑う。その女を追いかける一般市民。まるで復讐劇ででもあるかのように。

　亡霊ジャンヌもまた、ゆうらりゆうらりと境界線に立っているかのごとくになる。勝手に神の声を聞いているのだ。しかし神の声は「戦え」とは言ってはいないと執拗に彼女に向かって問いただしている。ジャンヌもまた狂い出す。そして手を前に差し出し、ゆうらりゆうらりと揺れながら動きが連綿と続いて行く。

　亡霊女ふたりを襲わんとする一般市民の男たちの姿。それは復讐劇だ。なんの復讐かはわかってはいない。が、敵意を強く感じている男たちがいる。

舞台奥には穴がどこまでも続くかのごとき映像が現れている。

市民たちはそんなものは見向きもせず、ふたりの女を追いかける。悲しみの声が乗ってくる。悲しみの声が響き渡ってくる。

（ささやき声）聞こえるかい？　私の声だよ。おまえが差別した者たちの声だよ。殺した者の声だよ。らーらららーららら……子守唄だ。おまえはその声を封じた。そして私を閉じ込めた。優越感に浸った。私は止めて、と懇願した。懇願した、私は懇願した……。ワタシハカミノコエダ……。

「カミノコエダ」と書かれた文字が流れる。

亡霊テレサと亡霊ジャンヌはボウと宙空を見る。そして市民たちが彼らを取り囲み、グチャグチャにしながら市民面を被せていく。全員が市民顔となってしまう。

6　市民の素顔

音がふわふわと漂っている感がある。

まるで死人のような市民。覇気なく、市民たちはボウとして諦めた風体で横になるなり、立っているなりしながら、空っぽで行き場のない身体を示している。その空洞の身体による動きが続く。ゆうらりゆうらり。ときどきは突如、変化し、切れのある動きに変わるが、基本はゆうらりゆうらり。しばしば地面に吸い込まれる。

二分三〇秒を過ぎた辺りから、唸るような声で静かに底辺に漂う声が乗って来る。その声が多重に重なる。地の底からの叫びのようですらある。その声に横笛が絡む。

スクリーンには水平線がきらきらと光り輝いている。まるで春の日のうららかな潮干狩りの日、人生最後の日のようだ。陽炎が立ち上っているような映像。幻の時間。声はゆっくりだがどんどん変化してくる。リズムがその上に少しずつ乗って来て、うねりが生まれてくる。リズム自体はシンプルだ。音楽家が混じってくる。音は多重の広がりを見せながら、空間が動き出す。が、動きはときに驚くほどの興奮が見られるものの静けさを保ったまま推移。音は力を増し、場を圧するまでになる。ときにノイズが混じる。

熊が出てくる。熊が人々をコントロールしようと画策しはじめる。熊が二体になる。二体の熊は奇妙奇天烈な動きをしながら、五人の市民を連れ歩く。連れ歩くと言っても、そこには目に見えぬ手綱らしきものがあり、それに引っ張られて人々は家畜の如く動くのである。だが紐もなにもないのだから、彼らは家畜とは思ってもいない。奇天烈熊に翻弄されているなんて思ってもいない。さほどに奇天烈熊たちはうまくコントロールしている。熊の四肢と市民の胴体が一体化して見える。ときに熊の方がアクロバティックに動きながらコントロールするのである。

ここに時計のカチカチいう音が流れてくる。そしてスクリーン上には古めかしいネジが作動している画が出て、ギリギリギリギリと動いている。すると熊たちはするりと消えてしまう。ギリギリギリと鳴る音が加わってくる。ギリギリギリギリ……。人々はその音に翻弄される。虫のようになっていく。虫がユニゾン化し、総体としての奇体な姿を晒しながら、そこからサナギが孵って成虫となるかの如くに次々と飛び立たんとしては飛び立ち、バラバラの方向性を持った動きを展開する。それはまるで自殺だ。自爆だ。意味もなく墜落する。

するとそこに行進曲が流れてくる。悲しく暗く重く、そして軽みを感じさせる行進曲。これはテーマ曲で、この曲のアレンジが何度も繰り返されている。人々の身体は大きく変化していく。カチカチに固まりながら妙に勇ましい身体になっていくのだ。人々は正面に向かって目線をずらすことなく、なにかに忠誠を誓った人間であるかのような目で見据え、妙竹林な忠誠の動きを繰り返す。彼らは精神を蝕まれた障害者に見えなくもない。

ズンバズンバッ！　ズンバズンバッ！

新聞を読むポーズ。ラジオを聴く。ネットを見る。本を読む。パソコンを打つ。そのポーズが連続形となる。情報によってコントロールされ、翻弄されて右も左も混沌としてしまう感覚を身体で表現する。ユニゾンとアンサンブルが入り乱れる。正面を見据えたままである。次第に口琴が乗ってくる。

カチンカチンに、そして完全に盲目状態の動きとなる。極端に速い動きとなって、それも細か過ぎるほど細かな動きの連続形である。エヘヘ、エヘヘと笑い、ニッタリと笑い、腰を振り、顔ばかりがどんどん変形する。

再び行進曲がかかる。少し遅めにアレンジされた行進曲。人々は歩み出す。少し狂暴になっている。

7　無抵抗とは

そこに出てくるのが亡霊ガンジーと亡霊空海。

上記、フラストレーションをぶつけんばかりに亡霊ガンジーと亡霊空海を弄び、信じられぬほどのダイナミックないじめを施す市民。市民は残酷である。異物を排除しようと、なにかに命じられたのか、なにかに忠誠を誓っているのか？

しかしそれをするりするりとくぐり抜ける亡霊空海と亡霊ガンジー。逆に亡霊の如き市民を翻弄し出す。やられているのだが、いつの間にか逆になっている感じだ。手玉に取っているというよりは、ギリギリのところで相手がこけて、逆に亡霊の如き市民が一方的にやられまくる。これが数分続く。動きの突然のギャップと浮遊感に満ちて、不可思議な時間となっている。市民たちはふたりをやっつけようとしていたにも関わらず逆にやられてしまう。けれど、なんでやられているのか定かではない。

中盤から、さまざまな質問が亡霊市民から投げかけられる。やられながらも、動きの中で展開される。質問はリズミカルで勇ましい。ときに手拍子が入り、パーカッションが刻まれ、かけ声も入ってくれば、ケチャの音も聞こえる。

市民④　信じられるかい、君たち。
市民たち　信じられない。
市民④　これはどうしたことだ。

市民⑥　坊主はこんにゃくなんだろうか。
市民⑤　こんにゃく？
市民④　いや豆腐だぞ。
市民⑥　豆腐？
市民⑤　吸い込まれてしまうぞ、我らの生活。
市民⑥　豆腐にな。
市民⑦　どうにもこうにも変わらぬ生活。
市民⑥　くそ坊主に意味はない。
亡霊ガンジー　私は坊主じゃない。ただのハゲだ。
亡霊空海　わしはお化けの坊さん。
市民④　ついに、お化けに取り込まれてしまった！
亡霊ガンジー　権力に力は通じないぞ。
市民⑥　ひでえもんだ、この生活。
市民たち　やられるぞ！
市民⑤　そうだ、やられるだけだ。
市民④　化けものくん！
亡霊ガンジー　世界は荒廃しちゃった。それだけ。悲しいな。
亡霊空海　放っときゃ劣化するのが人間だ。悲しいな。
市民たち　劣化してるってよ。
亡霊空海　時流に流され流されて、漂うもんだな。
市民たち　いかにして見極めるんかのう、化けものくん。
亡霊空海　心は不自由だぞ。
市民⑥　苦しい！
市民⑦　打ち負かせ！　打倒せよ！　倒せ！　殺せ！
と一市民は言った。
亡霊ガンジー　ならん！　世界連邦、兄弟愛。と告げるは私、お化けのガンジー。
市民④　笑っちまうぜ！　きさまのような見せかけ野郎。クソっ！
市民⑥　お化け地獄ってか？
亡霊空海　疑いはなんにも生まぬ。
亡霊ガンジー　強いだけの者に従うと後が苦しいぞ。
亡霊空海　南アフリカで鼻っ柱を砕かれ、列車から放り出されたインド人か。
亡霊ガンジー　不愉快極まりない差別じゃった！
亡霊空海　そうして理解するのが人間なんだな。
市民たち　うるさい！
市民⑥　御託を並べるな！　並べるな、並べるな！
市民たち　やっちまえ！
亡霊ガンジー　不殺生！　お化けは殺せないんだなあ。
亡霊空海　あなた方を救済したいんだなあ！　それが密教。
市民たち　密教、密教、それが密教。
（市民はげらげらと笑いこける）

そこにひょうひょうと現れる裸の大将。亡霊熊楠である。薄着だ。猫マークの付いた服である。眠い目をこすりながら高見の見物であった亡霊熊楠。上で合いの手を入れていたのは亡霊熊楠である。

亡霊熊楠　粘る菌と書いて粘菌。さて、その粘菌は生きているのか死んでいるのかわからんもんでの、動物か植物かもわからん。ウーマンの股ぐらみたいなもんだぞ。ひょひょひょ。
市民④　なんだ。この不謹慎な野郎は！
市民⑥　気持ち悪い雄猿！
亡霊熊楠　頭の悪いやっちゃな。
市民④　私は帝大卒だ。
亡霊熊楠　わしはＮＯ学歴の熊楠。おい、ちんぽこと政治は一緒だぞ。ピーン！
亡霊空海　悪徳の巨人、道鏡はその一物で女性天皇であった称徳天皇を籠絡した。
市民⑤　いちもつ？
市民⑥　イチモツだなんて。あらまあ。
市民⑤　キャッ！
亡霊空海　妄想するな！
亡霊熊楠　妄想が世界を広げるんやで、空海くん。
亡霊空海　エロ妄想だけではのう。
亡霊熊楠　エロは起爆剤や！
亡霊ガンジー　一三歳で結婚した私にはあれは苦痛だった。嫉妬にも苛まれた。それが私の汚点です。
亡霊熊楠　みんな股ぐらで苦労する。
市民⑥　いや!!

と、ちんぽこダンスを踊る亡霊熊楠。「粘菌ちんぽこ」と歌いながら、である。なにかがウヨウヨと繁茂してくる。それが粘菌のようなものだ。映像でスクリーン内に映し出される。市民仮面を脱ぎ捨てる亡霊テレサ、亡霊ジャンヌ、亡霊毛沢東、亡霊ヒットラー。

亡霊テレサ　私には苦痛だった。神は私を蝕んだ。私は闇に覆いをかけた。
亡霊ジャンヌ　私は嘘をついてはいない。
亡霊毛沢東　チンチクリンなやつらめ。
亡霊ヒットラー　私はプライドのために生きた！
亡霊毛沢東　金蝿にたかる糞は叩き潰した！
亡霊熊楠　アホー!!　金蝿！
亡霊ガンジー　アホー！　生も死も！
亡霊空海　アホー!!　なるもの！

小さな音でズドーン、ズドーンという音が入り込んで来ている。亡霊どもは喧嘩をし出す。一方、粘菌ははち切れんばかりになって映像の枠からはみ出さんとするが、なかなかはみ出し得ない。しかし「アホー」という言葉で一気に弾け、外へと増殖するのである。それは死か生か。動物か植物か。

亡霊熊楠　わしらはそもそも生きているのか？　死んでいるのか？（大笑い）

亡霊空海　ほおら、蠢き、回るぞ。（笑い）

粘菌によって画面がびっしりと覆われてしまうと抵抗と鎮圧の歴史的映像が載ってくる。苦悩の歴史映像だ。喜びの映像もまた出てくる。それは具象ばかりではなく抽象性があって構わない。

重い、ズーン、ズーンという音が乗ってくる。ズンドンドンドンドンドン、重いリズムが響き出す。次第に細かな速めのリズムが入ってくる。亡霊たちの身体はシンプルに上下し出す。リズムが一瞬切れるが、決して完全に切れているわけではない。音が一気に小さくなると言った方が良いか。と、スクリーン映像には枯れた向日葵がどんどん増えていく。枯れた向日葵が増殖し、フレコンバッグが落ちてくる。枯れた向日葵は語りかけるがごとく、だらりと首を垂れて、客席側を見つめている。古いフィルムを上映しているかのよう。カラカラ音も聞こえている。

8　無抵抗から恐怖へ――そして市民の抵抗

ささやき声がリズムに乗って聞こえて来る。そしてこれが聞こえている間に再び向日葵は中空に上がっていく。高く上がる。同時にナトリウム管が降りてくる。パンクロック的ラップが始まるまでは静寂が場を占め、それが始まるや否や向日葵の映像は消えて全体が動き、終わると同時に、ナトリウム管の照明が点灯することになる。真ん中に鏡フレコンが運ばれる。

（ささやき声）戻ってこい。ずるいぞ、おまえらだけが地上に戻るなんてな。どうせ役立ずだろ。意味なしだろ。やつらはどうだ。意味を悟ったか？　神を信じたか？　うっひょっひょひょひょ。いつまで行ってんだよ！

音楽家のボイス、まるでパンクロックの叫びか。パンクロック的叫びとラップソングがリンクするラップ音楽。

誰が隠したんだ、その問題

秘密だらけなんだ、この現代
資本頭脳で洗脳占領民衆大衆
おちゃらけ時代
ヤバい餌をばらまきばらまき
寄って来る来る貧乏人ばかり
簡潔簡便簡明ヒューマン
イージーウェイだぜ
プワーマン
阿呆なテレビ
脳足りん
制作向上委員会
大量生産生産過剰
過剰であればそれは見えない苦悩
見えない見えない見えない世界
薬物中毒患者でおしまい
今じゃ誰も彼も脳タリンで勘弁
痛みに慣れりゃ快楽快便
阿呆でおばか人生
無責任にスピードざんまい、無反省
人が死んでも気にしない
命枯らして　今宵を夢想し
気にしない
さらばあの世か
この世かあの世
この世かあの世か
あの世かこの世
ワオ

ナトリウム管点灯。同時に鏡フレコン設置し、鏡が強烈に光る。それまでのほとんどの瞬間は、鏡フレコンの上部には黒布がかかっている。

情景がガラリと変わる。上方の向日葵もまた不思議な印象を放っている。

人々のステップが続く。静けさの中、闇の中を歩んでいる感じである。シンプルなリズムで続いている。リズムはどんどん大きくなってくる。それは格好いい音楽だが、恐怖を煽る役割を果たすことになる。

一体の熊が出て来て水場にいる。水場は光でできている。じっと光の流れを見ている。そしておもむろに歩き出す。熊に従いステップのまま付いていく亡霊たち。そのスピードはどんどん速くなる。ついに一気に爆発して各々がバラバラに飛び散り、踊り、再びステップに変わる、こんな拡散と収束を繰り返す。シンプルなリズムは消えることがない。

熊は謡を発する。

熊の謡　手間をかけたぞ、亡者ども。黄泉の国へと戻るがいい。霊魂留まる場所は消え、わしの姿も消え果てる。いつかこの世は亡者の棲家。さほど時間はかかるまい。

熊、グルグルと回り出している。自転&公転。熊を目がけて寄っていき、取り囲む亡霊。そして圧し潰してしまう。亡霊ジャンヌが熊の首を上方に掲げる。と亡霊たちはその場でグルグル回り出して、そして離れていく。誰もいない。

それから急に不穏な空気を感じてか、大声を上げて散り散りになり、後方の黒い土嚢を崩してしまう。亡霊どもの跋扈。てんでバラバラに各々のキャラクターを演じることになる。

再びリズム音楽が大きくなってくる、と、そこに編曲された悲しみの行進曲が乗ってくる。リズムが始まるとステップを開始し、そのまま人々は前を向く。ナトリウム管の光が消える。暗闇が訪れる。文字が下から上へと流れてゆく。蠢く亡霊たち。

めがかすむ、わたしのからだがみえない。どこだ、ここは？　これはひとときのゆめか。ひかりがむこうにみえる、と……。

文字が消える。暗闇。亡霊たちの動きも消える。かすかに横笛が鳴っている。震える音が聞こえている。暗闇の中にポッと光が灯る。ハアハアハアハア……と鳴る息づかいが聞こえる。

9　光

光が次々と点いて、四つの光が灯る。それは懐中電灯である。小さな懐中電灯の光が場を照らし出す。それを持って動く人々。横笛とハアハア音がどんどん大きくなると、突如、ぐごおおっと、巨大音が入り込んでくる。

ぐおおおっという音とともに光の筒が少しずつ形を現してくる。まさにそれは光でできている。それはまるで「2001年　宇宙の旅」のモノリスのようだ。亡霊はそれを畏れる。触りたくとも触れない。意を決してひとりが触る。

また、光の小さな筒、すなわち「水の光」が何カ所かにできる。人々、その光に触れ、当たる。

全体に真っ白くなるほどに明かりの光量がその物体から漏れ出たかの如くに、全体に広がる。全員が徐々に猿のようになってくる。
そして皆で、その物体に触れようとしている。
音がどんどん大きくなる。
なにかが弾け飛ぶ音。
光、消滅。音がうっすらと残る。
再び月が出る。かすかに色が付いている。
まるで狼のように一体だけが裸体となって動き出し、
満月の中に消える。
ゆっくり月が消えていく。音も消滅。

完全暗転。

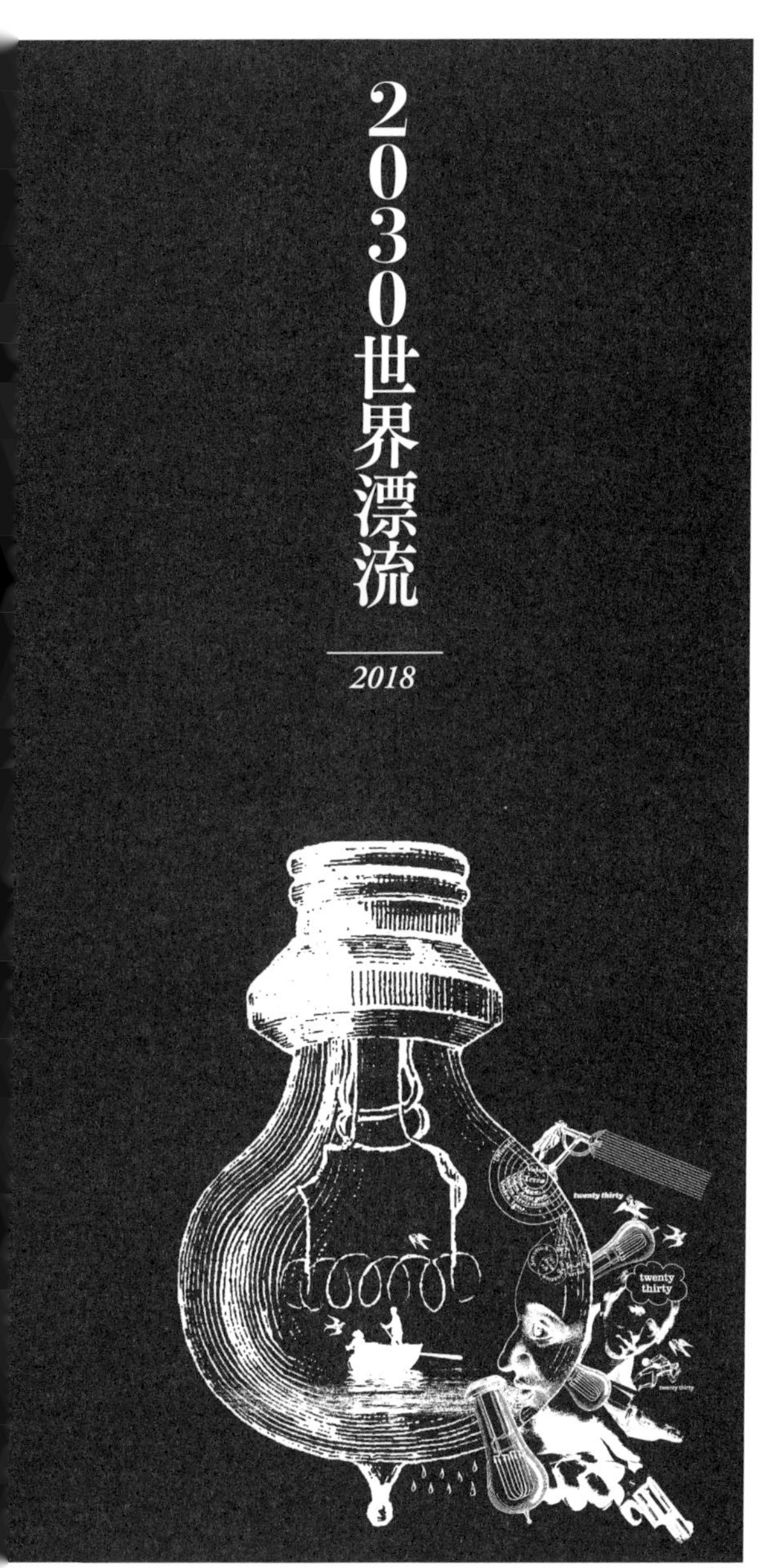
2030世界漂流
2018
twenty thirty
twenty thirty
twenty thirty

登場人物

ボードビリアン
レジスタントの男
善良な学者
娘を連れ去られた夫
娘を連れ去られた妻
知恵遅れの男
異国の売春婦
追われる女
破壊する女（官憲側の人間）
所在不明の歌手
健気な女スパイ
親を探す兄
親を探す妹

観客入場中、すでに空間全体が煙に覆われて客席は薄暗いが、舞台上は光でいっぱいだ。光が揺れ、その光と霧のなかで蠢く人々の姿がある。ただそれは部分しか見えない。身体全体はほぼ見えない。光に溺れている身体と言えなくもない。見ようによっては水に溺れている人でもある。光の線が見え、突如、消えるかと思うと別の方向から光が立ち上がる。

パーカッションとサックスと声の音楽は、はじめから鳴っているが、徐々に熱狂的になってくる。最初は、静けさと喧騒が一体化している感がある。けれど大きなウネリが出て来て静けさは飲み込まれ、人々の手や足や、尻や首から上や、さまざまな部分が音と光に溺れ、浮かんでは消えていくのである。

舞台奥はスコーンと抜けた空間である。真っ黒な空間が口を開けている。最深部はスクリーンが張られたり消えたりして、開き挟まるように、奥の奥まで空間をすべて使用する。

人々が消えると、声とサックスとパーカッションのみが縦横に動き、徐々に静まる。

最後に煙の中に「２０３０」の文字が浮かんでいく。

１　薄暮の風景

ゆっくりと空間が動くかの如く、客席がゆうらりと暗くなる。舞台上も落ちていく。蒸気船の音が聞こえる。完全には落ち切らない。波の音がする。波の音にじっくりと静けさを醸す音が混じる。

四人が人をおんぶしたり、引きずったりしながら次々と舞台真ん中に放り投げていく。それを見ている女がいる。放り投げ終えてしまうと、その四人も同じようにひゅるりと倒れこむ。見ている女は腰を抜かしたかのようにへたり込み、そしてそのままがっくりと身体を前方に折ってしまう。動かない。

パーカッションが動く。それに従い、ひとりずつ起き上がっていく。時代が遡っての復活である。全然大きな音はない。少しずつ少しずつ変化していく音。全員が起き上がってしまう。そして薄暮のなか、さまざまなムーブメントが起きていく。静けさの中、ささやき声が聞こえるなかで進行する。ささやき声は次のようなものだ。

……見ていたのよ。あなたは見殺しにしたんだ。

……誰が悪かったのか。俺にはわからない。
……あの男の顔なんて見たくもないわ。
……あいつ、なんて言ったと思う。誰だ、こいつ、だよ。
……私はあの街が好きだった。
……子供たちに会いたい。どうしているのかしら。
……船のことは思い出せない。
……でも、誰なの？　誰が裏切ったのかしら。
……汚らしい奴が多すぎるのさ。人をなんだと思っているんだ。
……阿呆だな。くそったれだ。早くおさらばしたかった、俺は。
……ああ、真っ暗。でもあの人のことは好きだったの。離れられなかったの。
……誰もあの街には帰れない。帰ればゆっくり死んでいくだけ。
……。

静かな動きが連綿と続いて、大きなうねりに変化していく。蒸気のような音が鳴る。うねりは激しくはなく、静かな波のようなうねりだ。そしてゆっくり緊張感が増していく。パーカッションや声、横笛などが静けさを一層引き立てる。静けさが支配したまま、少しずつ動きは変化して拡大し、うねりを生み出していくのである。

そこにキーンと鳴る音が入り込んでくる。が、次第に大きくなり、耳をつんざくまでに拡大する。加えてヘリコプターらしき音が少しずつ聞こえてくる。

ひとりの男が立っている。男は人を馬鹿にしたような動きをしている。後方にいるのは子供の兄妹。憎めない雰囲気だ。その男をも巻き込んでいくのが全体に漂う静かなうねりで、さらに子供たちを巻き込み、少しずつ渦のように拡大していく。

と、静けさが一気に破れる。ノイズが入り込み急激に拡大。同時に、スモークが大量に噴出する。特に後方の空間は真っ白なスモークに覆われて、そこからジワリジワリと霧が押し寄せてくるのだ。スモークのなか、激しいユニゾンとなる。疑惑、疑心暗鬼が破裂する感じのユニゾンであるが、短時間で収まる。そこにサックスの音が鳴り出す。アジア的な匂いのするメランコリック、寂しげでふわっと広がりが出る曲。大地がゆっくりと動いていく感触を持つ曲だ。これがテーマ曲としてさまざまに変化することになる。メランコリックでありながら、明るくも暗くも行進曲にも悲しみの伴奏にもなる。

2　静かなる逃走

親を探す兄　友達が来て、お父さんが出て行きました。お母さんは泣いていました。ぎゅっと俺を抱きしめて……。

親を探す妹　それから窓を眺めて帰りを待ったけど、いつまでも帰って来ないので、お兄ちゃんが行こうって。

親を探す兄　お母さんは死んだー！

音楽家によるラップ。

友達が来てお父さんがでていった
お母さんは泣いて泣いて
ぎゅっと俺を抱きしめ
それから窓を眺めて帰りを待った
ずっとずっと待ち続け　ああ
お母さんは死んだ死んでしまった

異国の売春婦がふらふらになって出てくる。倒れてしまう。

清澄な声が舞い踊る風のように吹き荒れる。そこに横笛とパーカッションがヒュルルと乗るが、すぐにストップ。一瞬の間を置いて、カンカンカンと強烈な鐘の音が鳴る。

スモークが吹き出す。皆の、逃走劇が示される。ガンガン腰を低くした激しい集団の動きが展開される。ぐるぐると動き回り、逃げ回り、転がり、隠れ、ジャンプし、腰を落として一気に動き……醜悪のなかに美が潜むが如し。アンサンブルとユニゾンが交互にたちあらわれる。苦悩の動き。逃げ回る動き。けれど音量は大きくはなく、むしろ静かなままで、時に大音量のノイズが入るがすぐに消え、かと思うと声と横笛がそろりと入り込んで、風の音に哀愁を注ぎ込む。

そこにブスターボブスターボという声が入る。ブスブスと唸り声をあげつつ、場は撥音が飛び交い、水が沸騰しているが如き音が挿入される。声が場に清澄さをもたらす一方で、ブッブツとぶった切り、場をかき回す役割を担う唸り声。

音とともに逃走劇の身体は大荒れとなっていく。船に乗っていて荒れている、トラックに乗っていてドドッと倒れる、人に小突かれてくるりと回転する、自ら逃れんとしてつんのめる……身体は多様な上下動と横移動とフェイントに満ちて、全員のユニゾンやらアンサンブルやらハチャメチャに変化し、混沌が導かれていく。

異国の売春婦が男たちを誘っている。何人もが群がるが、最終的に選ばれるのは迫害を受けたボードビリアンだ。売春婦、男たちを手玉に取っている。

後方に映像。四角い穴倉である。四角いトンネルと言ってもよい。そのトンネルの向こうから人が次々とやって来ては消えていく。人間がわんさか入り込んでくる。逃げてくる。

売春婦がボードビリアンをさらに誘う。ボードビリアンに続いてレジスタントの男も付いて行ってしまう。すると扉が閉まっていく。扉の大音量が鳴り響く。その瞬間にスクリーンが消える。

そこに入ってくるのは知恵遅れの男。芋を食っている。破壊する女が尋問を受けている。が、最終的に女は連れ去られてしまう。
舞台は酒場に変わっている。いたって簡素な酒場だ。

3　酒場の風景――暮らしの中に潜む。愛と破滅　覗き

酒場の人間はみんな疲れ切った顔をしながらも、馬鹿騒ぎをしている。喧騒音。多くが、ビール瓶らしきもの、あるいはコップを持っている。時にラッパ飲み。

酒場には女が溢れている。大勢の女たちがたむろする場は難民のための酒場であり、売春取引所でもある。女をネメ回す男たちがいる。誰も彼もが疲れ切ったボロボロの衣服を着ている。女たちでさえ一緒だ。ボードビリアンもレジスタントの男もいる。子供たちも酒場で働いている。

所在不明の歌手が歌う。

砂漠の向こうに消えていった
手を振りながら微笑んで
わたしは誰にも恋しない
冷たい女と言われてる
今日も酒場から
そっと夜更けに
窓の外を見ているわ
見ているわ

ひとりの男がボードビリアンとして立っている。ボードビリアンの男に対して、拍手を送る人もいるが稀だ。知恵遅れの男だけが喜んでいる。ボードビリアンの男はいろいろな演技をしては喜ばせようとする。が、ほぼ見向きもされない。すると、レジスタントの男がその動きに付き合って、参加する。その男もショーマン的である。女がじっとひとり見つめている。むろんボードビリアン

は単なるショーマンではなく、なにかを隠している男。レジスタントだって同じ。みんなそうだ。腹に一物を抱えながらも、見せかけの歓声、笑い声に溢れている。ときに怒号。

　ボードビリアンの歌。

俺は素敵な男だぜ
誰にも負けない男だぜ
頭の毛のないツルツル男
背丈は低いが口先達者で
それが女をダメにする
雨を弾いて光の中で
俺は生きる
俺は素敵な男だぜ
誰にも負けない男だぜ
目玉ギラギラピカピカ男
女は（全員）　メロメロ
私は（全員）　テカテカ
みなさんネバネバ　ネバネバ
ツルツル　ツルツル
テカテカ　テカテカ
ネバネバ　ネバネバ
ツルツル　テカテカ　ネバネバ……

　その滑稽さに途中から大盛り上がりとなる。そこに急に踏み込んでくるのが気の触れた女とその夫。女は幻影を求めている。子供を連れ去られた女だ。その女を追いかけてくる夫。女は支離滅裂に動く。女を止めようとする夫。だが、女は振り切り、気が狂ったように動く。深い悲しみの中で叫び声を少しだけ発しながら、気狂いの動きで場をハチャメチャにしていく。その動きに同調してしまう人々がいる。次第に気狂いの動きは伝播し、ユニゾン化。焦燥感と悲しみに彩られた静けさの、絶望の踊りとなる。しかし気狂いは滑稽さも呼び寄せてしまう。狂気は恐怖と同時になんとも恥ずかしく、滑稽ささえ醸し出す。

　哀切な音楽が鳴る。弦楽器に始まる音楽。静かに鳴り出し、少しずつパーカッションが乗り、狂おしい状態にまでなるとサックスが混じる。声も混じってくる。動きは捻じ曲がった動きが多用される。ピークポイントに達する。と、波が引くように一人抜け、二人抜けと抜けていき、音も静けさを感じさせるようになる。狂った妻は彫像のようにかたまり、それを引っ張る夫の姿がある。動きはかすかに静かに続く。

　フランス語で男が語り出す。

ボードビリアン　私は何も悪くはなかった。やつらが踏み込んで来た。私は何もしていない、人違いだ、と。だから私はそこに座った。途端に激しく殴られた。一瞬、頭が真っ白になった。何をしたかは覚えていない。すぐに走った。真っ白になって海に飛び込んだ。

追われる女　（笑い）……あの女です。（と指差す）……。

（逃げる。転ぶ。動かない）

異国の売春婦　ヒンディー語で語り出す異国の女。

なにも言いたくないんだ。死んだ男には興味はない。でも悲しいものよ。頭が吹っ飛ばされたんだから。

別の女が泣きながら語り出す

健気な女スパイ　私が見ている目の前。見て見ぬ振りでした。当たり前よね。わかるわ。でもねえ。それなら許せるかって……。瞬く間に時代は変わった。

善良な学者　私は人工知能の研究者でした。半年前のことです。研究はストップさせられました。その頃、妙な噂が流れたのです。私が人体実験をして、廃人を何人も生み出したと……私は人体実験はしていない。被験者は私一人……。

と言って、目の前の女の子に跪き、女の子の腹に顔をすり当てて強く抱きしめる。すすり泣く。と、女の子の兄が学者を強く蹴りつける。

どーんという音が鳴る。その音に誘われるかのように煙が出てくる。皆が逃げ出す。グイーンと動き出すなにか？　ガッシャーンと物が割れる音。ぐちゃぐちゃとした破裂音が鳴り渡る。ズンズンズンズンという音とピチャピチャいう水の流れる音が響く。地下水道を流れている水の音である。そこにテーマ曲が遠くの力強さを讃えるかのように入り込んでくる。それは明るくも聞こえる。力強さと明るさ。人々は、音楽に鼓舞されるように力強く歩んでいく。強烈な行進だ。

光が破裂する。それからもくもく煙が全体を覆うと、スクリーンが貼られており、数字が並んでいく。スクリーンはスクリーン然とはしていない。そこに数字がくっきりと浮かぶ。暗号のように世界で起きた悲劇の年号が浮かぶのである。とはいえ、それが観客にはなにかわからないだろう。が特に１９４５と言ったような大きな悲劇的年は強く打ち出される。人々は怖れをなしてか、客席に降りて数字を眺める。意を決するかの如く再び、舞台上へと向かう。しかし「2018」からは毎年のように刻印される。2030まで来る。じっと止まっているが、再び動き出し2031、2032、2033と動いていく。次第に速くなり、小さくなって消えてしまう。

4　トロッコ——忘却の彼方

煙が場を覆うが徐々に引いていく。光に青みが射して来る。ゴトゴトゴトと鳴る音が響き出す。トロッコの響きか。数字が消える前に、人々はずらり前方を向いて一列に並ぶ。

人々がずらりと居並ぶなか、ほぼシルエット状に浮かび上がりつつ、みんな次から次へと激しく倒れ込んでしまう。それは銃で撃たれた、ナイフで刺された、爆弾によって吹き飛ばされた……さまざまな死の形が表される。そしてふわりと再び起き上がる。しかし再度バタバタと倒れる。繰り返される。倒れつつも動き自体は鋭角的でなければならない。銃声音も爆発音もなにも聞こえない。トロッコの響きが鳴り渡るだけである。

その前を女が後ろ向きに上(かみ)から下(しも)へと歩いていく。倒れた人間の前を通るや否や、ひとりずつすらりと起き上がり、今度は女を追い詰めていく。追い詰める人数がひとりまたひとりと増えていき、女は集団によって追い込まれることになる。女が逃げる。追い詰められる。逃げる、追い込まれる、逃げる、追い込まれる……これが狂騒的になりつつ、そして踊りに変化していく。トロッコの音は続き、そこにテーマ音楽がうっすらと乗っていく。女は集団によってキャッチボールされ、見せ物化される。最後に女の悲鳴！

するとテーマ音楽は急変し、妙に明るくて重いロックミュージックへと変わってしまう。歌う男。

人の形したロボットが
小さな声であざ笑う
ここはどこかな
紙切ればかりが舞い上がる
電子音が鳴り響く
オレは叫ぶ
明日の世界は夢見ない
命からがら逃げるだけ
なにもかもがこぼれ落ち
思い通りにゃならねえぜ
でも、人生クソだと思っちゃいねえ

クソは便所に落とすだけ

歌が終わると、その音楽は急に明るいアメリカンポップのようになっている。

女は逃げる。集団が追い込む。一気に追い込んでいく。女も加わって、急に全員が別方向へベクトルを向けるのだ。女も加わって、一気呵成に権力に対しての意思表示を行う。

静けさが襲う。トロッコ音がかすかに鳴る。ヘリコプター音が鳴り出す。子供たちが逃げていく。子供たちは何かを感じ取って右往左往している。

5 消滅

人々は海辺に出たようだ。波音に覆われている。静かな波音だ。破壊的な感触が消えている。人々は海の向こうを見ている。ゆっくりユラユラと揺れている。時間が経過し、すべての物事が時間を失ったかのように変化していく。舞台上の真ん中にはガラクタが積み上がっていく。すべて捨て去られたような人形だったり、日用品だったり、すべてガラクタ……。とは言え、それらは積み上がった人々の、ひとりひとりの記憶の塊である。

声が漏れ出る。ぐるぐる回り出す人々。後方では切り取られた空撮映像が静かに映し出される。都会的廃墟がモノクロで映写されている。次から次へと廃墟の映像が続き、空気感がゆっくり変化。スモークが漂う。

レジスタントの男がつぶやきはじめる。みんな、ぐるぐる回っている。

わたしは彼女を愛した
わたしは彼女に告げた
わたしに子供が産まれた
あの子が死んだ
彼女も死んだ

あの日、わたしは彼女を愛した
あの日、彼女は私を殺した
あの日、子供はわたしを憎んだ
あの日、あいつがあの子を殺した
あの日、わたしは彼女を愛した（繰り返し）
ラララ……

徐々にこの歌をみんなで歌い出す。大合唱になってしまう。まるでレジスタントの曲のようになってくる。狂騒状態にまで高まると、一気に破綻する。レジスタントの男は親を探す兄に暴力をふるい、叩き潰してしまう。誰もが絶望を見たのか、破壊的になってしまうが、急速に静まり返る。誰も動かない。

　映像は続いている。音は消えた。ただモノクロの光と影、水……等の映像がゆっくり流れ続ける。


　何が起きるでもない。非常にゆっくりした動きで動き出す人々。全体に極端に遅いスロームーブメントになる。きわめて強いテンションがかかっている。全員が自分自身と自分の役柄とを混ぜ合わせつつ動くことになる。記憶の塊の時間だ。全員が難民であったり、亡命者であったり、居場所をなくした人間だったり、心に損傷を受けている人だったり等々、なんらかの問題を抱えている。彼らの記憶と結びつくモノが中央の小さなこんもりとした山と結びついている。そこは記憶の塊、記憶の集積所だ。魂がそこに沈潜している。きわめて遅く動くことで、場は記憶の場へと変換される。

　動きは常にとても遅い。最初は無音。しばらくして漂うような曲が流れて来る。重い情緒を感じさせる。人々は上手前方を見て、感きわまる。人によって見ているものは異なり、バラバラだ。それから人々はスローのまま交流を行い、互いに感じ取るままに心の内側へ、奥へと入っていく。そして抉り、抉られていくのだ。

　記憶の品、モノのある場所に吸い寄せられるかのごとく動くが、そのモノは決して当人にとって望ましいモノとは限らない。心の奥底の琴線に触れてしまうモノだ。たとえば見ないように、触れないようにしていた自分の失われた家族の形見であったり……しかし、それを引き寄せられるようにして手に取ってしまう。絶対に速くなってはいけない。記憶の品として現れてくるのは人形、靴、衣服、顔部分が削り取られた写真、小物、仮面……そして真ん中には小さな家が置かれている。その中に大きな電球があり、光を発する。小さな家が持ち上げられると電球は強く光り出す。家は別の場所に置かれる。それとは無関係に前方にやって来て手を上げる人々がいる。彼らには客席の向こう側に何かが見えている。一方、塊の中から最後に現れ出るのはナイフであり、ピストルだ。ボードビリアンの男がナイフを手に取ってしまう。すると、きわめてゆっくりピストルで狙い定めている追われる女がいる。女はゆっくり首を振り、大きな口を開けて泣きながら、男を狙っている。男はナイフを持ったまま、目を見開く。人々の注意が一気に集まる。電球はズルズルと舞台後方に移動していく。そして一番奥、中央部に消えてしまう。煙が出ている。光はなにか、自身の、あるいは死者の魂のようだ。女がピストルの引き金を引き、爆音が鳴る。

　すべてが止まる。男がゆっくりと倒れる。男を支えるのはレジスタントの男。するすると時間が戻ってくる。

ゆっくりした動きが嘘のように戻される。

親を探す兄が走り、「ばかやろう！」と叫ぶ。すると男は自分が生きていることに気づき、感極まって泣き出してしまう。

きわめて重く、かつメランコリックなテーマ音楽が流れる。何が起きたのか？　誰もそれが何事なのかはわからないが、人間の醜さ、みっともなさ、情けなさがこれでもかと出てしまう。そしてゆるゆると動き出す。後方から片方に記憶のハイヒールを履き、首にネックレスをした異国の売春婦がびっこを引きながら前方にやってくる。するとその周りに人々が集まってくる。ゆっくりピストルを前方に向ける異国の女。その顔は強く意思的である。心に決めた強さが全身から滲み出ている。なにも起きない。徐々に人々、後方に去っていく。ひとり、異国の女だけが下手（しも）に向かう。強い意思を感じさせながら。

６　ノスタルジアの風景

人々がずらっと上手（かみ）後方から出て来る。ノスタルジアの風景を誰もが見ている。故郷の風景を見ているのである。故郷の風景は、何も海外とは限らない。国内にあってさえ、帰れない場所もある。二度と生きている間には取り戻せない風景があるのだ。

向こう側を覗き見るかのように背景には美しい山々、海の空撮映像が流れる。それはドローンによって撮られた福島の美しい映像やチェルノブイリの風景が含まれる。すべてきわめて美しい静かな田舎の風景である。ただしそこが具体的にどこであるかは一切示されない。

①ボードビリアンの男＆所在不明の歌い手＆レジスタントの男（三名）。
②異国の売春婦＆知恵遅れの男（二名）。
③女スパイ＆追われる女（二名）。
④娘を連れ去られた夫婦＆親を探す兄妹＆逃れてきた学者＆破壊する女（六名）。

一組あたり三〇秒程度のパフォーマンスが順番に行われる。
①レジスタントの男はずっとジャグリングを続ける。ボードビリアンの男と歌い手は各々別々のノスタルジックな歌を歌う。それらは合致したり、バラバラだったり。
②異国の売春婦が語る。知恵遅れは異国の女の言葉を身体で表す。最後はいかにも狙っていたとばかりに女に抱きつく。異国の売春婦はヒンディー語で語る。

……私はインド人です。ラジャスーンから流れてきました。夫が出稼ぎに日本に行った時、私は妊娠していました。夫には危険だから行かないで、と言ったのですが、危険であれば金になると言いました。子供が産まれました。とってもかわいい女の子でした。……私はその場を離れました。

知恵遅れの男が後ろから抱きつき、女を押し倒す。

③女スパイと追われる女は互いにノスタルジーを味わうどころではない。互いに追いかけあっている。彼らだけは憎しみが消えない。激しい戦い。

④娘を連れ去られた男の変態性が明らかになり、寄ってたかってこの男を苛め抜く。妻は見限る。子供たちが一番の被害者として最も怒って暴力を奮う。

後方の映像が止まる。すべてが断絶。四組の動きが終わるとゆっくりとスクリーンが上がっていく。人々は一箇所に集まり、振り子のようになっている。そして止まる。

7　大いなる逃走

ドーンと大音量が鳴り渡る。すると大量の球が降ってくる。激しい音楽が鳴り渡る。約四〇〇〇個の球に囲まれて、それを使って攻撃しだす人々。そうかと思うとその球のマトになり続ける人たちもいる。激烈なほどの被虐性と攻撃性が現れる。音楽はもっとも激しい。四分続く。

逃げる。追いかける。捻れるような踊りを踊る。ねじ切れてしまうのではないかと思えるような激しさがある。そうかと思うと火祭りのようにぐるぐると回る。そこは消耗する空間であり、熱気と冷気が混じり合う。そうかと思うとユニゾン化する。そうかと思うと戦いの動きが挟まれる。一気に弾けてバラバラになり、ユニゾンになり、人を殴りだす女がいる。耐える男。子供たちは凶暴になり、子供の王国のように強い攻撃を人々に加える。

次第に音が小さくなってくると、そこにさまざまな民族的音楽が混じってくる。明るい音楽が中心になる。

明るさが増してくると、ワルツ化する音楽。テーマミュージックがワルツ化するのである。その音楽に乗って人々は最後の晩餐会のように踊る。とはいえ、どことなくぎこちない行進とも言える。どこへ向かうのか？　誰にもわからない。それでも明るく振る舞う。ささやき声が聞こえてくる。

明るい音楽だが、ささやき声は決して明るくはない。

……私は見ていたのよ。あなたはいつまでも楽しんでいるといいわ。
……誰も悪くない。俺は知らない。何にも知らない。
……あの女の顔なんて見たくもない。
……あいつ、なんて言ったと思う。誰だ、こいつ、だよ。
……私はあの街が好きだった。
……どこもかしこも立ち入り禁止になってしまった。
……子供たちはどこに行ったのかしら。生きているのかしら。
……船は沈没した。ギュウギュウに詰められていた。
……でも、誰なの？　誰が裏切ったのかしら。
……汚らしい奴が多すぎるのさ。人をなんだと思っているの。
……阿呆だな。くそったれだ。早くおさらばしたかった、俺は。
……ああ、真っ暗。でもあの人のことは好きだったの。離れられなかったの。
……誰もあの街には帰れない。帰れば死ぬのよ。
……色のない世界だからね。誰も気づきやしない。
……死人なんていやしないのさ。死人ばかりの街ではね。
……等々。

ささやき声のなかに大きな客船が近づいてくる気配を感じて立ち止まる人々。客船の音は場を圧し、人々は怒りともつかぬ焦燥感の中、それを見つめている。ここにいる人々には、絶対に乗れない船である。それを目の前で見せつけられるのだ。船が遠ざかっていくのは人々の姿と音でわかる。

波音。焦燥感に満ちる人々。

そこにブルーズのリズムが乗ってくる。煙もさらに漂っている。

8　溶ける世界

ブルーズがゆったりと始まる。しかしそこに挟まれる言語はさまざまだ。日本語、英語、フランス語、ヒンディー語……。ことばが混じり、同時にまったく異なった音階が流れたりもするのである。

Twenty Thirty
俺たちの楽しい時間
Twenty Thirty

俺たちの明るい未来（こちら地球号、応答せよ、応答せよ）
あいつらを引きずり出して（どうしました）
あいつらを吊るし上げろと
デンジャラスDada時間を消して
この世界ブルーに染めろ（今なにがみえていますか）

I need you! I love you!

Twenty Thirty
Twenty Thirty（快晴ですか、応答せよ、応答せよ）
Twenty Thirty Blues

Twenty Thirty
幻を見てる俺さ
Twenty Thirty
幻を見てるあんた（こちら地球号、応答せよ、応答せよ）

人の目を盗み隠れて（応答せよ、応答せよ）
この世界生き抜くネズミ
デンジャラスDada時間支配し
この世界ブルーに染めろ（地球は青いですか、地球は青いですか）

I need you!! I love you!!
Twenty Thirty
Twenty Thirty（快晴ですか、応答せよ）
Twenty Thirty Blues

音楽がさらに激しく盛り上がっていく。

人々はボウと前を見て、そして抱き合い、握手をし、何事かを懇願している。煙が一気に出てくる。再び空間の奥側から噴き出して、煙だらけにしていくのである。

音楽は消えない。そして音楽はメランコリックなテーマ音楽へと変わっていく。哀愁と絶望と、かすかな希望を秘めた音楽である。舞台奥に小さな家がポツンと見えている。

人々は煙のなかに消えていく。学者は子供達にずるずると引きずられて、奥へ消えてしまう。


暗転。

音が残り、そして消える。

幻の光
1992

1

私が生まれたのはいつだったのか、確かな記憶はない。私が私であることを認めた時には、すでに私の役割らしいものをうっすらと感じて、留まることのない運動を繰り返していたのである。私は私という存在の主人であり、下僕であった。はるか昔の友を除いて、私には仲間はいなかった。だから、刻み込まれた記憶だけを友達としたが、記憶はいつもおぼろげで、私は漠然と「立っている」自分を確認するだけであった。

「立っている？」本当だろうか。自問する。

私は私の形を認識していないのだから、本当に「立っている」と言えるのかどうか分からない。

そうなのだ。今もって私は私が何か、分かっていない。はっきりと確認できたと思ったときもあったが、その意識はすぐに消えた。なぜなら私は、自由に姿を変えることができたし、あるいは、時に応じて勝手に何者かに変えられてしまうこともしばしばだったからだ。また、自堕落そのものであったから、「私」を客観視し、徹底して私自身を追及したことなど一度もない。客観？　笑わせることばだ。もちろん、私自身の意思によって行動しようとしたことはなく、大いなる何かに動かされているという感覚もなかった。私はいつ消えてしまっても構わないと考えていたし、何度も消滅の、僅かばかりの恐怖と時間を味わってきたけれど、結局こうして、今に、ぼんやりとした姿らしきものを晒しているというわけである。

だが、それも終わりだろう。

私には囁き声が聞こえる。笑い声が響いている。笑っているのはたぶん私だ。これから私はどこに行くのか、何も分からない。だが、私の曖昧な感覚でさえ「大いなる新たな息吹」を感じている。

私の中を何かが蠢き、走り回っている。軽やかな意識が走っている。

だから、私は今、語っておきたいと思った。私の微かな記憶を手がかりにして、ほんの少し、思い出を辿りたいと思ったのだ。いわば贖罪のようなものである。時間とは何と残酷なのか。勝手に痕跡を残してしまうのが時間である。時間の存在しない空間はあり得ず、空間のない時間もない。存在すること自体がすでに幸運な罪悪なのだと感じた。

私は記憶の苦しみから逃れ、次を見たいと思った。

最初にあの頃。私の最も雄壮な時代。仲間を感じて微笑んだ記憶の時。

2

そこは水に溢れていた。しかし、火の燃え盛る勢いの方がはるかに強い場所でもあったから、水が大量に流れ込んでも、またたく間に蒸気に変わり、ジュージューと爆音が絶えることはなく、水はみるみる火に飲み込まれてしまうという壮絶な場所であった。

最初は多くの仲間がいた。私は仲間とともに火の塊の中で縦横無尽に動き回り、光を発した。ぐんぐんと地の底に降りて行っては幾度も旋回し、巨大な物体のような、火の玉のようなものになっては一気に上昇、臨界点のスピードでぶつかって、砕けた。火と水と黒い粘り気のあるものが混ざり合った風景のまっただ中に、私たちの無上の愉快な遊び場があったのである。くらくらして、空中浮遊。しかし、この遊びは一種の格闘でもあったので、激しく吹き上がり、砕け散るエネルギーが大きい時は、意識を失った。そして必ず夢を見た。おぼろげな「ここ」ではない柔らかな風景。

その度に、である。仲間たちはどんどん私の眼の前から姿を消してしまった。どこへ行ったか、不明だった。

いつしか私とマルだけになった。

それでも私たちは怪しい遊びをやめなかった。意識が消えてしまっても、旋回と浮遊は最高だった。その時はして、暗闇から浮かび上がり、ぼうとした頭で私とマルは、赤茶けた熱の太陽を見、鼓動を大きく波打たせた。

「遊びではない」マルは呟く。マルは知っていた。私たちの秘密を。けれど、それを語ることなく、マルは震え、狂気の声を上げる。意味不明なことを口走る。そして火に向かった。

時折、マルの存在が鬱陶しくなって旅に出た。旅と言っても途方もなく巨大な火の旋回に乗るだけのことである。何千回に一回の脅威的な火の噴き上がり。この巨大すぎる火の旋回をマルは避けた。だからマルから離れるにはこれが一番だった。恐怖が先に立つ。猛烈な火の旋回が、上昇のスピードを急加速させる。私は勇んでこの流れに乗った。衝撃も凄かったが、距離も、まさに太陽に届かんばかりにぐんぐん迫った。私は空中に放り投げられては取り残され、長い間浮かび続ける。快感だった。しばらくそうしていると、さらに高くまで舞い上がる火によって溶かされて、水中へ、地底へと、再び加速しながら落下していくのだった。私はこの上昇と下降の運動に酔いしれた。

3

世界は赤だと思った。赤は力だと思った。赤は私の身体だと錯覚した。マルは時折、皮肉な笑いで嘲ったが、私は劇的な時間に身を任せ、幸福だった。私は自覚できるほどエネルギーに溢れていたのである。大いなる緊張感に包まれ、時間は美しい環境のように過ぎて、うっとりと私は赤の時代を過ごした。

「私は選ばれたんだ」ある時、マルが大声で叫んだ。

そして、怒濤の勢いで話し始めた。火の海の氾濫が起きたかのように激しく、雄弁に。マルの歴史だった。マルが見たもの。マルが聞いた音。マルが感じたこと。……だが、マルの語っていることを、私はほとんど理解できなかった。マルの見た情景は私には見たことのない風景ばかりであり、マルの感情はあまりに突飛で、私は理解できるはずもなかったのである。

ただ、明快に分かったことがある。マルは私よりはるかに年を取っていたこと。臆病者であること。私たちには形らしい形はないこと。この三つが長い時間付き合わされて、理解できたことだった。

私はマルが好きだった。臆病でも、情けなくとも私にはどうでもよかった。ただ、私にはマルの激情が恐かった。その激情によって何かが破綻していくのを恐れた。しばらくして、「離れるのは運命なのだ」マルが叫んだ。運命論者のマル。今では私もそう思う。

時間は記憶を運命として位置付ける。しかし、あの時。私には理解できなかった。運命ならば、「選ばれた」マルは突然、どこへ行ったのだ？　私はマルが戻るのを待ったが、いつまで経っても現れなかった。マルは消滅したのだろうか？　選ばれて太陽と同化したのか？　選ばれて大地に消えたのか？　私はもはや待てなかった。今なら、私は寿命ということが分かる気もするが、あの時のマルは、今の私よりはるかに知力に溢れ、力強い存在だったのだ。

私が失敗を犯したのは、そんな孤独の悲しみと私の果てることのない欲望のせいである。あの時、安心も幸福も逃げていった。孤独と、私が憧れた赤茶けた太陽ゆえ、である。だが、遅かれ早かれだっただろう。あの強烈な光に私は幻惑させられた。光を思うとマルを忘れ、だから、私は何万回に一回の、すべてが消滅してしまうほどの火の波に乗ったのである。あらん限りのエネルギーを利用して、飛んだのである。赤い太陽は巨人の眼のようであった。時間の感覚を消滅させたとき、私は大いなる存在を感じた。それは誰でもなく、しかし確かに存在する何か……だった。

4

長い時が経過していった。

光の場所まで、途方もなく遠かった。

地表から放り投げられたままマルの元へも帰れなくなった。もちろんマルが生きているとは思わなかった。

私は浮かび続けるしかなかった。

地表から吹き上がる炎は届かず、再び火に溶けて落ちていくこともできない。私は宙ぶらりんに釣り下げられた、大きく目を見開いたままの単なる時間体になったように感じた。

あの感覚が、私の身体を麻痺させていた。私は見た。限界を超えたスピードの中で感じた。それが私を捉えて離さなかった。あれは何だったのか。

私は天を仰ぐ。

静寂。

止まっている。赤茶けた太陽と闇の中で、私は時間の動きを感じなくなっている。しかし、その状態に慣れてくると、天空からモールス信号のように発する光を、僅かに感ずるようになっていた。

秘かな会話？

しばらくして光のリズムを感じた。リズムは信号だと感じた。そして、この小さな信号のやりとりが、壮大なシステムとなっている、とふと思った。

センチメンタルで、永遠の愛のシステム？　微かな光が、少しずつ大きくなって、光の束へと収束するシステム？

意識せず、いつの間にか。……光によって繋がる。光は光より発する、その循環。

光が闇からやって来るのではないとするなら、最初に光ありきのシステム。

静かな会話が永遠に繋がっている。

想像ではない。私は発見したと思った。システムは始まりよりあったということ。

会話は至る所で繰り広げられ、今、ここまで、静止している私のところにまで届けられている。私はこの会話を感じている。私には光のことばはわからないが、耳を澄ませば、聞こえるはずだと思った。

もっと耳を澄ませ。私は私を励ます。もっと耳を澄ませ。光の音を聞け。

しかし、何も、いつまで経っても、起こらなかった。

徐々に私は衰弱した。時間も存在も感じなくなった。記憶が途切れる。

ふわりと持ち上がった。そして、甘い香りを嗅いだ。

5

初めて風を感じた。そこは火の痕跡すらなく、一望の下に海が見渡せ、花々が咲き乱れる、私には驚くべき場所だった。

どうやらここで再び息を吹き返したようである。太陽はほんとうに遠いところに静かにあった。甘い香りは花の香りで、私は初めて香りというものを嗅いだ。生き物の形を初めて見た。初めてその声を聞いた。私は地面に漂っていた。何もかもが私のいた世界とは違っていた。

そして、ここが新たな私の出発点となった。風景は一変し、時間の流れる速度も以前とは比較にならないくらい速くなっていった。それでも私の目の前にある草花から見れば、どうしようもなく悠長な存在に映っただろう。

と同時に、私は意識されない存在となった。何者も私を認識できなかった。

めまぐるしい速度で、私は死を見た。花は次々に枯れて、次々に生まれた。生まれるときの勢いと喜び、次第に痩せ細り、死んでいくさまを繰り返し繰り返し私は見た。夜、しぼんでいた草花が、朝方、一気に萌え出るのを見た。昼、虫がいっぱいに陽光を浴びて、飛び回るのを見た。雨が降ると草花は伸びやかに背を伸ばし、ゆっくりとうなだれていく姿を見た。長細い生き物が土から飛び出し、再び潜っていくのを見た。流れ続ける雲を見た。遠い空を鳥たちが大きく羽ばたき、地面すれすれまで降りてきては、旋回する姿を見た。信号を送っている星々が、群をなして移動していくのを見た。そして、私は青空を見た。生き物は青空に照り映え、闇に吸い込まれていった。闇は安息の場所でもあるかのようだった。私は無数の闇を見て、無数の青に染まった。

その花々の咲き乱れる絶壁に三本の木が生まれた。草花の何千倍もの寿命で、青空と闇に照り映えていた。樹木はゆっくり巨木になった。そして絶大な、同時に、無数とも言える命を持った。枝は大きくねじ曲がり、幹は刻み込まれた皺が何十、何百も重なり合って膨らみ、大地に下ろした根も一〇〇メートルの深さにまで達した。その葉が揺れる度に、周辺の生命は安心と恐怖を同時に覚えたようだった。巨木は完璧な意識体であった。

私はその生命をじっと見ていた。ただ、見ていた。するとある時、それら三本の木は、爆発するかのような光を発した。私には樹木の声が聞こえた。

私は選ばれた、と。

突如、地面は大きく揺れて、光とともに私は海へと滑り落ちていった。

6

再び、闇が来た。

気付くと、私はどろどろに溶かされ、再び真っ赤な火の中で踊っていた。そこは、狭かった。とてもあの大旋回を行えるような雄壮な場所ではない。だが、私はぐるぐると回転させられ続けた。光る水銀のように、ぼってりと、大きな表面張力を漲らせ、私は右に左に揺れ動いた。場所は隙なく閉鎖され、ただ黄色く赤い波しか見えない。私は初めて形なるものがあるような感触を持った。

私は弄ばれる「身体」となったのか?

海の音を思い出していた。音は常に、変化し続けるリズムで、私に幻の波の色を見せた。赤い波だった。変化し続ける単純さは、複雑の極みである。波の音はそう語った。この複雑な振動は私を深く、赤い、谷間へと導いていこうとしている。私は初めて時間の喜びと残酷さを同時に知った気がした。

自分自身に、何かが芽生えているのを感じていた。エロスの心?……海の音、風の音、草花や樹木の何という単純な美しさ、生々しさ。星々の光通信。その軽やかな会話の爽やかで奇妙なむずがゆさ。エロス。私は憧れを抱いた。それは赤茶けた太陽に向かった時の憧憬とはまったく違った。静かに私の内側に降り、沈潜するような憧れである。

私は赤い熱波の闇の中で、記憶に揺られていたが、またたく間にするりと空中へ躍り出て、切っ先の鋭い「物体」へと変わっていった。私が初めて明確な形らしい形を持った時である。そして、私はこの形から逃れ出ることができなくなった。なに、すぐ抜け出てやるさ、とは思ったものの、たやすくはなかった。なんせ名前という記号まで付けられてしまったのだから。

そこで私は初めて人間というものを見た。人間のことばというものを聞いた。私の意識が途切れている間に、すっかり世界は変わってしまっていた。

岩に突き立てられ、草花を切り裂き、木々にめり込み、魚のはらわたをかき回し、動物たちの体内に柔らかく、そしてぬめりとして入っていく。殺しの道具として存在した。熱い人の手の中にあって、息もせずに、さまざまな生物にめり込ませることが目的の、無表情な鉄であった。

だが、私は、その瞬間、恍惚となった。エロティックな存在である自分に身震いさえした。エロスに満ちた私には、死が輝いて見えた。

根元まで、人間にぬるりと入っては、赤い波に私は酔った。

むろん私に恍惚とした感情など起きるはずがなかった。私とはかけ離れたところに死は転がっていたのだから。

けれど、あるはずのない身体が、死の体感によって私の中に芽生えていた。なかったはずの形が、奥底にうっすらと影を落とし、私の一部を炙り出していた。

ある時、近代の戦う鉄塊である私は川に深々と入り込み、身動きできなくなった。でくのぼうとなる。あれほどの威勢を誇った私を誰も恐れなくなった。途端に力が抜けた。冷ややかな感情しか投影できない、恥ずかしい存在である自分自身から解放されると感じた。

水は留まることなく流れ続け、風も止むことなく動き続けた。水も風も変化するリズムが心地よく私を刺激した。そして、その不断の振動が、無用な塊である私に、また時間を感じさせた。時間は少しずつ、少しずつ、私を変色させ、私を削り取る。水に溶けてしまうはずはなかったが、私の顔までが、ぼろぼろに崩れていった。

私の奥底で何かが蠢く。死とはコミュニケーションなのかも知れない、と感じた。熱情のコミュニケーション？

心にふわりと運命を感じた。私を見る私がいることに気付いた。

7

私は波の中で揺れ続けた。この赤い波とあの大昔の巨大な熱波とではかなりの隔たりはあったが、何か共通する臭いを私は嗅いでいた。私は少しずつ、記憶を感じるようになっていった。そんなに昔のことではない。

私は私の中に入り込んでいる宇宙のようなものを思った。「死が輝く」とはどういうことなのかと考えた。私には死があるのか、死とは何であるのか、私は相手の流す赤い液体に身体を浸し、恍惚となりながらもその物体と一体となって、私に疑問を投げかけるようになった。意識らしいものがふわりふわりと私自身に浮かんでくるようになっていた。

車輪。ネジ。水道管。鉄砲。船。板。歯車。……この後、私は次々と変身を繰り返すこととなったが、「死が輝く」ことの答えになってくるような物体に変化したことがあった。逆説的にではあるのだが……。

その物体の前では、生き物は、始めから手の内の死体に過ぎなかった。植物はじっと身を潜め、動物たちは逃げ惑う。彼らの視界に私が入れば、それは死に直結し、私は悲しみや喜びを感じることなく、ただ、恐怖に打ち拉がれているものどもを物質と見なすだけであった。

8

私は意思をもって浮かび、漂った。マルが頭をよぎった。私は私自身を思った。私はなにものなのか。回想した。私は私の身体にしびれを感じ始めている。何か、大いなる何かが、次に起こることを予感していた。

急速度で下降しては、再び激しく舞い上がった。見ろ。私は私に命ずる。見下ろす。

灰色であった。変形した、妙に歪んだ自然があった。大勢の人間がせわしなく行き交う昼間。人工の太陽に鮮烈に照らし出され、静寂をきわめる夜間。意思によって私は降りる。ダ、ダ、ダ、ダ、ダ……。

静けさのリズムの中、私のようななにものかが舞い降り、秘かなたくらみ事を行う。ネジが外れて転がりだす。ゆっくりとオイルが滲み出る。突然機械が動き始める。夜の人間を無意味にベルトコンベアーに挟む。電球のフィラメントが次々に切れる。そんな彩りがそこかしこで秘密の内に進行する。灰色掛かった鉱物質の塊が、ゆったりしたゲル状の蒸気に包まれ、光る。銀色に輝きだす。銀の塊は宇宙に向かって青白さを添えながら、浮かび上がる。そして、闇夜に向かって暗号のようなメッセージを発する。愛の、破壊の、苦悩の、喜びの……。私という現象は……。

それは通信機能を持った別種の生命体である。

生命体は危うさの中に存在する。私のなにものかの秘かなたくらみ事は、次第に生命体に巣くう癌となる。自身の内に、無意識に彼らは別種の細胞を作り出していく。私は、意識して上昇と下降運動を繰り返す。ダ、ダ、ダ、ダ、ダ……。

私は生命体なのか。疑問を抱く。

おぼろげな何かがいつも私のそばにいるのを感じる。

私のような存在？　誰だ？

マル。私は呼びかける。マル……。

何も答えない。そいつは無邪気に時間を弄ぶ作業を繰り返す。

私は私の内の何かが壊れかけているのに気付く。

内側が光っている。私は見る。光は私に何事かを促してくる。ダ、ダ……。

私は無邪気に動く存在に目を凝らす。

私？　私は驚きを持って、私を見る。

銀色に蒸気が辺りを圧し、私は激しい光を発する。

あとがき

昔の作品を読み直す機会を与えてもらった。こんな機会がなければ、間違いなくこれら作品はすべて埋もれていただろう。そもそも発表する意識がゼロだったのだから埋もれて当然である。ただ、こうして改めて纏めてみると、若いときの作品は恥ずかしく、稚拙なところ、勢いだけと感じられるところがなくはないが、今とあまり変わっていない部分がたくさんあり驚かされた。

では何が変わったのか？　昔のどの時点にあっても、間違いなく「現在行っている表現」はできなかった。根源的な部分は変わっていないにせよ、確かに可能性は大きく開かれ、三六年間の開拓は意味があったと確認できた。やはり積み重ねが大きい。その確信が得られただけで励みになり、嬉しかった。

今回、この企画を提案していただき、すぐさま実行に移してくれた水声社の後藤亨真さんには深く感謝している。後藤さんがいなければこんな本の出版はあり得なかった。決まってから出版まで時間がなくて大慌てだったが、とてもありがたい機会だと感じた。お礼申し上げたい。

二〇一八年六月

著者について——

小池博史（こいけひろし）　一九五六年、茨城県に生まれる。一橋大学社会学部卒業。舞台演出家。一九八二年から二〇一二年までパパ・タラフマラ、以降「小池博史ブリッジプロジェクト」を主宰。七〇作品を創作、四〇カ国で上演。主な著書に、『ロンググッドバイ——パパ・タラフマラとその時代』（青幻舎、二〇一一年）、『からだのこえをきく』（新潮社、二〇一三年）、『新・舞台芸術論』（水声社、二〇一七年）などがある。

装幀——梅村昇史

夜と言葉と世界の果てへの旅——小池博史作品集

二〇一八年六月一〇日第一版第一刷印刷　二〇一八年六月二五日第一版第一刷発行

著者——小池博史

発行者——鈴木宏

発行所——株式会社水声社

東京都文京区小石川二—七—五　郵便番号一一二—〇〇〇二

電話〇三—三八一八—六〇四〇　FAX〇三—三八一八—二四三七

［編集部］横浜市港北区新吉田東一—七七—一七　郵便番号二二三—〇〇五八

電話〇四五—七一七—五三五六　FAX〇四五—七一七—五三五七

郵便振替〇〇一八〇—四—六五四一〇〇

URL : http://www.suiseisha.net

印刷・製本——ディグ

ISBN978-4-8010-0351-4